ハヤカワ・ミステリ

ABIGAIL DEAN

レックスが囚われた過去に

GIRL A

アビゲイル・ディーン
国弘喜美代訳

TOKYO HAYAKAWA BOOKS

A HAYAKAWA
POCKET MYSTERY BOOK

GIRL A
by
ABIGAIL DEAN

Translated by
KIMIYO KUNIHIRO
First published 2022 in Japan by
HAYAKAWA PUBLISHING, INC.
This book is published in Japan by
arrangement with
MUSHENS ENTERTAINMENT, LONDON
through TUTTLE-MORI AGENCY, INC., TOKYO.

装幀／水戸部 功

母と父とリッチに捧ぐ

レックスが囚われた過去に

おもな登場人物

アレグザンドラ（レックス）…………少女A
イーサン……………………………………レックスの兄
デライラ
イヴ（イーヴィ）｝……………………レックスの妹
ゲイブリエル
ダニエル
ノア｝…………………………………レックスの弟
チャールズ・グレイシー………………グレイシー家の父親
デボラ……………………………………グレイシー家の母親
ビル………………………………………事務弁護士
オリヴィア
クリストファー｝……………………レックスの友人
ＪＰ………………………………………レックスの元恋人
ジュリア・デヴリン……………………レックスの上司
ドクターK…………………………………臨床心理士
グレッグ・ジェームソン………………レックスの養父、元警視
アリス……………………………………レックスの養母
トマス・ジョリー………………………牧師

1　レックス（少女A）

わたしのことを知らなくても、わたしの顔は見たことがあるだろう。昔の写真のわたしたちの顔にはモザイクがかけられ、腰のあたりまでぼかしてある。髪にも特徴があるため、そのまま公表するわけにはいかないのだ。けれども、物語を守る者たちとともに、物語そのものもくたびれ、インターネットの陰々たる片隅では、わたしたちが簡単に見つかるようになった。よく知られている一枚は、ムア・ウッズ・ロードの家の前で、九月の夕刻に撮った写真だ。みんなで外へ出て、父親が構図を決め、六人が背の順に並んで、イーサンがノアを腕に抱いている。まばゆい夕日を受けてもじもじしている小さな白い亡霊たち。その背後には、傾きかけた日差しのなかにあの家が建ち、窓やドアから影が伸びている。わたしたちはじっとカメラを見つめている。完璧な写真になるはずだった。ところが、父親がシャッターを押す直前に、イーヴィがわたしの腕をぎゅっと握り、こっちを見あげた。おかげで、できあがった写真のなかでイーヴィは何か言いかけていて、わたしは口の端をあげて微笑もうとしている。そのときイーヴィが何を言ったのかは覚えていないけれど、まずまちがいなく、ふたりともあとで罰を受けたはずだ。

刑務所に着いたのは午後の半ばだった。道中ずっと、JPのお手製の古いプレイリスト、〝よい一日を〟を聴いてきたため、音楽とエンジンが止まると、車内はいきなり静寂に包まれた。わたしはドアをあけた。高速道路を車が流れ、その音が海を思わせた。

わたしの母親の死に関して、刑務所から短い声明が出ていた。ゆうべ、ネットの記事をいくつか読んだが、どれも通り一遍で、多少のちがいこそあれ、いずれもハッピーエンドで結ばれていた。グレイシー家の子供たちは、いまは問題なく暮らしていて、匿名を使っていない者もいる、という内容だった。現にわたしはホテルのベッドで体にタオルを巻き、ルームサービスの料理に囲まれて笑っている。朝食のコーヒーの横に、地元の新聞が何紙も束で置かれていた。その第一面、ハンバーガーチェーン〈ウィンピー〉で起こった殺傷事件の記事の下に、母親が載っていた。平穏な一日のはじまりだ。

朝食は宿泊代に含まれていたので、だらだらと食事をつづけて、しまいにはウェイトレスから厨房で昼食の準備がはじまりますので、と告げられた。

「お昼もやってるの？」わたしは訊いた。

ウェイトレスが申しわけなさそうな顔をする。「あいにく、ご宿泊の代金には含まれておりません」

「気にしないで」わたしは言う。「ありがとう。とってもおいしかった」

働きはじめたとき、わたしを指導してくれたジュリア・デヴリンから、無料の食べ物と無料のアルコールに飽きるときがいずれ訪れる、と言われた。美しいカナッペを盛った大皿にもうっとりしないときが、ホテルの朝食をとるために目覚ましをセットしなくなるときがきっと来る、と。たいていのことに関してデヴリンの言うことは正しかったけれど、この件についてはまちがっていた。

刑務所を訪問するのははじめてだが、だいたい想像どおりだった。駐車場の先に、たとえるなら御伽噺《おとぎばなし》の難関のような、有刺鉄線を載せた白い塀があった。その向こうに、塔が四本、コンクリートの濠《ほり》の上にそびえていて、真ん中に灰色の砦《とりで》がある。母親のささやかな人生。いま車を停めてきた場所が遠すぎたため、延々とつづく空《から》の駐車スペースを、太い白線に従って歩くはめになった。駐車場に停まっている車はほかに一台あるのみで、年配の女性がハンドルを握っていた。その人がわたしを見て、まるで知り合いみたいに手をあげたので、こちらも手を振り返した。

足の下でアスファルトがべたつきはじめた。入口に着くころには、ブラジャーの下と、うなじの髪の生え際が汗ばんでいるのを感じた。夏服は、ニューヨークのワードローブに置いてきた。イギリスの夏は控えめだという記憶があったので、外へ出るたびに、猛々《たけだけ》しい青空に驚かされる。何を着ていこうかと、朝、ワードローブの鏡に着替えかけの自分を映しながら時間をかけて考えたが、しょせんどんな状況にも適した装いなどあるわけがなかった。結局、白いシャツにゆったりしたジーンズを合わせ、買ったばかりのスニーカーを履いて、趣味の悪いサングラスをかけた。〝陽気すぎる？〟写真を添付してメッセージを送ったものの、オリヴィアはイタリアにいて、城壁に囲まれた街ヴォルテッラで結婚式に参列中のため、返信は来なかった。

ほかの役所と同じで刑務所にも受付係がいて、尋ねられた。「予約はありますか」

「ええ、所長《ウォーデン》に面会を」

「看守長《ウォーデン》ではなく、刑務所長《ディレクター》ですね？」

「ええ。刑務所長《ディレクター》に」

「アレグザンドラさん？」

「そうです」

待ち合わせは玄関ホールで、と所長と話がつけてあった。「土曜日の午後はスタッフを減らしていましてね」所長はそう言っていた。「午後三時以降は訪問者がいないんです。その時間のほうが静かでいいでしょう」

「助かります」わたしはそう答えたのだった。「ありがとうございます」

「ここだけの話、脱走に適した時間帯でもあるんですよ」

いま、刑務所長が廊下をふさぎながら近づいてくる。どんな人なのか、インターネットで事前に調べてあった。この国ではじめての重警備刑務所の女性所長であり、着任後にいくつか取材を受けていた。それによると、もともとは警察官を志望していたが、当時はまだ身長制限があって、基準に二インチ満たなかった。それでもどういうわけか刑務官にはなれることに気づき、それで手を打つことにしたのだという。エレクトリックブルーの制服を着ているのに――記事に添えられた写真で見た――こうすれば印象がやわらかくなる、とだれかに教わりでもしたのか、一風変わった華奢《きゃしゃ》な靴を履いている。彼女は更生の力を信じていた――信じて疑っていなかった。写真で見るより、実物のほうがずっと疲れた顔をしている。

「アレグザンドラ」刑務所長が言って、わたしの手を握った。「このたびはお悔やみ申しあげます」

「ああ、はい」わたしは言う。「どうぞお気遣いなく」

刑務所長は、いま自分が来た方向を身ぶりで示した。「面会室はすぐそこです。さあ、どうぞ」

冴えない黄色の廊下で、幅木には擦《す》り傷があり、壁には妊娠や瞑想にまつわるしなびたポスターが貼られていた。突きあたりに、金属探知機がひとつと、所持品を載せるコンベヤーがひとつある。スチールのロッカーが天井まで並んでいた。「決まりなので」所長は言った。「でも、少なくとも混雑してませんから」

「空港みたい」わたしは言った。二日前のニューヨークでの検査を思い出した。たしかノートパソコンと携帯電話を灰色のトレーに載せ、化粧品を入れた半透明のすっきりしたバッグをその脇に置いた。頻繁に利用する乗客用の特別レーンがあって、わたしは列に並ぶ必要がなかった。

「そっくりね、そう言えば」所長が言った。

それから所長自身がポケットの中身をコンベヤーにあけて、探知機を通した。所持品は、セキュリティパス、ピンクの扇子《せんす》、子供用の日焼け止め。「家族全員が赤毛でね。だからこういう紫外線の強い日に弱くって」セキュリティパスの写真の彼女は、初出勤の日を待ち望む十代の娘のようだった。わたしのポケットは空だったので、あとについてそのまま通り抜けた。

面会室にはいっても、だれもいなかった。プラスチックのテーブルと固定された椅子が、次に使われるのを待っている。そのなかをわたしたちは歩いていった。窓のない部屋で、端に金属のドアがあった。その向こうに母親がいたんだ、と思う。あの人がささやかな日々を過ごした監獄があるにちがいない。椅子にふれながら進むと、きょうだいたちのことがふと頭に浮かんだ。空気の淀んだこの部屋で、母親が連れてこられるのを待つきょうだいたちの姿。たぶんデライラは、何度も椅子の背にもたれただろう。イーサンは一度だけ面会に訪れていた。でも、それは単なる偽善にすぎず、その後《サンデー・タイムズ》紙にちょっとした記事を寄稿した。〝赦しに関する諸問題〟というタイトルで、多くのありふれた問題について述べていた。

刑務所長室のドアは、特殊な造りだった。所長はセキュリティパスを壁にあててから、自分の体を叩いて最後の鍵を探した。鍵は胸ポケットにはいっていた。プラスチックのキーホルダーに、赤毛の子供たちでいっぱいの写真がはさまっている。「さあ、どうぞ」

殺風景な部屋で、壁にへこみがいくつもあり、窓から高速道路が見えた。恰好がつかないと思ったのだろう、実用的な木の机と事務用の椅子をひとつずつ運び入れたうえ、込み入ったやりとりに必要なのか、革のソファふたつぶんの購入予算を勝ちとっていた。壁にはさまざまな免状と、英国の地図が一枚ある。

「はじめまして」所長が言う。「弁護士が来る前に、お話ししておきたいことがあって」

所長はソファを指さした。やわらかい椅子にすわって堅苦しい話をするのはごめんだった。どう尻を落ち着けたらいいかわからない。目の前のテーブルに、段ボール箱がひとつと、母親の名を記した細長い茶封筒が一通置かれていた。

「刑務官にあるまじき話だと思われなければよいのですが」所長が話を切りだす。「当時、あなたとご家族をニュースで見たのを覚えています。うちの子たちはまだ赤ん坊でした。この職に就くずっと前だったけれど、当時の記事については、折にふれて何度も繰り返し考えましたね。仕事柄、いろいろなことを見聞きします。新聞ネタになることも、ならないことも両方。いまなおいくつかのことには――ごくまれに――驚かされます。いまさら驚くも何も、と言われるけれど。でも、慣れてしまいたくはなくて」

所長がスーツのポケットから扇子を取り出した。よく見ると、子供か受刑者が作ったもののようだ。「あなたのご両親には驚かされました」

わたしは所長の背後に目をやった。傾きかけた太陽が窓の端にかかって、いまにも部屋のなかへ転がりこんできそうだ。

「大変でしたね」所長が言う。「心穏やかに過ごされるよう、われわれ――職員一同祈っています」

「話を進めましょう」わたしは言う。「どうしてわたしに連絡を？」

事務弁護士が、出番の合図を待つ役者さながら部屋の外で待機していた。グレーのスーツに明るい色のネクタイを締め、汗をかいている。その男が腰かけると、ソファの革がきしんだ。「ビルです」男が言って、改めて立ちあがり、わたしと握手をした。襟口《えりぐち》が汚れかけていて、スーツと同じグレーに見える。「存じてますよ」すぐに言う。「あなたも弁護士なんですよね」思っていたより若く、ひょっとしたら歳下かもしれない。向こうもこちらを観察していたのだろう。

「企業専門なので」わたしはそう言って、相手を立てる。「遺言については門外漢なんです」

「だからこそ、ぼくがこうしてうかがったんですから」ビルが言った。

わたしは愛想よく微笑んだ。

「さて！」ビルが言った。そして段ボール箱を軽く叩く。「これは私物。で、こっちは書類です」

ビルがテーブルの上を滑らせて封筒を寄こしたので、わたしはそれを破りあけた。遺言書には、母親の震える筆跡で、デボラ・グレイシーは娘のアレグザンドラ・グレイシーを本遺言の執行者に指名する、と記されていた。また、デボラ・グレイシーの遺産は、第一に英国立ノースウッド刑務所で貯めた資産、第二に夫チャールズ・グレイシーから相続したおよそ二万ポンド、第三にホローフィールドのムア・ウッズ・ロード十一番地に在する土地家屋からなる。なお、これらの遺産はデボラ・グレイシーの存命の子供たちに、同額ずつ分配されるものとする、と書かれていた。

「執行者」わたしは言った。

「あなたが適任だと、お母さまは確信されてたみたいですね」ビルが言い、わたしは笑った。

監房で母親が膝まで届く長さのブロンドの髪を弄《もてあそ》んでいる光景を想像する。髪の上にすわった姿が、パーティの余興になるほどの長さだ。同情を寄せ、喜んで手を貸してくれる、当時もやはり汗をかいていたビルに、遺言に関する手続きを任せようと母親は考えたのだろう。ビルからの質問は山ほどある。母親はペンを手に、わざとらしくみじめに震えている。ビルはこう説明する。執行者をつとめるのは名誉あることだ。しかし、管理上の責任をともなうものでもあり、受取人たちとの連絡役になる必要がある。胃に癌の病変があって、子供たちに迷惑をかけるのもあと数カ月の身であった母親は、だれを指名するかをはっきり決めている。

「引き受ける義務はないですよ」ビルは言った。「もし気が進まないなら」

「わかってます」わたしが言い、ビルは肩をすくめた。

「基本的なところを説明しますね」ビルが言う。「有価証券資産はごく少額だから、手続きにあまり時間はかからないでしょう。肝腎なのは――ぼくが心に留めてるのは――受取人を味方につけておくこと。あなたが資産管理を引き受けることを決めても、ごきょうだいの承認をまず得なくてはいけない」

翌日の午後ニューヨークへもどる飛行機を予約してあった。機内のひんやりした空気と、離陸直後に手渡される洒落《しゃれ》たメニュー表を思い浮かべた。帰路につき、機内のラウンジで杯を重ねてこの三日間の記憶を薄めたのち、暑い夜へと足を踏み出し、待機している黒い車に乗りこんで自宅へ向かう自分を想像する。

「のちほど検討します。ここではちょっと」

ビルから紙切れを渡された。薄い灰色の線の上に、手書きで名前と電話番号がある。名刺は、刑務所の経費ではまかなわれないのだろう。「連絡を待ってます」ビルが言った。「執行者でなくても、いろいろとご意見いただけると助かります。その場合は、受取人のひとりとして」

わたしはイーサンやゲイブリエルやデライラに、この話をする場面を想像した。「ええ、その場合は」

「まず」ビルが段ボール箱を手のひらに載せながら言った。「ノースウッドでのお母さんの所持品は、これで全部です。きょう引き渡しできますけど」

箱は軽かった。

「どれも価値のないものばかりです、残念ながら」ビルが言う。「お母さんは善意の誉《ほま》れを多くお持ちでしたが――たとえば、模範的行動などですね――そういうものは、外へ出れば、ほとんど価値はありません」

「ええ、残念」わたしは言った。

「あとは」刑務所長が言う。「ご遺体だけですね」

刑務所長は自分の机まで行って、チラシやカタログをおさめたリング綴《と》じのクリアファイルを取り出した。それからメニューを差し出すウェイターよろしくわたしの前にファイルを開いたので、わたしはそこに印刷された、おごそかなフォントを使った文字と、気遣わしげないくつかの顔写真に目をやった。

「お選びいただけるんですよ」所長が言って、ページをめくった。「ご希望でしたら。葬儀場をいくつか紹介できます。こちらにもう少しくわしく、式の内容や棺《ひつぎ》なんかについて説明があります。いずれもこのあたり――半径五十マイル以内の斎場です」

「誤解なさっているようですが」わたしは言った。所長は、ヒョウ柄の霊柩車のチラシがはいったファイルを閉じた。

「こちらは遺体の引き渡しを求めるつもりはありません」わたしは言った。

「おや」ビルが言った。刑務所長は動揺していたとしても、いっさい顔には出さなかった。

「でしたら」刑務所長は言った。「既定の方針に従い、お母さまを無縁墓地に葬ることになります。それでよろしいですか」

「はい」わたしは言った。「異存はありません」


先方から連絡をもらっていたので、教戒師とも会うことになっていた。来客用の礼拝堂が駐車場にあるから、そこに来てくれと言われていた。刑務所長の部下のひとりに案内されて、屋根の低い離れへ向かった。ドアの上に木彫りの十字架が飾られ、窓には色をつけたティッシュペーパーが貼られている。子供が作ったステンドグラス。仮設の演壇の前にベンチが六列並べられていて、演壇上には扇風機と聖書台のほか、キリストの磔刑像《たっけいぞう》があった。

女性の教戒師が後ろから二番目のベンチで待ってい

た。その人は立ちあがってわたしを迎えた。どこもかしこも丸くて、湿っている。陰鬱な顔をして白い上衣を着た教戒師は、小さな両手でわたしの手を握った。

「アレグザンドラね」彼女は言った。

「こんにちは」

「なぜ呼び出されたのか、きっと不思議に思っているわよね」

彼女には、経験からしか得られない物腰のやわらかさがあった。名札をつけた彼女が、安ホテルの会議室で、息継ぎの重要性――相手に話す余地を与えることの大切さ――に関するプレゼンに聞き入っている姿が想像できた。

わたしは待った。

「お母さんが亡くなるまでの数年、多くの時間をともに過ごしました」彼女が言う。「お話しするようになったのはもっと前からなんだけど、最後の二、三年はお母さんにさまざまな変化が見られたの。きょうそれをお伝えすることで、あなたの気持ちを慰められたら、と思って」

「変化？」わたしは言った。自分の口元に笑みが浮かびかかっているのがわかる。

「ここ数年、お母さんは何度もあなたに手紙を書いてた」彼女が言う。「あなたやイーサン、デライラに宛てて。あなたがたのお話は、よく聞いてたわ。ゲイブリエルとノアのことも。たまに、ダニエルとイーヴィにも手紙を書いてた。どんな罪を犯したのだとしても、母親がわが子を失ったの――失ったものはあまりに多かった。手紙を書くたびに、お母さんはスペルと住所を確認してほしいとかならずわたしに見せにきた。あなたから返事が来ないのは、送り先の住所がまちがってるせいだと思いつづけていたわ」

窓に貼られたティッシュペーパーが、通路に肉色の光を投げかけている。窓の飾りは囚人たちの手によるものと思っていたが、こうして見ると、目の前のこの人が勤務時間後にぐらぐらする椅子に乗って、みずからが仕える神の国を飾る姿が想像できた。

「わたしがあなたに会いたかったのは」彼女が言った。「赦しのためよ。もし人の過《あやま》ちを赦すなら、あなたがたの天の父もあなたがたの過ちをお赦しになる（『聖書 新共同訳』マタイによる福音書六章十四節）」

教戒師はわたしの膝に手をあてた。何かがこぼれたみたいに、手のぬくもりがジーンズを通して沁みてくる。「しかし、もし人を赦さないなら、あなたがたの父もあなたがたの過ちをお赦しにならない」

「赦し」わたしは言った。ことばがその形のまま、喉に引っかかった。薄笑いがまだ顔に張りついている。

「届いてたの？」教戒師が訊いた。「手紙は」

届いていた。お父さん――もちろん、わたしのほんとうの父のことだ、骨まで腐ったあの人のほうではなく――に、手紙が届いても全部廃棄してくれ、とわたしが頼んだのだ。母親からの手紙はたやすく見分けがついた。一度あけたあと封じなおしてあったし、英国立ノースウッド刑務所の被収容者からの手紙だと告げる印が押されていたから。二十一歳の誕生日のすぐあと、わたしが大学から家へもどったときに、父は忌々《いまいま》しい手紙を全部詰めた箱を持ってきて打ち明けた。

「いつか――読みたくなるかもしれないと、ただそう思って――」あれは、たしか冬の休暇だった。なぜなら、物置小屋にバーベキューグリルがあって、父の手を借りてそれを外へ出したあと、ふたりともコート姿で、父はパイプを、わたしは紅茶のカップを手に、手紙を火のなかへ投げこんだ覚えがあったから。

「そういうことじゃないと思うんです」わたしは教戒師に言った。「刑務所へ面会に行くまでには、物語がある――それはよくご存じですよね。塀のなかにいる人は、だれかが面会に訪れるのを待っている。赦されるのを待ってるんです。訪れるほうは何年もさんざん悩み、赦せるかどうかを決められない。でも。結局、足を運ぶ。たいていは親と子、または犯罪者と被害者の場合もあるかもしれない――それはまちまちでしょう。それでも、ふたりは面会する。そしてことばを交わす。たとえ訪問者がはっきりと赦したわけじゃなくても、お互いに何か得るところはあるはず。でも、知ってのとおり――母親は亡くなりました。わたしは一度も面会にこなかった」

泣いてしまいそうなのが悔しくて、涙を隠そうとサングラスをおろした。薄暗がりのなか、教戒師はずんぐりした白い亡霊と化している。「悪いけど、ご期待には添えません」わたしは唐突に言って、よろめくように通路をあともどりした。日差しがようやくやわらぎはじめて、そろそろ一杯飲みたい時間になっていた。ホテルのバーと一杯目のグラスの重みを想像したら、手足がだるくなってきた。さっき案内してきてくれた刑務所長の部下がわたしを待っていた。

「用事はお済みですか」その女性に訊かれた。アスファルトに落ちたわたしたちの影が色濃く長く伸びていて、わたしがその女性のもとにたどり着くと、重なったふたりの影が一頭の未知の動物のように見えた。おそらく、きょうはこれで彼女の勤務時間は終わりなのだろう。

「ええ」わたしは言った。「では、失礼します」

車のなかで、わたしは携帯電話をチェックした。〝陽気すぎるってことある？〟オリヴィアからメッセージが届いていた。

引きとってきた段ボール箱を膝に載せ、蓋をあけた。母親が遺した雑多な品々。予想どおり、聖書が一冊あった。ヘアブラシが一本。雑誌から破りとった、テープでべとべとの切り抜きが二枚。ひとつはメキシコのビーチで休暇を過ごそうと誘う広告、もうひとつはおむつの広告で、白い毛布の上に並んで寝かされている清潔で幸せそうな子供たちが載っている。それから、イーサンのオックスフォードでの慈善活動について報じる新聞記事の切り抜きが一枚。あとは、チョコレートバーが三本と、ほぼ使いきったリップスティックが一本はいっていた。物を捨てないところが、いかにもあの人らしかった。

最後に母親を見たのは、きょうだいが脱出した当日だった。その朝わたしは汚れたベッドで目を覚まして、自分の命運が尽きたのを知り、すぐに行動しなければ、ここが死に場所になると悟ったのだ。

いまでもたまに、頭のなかであのせまい部屋を訪れる。ふたつのシングルベッドが、部屋の端と端にできるだけ離して置かれている。わたしのベッドとイーヴィのベッドだ。ふたつのベッドの真ん中に、裸電球がひとつぶらさがっていて、部屋の外の廊下で足音がするたびに光がちらつく。いつも部屋は薄暗いけれど、たまに父親の気が向いたら、日中でも明かりがついた。

父親はつぶした段ボール箱で窓を封鎖し、わたしたちの時間の感覚をコントロールしようとしたが、段ボールを通して茶色がかったおぼろな光が漏れてきて、昼と夜を教えてくれた。段ボールの覆いの向こうにかつては庭があり、さらにその向こうには湿原があった。この土地らしい自然と季候を呈するそういう場所が存在することが、わたしにはもう信じがたくなっていた。泥炭の輝きをかすかに受けて、ふたつのベッドを隔てる二メートルの〝テリトリー〟が見えた。イーヴィとわたしが何よりよく知っている場所。わたしのベッドからイーヴィのベッドへのルートをふたりで何カ月間も話し合った。ビニール袋の波打つ丘や、もとがなんだったのか思い出せない何かでできた隆起を、どう乗り越えるべきかを、わたしとイーヴィは知っていた。凍って黒ずみ、干あがりかけた〝深皿の沼地〟を渡るには、プラスチックのフォークを使えばいいことを知っていた。最悪な汚物を避け、〝ポリエステルの峰〟

を渡る最善のルートをふたりで検討した。高所を通って悪天候のリスクを冒すか、それとも何が待ち受けていようと、下のルートをとって腐敗物のトンネルをくぐるかを。

わたしはまたおねしょをするようになっていた。足の指を曲げて、足首をひねり、泳ぐ要領で脚を蹴り出す。それを最後の数カ月は、毎朝やっていた。二カ月。いや、三カ月ほどだろうか。自由になったら、最初に出くわす人にどう話すか、部屋でひとりで言ってみた。わたしはアレグザンドラ・グレイシー、十五歳です。警察に電話してください。当時は毎朝そう声に出しつつ、イーヴィのほうを振り向いた。

その前は、向かい合わせに鎖でつながれていたから、イーヴィの姿をつねに確認できた。ところが、あとになるともう、わたしに背を向ける形で縛られていたので、お互いに体をひねらないと、目を合わせられなくなった。それでも、イーヴィの足と瘦せた脚が見えた。脚の皮膚が、そこにあるぬくもりを探すかのように腱に張りついて、溝ができていた。

イーヴィはどんどん口数が少なくなっていった。わたしはイーヴィをおだてたり脅《おど》したりした。慰めたり、まだ学校へかよっていたころに聴いた歌を歌ったりもした。「イーヴィのパートだよ」わたしは言った。「準備はいい？」でも、どれもうまくいかなかった。そこで数の数え方を教えようと、まずは自分で数を唱えてみせた。闇のなかでお話をしてあげても、イーヴィからは笑いも質問も、驚きの声も聞こえてこなかった。そこにあったのはただ、静まり返ったテリトリーと、その向こうから押し寄せるイーヴィの浅い息遣いだけだった。

「イーヴィ」わたしは言った。「イーヴィ。いよいよきょうだよ」

夕暮れの迫るなか、車で街へもどった。濃密な金色の日差しが、木々の狭間《はざま》に落ち、開けた野原に注いでいたが、村や農家の作る影はすでに黒々としていた。夜どおし車を走らせれば、日の出前にロンドンに着くと考えていた。ジェット機による移動で時差ぼけしていたせいか、景色がやけに鮮やかで、違和感を覚えた。このままでは、中部地方で路肩に寄せて、車中で寝る羽目になる。このまま進むのは、いい考えではなさそうだった。わたしは道端の待避所に車を停めて、空き部屋のあった、エアコン付きのマンチェスターのホテルに予約を入れた。

ひどいことがはじまったあの年、わたしとイーヴィは逃げることばかり話していた。これが束縛期で、わたしたちは夜だけ、やわらかくて白い布でゆるく縛られた。イーヴィとわたしはひとつのベッドで眠り、それぞれが片方の手首をベッドの支柱につながれ、あいたほうの手を握り合った。両親が一日じゅう一緒にいたが、子供たちは授業（頻繁《ひんぱん》におこなわれたのは聖書の学習で、怪しげな世界史も多少あった）や運動（肌着とズボン姿で庭をぐるぐる走るのだが、ホローフィールドの子供たちがイラクサの茂みを這いのぼってわが家の裏からわたしたちを見て、げらげら笑っていたことがあった）や食事の時間（運のいい日でも、パンと水）が許されていて、監禁されてはいなかった。のちに世に知られるあの家族写真は、この時期の終わりごろに撮ったもので、その後、鎖の時期がはじまると、わたしたちは両親の目から見ても、写真に残せるような姿ではなくなった。

わたしとイーヴィは、縛っているものを歯で嚙みちぎるとか、キッチンテーブルからナイフをくすねてスモックのポケットに滑りこませるのはどうかと話していた。庭を走るときにスピードをあげて、そのまま庭の門から出て、ムア・ウッズ・ロードを進むことだって、できなくはなかっただろう。父親はいつも携帯電話をポケットに入れていたから、奪うのはおそらくむずかしくなかった。いま、当時のことを考えると、自分でもひどく困惑する。ドクターKさえ――あれほどの理性の持ち主が――あえて問いただそうとはしなかった。だれも口に出すことはできなかったが、その問いは、警察官やジャーナリスト、看護師たちの顔に浮かんでいた。チャンスがあったのに、なぜ逃げなかったの？

実際、まだそれほどひどくなかったのだ。みんなで一緒にいるのが楽しかった。疲れていたし、ときに空腹で、ときに父親にしたたか殴られて一週間も目が真っ赤だったり（ゲイブリエルのことだ）、心臓のすぐ下あたりで何かが折れた音がしたりした（これはダニエル）。でも、その先何が起こるのか、わたしたちには知る由もなかった。図書館で古い本の埃《ほこり》を払って、すべての棚の本を調べつくす学生のように、わたしは幾晩も費やして記憶をくまなくたどり、どこで気づくべきだったのか、その瞬間を探した。行動を起こすべきだった、まさにその一瞬を。いまだにその答えを示してくれる一冊は見つかっていない。何年も前に貸し出されたまま、返却されなかったのだ。父親は服従を愛情と取りちがえて、キッチンテーブルでわたしたちに教えを施し、母親は夜寝る前に、縛めが解けていないか、たしかめにきたものだ。朝早くイーヴィの隣で目覚めると、その体からぬくもりが伝わってきた。そのころはまだ、ふたりで未来の話をしていた。

まだそれほどひどくなかったのだ。

まずデヴリンに連絡して、一週間ロンドンで仕事をしたいと頼んだ。ひょっとすると、もう少し長くなるかもしれない、と。

「遺言の検認だっけ」デヴリンは言った。「おもしろそうね」ニューヨークは昼過ぎなのに、デヴリンはすぐに電話に出て、早くも酔っていた。洒落たランチなのか、それともバーなのか、周囲のざわめきが電話越しに聞こえてくる。

「そう言っていいのかわからないけど」わたしは言った。

「まあ、ごゆっくり。ロンドンにデスクを見つけておくわ。まちがいなく仕事はあるから」

母と父は食事をしているころだから、あとまわしでいい。イーサンの婚約者が電話に出た。イーサンは画廊のオープニング式典に出ていて、もどるのはかなり遅くなるという。イギリスに来てることをすでに知っていて――ぜひうちに来て――歓迎する、と言われた。

それからデライラに電話をかけて、留守番電話にメッセージを残したが、かけなおしてくるかは怪しいものだった。最後にイーヴィに連絡した。戸外にいるのか、そばでだれかが笑っている声が聞こえた。

「ところで」わたしは言った。「魔女が死んだっぽいよ」

「遺体は見た？」

「まさか。見せてくれって頼まなかったし」

「それで――まちがいないって言える？」

「まちがいないって、なんとなくわかるの」

わたしはムア・ウッズ・ロードの家について、イーヴィに話した。われらが大いなる遺産について。

「二万ポンドもあったんだって。驚いた」

「ほんと？　わたしたちの輝ける子供時代はあんなだったのに？」

「父さんならやりそうでしょ？　がっぽり貯めこんでたんだね。〝神はあなたがたの要求にすべて応えてくださいます〟――とかなんとか言って」

「とはいえ、あの家」わたしは言った。「まだ建ってるなんて信じられない」

「そういうのをおもしろがる人がいるんでしょ？　ツアーを組んで――ロサンゼルスだったかな――殺人現場とか、有名人の死んだ場所とか、そういうとこをめぐるんだって。ほんと、ぞっとするよ」

「ツアーでまわるには、ホローフィールドだけちょっと遠くない？　それにブラック・ダリアほどの事件でもないし」

「こっちのほうが、少しだけ格が落ちるかもね」

「チケットをただで配ることになるんじゃないかな」

「ねえ」イーヴィが言う。「ツアーがあるなら、あたしたちはまちがいなく出演するべきだよ。ほんとうの貴重な話を披露できるもの。あそこじゃ法は役に立たないかもしれないけど、商機はある」

「あってもとっくにイーサンに独占されてると思うけど」わたしは言う。「冗談はさておき。あの家、いったいどうしたらいいのかな」

またしても電話の向こうで、だれかの笑い声がした。さっきより近い。「イーヴィ、どこにいるの？」わたしは訊いた。

「ビーチ。午後、コンサートみたいなものがあってさ」

「じゃあ、もう行って」

「うん。レックスに会いたいよ。で、あの家は――」

風がイーヴィの居場所を突き止め、日差しが海原《うなばら》に降り注ぐ。

「幸せなものにしよう」イーヴィが言った。「何か幸せなものにするのがいいよ。何をしたって、もう父さんを苛立たせることはないんだから」

「いい考えね」

「じゃあ、もう行くね」

「コンサート、楽しんで」

「きょうはお疲れさま」

こういう計画だった。

わたしとイーヴィは囮《おとり》捜査官よろしく、父親の足音を追いつづけた。束縛期には、短くなった鉛筆で聖書にメモして（しかも創世記十九章十七節に。当時はまだ芝居じみたまねを楽しむ余裕があった）、記録をつけていた。聖書に手が届かなくなると、父親の一日を記憶するのに、以前通学していたころミス・グレイドに教わったこんな方法を使った。「家を頭に浮かべて」ミス・グレイドはそう言った。「各部屋にひとつずつ、次に思い出したいものがあると考えるの。たとえば、廊下では、フランツ・フェルディナンド（サラエボで暗殺され、第一次世界大戦の契機となった）が倒れてる——撃たれてね。居間へはいったあなたは、走って出てくるセルビア人たちとすれちがう。その人たちは怯《おび》えている、戦争が近づいているから。キッチンへ行ってみると、オーストリア＝ハンガリー帝国が他の同盟国と卓を囲んでいる。さて、その卓にはだれがいる？」

父親は家を占拠していた。おかげで、父親の毎日の行動を分析するのが、たやすくなった。自分たちの部屋から一歩も出ることなく何カ月も過ごした結果、わたしは家のなかのどの床板が鳴っているのか、どの照明のスイッチが押されたのかを、音で聞き分けられるようになっていた。部屋から部屋へ移動する父親の巨体が、目に見えるようだった。

ベッドで寝ずの張りこみを何度かしたあと、わたしとイーヴィは父親の起床時間が遅いことを突き止めた。そののろのろした足音が最初に響く時刻には、冬でももう明るくなっていた。わたしたちの寝室は廊下の突きあたりにあって、父親はふたつ手前の部屋にいたため、夜の決行はやめておくのがよさそうだった。眠りの浅い人だから、あっという間にわたしたちに追いつくだろう。たまに、目が覚めると父親が戸口にいたり、わたしのそばにひざまずいて考えこんでいたりした。何を考えていたにせよ、あの人はかならず心を決め、やがて背を向けて暗闇のなかへ消えていった。

父親は毎朝かならず、階下で母親とノアと過ごした。料理のにおいが家じゅうにひろがり、ふたりが祈りを唱える声や、わたしとイーヴィにはわからない話題で笑う声が聞こえてきた。ノアが泣くと、父親が庭へ連れ出した。キッチンのドアが閉まった。父親は運動をしているらしく、わたしたちの部屋の窓まで、うめくような声が運ばれてきた。ときには、昼食をとる前に、ぐっしょり濡れて赤らんだ顔をして、まるで戦い終えたばかりの野蛮人さながら、敵の首でも掲げるみたいにしてタオルを振りまわしながら機嫌よくわたしたちのところにやってくることもあった。でも、午前中にそんなことは起こらない。玄関のドアにはずっと鍵がかかっていて、わたしたちがキッチンか窓から下へおりても、その先に父親が待ち構えていることだろう。

イーヴィとわたしの意見が分かれたのは、そこだった。「家のなかを通っていくしかないって」イーヴィは言った。「あの窓は高すぎる。どんなに高いか、レックスは忘れてるんだよ」

「まずこの部屋の鍵をはずして、そのあと家じゅうの部屋を通らなくちゃいけないんだよ。イーサンの部屋の前を通って。母さんと父さんの部屋の前も通る。それからゲイブとディーの部屋も。で、階段をおりる。そこにノアが寝てるでしょ——母さんが一緒の場合もある。絶対無理だって」

「なんでゲイブリエルとデライラはまだいるの？」イーヴィが尋ね、それから声を落として言った。「あたしたちより簡単に逃げられるのに」

「知らない」わたしは言った。その何カ月も前のことだった。ある夜、廊下の反対側の突きあたりから、くぐもった恐ろしい音が聞こえた。逃げようとして失敗したのだ。ぐっすり眠っていたイーヴィには、そのことはだまっていた。わたしたちの希望がいまにも潰《つい》えそうなときに、そんな話はとてもできそうになかった。

昼食後、父親は居間にいて、あたりは静まり返っていた。このときがチャンスだ、とわたしは思った。父親がじっとしているあいだは、家全体が息をついて休む。デライラのささやき声が廊下をそっと渡った。幼いころモールス信号を覚えようと練習したときと同じ要領で、イーサンが壁を叩いた日もあった。母親がわたしたちのもとへやってきた日もあった。そういうとき、以前はわたしもそんな母親になんとかしてほしいと懇願したが、そのうちに頭のなかで母親の懺悔《ざんげ》の声に応え、そっと背を向けるようになっていた。

「方法はひとつ」わたしはイーヴィに言った。「父さんがいったん目を覚ましたら、もう逃げるのは無理」

「わかった」イーヴィは言ったが、調子を合わせて返事をするだけの、いつものごっこ遊びだと思っているのだとわかった。

その窓を使う手については、ふたりで何度も話し合った。段ボールで覆われていたため、調べようがなかった。「あけられるよ」わたしは言った。「でしょ?」掛け金がどうなっているのか、窓の下がコンクリートなのか草地なのか、想像もつかなかった。「自分でも忘れかけてるかも」

「あかないんじゃないかな」イーヴィは言った。「長いこと、あけてなかったし」

わたしたちはテリトリーの向こうとこっちで、じっと顔を見合わせた。

「じゃあ、窓を割るしかないとして」イーヴィは言った。「時間はどれくらいあるの?」

「何が起こってるのか父さんが気づくまでにたっぷり数秒かかって」わたしは言う。「階段まで行くのにさらに数秒。この部屋まで来るのに十秒かな。そのあとドアの鍵をあけなくちゃいけないし」

首が痛かった。わたしはふたたび横になって言った。「合わせて二十秒」心もとない数字が、ふたりのあいだに漂った。イーヴィが何か言ったが、声が小さすぎて聞こえなかった。

「えっ?」

「なるほど、わかった」イーヴィは言った。

「うん」

もうひとつ問題になるのが鎖で、以前は最大の懸案事項だった。でも、その点に関して父親は迂闊《うかつ》だった。神話集を見つけたあとあのことがあってから、父親はこの部屋を出ていくときに電気をつけなくなった。わたしの姿を見るのに耐えられなかったから、と思いたいところだけれど、ただ酔っ払ってスイッチが見つからなかっただけだろう。どっちだって、たいしたちがいはない。わたしは手錠をかけられるときに、できるだけ手首ではなく、親指と小指のあたりに手錠があたるように、指を大きく広げた。つまり、わたしがやるしかなかったし、早く決行するしかなかったのだ。

「はずせそう」わたしは小声でイーヴィに言い、あとのみんなは全員眠っていると確信した。でも、向こうのほうから荒い息遣いが聞こえてきただけで、イーヴィは返事をしなかった。出るのが遅すぎたのだ。イーヴィまで眠ってしまった。


わたしはあの夜を思い出していた。あたりは暗いけれど、外はまだ暑い。ルームサービスにジントニックを二杯注文して、ベッドで裸のまま飲む。外へ走りにでたかったのだけれど、幹線道路に囲まれたホテルだったので、気が進まなかった。代わりに飲みにでて、連れを見つけることにした。黒いスリップドレスとレザーブーツに着替えて、タクシーと飲み物のお代わりをフロントに頼む。

車のなかで、これはなかなかの進歩だと思った。三杯飲んで、ひとりきりで、母親の死を経験して、なじみのない街にぐるりと囲まれている。目一杯ウィンドウをさげる。薄暗い軒先に列をなす人、歩道に腰をおろして飲んでいる人。「予報じゃ、このあと天気は荒れ模様だとか」運転手が話しかけてきた。ほかにも何か言ったようだったが、車が交差点にはいったため、その声は喧噪《けんそう》に掻き消えた。

「なんて言ったの？」

「傘」運転手は言った。「傘、持ってますか」

「あの」わたしは言う。「以前このへんに住んでたの」

運転手はバックミラーで目を合わせて笑った。

「つまり〝イエス〟ってこと？」

「そう〝イエス〟ってこと」

このあたりのどこかにぎやかな場所で降ろしてくれ、と言ってあった。すると、運転手は別のもっと安いホテルの前で車を停めて、首をそっちへ振ってみせた。そのホテルの奥、せまい階段をおりた先にナイトクラブがあり、後方にダンスフロアと、一段高いがらんとしたステージがあった。たしかに、にぎわっていた。わたしはバーにすわって、ウォッカトニックを注文したのち、話し相手になってくれそうな相手を探した。

自分がどの大陸にいるのか思い出せなくなるくらい、デヴリンとふたりで移動つづきだったころがあった。ホテルの部屋で目を覚まし、トイレへ行こうとして、ニューヨークの自分のアパートメントにいるつもりで、あさってのほうへ歩いてしまったこともあった。空港のラウンジに着いてから、搭乗券を読まないと――この〝読む《read》〟とは、機械に〝読みとらせる〟のではなく、自分の目で〝見る〟という意味だ――これから乗る飛行機がどこ行きなのか思い出せないこともあった。バーへ行けば、どんなときでも慰められた。世界じゅうどこでも同じだったから。そこには、似たような身の上の孤独な男たちと、わたし以上に疲れた顔をした人たちがいる。

六つ先の席に、翼形の金色の記章がついたシャツを着ている男がいて、財布を探していた。わたしはその男にジンを奢《おご》ることにした。男は喜んでそれを受け、驚いていたが、少しすると、微笑みながらわたしの肩に手をふれた。一見して思ったより、若くなかった。なおさら申しぶんない。

「やあ。ごちそうさま」

「どういたしまして。きょうは仕事で?」

「ロサンゼルスからの便でね」

「なんだか素敵」

「いや、そうでもないんだ。いつものルートさ。きみもこのへんの人じゃないんだよね?」

「ええ。いまはもう。パイロット?」

「ああ」

「機長? 副操縦士?」

男は笑い、それから言った。「機長だよ」

男は自分の仕事について語った。人がみずからの職業について語るのを聴くのは、たいてい退屈なものだが、その男の場合はちがった。心がこもっていた。男はヨーロッパでの訓練や、はじめてひとりで操縦したときのことについて話した。ふたりのあいだにある操縦桿《かん》へ男が手を伸ばし、そこにミラーボールの光があたると、皮膚のすぐ下で小さな筋肉が動くのが見えた。

そうして人は根無し草になる、ただし金を持ってる根無し草に、と男は言った。はじめの何年かは、いつも次の着陸のことで頭がいっぱいで、ホテルのベッドではアドレナリンが体を駆け巡り、不安をかかえて生きていた。それがいまはふてぶてしくなり、ぐっすり眠れるのだという。

「機長だからね」男は相変わらず笑いながら言った。「〝ああそう。次はどこ?〟って感じだよ」

わたしたちは少しだけダンスをしたが、まわりの人たちほど若くはなかったし、お互いまだ飲み足りなかった。わたしはそばで激しく手足を動かしている若い女の子たちのグループに目を奪われた。全員が似たり寄ったりの、体のラインに沿ったドレスを着て、声をあげて笑い、まるでひとつの胴から頭がいくつも生えている生き物のようだ。彼女たちを見つめながら、自分の喉や目尻のあたりの、張りのない肌にふれた。パイロットは背後にいて、わたしの肋骨《ろっこつ》のあいだにそっと指を滑らせている。

「わたしのホテルへ来ればいい」わたしは言った。

「あすのフライトでもどらないと。ゆっくりできないんだ」

「じゅうぶんよ」

「きみをいやな気分にさせちゃ悪いと思ってただけなんだよ。あるだろ、たまに——」

「いやな気分になんてならないから」

さっきタクシーの運転手が請け合ったとおり、雨が降りはじめていた。通りはしっとりと輝き、さっきよりひっそりとして、そこかしこにできた水たまりにネオンが浮かんでいる。路上に残っているのはタクシーだけだったが、停車中のものは一台もなく、交差点にはにぎわいが足りない。わたしは男の顔の上に映った街の明かりが次々と流れゆくのを見つめ、男の手をとった。「必要なことがあるの、わたしをいい気分にさせるには」

「やれやれ」男は言った。タクシーを拾うためにこちらに背を向けていたが、顎《あご》が動くのが見えて、微笑んでいるのだとわかった。

ホテルの自分の部屋で、わたしは飲み物のミニバーをあけたが、男はわたしを止めてベッドに腰かけた。わたしはドレスを脱ぎ、下着を床に落としたのち、男の前にひざまずいた。見こみどおり、男は落ち着き払ってわたしをながめている。

「辱《はずかし》めてほしい」わたしは言った。

男はごくりと唾を呑んだ。

「わかるでしょ。わたしを痛めつけて」

男の指がびくっと動いた。わたしは膣に不意の脈動のような、なじみのあるうずきを感じた。男の隣でベッドに腹這いになり、両手を組んでその上に顎を乗せる。男が思案げな顔で近づいてきた。外出中に部屋の清掃が済んでいたらしく、枕にチョコレートが置かれているのが目にはいった。

男が出ていくと、わたしはルームサービスを頼み、JPのことを考えた。わたしに思い出されるのを、視界にはいらないところでJPが一日じゅう辛抱強く待っていたかのように思えた。もう一杯飲んでいたら、JPに電話をかけていたかもしれない。職場の電話番号はわかっていて、そこにかければかならず本人が出る。いまのわたしはマンチェスターにひとりきりで、頼れる相手もなく、母の死を悲しんでいるはずの身だ。「来週、ロンドンに行こうかと思って」と言えばいい。「ひょっとしたら、しばらくそっちにいてもいいかな」と。

JPはロンドン郊外で、新しいガールフレンドと小さい犬と住んでいる、と聞いていた。「いや、小さいガールフレンドと新しい犬、だったかも」オリヴィアはそう言っていた。「どっちだっけな」一緒に住んでいたフラットからJPが出ていった日のことが頭に浮かんだ。バンを借りるか、友人に手伝いを頼むかのどちらかだろうと思っていたが、JPは荷物をスーツケースふたつといくつかの段ボール箱におさめて、路上でタクシーを待っていた。雨が降っていたのに、近づいたら気持ちが変わりかねないとでもいうように、部屋のなかへもどってこようとはしなかった。そんなことで気持ちが変わるわけなどなかったのに。わたしにも彼にも、事態を変えるためにできることは何もなかった。わたしは両脚を胸に引き寄せ、膝の傷をさわった。そこだけ皮膚がなめらかになっている。つづいて、ほかの手術の傷にも手をふれる。指がいつものルートをたどる。どの傷も清潔で、ほの暗い光のなかでは見えないくらいだ。JPに傷を指し示してみせたことがあったけれど、JPは関心を示さなかった。「気づきもしなかったな」そう言われて、わたしはJPのことをいっそう好きになった。そう、お互いにどうしようもなかったのだ。わたしは意識を何かほかのことへ向けようとして、イーヴィのパーティは終わっただろうかと考えた。もう時間も遅く、イーヴィのいる場所ではさらに夜が更けた時刻のはずだ。わたしは照明を消して、朝食の時間に合わせてアラームをセットした。

「イーヴィ」わたしは言った。「きょうこそやるよ」

延々とつづく朝が、わたしたちの前に虚しくひろがっていた。それまで何週間も体のなかに妙な痛みをかかえて過ごしてきたが、きょうはそれがひどくて、いつもとちがう血のにおいまでする。とはいえ、その痛みは、卵を破って出てこようとする獣《けもの》のようにおなかのなかでうごめく不安と入り混じっていた。

わたしは父親がミスを犯した日以来、毎日そうしてきたように、手錠を調べた。左手はすっと手錠から抜けたものの、右手は指のつけ根の手前で引っかかった。

「きょうは、わりとあったかいね」わたしはイーヴィに声をかけた。もう一度引いてみたが、ますます抜けそうにない。引っ張ったせいで手がむくんできた。わたしにはもうひとつ策があった。かつて西部開拓地の話を読むのが好きだったイーサンなら、この策を〝最《ラスト》後の酒場《チャンス・サルーン》〟と呼んだだろう。でも、その策は途中で変更できない。だから昼食前に父親が来た場合に備えて鎖につながれている必要があって、まだ待たなくてはならなかった。

わたしは父親がベッドから起きだした音に耳を傾けた。重い足音がゆっくりと階段をおりたのを聞いて、自分たちが何かしくじってしまったのではないかと思った。おそらく、もう決行するしかないのか、と。だが、父親はキッチンにいて、朝のぼそぼそしたやりとりや、朝食と瞑想の最中にときおり差しはさまれることば、それに静かな祈りらしきものが聞こえてきた。わたしは父なる神への信仰をとっくに捨てていたが、それでも目を閉じて、もっと古い始原の神々に祈った。しばらくそうしていた。

昼前にまた目が覚めた。それまではずっと意識の表層のすぐ下の、濁った暗い場所にいた。キッチンで、ナイフやフォークの音がした。母親が何かを焼くにおいが階段をそっとのぼってきて、この部屋の床をぐるりと巡った。口のなかで唾液がかすかに糸を引いた。

「外に出てはじめての食事は」イーヴィに言う。この話をすると、いつもはすぐに盛りあがる。

「リッツでお茶？　それともタヴェルナ（ギリシアの軽食堂）でギリシア料理？」

イーヴィは両脚を胸に引き寄せ、咳払いをしただけで何も言わなかったが、わたしはぱっと見てイーヴィの足がおかしいのに気づいた。痩せた向こう脛《ずね》の先の部分がやけに大きくて、ピエロの靴みたいだった。

だいぶ前から、両親が食事をしている姿を思い浮かべないようにしていたが、もう最後だから、きょうくらいは想像することを自分に許した。父親と母親は手をとり合ってキッチンのテーブルに着席している。そのふたりを、ノアが自分の椅子にすわってぽかんと見ている。母親が焼きたてのアップルパイを切ろうと立ちあがる。黄金色の表面に砂糖がまぶされ、林檎《りんご》が煮えてぐつぐつしたところは、パイ皮がくたっとへこんでいる。ナイフがパイをとらえ、母親はいっそう力をこめる。パイ皮が破れて、湯気と熱した果物の香りがテーブルいっぱいに立ちこめる。父親のぶんをカットし、あたためてあった皿に盛って渡したあと、母親は自分のぶんを取り分ける前に、父親が食べている様子を見つめる。パリパリの皮としっとりした具が、父親の口のなかで動きまわる様子を。母親は、楽しむ父親を味わう。

その日、両親は長い時間をかけて昼食をとり、ノアはぐずりつづけた。いまは真冬なのだろう、居間のドアが閉まる音がしたころには、段ボールの覆いから漏れる光が弱くなりはじめていた。家じゅうが静まり返っている。

「よし」わたしは言う。「いいよ」

くよくよ悩む前に、わたしは鎖をぴんと張った。

左手をねじると手錠が抜けて、自由になった。でも、右手はむくんでいて、親指を強く手のひらに押しつけても、手錠を通らない。

ラスト・チャンス・サルーン。

「あっち向いてて」イーヴィに言った。この期《ご》に及んでも、ぶざまなところは見せたくない。

デライラが九歳か十歳のときに、親指にむりやり母親の結婚指輪をはめて、とれなくなったことがあった。デライラが問題を起こすことはめったにないから、わたしとしてはうれしかった。廊下にすわって、階段の上から、バスルームで繰りひろげられる出来事をながめていた。デライラは浴槽のふちに腰かけて涙を流していて、母親がその前にしゃがんで、デライラの指のあいだに、濡らした石鹸を塗りつけていた。それが功を奏して、指輪がデライラの指の節を抜けて、バスルームの床に落ちてカチャンと鳴り、わたしはがっかりしたものだ。

わたしは手錠が引っかかってしまうところまで引っ張ってから、右手を何度もひねった。午前中から繰り返し試していたため、手に痕《あと》がついていた。傷になって、皮膚が破れそうだ。わたしはシーツを噛み、さらに速く右手を動かした。絶対にデライラみたいに泣かない、と決めていた。皮膚が裂け、赤黒くぬるついた手が、さらに擦りむけながら手錠から抜けた。

わたしは笑い声をあげて、右手を胸に抱き寄せた。イーヴィは怯えた目をしながらも、微笑み、親指を立ててみせた。わたしはベッドの上で身をかがめ、痛めていないほうの手をテリトリーへ伸ばし、ガラスを割るのに使える硬い物がないか手探りした。湿った生あたたかい布の向こうへ手をやると、何か動くものにふれた気がした。手を引っこめて、ぐっと息を呑み、さらに探しつづける。食べ物の残骸、腐りかけた小さな靴、子供のころ愛用していた聖書のページの山。どれもやわらかくて役に立たない。

イーヴィが指さしたので、わたしは父親が来たのかと思い、動きを止めた。イーヴィが首を振って、また指を差す。イーヴィの視線は、わたしのベッドの下に向けられていた。わたしはそこに手を入れ——腕全体を震わせながら——何か硬い物を握りしめた。出てきたのは木の杭《くい》で、古い血と、このテリトリーでの時間がこびりついていた。少し見てすぐ、なぜ杭がここにあるのか思い出した。

「うん」わたしは言った。「うん、完璧」

わたしはふらつきながら立ちあがり、窓のほうへ歩いていった。父親は段ボールを固定するのにあまり手間をかけなかったらしく、留めてあるテープが朽ちかけていた。わたしは残っていたテープをひとつずつ剝《は》がして、しまいに覆いの段ボールを手で支えた。「はずすよ」そう言って覆いを床におろす。光がどっと室内に注いだ。イーヴィは顔を両手で覆った。わたしは振り返ることもできず、日差しに照らされた室内をながめた。早く出なくては。わたしはふたりで何度も通ったテリトリーを渡った。イーヴィのベッドまでは、ほんの三歩の距離だ。イーヴィの手をとった。かつて何年も同じベッドで寝ていたころ、事態がこんなにひどくなる前にそうしていたように。イーヴィはそれでも動かなかった。浮きあがった背骨と、ところどころ地肌がむき出しになった頭、呼吸をするたびに苦しそうな息遣いが見てとれた。このあと窓を割ったら、その瞬間——ふたりで何カ月もかけて計画した勝負の数秒——が、時を刻みはじめるとわかっていた。

「助けにもどってくるからね」わたしは言った。「イーヴィ？」

わたしの手のなかで、イーヴィの手が小さく震えた。

「すぐに会えるよ」

わたしは杭を肩の上に抱えあげた。「顔を覆ってて」小声でイーヴィに言う。静寂の時間はここまでだ。わたしは窓の下のほうの隅に杭をぶつけた。ひびがはいったものの、窓は割れなかった。もう一度、さっきより激しく打ちつけると、窓は粉々になった。階下でノアが泣きはじめた。その下から聞こえたのは、この部屋の下を移動する足音と、母親の声だった。早くもだれかが階段にいる。わたしは窓台に落ちたガラスを払いのけようとしたが、破片が手のひらに刺さってしまった。破片が多すぎて、時間かかりすぎる。片足を窓台にかけて、もう片方の足も引きあげると、わたしは外を向いて窓に腰かけた。だれかがドアの向こうまで来ているらしく、錠前が動いている。下を見てはいけないとあらかじめ自分に言い聞かせてきた。くるっと体の向きを変え、上半身を部屋のなかに残して、両足を冬の空気にさらし、一瞬ぶらさがる恰好になった。「体を下へおろして」前々からイーヴィにそう話してあった。「落ちる距離をできるだけ減らせるように、ぶらさがるの」ドアがあいて、ちらっと父親の姿が目にはいった。入口に父親が現れた。わたしは体をおろしていったが、力がなくて、計画していたようにぶらさがることができず、腕が伸びきったところで落下してしまった。

草は湿っていたが、その下の土は凍っていた。着地したときに、まるで土台が吹き飛ばされて建物が倒れるように、右足のどこかが壊れた。その瞬間の乾いた音が、庭じゅうに跳ね飛んだ。わたしは前のめりに倒れ、手のひらに刺さっていたガラスがめりこんだ。息を吸いこめないほど空気が冷たくて、気づくと叫び声をあげていた。「ほら、立って」小声で自分に言う。ゆっくりと体を起こして、Tシャツを膝のほうへ引っ張ると、キッチンのドアの前に、母親の姿があった。

母親が走ってくるのを待ったけれど、母親はこっちにこなかった。その場で何やら口を動かしているが、わたしには自分の耳のなかで轟《とどろ》く血潮の音しか聞こえない。最後にたっぷり一秒見つめ合ったのち、わたしは背を向けて走り出した。

庭の門扉《もんぴ》に、鍵はかかっていなかった。ふらつく足で、壁に寄りかかりながら家のまわりを歩き、道路に出ると、中心の白いしるしに従って進んだ。夜は寒々とした紺青色だった。近隣のこのあたりの景色には見覚えがあった。ムア・ウッズ・ロードとそれに沿って建ち並ぶ静まり返った家々。隣家まで距離があって、それぞれの窓が祭壇のように輝いている。父親は追ってきているだろう。そこらの家へ近づくのに、力を使い果たすわけにはいかない。住人が戸口に出てくる前に、父親に追いつかれかねない。両肩に置かれる父親の手の重みが、ありありと感じられる。わたしは近隣の人たちを居間から、ソファから、夜のニュースから呼び覚まそうと、叫び声をあげた。住人を迎えるかのように、木々にも玄関のドアの上にもイルミネーションが吊るされている光景を見て、クリスマスなんだ、やと埒《らち》もないことを考えた。

カーブのくだり坂で足がもつれてよろけたあと、脇の垣根にぶつかって、濡れた石垣をつかんだ。体勢を立てなおして、歩を前へ進めつづける。いまや闇がおり、凍った落ち葉や冬のあいだにできた水たまりを踏んで、ときおり足が滑った。痛みが眠りから覚醒しつつあるのか、すぐそばまで迫ってきた。追いつかれる寸前だ。いったん痛みに襲われたら、おそらくもう二度と気づかないふりはできない。

ムア・ウッズ・ロードの端が見えた。その向こうをいまにも通り過ぎようとするヘッドライト。わたしは両手をあげて敵意がないことを示しながら、まっすぐそっちへ走った。ぶつかる直前、運転していた女の人がブレーキをかけた。両手をついたボンネットがあたたかくて、わたしがふれたところに錆色《さび》の手形が残った。影になっていて顔は見えないけれど、運転手が車から降りてきて、恐る恐るこっちへ、明かりの下へやってきた。スーツ姿で携帯電話を手に持っていたその人は、まるで鮮やかな新世界からの訪問者のように清らかで、輝きを放っているかに見えた。

「なんてこと」その人は言った。

「わたしはアレグザンドラ・グレイシー――」

そのあとのことばが出てこなかった。振り返ってムア・ウッズ・ロードを見ると、何事もなく静まり返っていた。わたしはその場にへたりこんで、女の人のほうへ手を伸ばした。その人は警察に通報するあいだ、手を握らせていてくれた。

夜、エアコンが寒くて目が覚め、上掛けで体をくるんだ。外はもう明るいけれど、車が行き交う音は聞こえない。朝までまだ何時間もあるのにこんなふうに目が覚めるとは、まったくありがたすぎる。朝になれば気分もましになるだろう。

また眠りに落ちかけると同時に、体が反応した。窓から落ちたときのことが頭に浮かんできていた。あれはもう十五年前の話だ。あのときの衝撃が、半ば夢、半ば記憶としてよみがえってきた。痛みの幻影がわたしの膝を撫でた。キッチンのドアの前に立っていた母親。わたしは寝返りを打った。薄暗い冬の夕暮れ、庭に立つわたしは、汚れたTシャツ以外、何も身に着けていなかった。片脚が鉄球と鎖の足枷《あしかせ》のように、よじれて後ろに垂れていた。わたしを止めることは、母親にとっていともたやすいことだったはずだ。夢のなかで、こんどは聞こえた。動悸《どうき》に掻き消されることなく、声が耳に届く。「行きなさい」と母親は言った。ずっと北のほうで、母の墓を準備すべく、あたたかい茜色《あかね》の暁のなか、シャベルをふるっている人たちがいる。そうすれば、日の出前に彼女を埋めることができるから。母親は言った。「行きなさい」と。

2　イーサン（少年A）

目覚ましが鳴る前に、イーサンが折り返し電話をかけてきた。川沿いを走ったあと、犬に餌をやり、朝食用の卵を割っている——そんな朝の宣伝広告そのもののような話しぶりだ。

「全部聞かせてくれ」イーサンは言った。

わたしは言われたとおりにした。イーサンは、自分の功績について報じた新聞記事が母親の所持品の箱にあったと聞いて喜び、どの活動だったのかを知りたい、くわしく聞かせてくれと言った。

「ああ、それ。ずいぶん古い記事だな」

「さいわい、刑務所では《サンデー・タイムズ》紙は読めなかったみたいね」わたしは言った。「〝赦しに関する諸問題〟ってやつ」

イーサンはそれを聞き流した。「しばらくこっちにいるんだろ？　執行者やらなんやらの件で」

「来週はロンドンで仕事をするつもり。様子を見てからね。ひょっとしたら、みんなであの家を訪れなくちゃいけないかも」

電話の向こうから聞こえてくる音で、イーサンがそれについて検討しながら、あの家の窓を思い出しているのがわかった。庭を、玄関のドアを、その奥のいくつものドアを。その先にあるひとつひとつの部屋を。わたしのせいで、イーサンの朝は台無しになろうとしている。

「みんな、なんとか時間を作るさ。いいか。金曜の夜、オックスフォード行きの列車に乗って、わたしとアナの家に泊まってくれ。この国に足を踏み入れるのは、ずいぶん久しぶりだろ。それに、結婚式の前に会えたらうれしい」

「仕事の都合次第。どのくらい滞在できるかは、まだわからないな」

「そんなの、母親が死んだって言えばいいさ。そうすれば時間ができるだろ」

犬が吠えている。「うるさいっ」イーサンが言った。

「じゃあ、そっちへ行くわね」

「金曜日に。列車に乗ったら連絡をくれ」

はじめは――最後も――わたしとイーサンだけだった。

生まれたのが早くて、養子になったのが遅いふたり。

準備が整ったのは、脱出してから二、三ヵ月後だった。いまとなっては当時のことはほとんど思い出せず、わずかに覚えていることだけが強調されて、まるでだれかの話を自分のものと思いこみ、その話のなかでの自分を想像するような感覚だ。脱出してから数日後、すでにいくつか外科的治療を受けていたわたしは、はじめて覚醒させられ、浴室に連れていかれて、体を洗ってもらった。少しずつ見えてきた皮膚は、記憶にある色より白かった。その日の入浴には何時間もかかって、洗う人たちの手が止まるたびに、わたしはやめないでくれと頼んだ。耳のなかも、肘《ひじ》の皺《しわ》も、足の指と指のあいだもまだ汚れているから、と。終わっても、わたしは浴槽にしがみついて、出るのを拒んだ。「まだ汚いところがあるかも」そう言って、湯とそのぬくもりから離れようとしなかった。いつか住もうとイーヴィとふたりで計画していたギリシアにいるような気がしたからだ。

わたしの顔や背中は、うっすらと産毛に覆われていた。「そうすることで体温を保ってたのね」看護師のひとりがわたしの質問にそう答え、その人は部屋から出るまでずっとわたしから顔をそむけていた。打撲の痕はにじんで濁った黄色に変わり、浮き出ていた骨も、一部は脂肪と肉の下に隠れはじめた。

普通の人は病院がきらいだなんて、わたしには信じられなかった。だれもが病院から帰りたがるものだなんて。病院には、わたしだけの部屋があった。一日に三度食事が出た。根気強い医師たちがいて、わたしの体じゅうに話しかけて、なぜさらす必要があるのか、その理由を教えてくれた。看護師は全員やさしかったので、清潔で静かな部屋にひとりで残されてすすり泣いたこともある。大変なことばかりだった日に、だれかに親切にされると泣きたくなるのと同じだ。

夜、眠っているときに、わたしはイーヴィを呼んだ。目覚めると、何人かがわたしをのぞきこんで、なだめてくれていたが、わたしはなおもイーヴィの名を口にした。イーヴィは別の病院にいて、いまは会えない、と言われた。

はじめて起こされてから一週間後、目をあけたら、室内に見知らぬ女の人がひとりいた。ベッドサイドの椅子にすわって、リング綴じのファイルを読んでいる。こちらが目を覚ましたことにその人が気づくまで、わたしは様子を観察した。病院の制服は着ていない。薄い色の洒落たワンピースに青色のジャケットを合わせ、見たこともないほど高いヒールの靴を履いている。髪はショート。ファイルの文字を目で追い、読んでいるあいだ、その内容に応じて目元に皺が寄ったり、目つきが穏やかになったりする。

「こんにちは」その人は顔もあげずに言った。「わたしはドクターK《ケイ》」

そのあと何ヵ月も経ってから、正しくはアルファベットのKではなく、〝ケイ《KAY》〟と綴《つづ》るのだと知ったが、そのころにはもうお互いかなり親しくなっていたので、ドクターKはその解釈を気に入り、こう言った。「そっちのほうがずっと簡潔だわ」

その人がファイルを置いて手を差し出しきて、わたしはその手をとった。「アレグザンドラです」わたしは言った。「そんなこと、たぶん知ってますよね」

「ええ、知ってる。でも、あなたの口から聞きたかったの、アレグザンドラ。わたしは臨床心理士で、この病院と警察に協力しています。臨床心理士が何を扱うかわかる？」

「人の心」わたしは言った。

「そう、そのとおり。つまり、医師や看護師たちがみんなであなたの体を治療して、わたしたち臨床心理士があなたの心について話をする。あなたがどう感じているか、何を考えているかについてね。過去に何があったか、いま何を望むかについても。警察が話に加わる場合もあるし、あなたとわたしだけの場合もある。そういうときに――つまり、わたしたちふたりだけのときに――あなたがしゃべったことは内密にする。ふたりだけの秘密ってことね」

その人は椅子から立って、ベッドの前にひざまずいて言った。「よく聞いて、これは約束よ。わたしは心の専門家で、心を扱う仕事をしてる。心の治療に効果はあると信じたい。でも、心を読むことはできないの。だから、お互いに正直でいる必要があるわけ。困難な事柄についてもね。だいじょうぶそう？」

その人の声がゆがみはじめていた。「だいじょうぶ」わたしは言った。

ほかにも何か言っていたが、その人は動きながらそっと遠ざかっていって、夜、次にわたしが目を覚ましたときには、いなくなっていた。

それから毎日、その人はやってきた。刑事ふたりがついてくる日もあった。わたしが家を出た直後に父親が自殺した、とその人から説明を受けたときも、刑事たちがそばにいた。急行したチームがキッチンで父親を見つけた。何度も蘇生《そせい》処置を試みたが、息を吹き返すことはなかったという。

ほんとうに、蘇生させようとしたんだろうか。だとしたら、どのくらい本気で？

内心そう思いながらも、実際に口から出たのは、どんなふうに死んだのか、という問いだった。刑事たちの視線を受けつつ、ドクターKはわたしを見た。「有害物質を摂取したの」ドクターKは言った。「毒物を。

前から計画してたことだった、それもかなり前かららしい、とさまざまな証拠が示していたそうよ」

「家のなかに大量に保管されていたんだ」刑事のひとりが言った。「いずれにしてもこういう結果になったんじゃないかとわれわれは見てる」

刑事ふたりがまた顔を見合わせた。心配していたほどひどい結果にはならなかったというような、ほっとした様子だった。

「いまどんなふうに思ってる？」ドクターKは訊いた。

「わからない」わたしは言った。一時間後、ひとりになって、自分なりの答えにたどり着いた。〝別に驚かない〟という答えに。

母親は拘束されたという。やはり毒物を所持していたものの、服《の》まなかったらしい。発見されたとき、母親はキッチンの床にすわって、膝の上に父親の頭を乗せていた。犬は飼い主の亡骸《なきがら》から離れようとしないものだと何かで読んだが、母親もそんなふうに遺体を守っていたようだ。

「ほかのみんなは？」わたしは言った。

「もう休んで」ドクターKが言う。「つづきは、あした話しましょう」

いま思えば、さまざまな事柄を解決すべく、たくさんの人が奔走《ほんそう》していたのだとわかる。警察、臨床心理士、医師。わたしたちはひとつのチーム、新たな大家族だった。チームの面々は、ホワイトボードに貼られたわたしたちの昔の顔写真を立ったまま見ている。それぞれの写真の上に、やがて世界じゅうに知られるわたしたちの通り名が記されている。少年Aから少年D、少女Aから少女C。それぞれが線でつながれ、引かれた線に沿ってこんな説明が付されている。〝ごく親しい〟〝暴力があった可能性〟〝関係不明〟。それぞれの病院のベッドから証言されたり確認されたりして新たに判明した詳細が、そこに書き加えられていく。夕空に瞬《またた》く星座のように、わたしたち家族の地図が浮かびあがりはじめている。

ドクターKとわたしが無言のまま過ごしたことも多かった。「きょうは話したい気分？」ドクターKに尋ねられても、わたしが疲れすぎていたり、治療の痛みがあったり、何もかもがいやになったりした日もあった。自分はベッドの上で体を鳥のようにぎくしゃくと妙な角度に曲げ、全然思うように動かせないのに、ドクターKはきれいな服を着て、しゃんとしているのが腹立たしく、また自分が恥ずかしくもあった。刑事の立ち会いのもと、束縛期や鎖期だけではなくそれ以前の子供時代のことも、覚えていることはなんでも話して、とドクターKに求められたりもした。わたしが話したことは、関係なさそうな話も含めてまるごと録音されていて、わたしはどんどん話をした。たとえば、イーヴィと自分が好きな本のことや、ブラックプールでの休暇についても。

「いつから学校に行ってないの？」ドクターKに訊かれた。わたしは思い出せなくて困ってしまった。

「中等学校には行った？」ドクターKがさらに尋ねる。

「はい。入学した年が最後。正確な日付は思い出せないけど、どこまで進んだかは全部の科目――あ、いや、ほとんどの科目――について覚えてる」

「学校にもどることについてはどう思ってるの？」ドクターKが微笑みながら言った。

それからは、毎日午後に病院の学習指導の講師がやってきた。ドクターKは口に出さなかったけれど、こっそり魔法を使っていることにわたしは気づいていた。なじみのある聖書の一節を、寝る前に読むのが好きだと知って、聖書を調達してきてくれたのだ。警察の質問攻めにわたしが飽きはじめたのを察すると、ドクターKはノートを閉じ、面談を終わらせてくれた。わたしは感謝の気持ちを伝えるため、つとめてたくさんドクターKに話をしようとした。たとえドクターKに腹を立てているときでも。

将来について話した日もあった。「将来、何をしたいか、考えたことある？」

「仕事とか？」

「仕事でもいいし、ほかのことでも。住みたい場所とか、行きたいところとか、やってみたいこととか」

「歴史が好きだったんだ」わたしは言った。「学校で。数学も。ほとんどの科目は好きだったな」

「そう」ドクターKは、ジョークを言い合っているみたいに、眼鏡のふちの上からわたしを見た。「いいことね」

「ギリシア神話の本を持ってた」わたしは言った。

「だから、ギリシアに行ってみたいかも。一緒に行こうってイーヴィと決めてたの。ふたりでお話を聞かせ合ってたの」

「あなたのお気に入りの話は？」

「もちろん、ミノタウロス。イーヴィはこわがってたけど。オルフェウスとエウリュディケのほうが好きなんだって」

ドクターKはノートをおろし、ベッドのわたしの手のそば、ぎりぎりふれないところに自分の手を置いた。

「いつかギリシアへ行けばいいわ、レックス」つづけて言う。「それにあなたはこれから歴史と数学と、ほかの教科もたくさん勉強する。きっとまちがいなく」

わたしたちが普通の生活を送るためには、養子縁組を結ぶのがいちばんだ、とチームは結論をくだした。慎重に検討したすえ、ひとりひとり別の家庭の養子になることに決まった。それぞれに必要なものがちがったし、きょうだい同士の関係にむずかしい部分もあった。それに、そもそも数が多すぎた。なんの根拠もないけれど、わたしにはこんなドクターKの姿が想像できる。ホワイトボードの前に立って、この方法を通すべく熱弁をふるうその姿が。何よりドクターKは、買って後悔した去年のコートのごとく、過去の一部も捨て去ることができると——時間と経験から——信じていた。

その奮闘の結果が、そのあと数カ月から数年にわたって、きちんとした結論の形でわたしたちのもとに届いた。小さい子たちが先だった。適応しやすく、救いやすかったからだ。ノアを引きとった夫婦は匿名扱いを望み、わたしたちにすら名前を教えてくれなかったが、ドクターKをはじめ、第二、第三の臨床心理士もそのほうがいいという考えだった。ノアはムア・ウッズ・ロードでの日々をまったく覚えていないだろう。生まれてからの十カ月を、まるで何もなかったかのように、きれいさっぱり消し去れる。ゲイブリエルは事件を詳細に追っていた地元の家族に引きとられ、その家族から、プライバシーの尊重を求める感情的な声明が何度か出された。いちばん器量よしのデライラは、子供のいないロンドンの夫婦の養子になった。そして、最も幸運に恵まれたのはイーヴィで、南海岸に住む家族のところへ行った。きょうだいがふたりいて、男の子と女の子がひとりずつであること、ビーチのそばに住んでいることくらいしか、イーヴィの消息についてだれも教えてくれなかった。

わたしにこういう話をするのは、ドクターKの役目だったのを覚えている。それで、絶対に無理なのは承知のうえで、その家族にもうひとり子供を引きとる余裕があるかどうかをドクターKに訊いてみたのも覚えている。

「それは無理だと思うわ、レックス」ドクターKは言った。

「それでも、頼んでみてくれた？」

「そういうことはわかるの」ドクターKは答えたあと、思いがけずこう付け加えた。「ごめんなさいね」

　残りは、イーサンとわたしだけだった。母親の妹のペギー・グレンジャーが、何週間もためらったすえに、中等学校卒業までイーサンの面倒を見ると決めた。ペギーにはイーサンより歳上の息子がふたりいるので、もうひとり男の子が増えてもどうにかなるだろうという話だった。三年後に出ていくとペギーは見こんでいたようだが、受け損ねていた試験をクリアして、イーサンは——イーサンであるがゆえに——二年で出ていった。ペギーはわたしたちの状況がひどくなる直前にうちに来たことがあって、その日はわたしが応対に出たので、その後もわたしのことを気にかけてくれているにちがいないと思いこんでいた。ところが、訊いてみると、ペギーはムア・ウッズ・ロードを訪れたことを否定した。おまけに、なんたることか、十代の女の子の扱いには慣れていないと言ったのだ。

　ロンドンのオフィスでは、次のふたつを訊かれた。ひとつは、デヴリンは元気か。それに答えると、次は、なぜあなたはこっちにもどったのか、と言われた。

　ここで、デヴリンの話をしよう。

　上司のデヴリンはだれかの人生を台無しにしかねないほどの刺激的なプロジェクト——新しいプロジェクト——を、つねにかかえている。デヴリンは何週間もつづく眠れぬ夜に耐え、堕天使ルシファーのごとき（デヴリンいわく〝それくらい気むずかしいうえカリスマ的な〟）顧客に耐え、何度鎮めてもまた仕掛けてくる、スーツ姿の古臭い男たちからの圧力に耐えてきた。仕事中にデヴリンがわたしのほうを向いて澄ました顔で、調子はどうかと訊いてくることがある。求められている答えはただひとつ、〝順調です〟だ。いまわたしは、四十八時間で三つ目のタイムゾーンに体を適応させている最中で、台風のせいでインターネットが切断され、吐きそうなくらい疲れきっている。それでもわたしは順調だ。デヴリンはなんでも知っていて、ベネズエラの麻薬王に麻薬を供給しているかもしれない（あるいは、していないかもしれない）人物にも、中東の小国の王《スルタン》にも知り合いがいるし、言うべきことばをどんなときもちゃんとわかっている。デヴリンの目とそのまわりの隈《くま》は、ガンメタルと同じ暗灰色だ。四十二歳のとき、彼女の心臓は——一日五時間睡眠で一週間に二カ国で過ごす日々に嫌気がさして——シンガポールのチャンギー空港から二時間のあたり、太平洋の三万五千フィート上空で反乱を起こした。「なんかおかしいってわかってたんだけどね」デヴリンは言った。「このわたしが離陸前にシャンパンを飲みたくなかったから」エコノミークラスから医師が駆けつけて、心臓は持ちなおした。シンガポールで目を覚ましたデヴリンは、機内にいる全員に飲み物を振る舞った——迷惑をかけたお詫びとして。

デヴリンはなんらかの心臓の手術、それも体への負担が大きい手術を受けたらしく、その後、会議のときにデヴリンにチックの症状が出ていることにわたしは気づいた。怒ったりいらいらしたりすると、デヴリンは子供をなだめるような手つきで胸を撫でるようにもなった。わたしはたびたび、デヴリンのシャツの下の傷痕を思い、縒《よ》れた皮膚と、プレスの効いた清潔な木綿の、妙にちぐはぐな組み合わせを想像した。

ロンドンへ行かないとできない仕事だと適当にごまかせばいい、とデヴリンは言っていたが、結局、ほんとうにそういう仕事が来た。技術会社の役員をつとめるデヴリンの友人が、ケンブリッジを拠点に、独占的なゲノム関連の新興企業を買収したいと考えているという。「わたしの理解によれば、DNAをその企業に送ると、その人の未来を予測してくれるんだとか」

火曜日の夜には、おびただしい量の情報が届いていた。ロンドンは深夜だったが、わたしはデヴリンの話を聞きながら、ファイルを開封した。

「占い師みたいなもの？」わたしは訊いた。

「まあ、それをはるかに高度にしたものだと思う。〈クロモクリック〉って会社」

それ以降、その週はずっと、分厚い疲労の幕に覆われて眠り、毎朝ホテルの目覚ましに合わせてその幕を跳ねのけた。ロンドンの始業時間に仕事を開始し、夜はニューヨークからのデヴリンの電話に対応した。朝方の空き時間に事務所から退勤するが、シティはあたたかくてまだ薄暗く、わたしはタクシーのウィンドウをおろして眠らないようにしていた。

父と母からの電話には出なかった。グループチャットに届いたオリヴィアとクリストファーからの二百通ものメッセージも無視した。ドクターKがわたしの不意をついて時間を問わずときどき電話してきたが、それも無視した。わたしが連絡をとりつづけたのはただひとり、イーヴィだけだった。ムア・ウッズ・ロードをコミュニティセンターにするというふたりの計画が実現に向かって進んでいたからだ。そこに集めるのは、父親と母親なら反対したであろうものばかりで、たとえば児童図書館や、お年寄りの読書会、避妊に関する講演会などを催す場になれば、と考えていた。わたしたちの思いつきは、どんどん大掛かりなものになっていた。

「ローラーディスコは」イーヴィが言った。

「食べ放題のビュッフェ」

「州ではじめての同性結婚式の会場」

水曜日に、ビルから電話がかかってきた。わたしはほんとうに執行者の役目を果たすと決意したんだろうか。いま、もう一本の電話回線の向こうには顧客が、ドアの外では下級法廷弁護士がわたしを待っている。ビルだけが異質な存在で、この事務所と同じ世界にあの刑務所があるのが信じられなかった。「週末まで待って」わたしは言った。

金曜日の夕方、気温はまだ三十度を超えていた。パディントン発十八時三十一分の列車に乗ったわたしは、判明したばかりのゲノム関連企業の不祥事について、自分の考えを伝えるべくデヴリンにメールを打っていた。その会社の重役が、従業員たちの性的指向、健康状態、人種などの詳細をまとめた、暗号化されていない外部ディスクを列車に置き忘れたというのだ。〝つまり〟わたしは話を締めくくった。〝多々問題があります〟。オリヴィアが結婚式の写真をスクリーンショットしたものに、それを台無しにするようなキャプションを添え、クリストファーとわたしに送ってきていた。〝超堅いカナッペ。並み以下のドレス。性差別的なメニュー。なんなのこれ？〟。わたしはデヴリンへ送るメッセージを見なおして、付け加えた。〝念のため、ただいま列車で移動中です。またのちほど連絡します〟

あらかじめ住所を教えてもらい、イーサンとアナには駅まで迎えに来なくていいと伝えてあった。ふたりの家はサマータウンにあって、わたしとしては歩いていきたかった。ＪＰが昔、ここの学校にかよっていて、何度かふたりで訪れたことがあったからだ。わたしは車輪つきのスーツケースを引いてジェリコ街を抜け、ウッドストックロードを進んだ。二十五歳のとき、アシュモレアン博物館から飛び出して、デスマスクの顔まねをした。二十七歳のときは、水着とシャンパンを持ってポート・メドーへ逃げ出した。彼女は――ＪＰの小さいガールフレンドは――彼に求められて服を脱ぎ、シャンパンを口に含んだあと、藪《やぶ》にろくに隠れようともしないで彼を味わったのだろうか。でも、彼女は悪くない。登場してきたのは、ずっとあとなのだから。

門の向こうに見える大学は、夏のあいだは眠っているらしく活気がない。

アナが、通りを歩くわたしを見て、二階の窓から手を振った。それから玄関のドアをあける直前、あたふたしていたのが、曇りガラスを通して見てとれた。

イーサンが妻を注文できたなら、その相手はまさにこのアナ・アイスリップだっただろう。アナの父親は長年、大学で美術史を教えていた人物であり、母親はギリシアの海運を担う一族の出で、ビジネスに直接たずさわってはいなかったものの、月々の手当が出るくらいの遠縁だった。イーサンは、芸術を通じて暴力犯罪の被害者の回復をはかるオックスフォード市議会の取り組み、〝アート・アタック〟でアナの父親と知り合い、その十日後――川沿いに建つ、木とガラスでできた広大な建物、アイスリップ邸に招かれることに成功して――アナと出会った。

「アート・アタック？」ふたりがかりで話をするのを聞いたとき、わたしは言った。あらかじめそれぞれの台詞《せりふ》が決まっていて、互いにそれをよく承知していた。

「ほんとにそんな名前なの？」

「ええ」アナが言った。イーサンは笑みを浮かべて、そっぽを向いていた。

昼食会の日、アナはアイシス川で泳いでいた。イーサンが着いたとき、アナは川岸にいて、水着のまま体を拭いていた。イーサンにとっては早起きしなくてはならず、最悪の一日だったはずだ。

「幸運な一日だったよ」イーサンはそう言って、グラスを持ちあげた。

アナは芸術家だ。ほんのり絵の具のにおいがして、手や足にいろいろな色がついている。サマータウンの家のどの部屋にも、アナの描いた絵が壁に掛けられたり、立てかけられたりしていた。アナは水と、水に差す光を描いていた。灰色がかった緑色のアイシス川の穏やかな水面《みなも》や、嵐の直前に最後の光線が注ぐ海を描いた。だれかが紅茶のマグカップを置くときの震えを描いた。ニューヨークのわたしのロフトには、アナ・アイスリップが描いた、午後の陽光を受けてきらめく海の絵がある。〝ギリシア、わたしの第二の故郷。きっと気に入ってくれるってイーサンが言ってました〟同封されたカードに、アナはそう書いていた。

いま、アナが勢いよくドアをあけて、わたしを抱擁した。「お母さまのこと、お気の毒に」

「ええ。でもお気遣いなく」

「気持ちの整理がつかないわよね」アナが言い、そのくだりを終えてほっとしたのか、表情が明るくなった。「イーサンは庭よ。さあ、どうぞ。あの人、ワインの栓をもうあけちゃったの。待てば、って言ったのに。ああ、レックス。一週間寝てないみたいな顔よ」

羽目板張りの廊下を歩いて、アナのアトリエと居間を過ぎ、キッチンへ出た。庭に向かって開けた部屋だ。夏の宵が天窓から斜めに降り注ぎ、大きな両開きのドアからも流れこんでいる。アナの両親が婚約の贈り物として、こういうふうに改装したらしい。イーサンの愛犬ホラティウスが、よたよた中へ歩いてきてわたしに挨拶をした。イーサンは外にいて、こちらに背を向けてすわっている。「やあ、レックス」イーサンは言った。太陽が地面とほぼ平行な位置にあって、しばらくわたしにはイーサンの白い乱れ髪の輪郭しか見えない。そこにいるのが、わたしたちきょうだいのだれであってもおかしくなかった。

イーサンと最後に会ったのはロンドンで、六カ月前のことだ。王立美術院での公開討論会に、イーサンが招いてくれた。〝教育と霊感　若い芸術家への指導〟と題した討論会で、イーサンが司会役だった。わたしはデヴリンと飲んだあとで、到着が遅れたため――講堂にはいるのも無理そうなくらい遅くなったため――バーでイーサンを待った。どのテーブルにも、討論会を告知する厚紙のパンフレットが束になって置かれていた。表には、小さな子供ふたりが海にはいっていく姿を描いた絵があり、裏には登壇者たちのプロフィールが記されていた。

イーサン・チャールズ・グレイシー　オックスフォードのウェスリー・スクールの校長。ウェスリー・スクールは芸術分野において由緒と実績ある学校であり、さまざまな世代のグループが、芸術に関して評価の高い数々の取り組みをおこなっている。英国有数の若さで校長に就任。オックスフォードシャーのいくつかの慈善団体の理事をつとめ、教育改革について政府に助言してきた氏は、国内外で講義やセミナーを開催し、個人がトラウマを乗り越えるのに教育がいかに役立ってきたかを説いている。

わたしは飲み物のお代わりを頼んだ。ドアが開いて、講堂から移動してきた人々がガヤガヤとはいってきた。イーサンは最後の一団にいて、スーツ姿の男ふたりと、首からストラップを掛けている女ひとりと話していた。

わたしと目が合うと、イーサンの顔に笑みが横切ったが、それだけだった。ほかはだれひとり、こっちを見もしなかった。イーサンは重そうなジャケットを片手に掛けるようにして持ち、話のオチに近づいていった。笑い声をつかもうとするように、両の手のひらを上向きにしている。語り口が父親と同じだ。自信に満ちているところも。腱と筋肉を使って全身で話を伝えながらも目と口だけは無表情のままで、首から上と胴体がまるで別人みたいなところも。人々はイーサンのまわりをうろついて、話しかけるタイミングをうかがっている。わたしは椅子の背に体を預けた。どうやら待つしかなさそうだった。

それから三十分後、グラス三杯が消えたあと、イーサンはわたしを見つけた。「よう」イーサンはそう言って、わたしの両頬にキスをした。「さて、どうだった?」

「すごく興味深かった」わたしは言った。

「よかっただろ？」イーサンが言う。「ツリーハウスの計画」

「ええ、そう。そこもよかった」

「会場へはいりもしなかったのに？」

わたしはイーサンを見て、笑った。イーサンも笑う。

「仕事だったの」わたしは言う。「でも、講演はすばらしかったに決まってる。元気？　アナは？」

「アナは都合がつかなくてね。残念だよ――来てたら、レックスのいい話し相手になったのに。彼女、調子が悪くてね。あれはたしか――十九世紀的な悲嘆――芸術家によくあるあれだ。超上流階級の。なんて言うんだったかな」

「ヒステリー？」

「いや、そこまで重くない」

「気鬱？」

「そう。それ。そのうちよくなる」耳にはいってくる周囲の会話のほうが重要なのだろう、イーサンはわたしからほかへ目を移しそうになるのを、かろうじてこらえている。「みんなに紹介したほうがいいかな。挨拶にまわらないといけないんだが」

「実は、まだ仕事が残ってるの」残った仕事などなかったけれど、わたしは言った。「挨拶してきて。一大事ね」

「もっと大きな行事がいくつも待ってる。外で話そう」

　ピカデリーはまだ混み合っていた。道路には、青と白の電飾が張り渡されて、買い物客は紙袋を持って萎《しお》れている。雪が降りそうなくらい寒かった。ディナージャケットとドレス姿のふたり連れが何組か、さっと頭をさげてホテルのロビーへはいっていった。店のショーウィンドウには、心あたたまる新しい御伽噺のようなディスプレイが飾られている。ロンドンの十二月。わたしは何か値の張るものを買おうと思い、ホテルまでメイフェアを通って歩いてもどろうとした。ドアマンの装いや、通りの両側にそびえるアパートメントの明かりを見たかった。イーサンがジャケットを着るのに手を貸してくれた。わたしの手にはまだパンフレットがあった。

「それって」イーサンが言った。

「この絵も自分で選んだの？」

「ああ。知ってるか。《海の子供たち》って絵」

「知らない」

「ホアキン・ソローリャ・イ・バスティーダは？」

「さっぱりよ、イーサン」

「その絵を見るとおまえたちを思い出すんだ。レックスとイヴのこと」

「すばらしい略歴ね」わたしは言う。「たとえ自分で書いたものでも。ほんと立派だと思う」

イーサンはすでに王立美術院へもどりかけていた。ふたたび人混みにはいっていくのに備えて、いつもの笑みを浮かべている。「ただのことば選びさ」イーサンは言った。「そうだろ？」

イーサンが生まれたときの話は、わたしが生まれるずっと前から家族の伝説のようになっていたのに、わたしの話は――女の子だし、これといった事件もなく、病院での出産だったから――続篇としてつまらなかったせいか、めったに父親の口から語られることはなかった。

イーサンを身ごもっていたとき、母親は妊娠八カ月でもまだ、マンチェスターから一時間ほどの距離にある、父親が電子機器の修理を担当していたちっぽけな会社で受付の仕事をつづけていた。この段階になると、タイプライターに手を届かせるのもひと苦労というありさまで、秘書たちは母親の歩き方をあざ笑い、父親は地下の仕事場から一日三回、母親の持ち場までのぼって、タッパーウェアとマッサージを届けなくてはならなかった。子供が生まれる気配はなく、ただいつもとはちがう不快な感じ、痛みの予感のようなものだけがあった。そのうちに、母親のショーツと事務所の安物の椅子に羊水が浸みた。

父親がその日、母親のもとへあがっていくのは四回目だった。会社の重役のひとり、ミスター・ベッドフォード――念のためはっきりさせておくが、この話の悪役――が、すでに母親のそばにいて、受話器を手に持っていた。母親もその受話器を握って、ミスター・ベッドフォードに、頼むから手を離していいと訴えていた。自宅で出産をすると夫と決めている、家へ帰る、と。ミスター・ベッドフォードは病院へ行くためにタクシーを呼ぼうと、すでに二回も電話をかけていたが、話が済む前に母親が途中で架台のフックを叩いて電話を切ったらしい。

ミスター・ベッドフォードは引きさがらなかった。早産なんだから、病院へ行くべきだ。受付の電話が無理なら――父親がジャックから電話のケーブルを抜いて、それをミスター・ベッドフォードの手の届かないところに留めてしまった――自分のオフィスから救急車を呼ぶ気だった。両親は卓上電話のケーブルを引きずって、羊水の跡を残しながら出発した。もたもたと開くオフィスのドアをふらつく足で抜けたのち、駐車場を進んで、毎日通勤で使っている愛車フォード・エスコートの後部座席に母親が倒れこんだ。父親はイグニッションのキーをまわした。車が走りだして幹線道路に出たとき、サイレンが聞こえてきて、ランプを点滅させている一台の救急車とすれちがった。

「ミスター・ベッドフォードは」父親はよく言ったものだ。「たっぷり説明しなきゃならなかったろうよ」

二十分後、ふたりは自宅にいて、父親がクリスマスのボーナスで買った清潔でやわらかい毛布を敷いた。ソファの上に並べてあったクッションを床におろし、カーテンを閉めた。母親は急ごしらえのベッドでうずくまった。慣れ親しんだ暗がりのなかで、母親の顔が涙と唾液で照り輝いた。

それから四十時間後に、イーサンが生まれた。母さんが最後は眠ってしまって、頭を叩いて起こさなきゃならなかった、と父親は言った（青と白の点滅ランプや病室は、母親の頭にちらっとも浮かばなかったのだろうか）。ふたりは浴室の体重計で赤ん坊の目方をはかった。体重は七ポンド、健康だった。男の子だ。その子は早く出てこようとして闘い、みずから道を拓いて世界へやってきた。三人は裸で血まみれのまま、床で身を寄せ合った。まるで残虐な出来事からの生還者のように。まるで地上に残された最後の人間、もしくは地上に現れた最初の人間のように。

イーサンの誕生にまつわる話のうち、二週間後にミスター・ベッドフォードからしっぺ返しされたくだりを、父親は省くことが多かった。グレイシー夫妻は会社の備品を無断で奪い、管理者の直接の指示に従わなかった。それに、父親は設備部の同僚たちからきらわれていた。おおぜいの前で人をからかう癖や、受付で妻の体をこねまわして長時間さぼっていることに、何度も苦情が寄せられていたのだ。ミスター・ベッドフォードは息子の誕生について祝いのことばを述べたのち、社にもどってくるのは遠慮してくれ、と両親に要請した。最後の給与小切手は郵送されることになった。

それきり、母親が働きにでることはなかった。その後十七年間、母親は子育てに専念し、殉教者の役割に近づいた。神から与えられた仕事を、立派につとめていた。わたしたち子供がいちばん大事にされたのは、母親の窮屈な体内に閉じこめられて、口も利けなかったときだった。物心ついたころの記憶では、ずっと母親は妊婦だった。外へ出るときは薄手のワンピースを着て、できかけの腫瘍のようにおへそが突き出していて、家にいるときは染みのついたTシャツにショーツ姿で、ソファに横になって授乳している。ふたり同時に授乳するときは、子供はわれ先にと騒ぎ立て、出のいいほうの胸をめぐって争い合った。母親がいまのわたしの年齢だったとき、すでにイーサンとわたしとデライラを産み、イーヴィを身ごもっていた。母親は気味の悪いにおいがした、体のなかからのにおいが、外に滲《し》みだしていたのだ。中身がどうしても表面に出てきていた。

母親の子供のころの夢は、ジャーナリストだった。彼女は丘に囲まれた村に、両親と妹とともに住んでいた。高台に残った最後の家で、ピサの斜塔のごとく傾いていた。彼女が村じゅうの人に取材をしようと決めると、彼女の父親は新聞や雑貨を売る店で、情報を記録するためのメモ帳を買ってくれた。彼女は最初のページに、できるだけきれいな字でこう記した。〝デボラからの特報〟。毎週末と放課後もときどき、デボラはメモ帳を携えて家から家へと取材してまわった。デボラはみんながひそかな望みを──たとえば、宝くじにあたりたいとか、海のそばに引っ越したい、フランスか北米へ行ってみたいといった望みを──うれしそうに語ることに気づいた。その人たちがまた、隣の通りにやってきたばかりの家族の関係を、夫婦かもしれないが、父娘の線も大いにありうるなどと嬉々として推測することにも気づいた。当時の母親の写真を見たことがあるが、そのころはうまくいっていたにちがいない。ホワイトブロンドの髪に、人の気持ちに寄り添える成熟したまなざしの持ち主で、秘密を打ち明けたくなるような女の子だったから。

〝パレード〟とみずから呼ぶものを、デボラはそれまでなんとも思っていなかった。事件が起こったのはデボラが十歳、隣町のグラマースクールへの入学試験を直前に控えたころだった。村で収穫祭があり、パレードがおこなわれた。隣組のようなゆるいまとまりごとに、祭りの山車《だし》を飾りつけ、各家庭の母親が案山子《かかし》を編んで、通りにすわらせるのだ。子供たちは農作物の仮装をして、ひとかたまりになって野菜畑をぶらぶら歩く。その年は、いささか疑わしい民主的な手続きを経て、デボラが収穫祭の女王に選ばれていた。金色のドレスを着て（おととしのジャガイモの仮装に比べたら格段の進歩だ、とデボラは思っていた）行列の先頭を歩いたが、パレードがデボラの家の前を通ったそのとき、退役軍人の山車を曳いていた兵士たちが祝砲を撃った。

群衆の先頭にいたため、デボラのいる場所からはそれが見えなかった。ちょうどヒリー・フィールズ・ロードのいちばん高い地点で、地方キリスト教会の山車をモーリス・マリーナ（英国の大衆車）につないでいたロープが切れた。山車がデボラの父親に激突したとき、人々の悲鳴が聞こえたが、群衆が興奮しすぎただけだと思って、デボラはよけいに一生懸命、手を振った。主催者が止めようとしたときも、デボラはにっこりと微笑んで、その人のまわりをぐるっと歩いてみせた。

それから二、三日間は、村に全国紙の記者がはいっていた。その事故でデボラの父は片脚を失い、子供ひとりが――手作りのカボチャの衣装を着た子が――亡くなった。デボラは興奮した。自分のものとそっくりの手帳を持った、そつのない颯爽とした記者たちに見《み》惚《と》れた。被害者であり不本意ながら当事者でもあるデボラは、悲劇の主人公だった。自宅の居間で母に付き添われておごそかにすわり、ティッシュペーパーを握りしめながらみずからの体験を語った。そしてインタビューを毎回こう言って締めくくった――恐ろしい出来事を経験して――自分もぜひジャーナリストになりたい。デボラは村の人たちにも各自の体験を語ってもらえたらいいのに、と思った。そこでメモ帳の裏に、名前と電話番号を書き留め、記者全員の出版物の名称を括弧書きで添えた。さらに職業意識の高さと、話を聞いてくれた時間に応じて、全国の出版物を評価し、星をつけていった。そうしておけば、いつか自分が記者になるときに、だれに連絡すればいいかがわかる。

ほかには、地方キリスト教会の人たちも訪ねてきた。ある夜、三人の女性が玄関のドアをノックしたが、あまりに小さな音だったので、デボラはそれを聞き流し、三人はもう一度ノックした。雨のなか、スカーフで頭を包んでいるので顔が陰になって見えない人たちが、遠慮がちにドアから離れてたたずんでいた。最年長のひとりが、布巾《ふきん》の下に焼き立てのパンを入れた籠を持っていた。それを差し出されて、デボラはぎょっとした。なぜかはわからないが、一瞬、籠のなかに赤ん坊が隠されていると思ったのだ。

「わたくしたちは、あなたのために毎日祈っていますす」ひとりが言い、もうひとりが付け加えた。「それに、あなたのお父さまのためにも」

「そうです——お父さまのためにも。お父さまはご在宅かしら」

「まだ病院なんです」デボラは言った。「母もいま病院にいます。妹も」

「ひとりぼっちでさびしかったら」年長者が言った。「遠慮しないでわたくしたちのところへいらして」

「大事なことなんですよ」次に歳上の人が言った。「子供たちを心から歓迎することは」

一ヵ月後、デボラの父は退院した。報道陣も引きあげて、事故で亡くなった子供の葬式がおこなわれ、野辺《のべ》送りの列は収穫祭と同じ道を進んだ。父はテレビの前で何も言わず、静かに突っ立っていた。左のズボンが、まるで脚の亡霊のように、体の後ろへぶらんと垂れていた。父は窓を掃除することもできなくなった。それではじめてデボラは、事故など起こらなければよかった、と思ったのだった。

「そうしてパレードがはじまったの」わたしの母親であるデボラは言った。母親を襲った不幸のパレード。夫が仕事を失ったとき、あるいは子供のひとりが学校に行かず、教師が心配して電話をかけてきたとき、あるいは夫がはじめてイーサンを殴ったとき、母親はこう言ったものだ。「パレードだから仕方ないわね」

デボラが収穫祭の女王と呼ばれなくなったころ、デボラの母が村の店で仕事をする時間を増やしたため、デボラが父の世話をするようになった。ちゃんと朝食をとらせたり——食事を拒んで餓死しようとするのではないか、とデボラの母は案じていた——脚の切断面を見て、感染症の兆候がないかたしかめたりしなくてはならなかった。父が椅子にすわり、デボラは父の前にひざまずいた。デボラは自分の気質を誇らしく思った。縫い合わされたなめらかな父の皮膚と、紫色の縫合痕にふれた。医者になるべきなのかも、とデボラは考えた。傷を調べるあいだ、互いに口を利かなかった。父はもう娘に最近の取材の様子を尋ねることはなかったし、娘のほうも報告することが何もなかった。

デボラはほかにも妹のペギーの面倒を見なくてはならなかった。ペギーは八歳で、ひどく手がかかった。

「妹はあなたほど賢くないから」デボラは母に言われた。「デボラ、あなたが必要なの」デボラは自分の宿題を終えると、腰を据えてペギーの宿題を手伝ったが、内容があまりに幼稚なのでため息をついた。疑われないように、いくつかわざと答えをまちがえることにしたが、問題が簡単すぎる場合があり、そういうときはペギーが授業前に呼び出されて、どういうことかと説明を迫られればいいのに、と思ったりもした。

デボラはグラマースクールの入学試験に落ちた。家族はそのことにはふれず、端《はな》から合格の見込みなどなかったようにふるまった。パレードはつづいた。デボラは地元の総合中等学校《コンプリヘンシヴスクール》にかよったが、そこの生徒は農家のぼんくら息子とその将来の妻たちばかりで、牛糞のにおいを漂わせていた。唯一できたカレンという友達は、一家で最近引っ越してきたばかりだった。カレンは痛々しいくらい痩せて、いつも退屈そうな顔をしている子で、煙草に火をつけると、爪先に血がにじんでいるのが見えた。デボラは注意散漫で勉学に打ちこんでいない、と教師たちは言ったが、本来ならほかの学校にいるはずだったのに、どうして集中できただろう。デボラの母は、娘さんに何かあったのかと店の客に訊かれるたび、肘のあたりと目の下に乾癬《かんせん》ができて、ひどく神経質になったのだと答えていた。さらに悪いことに、ペギーがグラマースクールにぎりぎりの成績で滑りこみ、明快な気どった発音で家族のみんなに話しかけるようになって、その声が、傾いた家の部屋という部屋を貫いた——デボラがすべてを犠牲にしたのは、ペギーのためだったのに。

デボラが学校の制服姿のまま、村を通って地方キリスト教会の夕べのミサへ行く姿がときおり見られた。脇を締めて、靴下を足首のところで団子にして、足早に歩いていた。いつもひとりだった。デボラはミサがはじまる直前に到着して、ほかの信徒たちが立ちあがる前に出ていくようにしていた。村の人たちがデボラのことを、赦しを体現したような人間だと思っているという話は、本人の耳にもはいっていた。けれどもほんとうは、家族から離れて夕べを過ごすことと、信徒たちが自分は赦されていると思って安堵の笑みを浮かべるのを見るのが好きなだけだった。

デボラは十六歳のときに卒業し、形ばかりの二、三の資格と、市内に秘書科の籍を得た。金銭的な余裕ができると、村にあった実家から出て、湿原を越え、郊外へ引っ越した。それで、ペギーの発音を耳にすることも、頭が耄碌《もうろく》しはじめていた父の面倒を見ることもしなくてよくなった。時とともに父は縮んで愛用の椅子の生地に溶けこんでしまっていて、デボラが別れのキスをすると、叩かれるとでも思ったのか、ビクッと身をすくませた。

イーサンとわたしがうんと幼くて、競い合ったりもしなかったころ、両親は寝る前にどんな話をしてほしいか、わたしたちの意見を訊いてくれた（父親はどんな本より自分が作った話のほうがすぐれていると思っていて、「ホメロスの時代に紙は必要なかったんだ」とだけ言い、製紙業の歴史の価値を認めなかった）。イーサンが好んだのは、自分が世界に生まれ出たときのドラマチックな話で、最後はかならず母親が居間のラグマットをずらして、絨毯《じゅうたん》についた茶色い染みを見せるのだった。一方、わたしは両親が出会った夜の話が好きだった。

カレンに説得されて、デボラは土曜の夜、一緒に街へ出かけることにした。「つまんない人間になっちゃうよ」カレンは言った。「もう、前よりはるかにつまんなくなってるんだから」（その話をするとき、わたしの母親はカレンがいまも未婚で自宅住まいのうえ、精神衛生上の問題をかかえていると思っていて、「いま、つまんない人間なのはどっちかしらね」と言った）。ふたりはデボラのフラットで着替えをした。デボラはいつものように黒い服を着て、ホワイトブロンドの髪を腰まで垂らしていて、ステレオからは悲しいエルヴィスの曲がいつでも流れていた。途中で飲むためにリースリングのボトルを一本持って、ふたりはバスに乗った。

その夜は、災難つづきだった。ふたりが最後に行き着いたのは、街はずれのパブで――ぐらぐらのテーブル、スロットマシーン、べとついた絨毯――カレンの昔の恋人がカウンターで働いていた。カレンとバーテンダーは偶然会って驚いたというふりをしていたけれど、すべて仕組んであったのだろうとデボラにはわかった。自分はお邪魔虫で、バーテンダーが客に注文をとっているあいだだけ、カレンをもてなすために呼ばれたわけだ。ただでふるまわれたウォッカのオレンジジュース割りをふたりで飲んでいたら、カレンがトイレに立った隙に、バーテンダーはデボラにウィンクをしてきた。十一時をまわった直後、だれかがレコードをかけて――ハードな曲で、デボラは聴いたことがなかった――バーテンダーとカレンが踊りはじめた。スパンコールのついた服を着た、歯のない女が踊りに加わり、さらに地元の男がひとり、まっすぐ立ってもいられないくせに、腰をまわしてデボラにアピールしはじめた。デボラは左右の足に交互に体重を移動させていたが、しばらくすると、スツールからジャケットをつかんで店の外へ出た。

自分がどこにいるのか、わからなかった。バス停を目指して歩いていると、涙があふれてきた。別の人生なら、毛布の下でぬくぬくと眠っていただろう。街のこのあたりでは、建物と建物の間隔が広く、明かりの届かないところに不毛な闇が横たわっていて、足元も見えないほど暗い。デボラは水たまりや道のくぼみにつまずきながら、そういう死角を走って抜けた。遠くまで来すぎてしまったと痛感していた。

三十分後、教会に着いた。

教会は、道路から奥まったところ、墓地のあいだに延びる曲がりくねった砂利道の突きあたりにあった。壁の煉瓦《れんが》は、ぬくもりのあるテラコッタの赤色で、夜を裂いて光を放っていた。真夜中を過ぎていたのに、窓のステンドグラスがきらっと光り、中にだれかが灯した蠟燭《ろうそく》があるのだとわかった。

ほとんど何も考えず、デボラは教会のドアをあけた。ここで夜をやり過ごして、日曜の朝のミサがはじまる前に余裕をもって出ていけばいい。入口で靴を脱ぎ、ドレスを引っ張って膝のあたりまでおろす。石造りの床に、湿った足跡を残しながら進んだ。

通路の突きあたりで、五本の蠟燭が燃えていた。一列一列、通り過ぎる会衆席を横目でたしかめながら、忍び足でそちらへ向かう。説教壇に着くと、デボラはまるで信徒に話しかけるようにして振り返った。

「だれかいませんか」デボラは言った。

「やあ、どうも」このとき返事をしたのが、わたしの父親になる人物だった。

心臓がびくっとなった。男が頭上のバルコニーに、両の手のひらを手摺《てす》りに押しつけて立っていた。

「どうも」デボラは言った。

「こんばんは」その男は言った。「はいってくる人がいるとは思わなかったな」

「ほんとにばかみたいなんだけど」デボラは言った。「道に迷ってしまって」

「ばかなんかじゃないさ」

「ここで何してるの」

「ついでの仕事を。新しい照明を試してるんだ。もしよかったら、一緒にどうかな」

男が手招きした。デボラはまだ震えていた。その場から動かずにいたら、男は笑って言った。

「こわがらなくてもだいじょうぶ」

「こわがってなんてないわ。どこからあがればいいかしら」

「入口の奥。いま光をあてるから」

男が姿を消し、煌々とした光が通路にあふれた。安堵がデボラの全身にひろがった。暗闇をこわがるなんてばかばかしい。できるだけ速く階段をのぼった。ドレスが邪魔で歩きづらいので、壁にしがみつきながら、さまざまなワイヤーや垂れ幕、積まれた椅子のそばを通り過ぎた。のぼりきったところで、いたずらではないか、どこかに隠れているんじゃないかと思い、男の姿を探した。すると、男は背を向けて待っていた。

「楽しい夜を過ごしたみたいだね」男は言った。両手でヒューズボックスを持っている。前腕の筋肉に沿って走る溝と、静脈の描く三角州が見てとれた。男の体に発見された未知の国。

「ええ。でも、行くって言わなきゃよかった。友達が――昔からの友達だと思ってるんだけど。彼女が言いだしたことで」

なおも男はデボラのほうを見ない。

「その友達はいまどこ？」

「男の子と一緒じゃないかしら」

「あまりいい友達のようには聞こえないね」

「まあ、そうね」

男が魔法のようにスポットライトを灯すと、その光がバルコニーを伝って移動し、デボラの顔にあたった。

「きみの髪は」男が言った。「あらゆる光を引き寄せる」

（〝あらゆる光を引き寄せる〟、素敵な台詞だ。いまは受け入れられないけれど、かつてなら――若いころなら――こんなふうに言われたら、わたしだって感動しただろう）

「土曜の夜はいつもこんなふうに過ごしてるの」デボラは訊いた。

「いや。たまにね。見てのとおり、機械いじりが好きで。それと、人を助けるのが好きなんだ」

デボラは男と並んで手摺りにもたれた。髪が男の腕にかかる。

「連れがいたことはないけど」男はそう言って、笑みをたたえた。「こういうふうにだれかと作業をするほうがはるかにおもしろいね」

「わたし、全然おもしろくない人間なの」デボラは言った。「なかなか退屈なやつってわけ。ほんと言うと」

「信じられないな。きみの身に起こった最高の出来事は何？」

「えっ？」

「自分に起こった最高の出来事を言ってみて。自分の人生に起こった最高の出来事を語っているときは、だれしも退屈な人間ではないものなんだ」

デボラの脳裏に浮かんだのは、女王のドレスと、収穫祭を見物している村の人々の顔だった。頭のなかで人数が増えていて、デボラは数百――数千――の支持者のなかでパレードを率いていた。「わかった」デボラは言った。どういうふうに話せばいいかは、よくわかっていた。

「なるほど」男は話を最後まで聞いて言った。「退屈なんかじゃなかったよ。とはいえ、その話はきみに起こった最高の出来事でもない」

「そうかしら」

「そうとも」男は言った。そしてヒューズボックスに注意を向け、それを大きな手のひらからもう一方の手へ移した。顔には微笑みが浮かび、声をあげて笑いださんばかりだ。「最高の出来事は今夜だから」

「退屈な話だな」イーサンはこの両親の話をいつ聞いても、そう言った。「なんでこれが好きなのか、さっぱりわかんないな」

「実際に起こった出来事だと思う？」イーヴィはは じめてこの話を聞いたとき、わたしにそう尋ねた。「ほんとは、日曜のミサで出会っただけなんじゃない？」わたしはそんな皮肉を言うのに驚き、そのあと自分自身が一度もその話を疑ったことがないというのに驚いた。実を言うと、そのとおりであってほしいと思っていた。父親と母親にどこか影のあるまばゆい光をあて、物語が幕をあけた瞬間、ふたりをバルコニーに浮かぶ恋人たちに見せる話だったから。このバージョンが、わたしのいちばん好きな父親と母親だった。


イーサンには、ムア・ウッズ・ロードの家に関して自分なりの計画がいくつかあった。金曜の夜、夕食の席ではそれを明かさず、土曜日の午前中にアナがオックスフォードで作品を見せてくれたときもまだ切りださずにいたが、昼食時にはもう残った機会が少なくなっていた。アナがギリシア風サラダを作って、ガーデンパラソルを出してくれたので、昼食は庭でとることになり、イーサンの仕事について話をした。「食後、散歩に出ないか」イーサンに訊かれた。ウェスリー・スクールで職員室にずかずかはいっていって、いまみたいな口調で同僚を誘うイーサンの姿が頭に浮かんだ。本人たちが出ていったあと、〝ミスター・グレイシーとの散歩〟ということばがその場にどんな余韻を残すのかまで想像できた。

「いいよ」わたしは言った。

わたしたちはユニバーシティ・パークスまで足を延ばした。クリケットのピッチや花壇を横目で見て通り過ぎ、チャーウェル川へとつづく日陰の小径《こみち》を見つけた。広々とした芝地は、砂漠を思わせる冴えない黄色に変わっていたが、木陰や川沿いの芝はまだ青々としていた。太陽がイーサンの威厳をわずかに削《そ》いでいる。肌は白色より淡くて——額と眉間の——皮肉屋らしい皺は、笑ってももう消えなくなって、顔にずっと張りついていた。

「髪の色、ずいぶん暗くしたんだな」イーサンは言った。「なんでそんなことをするのか、わからないけど」

「わからない？」わたしは言う。「ほんとに？」

「ブロンドのほうが似合うのに」

イーサンのことはよく知っているから、これが戦いのはじまりを告げる鬨《とき》の声だとわかった。本格的に攻めこむ前に、敵の防壁に小さな傷をいくつか作るのだ。

「鏡のなかに母さんを見たくないの」わたしは言った。「それに、わたしの仕事柄、金銭的利害に直接影響するわけでもないし」

「こっちとはちがって、ってことか」

「個人的なトラウマに関する演説だって」わたしは言った。「別に影響はないでしょ」

「個人的なトラウマの克服に関する、だ。文句をつけようっていうんじゃないんだ、レックス。嘘じゃない。ぜひ聴きにくるといい。信じられないほどの成果が出てる。かならず、何かしら得るところがある。秋にはニューヨークへ行くんだ。絶対におまえの助けになる」

顔がほてった。わたしは足を止め、唾を呑んだが、イーサンは気づかなかった。イーサンのほうが一歩先を行っている。

「教育について語るための重要な場だ」イーサンが言った。

「イーサン自身について語るための場でもある」

「われわれのケースに照らした教育だ。学校へもどれることになったとき、どんなにうれしかったか、それは覚えてるだろ？　あの喜びを、すべての子供たちに感じてもらいたい。すべての子供が、与えられた環境から這いあがれるようにしたい。二十代のときにわたしが教えた生徒たちに会わせてやりたかったよ、レックス。あの子たちももう中間学年かな。わたしが強調したいのは、われわれが味わったあの喜びだ。なぜそれが気に入らないのか、わけがわからないな」

「ねえ」わたしは言った。「講演の冒頭に、警察で撮られたわたしたちの顔写真のスライドを流してること、みんな知ってるのよ」

「ああ。聴衆の注意を引きつける必要があるからな」

いつの間にか川まで来ていた。平底舟《パント》が木々のあいだを行き交っている。わたしは芝生に腰をおろした。

「それを踏まえたうえで、あの家の話をしたい。ムア・ウッズ・ロード十一番地の家の」

わたしは目をつむった。「そう」

「わたしたちにとっていい機会だと思うんだ。全員にとってね。またとない機会だ」

「まあ、めったにないのはたしかね」

「いいか。そっちの言いぶんとたいしてちがわないんだ。ほんの少しちがいがあるだけで。コミュニティのための場所、それはいい。ただ、わたしたちの名前をつけるべきだ。ホローフィールドのグレイシー・コミュニティセンター。そうすれば、新聞に記事が出て、オープニングセレモニーがおこなわれる。公的資金を受けやすくなる。より多くの人を助けられる。考えてもみろ。一部はわれわれ家族に捧げられるべきじゃないのかな。演説の場としてであれ、一種の記念館としてであれ。なんなら——ひと部屋はもとのままにしておいて、わたしたちがどんな体験をしたかをわかってもらえるようにしてもいい。どうするかな。まだ考えがまとまってないんだが」

「博物館みたいね」

「そういうことじゃない」

「過去の事件を祀る廟《びょう》なんて、あの地域じゃだれも望まないわ」

「そうとはかぎらんさ——もたらされるものがほかにあるとすれば。注目や投資が集まるとしたら」

「そもそもわたしたちのことがニュースになったときも、ホローフィールドはけっして讃えられたわけじゃないでしょ」わたしは言った。「だめよ、イーサン。あそこにわたしたちの名前をつけるべきじゃない。まっとうな目的で使われるただのコミュニティの場。それじゃいけない？」

「それじゃもったいないだろ。あの家をもっと有効に活用できるんだ、レックス。せめて考えてみてくれ」

「考えるだけ無駄」

「いいか、そっちの計画だって、わたしの同意を得る必要があるんだ。どちらも条件は同じ。ほかにはだれに話した？　デライラには？　ゲイブリエルは？」

「ふたりにはまだ。イーヴィにだけ」

イーサンは笑った。こっちがどうしようとおまえは失敗するに決まっているといわんばかりに、ごちゃごちゃうるさい女子学生を追い払うみたいに腕を振って言う。「ああそうだな、そうだろうとも」

ひとりで歩いてもどるとイーサンに告げ、イーサンが行ってしまうと、わたしは日のあたる静かな場所を見つけて、ビルに電話をかけた。ビルは電話に出なかった。動物園かバーベキューにでも出かけて、手にも脚にも子供たちをまとわりつかせているのだろう。一向に汗が引かない。イーサンのせいで腹の虫がおさまらず、わたしはもう一度電話をかけた。

三度目で、ビルが電話に出た。「ちょっと考えてみたんだけど」わたしは言った。「受けることにするわ」

「アレグザンドラ、なのかな？」

声の後ろで音楽が鳴っていて、ビルは静かな場所を探して歩いているようだった。わたしは、きまり悪さで、おなかのあたりがもぞもぞした。例のグレイシー家の娘だよ、と口の動きで家族に伝えているのだろう。うんざりだ。

「連絡をくれてうれしいですよ」ビルが小さな勝利をたしかめながら言った。「お母さんも——喜ぶと思います」

お母さんも喜ぶ——擦り切れたロープ並みに、使い古された台詞。「それはどうかしら」わたしは言った。

「ともかく、妹とわたしで——考えてることがあって——」

わたしはビルにコミュニティセンターの部屋をひとつひとつ説明した。庭（大半はラッパズイセンで、一画だけ小学校の子供たちがなんとか育てた野菜が植わっている）のくだりでビルは噴き出して、電話を取り落としそうになった。

「完璧だ。完璧ですよ、レックス。ほかの受取人は——みんな賛成したんですか」

「まだ途中」わたしは言った。それでもビルの返事がなかったので、言い換えた。「進行中なの」

〝進行中〟ということばは、〝まもなく〟とか〝できるかぎり速やかに〟とともに、デヴリンの依頼人対応用の俗事事典に載っている。

「助成金給付の要請もしないと」わたしは言った。「改築費用が要るから。やるべきことが、思いのほか多くて。ビル、あなたが手伝う必要はないわ」

「わかってます。それはわかってますよ、レックス。でも、ぼくがそうしたいんだ」

わたしがこれから受取人の同意を得る。ビルには書類を調べてもらう。ビルは計画申請書や、遺言の検認証書、遺言執行者証明書の話もした。死と家屋にまつわる耳慣れないことば。資金の出所を念頭に入れつつ、議会への申請書提出をどうするのが最善かを考える必要がある、とビルは言った。ことによると——珍しい体験をしたければ——ホローフィールドへ足を運び、直接提出することになるだろう。

「放蕩《ほうとう》娘の帰還ですね」ビルは言った。わたしの母親と過ごしたわりに、どうやらまともに福音書を読んだことがないらしい(ルカによる福音書十五章に放蕩息子の逸話がある)。

夕食後、イーサンは外出した。ウェスリー・スクールの理事たちと街の中心部にあるホテルで遅くに集まる約束があって、わたしとアナには、起きて帰りを待っていなくていいと言っていた。「最初は、みんなに毛ぎらいされていた」イーサンは言った。「あいつは若すぎる。あいつは目立ちすぎる。あいつは——なんだったかな、アナ?——そう、革新的すぎる、と言って。それがいまや、週末だってのに夕食をともにしたがるんだからな」イーサンは夕食のあいだじゅう不機嫌で、アナの料理にケチをつけ、わざと乱暴にワインを注いだため、グラスの脚をワインが伝って、木のテーブルが汚れた。

「出かけてくれてよかった」アナは言った。「ごめんなさいね、レックス」

わたしとアナは無言でテーブルの上を片づけた。皿はアナが絵つけしたもので、食べ進めるにつれて、オリーヴとイトスギの絵が現れた。「グラスはそのまま置いといて」アナは言った。「もう一本ボトルを開けるから」わたしはシンクから布巾を持ってきて、テーブルにグラスが残した赤くて円《まる》い跡を拭きとった。

わたしとアナは外で脚を組んですわり、手を叩く遊びをしている子供同士みたいに向かい合っていた。

「じゃあ、結婚式のことを話して」わたしは言った。

結婚式まで、あとほんの三ヵ月。ギリシアのパロス島で挙式することになっている。島には空港があるが、空港とは言っても、掘っ立て小屋とアスファルトの仮設滑走路がひとつあるだけだ。アナは子供のころにそこで休暇を過ごしたことがあり、そのとき父親に、いつかここで結婚式をあげる、とはっきりと宣言した。その街の中心は、世界一高いと当時信じていた小高い丘の上にあって、そこに建つ小さな白い教会がアナのお気に入りだった。夕暮れには、車のライトであろうと、家の照明であろうと、島に灯る明かりはすべて見えたので、夕食をとって帰宅する車のなかで口論しているカップルや、ベッドサイドのランプを消そうとして手を伸ばす寡婦《かふ》を思い浮かべたそうだ。

「いつもそういう悲しい光景ばかり」アナは言った。

「そんな憂鬱な子供だったの」

わたしがいるのをふと思い出したように、アナは空を見あげていた視線をさげて言った。「もちろん、悲しむ理由なんてなかったのに」

「飛行機は予約したから。待ち遠しいわ」

「お連れがいるなら、まだ追加できるわよ――もし希望があれば」

わたしは笑った。「善処してみる。間に合いそうにないけど」

「とにかく、だいじょうぶだから。デライラも来るのよ」

「へえ。楽しい顔合わせになりそう」

薄暗い庭でも、アナの顔に不安がよぎったのがわかった。教会でイーサンの側にすわるわたしたち全員に、シフォンの服と喜びをまとって参列してほしかったのだろう。ところが、イーヴィとゲイブリエルは招待されず、デライラとわたしは折り合いが悪い。わたしはイーヴィとふたりで来客の顔ぶれを予想しては、イーサンひとりになる可能性すらあるんじゃないかと考えた。空いた席には下院議員か、国際慈善団体の会長がすわるにちがいない、とふたりで結論をくだした。

「お偉いさんに決まってるって」イーヴィは言った。「絶対、隣にすわりたくないタイプの」いったんことばを切って肩をすくめる。「だいたい、みんな仲よしきょうだいって感じでもないんだし」

「レックス――」

アナはそこにあることばを見つけようとするかのように、指で宙を掻いた。

「ときどきね」アナは言った。「不思議に思うの――」

アナは庭の向こうへ目を向け、洒落たライトに照らされた、だれもいないキッチンをにらんだ。ようやく空気がひんやりしてきた。頭上のナラの枝が、わたしたち以上に酔っ払っているかのように、風に揺られて葉擦れの音を立てる。アナはグラスを置いてから、目尻に涙を溜めて言った。「ごめんなさい」

「気にしないで」

「イーサンがこのところずっと気むずかしくて。何もかも成功させなくちゃ気が済まないの。学校も、講演も、慈善事業も。そして結婚式も。知ってのとおり――うぅん、知らないわよね――よく眠れてないみたい。付き合いはじめたころ、夜中に起きたら、イーサンが本を読んだり仕事をしたりしてた。でも、いまは――聞こえるの、あの人が家のなかを歩きまわる音が。昼間は壁ができるのよ、彼がそんなふうになると。ふたりのあいだの壁。わたしはそれを越えられない。あの人のことが理解できないの。わたしたちふたりが幸せなら、わたしはそれだけで幸せよ。でも、イーサンは物事をそういうふうにとらえる人じゃない」

「なんとしても成功しようとする人」わたしは言った。

「ええ。そういうこと。壁を越えられないわたしは、彼のこと全然わかってないんじゃないかしら。たまにイーサンから視線を向けられることがあると――たとえば、わたしがばかげた質問をしたり、会合の準備はあすの朝でいいんじゃないって言ったりすると――自分が話してる相手が、イーサンの顔をした見知らぬ人のように思えて」――笑って言う――「わたしの愛するあの人とは別人のように思えるの」

「子供時代について、イーサンから話を聞くことは？」

「いくつか話してくれたけど、話してくれないこともある。そもそも、無理強いする気はないの。彼の講演を何度も聴いてるし。どんな経験をしたか知ってるから。でも、ただ――彼を理解するヒントはあるのかしら。話を聞き出そうとするべきなのかどうか。とにかくなんでもいいから助言があれば――」

イーサンのことはほうっておきなさい、そう思ったものの、そのことばが残す後味がわたしにはわかった。

つまり口から発したときに、そのことばが自分の耳にどう響くのかがよくわかったのだ。そのふたり――目の前にいる相手と、見知らぬ別人だと感じた相手――のどちらがわたしの兄なのかを考えて、と説明しようと思った。でも同時に、その結果も頭に浮かんだ。イーサンはみずから作りあげてきたものが崩れたあとの瓦礫《がれき》のなかに足を踏み入れることになる。

「待ってみて」わたしは言った。「イーサンがそういう状態のとき――イーサンはどこかあなたがついていきたくないところへ行ってるんだと思う。イーサンはかならずあなたのもとへもどる」

「そう思う？」

「もちろん」

アナは芝生に両膝をついて体を前に乗り出し、わたしの両手をとった。「ありがとう」そう言ったアナの頬をゆっくりと涙が伝ったが、顔には笑みが浮かんでいた。「わたしたち、姉妹になるのね」アナは言った。

わたしは、イーサンが毎日どこへ行っているのかわかる年齢になると、ドアのそばで枕を抱えて、イーサンと母親の帰宅を待つようになった。イーサンは徒歩でほんの八分のところにあるジャスパー・ストリート小学校にかよっていたのだが、当時のわたしの目には、地球をぐるっとまわったすえに、夕方になると意気揚々と帰ってきて、学んだことを残らず、みずから進んで――渋々のときもあったけれど――教えてくれているように見えていた。

イーサンが七歳、三年生のときの担任の教師がミスター・グレッグスで、この先生は〝きょうの事実〟〝きょうのことば〟〝きょうのニュース〟を実行した。クラスの生徒全員が順番にこの三つの項目について発表するわけだ。母親がデライラに授乳している最中に帰宅したときは、イーサンはまずそれをわたしに教えてくれた。発表の内容は人によってまちまちだ、とイーサンは言った。たとえば、ミシェルは体操の競技会で二位になったことを、まるでそれが〝ニュース〟であるかのようにみんなの前で話した。イーサンは自分の番のときは毎回、興奮して足どり軽く学校へ向かい、わたしはその後ろ姿に向かって三つの項目を叫んだ。

イーサンは世界で一番賢い、とわたしは信じていた。

イーサンから教わった事実のなかには、いまでも覚えているものがいくつかある。前にパブでクイズを出されて、わたしはJPの隣でペンを持ち、クイズの答えである、ツバルの首都を紙に記した。

「フナフティ」JPが言った。「でたらめじゃないよな」正解したのはわたしたちだけだったので、ただで一杯テキーラがふるまわれ、わたしがグラスを置くと、JPは首を横に振って言った。「フナフティ」彼は言った。「いやはや、恐れ入りました」

ミスター・グレッグスはジャスパー・ストリート小学校へ来る前、一年かけて世界を旅していたらしく、イーサンがお茶の時間に、目を地球のように真ん丸にして教室の様子を説明してくれた。教室には、入れ子のロシアの人形が並べられ、サンフランシスコのゴールデン・ゲート・ブリッジを象《かたど》った小さな青銅の模型も置かれている。日本の着物もあって、だれでも着てみることができるし——日本では男子も女子も、みんな着物を着るそうだ——開拓時代の西部《ワイルドウェスト》で実際に使われていたカウボーイハットもあるという。

父親が仕事から帰宅して、キッチンにいたわたしたちに加わっていた。二月のどんよりした金曜日の夜だった。父親は冷たい空気のにおいがするコートを着たままで、冷蔵庫からパンを四切れ取り出して、トースターのスロットに差し入れた。「それは実在する場所じゃない」父親は言った。

「え?」

「〝ワイルドウェスト〟さ。ミスター・グレッグスはおまえをかついでるんだ、イーサン。そんなところに行けたわけがないんだ。実在しないんだから」

わたしはテーブルの向こうのイーサンに目をやったが、イーサンは祈るように組み合わせた両手をじっと見ていた。父親はトーストしたパンにバターを塗り、首を横に振った。

「思ってもみなかったな」父親が言った。「そんな手に引っかかるほど、おまえが鈍いやつだとは」

わたしたちは父親からほとんど事実を教わらなかったが、ものの考え方を学んだ。そのうちのひとつが、どんなに教養があるように見える人も、裕福そうに見える人も、グレイシー家の人間以外はみんな似たり寄ったりで、たいしてちがいはないということだった。

「どんなやつなんだ?」父親は大声で言った。「なあ、デボラ?」

呼ばれた母親が腕のなかにデライラを、おなかのなかにイーヴィを抱えて、四苦八苦しながら居間からやってきた。「何?」

「ミスター・グレッグスだよ」父親が言った。「イーサンの担任の」

「どんな先生かってこと？」

「ちょっと変なやつなのか」父親が訊いた。そして残ったトーストをふたつに折って、笑みのなかへ突っこんだ。

「ちょっと気むずかしい人だったかしら」母親は言った。「保護者の懇談会で会ったけど」

父親は鼻を鳴らした。その答えに満足したらしい。身に着けている青いツナギでは笑いを抑えこめなかったらしく、地殻に達したマグマのように、生地が突っ張るほど胸がふくらんでいる。ミスター・ベッドフォードに解雇されたあと、父親はブラックプールの海沿いに建つヴィクトリア朝風のホテルで電気技師として働いていたので、ホテルの清掃係と同じ制服を身に着けていた。

「臨時教員だろ」父親は言った。「もちろん」

妻になる人とはじめて会ったとき、父親は実業家だと自己紹介したが、まったくの嘘というわけではなかった。いまも夜と週末にはまだ街の事務所に詰めていたからだ。そこには薄汚れた白いブラインドと、印刷業者に注文して作らせた看板があり、〝アイデア豊富なCG相談〟と記されていた。父親はコンピューターの購入についてアドバイスしたり、ウォークマンを修理したり、はやらなかったけれど土曜の午後にプログラミングの講座を主催したりしていた。どんな年齢の子供も歓迎した。それでもマシな日もあって、二、三人のむっつりした少年たちが女親に連れられて、ぞろぞろと部屋にはいってくることもあった。親たちの目的は、キーボードを叩くことと、講師に話しかけることだった。わたしの父親はコンピューターの話をしたかったのに、やってきた女親たちは講師自身にまつわる話を聞きたがった。

父親は聞き手が耳を傾けていると確信できてから話

しはじめたので、ひとつひとつのことばが熟考のすえ、用意周到に述べられた。プログラミング講座で女親たちは、講師のことばとことばのあいだの沈黙に夢中で身を乗り出した。わたしの父親の落ち着いた気質と、顎ひげ、黒髪を気に入り、キーボードの上を滑るように動くがっしりした手、ふれられた感触を容易に想像できるその手に見惚れていた。

「仕事にもどるよ」父親が言って、テーブルから立ちあがった。プログラミング講座の生徒の女親のひとりと約束があって、マックとIBM、どっちを買ったらいいか相談に乗ることになっていた。CG相談が繁盛していた夜。イーサンは玄関のドアが閉まるまで待って、閉まったとたんにわたしと母親のそばを駆け抜けて、階下へおりた。イーサンもやることがあったのだ。

日曜の夕食は、隔週でステーキ&キドニー・プディング（ぶつ切りの牛肉と腎臓を煮こんだものを生地に包んだ料理）に耐えなくてはならなかった。どろどろの内臓が生地から一気に出てくると、吐き気がした。

イーサンは土曜日の午前中に街の図書館へ行って、リュックサックいっぱいの本をこっそり持ち帰っていたが、わたしには見せてくれなかった。ベッドの上に本をぶちまけると、わたしを部屋からほうり出した。

いま、みんなでキッチンのテーブルに着席して、イーサンを待っていた。デライラがむずかって、母親の腕のなかで身をよじった。母親はマタニティドレスから片方の乳房を出して、腕に抱いた子に与えた。

「もういい」父親が言い、立ちあがった。「おれが行って、連れてくる」

その必要はなかった。階段を踏む軽い足音が聞こえてきて、イーサンがキッチンの入口に現れた。

「ごめん」イーサンは言った。

イーサンはステーキ&キドニー・プディングをだまって食べ終え、みんなで皿をシンクへ運ぶあいだも無言だった。酒を持ってきてくれと父親に頼まれ、かねてから教えこまれていたとおり、〝さわっちゃいけない棚〟から慎重に酒を取り出して、父親の結婚祝いのグラスに注ぐあいだも口をつぐんでいた。イーサンは父親と同じく、口を開くべきタイミングが肝腎だと心得ていた。

全員がテーブルにもどり、父親が酒を飲むのを見ていると、イーサンが咳払いをした。それから緊張のあまり前置きもなしに、いきなりこう切りだした。

「あるよ、ワイルドウェストは」

わたしはテーブルから目をあげた。湿った唇を、父親が舐《な》めた。そしてテーブルのふちに沿ってグラスの底をまわし、キッチンの明かりの下で琥珀《こはく》色の液体が動くのを見つめた。

「何を言ってるの?」母親が訊いた。

「ミスター・グレッグスが行ったとこ」イーサンは言った。「本で読んだ。アメリカ西部の別の言い方のひとつなんだ、アメリカのその地方にはじめて人がはいったころの呼び方。法律もなく、ただカウボーイと開拓者、それに酒場の町だけがあった時代の。そのころとはちがってるけど、いまでも行ける。テキサスやアリゾナやネヴァダ、ニューメキシコへ行けばいい。ミスター・グレッグスが行ったのはそういうとこなんだよ」

父親はグラスを置いて、椅子に背を預けた。

「要するに」父親は言った。「おまえが言ってるのは、おまえとミスター・グレッグスはおれよりうんと頭がいいってことだ。そうだろ?」

わたしはごくりと唾を呑んだ。喉と胃にキドニーが引っかかっている気がした。

「そうじゃない」イーサンは言った。「ぼくが言ってるのは、ワイルドウェストについて父さんがまちがってるってこと。いまなお実在する場所なんだから、ミスター・グレッグスはぼくを笑い者にしてたわけじゃない」

「なんの話をしてるの、イーサン」母親が言った。

「聞いてただろ?」父が言った。「こいつは自分がおれたちよりずっとすぐれてるって話をしてるんだ」イーサンに向かってつづける。「で、ほかには家族に何を教えてくれるんだ？　頼む――もっと教えてくれ」

「カウボーイについてなら、できるよ」イーサンは言った。「それと入植者《ピルグリム》の暮らしについても読んだ。開拓地にいるほかの人――友達や家族――から手紙を受け取ったんだって、西へ来いって――」

父親は声をあげて笑っていた。

「自分がえらく賢いと思いこむことの、何が問題かわかるか」父親は言った。「ひどくつまらない人間になることだ、イーサン」

イーサンの目に涙が溜まって揺れていた。

「気に入らないか」父親は言った。「それは、おれが正しくて、おまえがまちがってたからだ」

父親の体の動かし方は、当時好きだった自然に関するドキュメンタリー番組で観たクロコダイルを思い出させた。獲物が水辺に近づくまで、そっと体を動かしている。父親は立ちあがって、テーブル越しに腕を突き出し、手の甲でイーサンをしたたかに打った。イーサンは椅子から叩き落とされ、テーブルに少し血が散った。大きな音に、デライラが目を覚まして泣きはじめた。「吐きそう」わたしは母親に小声で言い、椅子からほんの二歩ほど行ったところで吐いた。父親はわたし――絨毯の上でうずくまり、ふたたびキドニー・プディングと向き合っていたわたし――の横を通って、玄関のドアをあけた。ドアを閉めずに出ていったので、湿った夜気が家のなかへ忍び入り、そのままとどまった。

母親はイーサンの顔と、わたしのゲロと、デライラを拭いた。そのころにはすでに小さな失望が積み重なって、母親の顎のラインとバストをたるませていた。

気むずかしくなっていて、子供のころの写真では鋭い光をたたえていた母親の目に、いまは険しさとあきらめの色が差していた。母親は、父親のグラスに残っていた酒を飲み干したのち、父親がもどってくるのを待った。おなかの赤ちゃんが小さく音を立てるのを感じながら。パレードはつづいた。

夜更けに、イーサンがもどってきた。階下でイーサンがホラティウスに話しかける音を聞いて、わたしはまた眠りに落ちた。次に目を覚ましたとき、入口にイーサンがいて、その背後に廊下の明かりが見えた。わたしはムア・ウッズ・ロードの部屋の入口を思い出した。イーサンがそこにどんなふうに立っていたのかも。シルエットのイーサンは、いまも昔も変わっていなかった。

「ちょっと話せるかな」イーサンが言った。

眠っているところを起こされた。わたしは駅で買った、薄っぺらい安物のパジャマ姿だった。ウエストと股のあたりで生地がだぶついている。わたしはシーツを首元まで引っ張りあげると、まぶしい光に目を細めて言った。「いま？」

「お客なんだろ、わたしをもてなしてくれるもんじゃないのか？」

「って言うか、逆だと思うけど」

イーサンが中へはいってドアを閉めた。部屋のなかに、古くなったワインのにおいがはいってくる。イーサンが照明のスイッチを見つけるまで、一瞬同じ暗闇のなかにいた。

「どうだった？」わたしは言った。

イーサンは壁にもたれながら、おまえの知らないことを知っているとでも言いたげな笑みを浮かべた。

「いちばんおもしろかったのは」イーサンは言った。「わたしに成功してほしいか失敗してほしいかを決めようとしてる連中をながめてたことかな」

イーサンは口をつぐみ、さっきまでいたホテルのバーに意識をもどした。楽しんでいるのだと表情からわかった。イーサンは何を言うべきかきちんとわきまえ、そのうえで軽蔑のことばを高く打ちあげた。ことばがその場で落下せず、夜中にベッドで知事たちに命中するように。

「それはさておき。そっちはどうだった？　アナと過ごした夜は」

「楽しかった」

「楽しかったって、どんなふうに？」

「何を知りたいの、イーサン」

「ふたりで何を話したのかを知りたいね」イーサンは言った。「手はじめに」

「別になんでもない。結婚式のこと。アナのドレスのこと。島のこと。なんてことない話ばっかり」

「ムア・ウッズ・ロードのことは？」

「土曜の夜にふさわしい話題とは言えない。ちがう？」

「確認しときたいんだ」イーサンは言った。「いまは何事もうまくいってる。よけいな口出しは困るんだよ、レックス。こういうときに、勝手な話をされるのは困る」

「勝手な話？」わたしは言った。そして笑いだした。

「慎重に選んできた」イーサンは言った。「アナにどこまで話すかを。そこはわかってくれ。アナを動揺させたくない。いくつか——ある種のこと——については、彼女は知らなくていい」

「いくつか？」わたしは言った。いまや大笑いしていた。「ある種のこと？」

「笑うのはやめろ、レックス」イーサンが言う。「レックス——」

イーサンは部屋の向こう側からやってきて、わたしの喉に手をかけた。気管と骨を手のひらで絞める。ほんの一瞬だった。それでも、その気になればできるということをわたしに思い知らせるにはじゅうぶんだった。イーサンが手を離したとたん、わたしはショックを受けて咳きこみながら、這うようにベッドからおりた。

「やめてくれ」イーサンは言った。「レックス。レックス、頼む」

こちらへ向けて両手をあげ、イーサンは全身で和解の意思を訴えた。例のごとく、感情が顔に出ていない。わたしはできるだけイーサンから距離をとって、壁に寄りかかった。汗が髪のあいだを伝い、背中を滴《したた》り落ちる。昆虫の脚が這うような感触。

「アナが起きるじゃないか」イーサンが言う。「頼む」

「ある種のこと……」わたしは言った。体の震えが止まるまでしばらく待ってから話しだす。「たとえば、どういうこと？　イーサンが王位を継ぐことになったいきさつとか？　正真正銘——あの父親の息子だってこと？」

「ずるいぞ」

「ねえ、わたしたちを救うのはイーサンだ、とずっと思ってた」わたしは言った。「待ってたの。こんなふうに考えて——イーサンは縛られてもいない。すぐにでも助けてくれるんじゃないか。イーサンが十八歳になったら。イーサンが自分の意思で家から出ていけるようになったら、って」

「やってみようとはしたんだ、レックス。まだ幼いころに。覚えてるだろ。まだ助けられたときに。だけど、あのころにはもう臆病風に吹かれてた」

わたしたちはベッドをはさんでお互いを観察した。イーサンは前より体が小さくなっていた。度胸がなくて、平気な顔で同情を買うイーサン。

「わたしの記憶とはちがう。覚えてるのと全然ちがうわ」

イーサンはベッドに腰をおろして、手でシーツの皺を延ばした。ふたりしてアナの部屋から何か聞こえないかと耳を澄ましたが、床のきしむ音はしなかった。絨毯も本棚も出窓も、静かなままだ。

「一応言っとくけど、今夜――ふたりでこんな話はしなかった」わたしは言った。

イーサンがうなずいた。

「おやすみ、イーサン」

「繰り返すが」イーサンは言った。「知事たちの件――

――」

「それが何か?」

「しくじるわけにはいかないんだ。そうだろ?」

「だいじょうぶでしょ」

酔っ払ってイーサンはわたしに微笑みかけた。わざわざ目と目を合わせて。いまのやりとりをすでに忘れかけているみたいに。

「ありがとう」イーサンが言った。それからどうにか立ちあがって、ベッドから出口まで歩いた。イーサンの足音が寝室へと廊下をもどっていく音が聞こえた。途中でカンバスにつまずく音、やがてマットレスがきしむ音、イーサンとアナの抑えた声。わたしは壁に背中を預け、両脚を前に投げ出してすわったのち、さっきつかまれた喉に手をあて、その手に力をこめたりゆるめたりして、自分の指が思うように動くこと、筋肉が大脳皮質の運動野に従うことをたしかめた。わたしはそれを楽しめるようになるまでしばらく待ってから、ベッドのなかにもどった。

互いに病室に飽きてくると、ドクターKの手を借りて車椅子に乗り、ふたりで曲がりくねった廊下を進んだ。わたしは病院の中庭が好きだった。中庭と言っても、病棟と病棟のあいだに、木も草もほとんどない庭があるだけで、煙草を喫《す》いにきた人や、電話で深刻な話をする人たちで混み合っていた。戸外ではかならずサングラスをかけるよう医師たちに言い渡されたが、ドクターKは病院から支給されたサングラスのフレームが気に入らず、私物を持ってきてくれると言った。わたしはパジャマと毛布とウェイファーラーのサングラスといういでたちで、車椅子に乗って外へ出た。

その日は、刑事はついてこなかった。「ひとつ、あなたに訊いてくれ、って警察から頼まれてるの」ドクターKは言った。「慎重な扱いが必要な問題だと思う」

わたしたちは隣り合わせにすわった。ドクターKはベンチに、わたしは車椅子のまま。こういうことは、お互いの顔を見ないで済むほうが話しやすい場合がある、とドクターKは言った。

「話というのは、お兄さんのこと」ドクターKは言った。「イーサンのことよ」

そうだろうと思っていた。刑事たちの質問のなかに、イーサンのことだけはなかったからだ。イーサンの名前を最後に聞いたのは、一ヵ月以上前だったと思う。

「ねえ」ドクターKは言った。「イーサンだけが、ほかのきょうだいとは状況がちがってた。イーサンだけは弱ってなかった。どこも骨折してなかったし。鎖につながれてさえいなかった」

わたしは毛布の下で、片手をもう一方の手で包み、肌の表面をたしかめた。ドクターKには見えないよう気をつけながら。

「捜査記録――報告書――によれば、家の外に出ることも許されてたらしいの」

わたしの脳裏に、一台のテレビのまわりに集まって前かがみに立つ刑事たちが、退屈なムア・ウッズ・ロードの一年の経過をながめている姿が浮かんだ。イーサンの足取りを調べるためだ。

「警察は疑ってる」ドクターKは言った。「イーサンがそもそも危害を受けていたかどうか。つまり、イーサンの役割はまったくちがっていたんじゃないかって」

この一瞬のために、刑事たちは一ヵ月間捜査を重ねてきたわけだ。わたしとの話し合いが終わってドクターKが電話をかけてくるのを、刑事たちは口を引き結び、必要な書類を手元に置いて待ち構えているのだろう。

「イーサンがあなたを傷つけたことは?」ドクターKが尋ねた。

わたしは部外者然としたドクターKの表情をまねようとした。

「ない」わたしは答えた。

「言うまでもないことだけど、もうだれかをかばう必要はないのよ」ドクターKは言った。

「イーサンにできることは何もなかった」わたしは言う。「わたしたちと同じように」

「ほんとうなのね?」ドクターKは言った。それでわたしは、本気だと伝わるように、サングラスを少しだけさげて目を合わせた。

「ほんとよ」わたしは言った。

朝、オックスフォードの屋敷は美しかった。長方形の陽光が寝室に差しこんで、羽毛布団に注いでいた。この来客用の寝室に飾られているアナ・アイスリップの油絵は、流れる川を描いたもので、アナの手でベッドの後ろに、窓のほうに向けて置かれていて、着色の効果なのか、部屋に注いでいる本物の光なのか見分けがつかなかった。わたしはベッドカバーを蹴りのけて、あたたかな日差しのなかで伸びをした。一瞬、この家は自分のもので、だれもいない気がした。書斎から本を一冊持ってきて、午前中は庭で過ごそう。一日じゅうだれとも話さなくていい、と。

階下へ行くと、キッチンでイーサンとアナがカウンターの前で寄り添い、体をふれ合わせて立っていた。仲なおりしたわけだ。

「会合はどうだった?」わたしは尋ねた。イーサンは落ち着いてこっちを向いた。

「上々だった」イーサンは言った。ポロシャツを着て、髪が濡れている。「全体的にアップデートしたあと、結果が出る前でね。もちろん、予測を立てることは大切だ。しかし、自信はある」

　イーサンがコーヒーを淹《い》れてくれた。黄ばんだ白目に、充血した細い血管が走っている。

「ゆうべもどったのは、遅かったんでしょ」わたしは言った。「音が全然聞こえなかったけど」

「いや、それほどでもなかった。きょうは学校でスポーツの試合があるから、体調に気をつけないとな。このあとアナとふたりで学校へ行くんだ。一緒に来るなら大歓迎だが」

「おかまいなく。ロンドンへもどる列車に乗る予定だから。イーサンが言ってたように、みんなに話す件について考えないと」

「ねえ、いま卵を料理してるの。せめて食べていって」

　わたしたちはだまって庭を見やった。イーサンはすでに食事を終えていたので、皿を押しやってアナの手をとった。「忘れる前に言っとくよ」忘れるはずなどないのに、イーサンは言った。「レックスの案について、アナとふたりで話し合った。あの家をどうするかって話さ」

　口に食べ物がはいっていたので、わたしはただうなずいた。

「すばらしいアイデアだ」イーサンは言った。「ああいう街に、コミュニティセンターを。われわれとのつながりは一切なし。よさそうじゃないか、レックス。署名の方法を知らせてくれ」

「わたしたちから備品を寄付できると思うわ」アナは言った。「絵の具や紙を。もちろん匿名でね」

「そう」わたしは言った。「わかった」交渉にあたるデヴリンの姿が一瞬頭に浮かんだ。デヴリンは相手が思いも寄らないときに、周到な計算に基づいて態度をやわらげてみせる。相手は、大切な秘密を打ち明けられた気がして、デヴリンに好感をいだかずにはいられない。「限定公開を考えてもいいわね」わたしは言った。「そのほうが多く資金を調達できるかも」

「とってもわくわくするわね」アナが言い、手を叩いてテーブルから立ちあがって、イーサンの頭にキスをした。「サマードレスでいい？　それとももっとカジュアルなほうがいいかしら」

「ドレスだな」イーサンが言うと、アナはうなずいて、走って階上へ行った。

わたしはイーサンのほうを向いた。

「何か？」イーサンが言う。「いろいろ考えたんだ。わたしは手を引く。もういいさ。好きにやるといい。アナもそっちの案を気に入ってるし」

「ほんとに？」

「まあそういうことだ。ただ、ひとつ条件がある」

「冗談でしょ、イーサン」

「すべてに署名して同意するつもりだ。だが、そっちのやり方で進めるなら、全部自分でやってくれ。解体も、資金調達も何もかも。わたしに報告しなくていい。つまり――まわりを見てくれ。ここが、いまのわたしの生きる場所なんだ」

わたしは草の上にいる物憂いミツバチと、卵がこぼれた手塗りの皿、そしてアナが庭の端に並べて植えたヒマワリの下でまどろんでいるホラティウスを見た（「地元でコンテストがあって」とアナからまじめな顔で説明を受けていた。「サマータウンの婦人たちが争うの。でも、今年は勝てそうなのよ」）。

「おまえに会うことさえ」イーサンは言った。「ときには負担になる」

こちらにも言いぶんは多々あったが、どれを口にしても、せっかくの申し出がなかったことになってしまう。わたしはうなずいて言った。「わかった」わたしたちはクイズでタンザニアの首都について賭けたときみたいに、厳粛に握手をした。その記憶がよみがえって思わず微笑んだものの、首都がどこだったかが浮かんでこなかったので、イーサンに尋ねた。何よりの和解の申し出だった。

「ダルエスサラームじゃないかな」

「あ、たぶんそうだ」

「いまはドドマ」イーサンが言った。勝ち誇った目でわたしを見て、それから懐かしそうな顔をする。「ミスター・グレッグスと、あの先生が話してくれた首都の話」

「わたしも覚えてる」

「だが、ドドマではない」

「そう、ドドマじゃない」（タンザニアでは、ダルエスサラームから首都がドドマに移り、ドドマが法律上の首都となったが、その他の政府官庁は旧首都ダルエスサラームにある）

「そう言えば」イーサンは言った。「去年、各校の校長が集まる会議で講演したことがあったんだ。大規模なイベントでね。世界じゅうから校長がやってきた。スピーチの最後に拍手が起こって、ようやくほっとして顔をあげたら、聴衆のなかにたしかに見たんだ——ミスター・グレッグスを。後ろのほうにいたが、手を叩いてて、目が合ったと思った。講演のあと、懇親会のときに探そうとしたが、忙しくて。しかもイベント最後の夜だったから、結局見つけられなかった。

ともあれ、探すことにした。会議の出席者名簿を取り寄せてみたが、ミスター・グレッグスの名前はなかった。何かの手ちがいで名簿から漏れたのかもしれないと思って、国じゅうの校長を調べた。それでも、見つからなかった。そこで、調べる範囲をひろげた。で、わかったんだ。あの会議にいたはずがないって。亡くなっていたんだよ。五年前に。最後まで教師をしてて、マンチェスターの総合中等学校《コンプリヘンシヴスクール》につとめてた——亡くなるまで現役だったらしい」

わたしは発表の担当の日に、知識を頭に詰めこんで学校へ向かうイーサンの姿を思い浮かべた。「残念ね」

「まあ、わたしには関係ないことだ。でも、あの人はいい先生だった」

階段からアナの足音が聞こえた。わたしもイーサンも立って、アナがキッチンを通ってやってくるのを見ていた。黄色いドレスに着替えたアナは、ここまで来てわたしたちを抱きしめようとするかのように、両手をひろげて日向を歩いてくる。「奇妙なことに」イーサンはアナがたどり着く前に言った。「スピーチをするたびに、あの先生のことを思い出す。いまだに、聴衆のなかにあの人がいるって考えるのが好きなんだ」

3 デライラ（少女B）

グレッグ・ジェームソン元警視、六十五歳。太り気味の退職警官、たとえて言うなら、堕落したドッグショー犬。毎朝、妻のアリスがお茶を淹れ、トーストにバターを塗り、新聞と自分の職場である病院から持ってきた古いベッドトレーで夫を起きあがらせる。「長い長い夜を埋め合わせるために」アリスは言う。午前十時、寝室のカーテンが遅い朝の日差しのなかで軽やかに揺れ、こういう瞬間に夜勤の時間は忘却の彼方《かなた》へ退く。

グレッグ・ジェームソンの毎日は充実している。ラジオでクリケットの中継を聴きながら、庭を愛でる。ペルズ・プールで週に一回水泳を楽しむが、ただし夏だけだ。芝生で服を脱ぐと、白い大きな塊《かたまり》と化した腹に驚かされ、クモの巣みたいな白髪交じりの胸毛にも驚かされる。そして体が沈まなくてまた驚く。冬は、ビスケットとスポーツ選手の伝記とともに引きこもる。地元の学校やロンドンのコミュニティセンターで講演して、パトロール警官時代のことを話し、刑事時代のことを話し、どうすればそういうことができるのかを話す。聴衆から興味深い質問をされて、ほんとうに話に耳を傾けてくれているんだな、きょうは有意義だったと思う日もあれば、こんな質問をされる日もある。

「制帽はかぶってましたか」

ときには。当時は、帽子のことをよく考えた。早朝に帰宅したとき、人類に対する憎しみが胸でうごめき、荷物をまとめて、思いつくかぎり人里離れたところへ——スコットランド北端のベン・アーミンか、ウェールズのスノードニアにでも——車を走らせて、世捨て人として余生を送ろうかと考えたこともあった（あるいは、地元の変人として、でもいい。それなら、あたたかい食事とパブをあきらめる必要はない）。仕事で見てきた世界と、妻のアリスの世界があまりにちがいすぎて、話しかけられない日もあった。妻は、人の本性は善であると信じていた。キッチンで歌を歌い、動物虐待防止に関する慈善活動のチラシを受け取ると悲しんだ。そんな相手に、何を言えるだろう。

そう。グレッグが制帽をかぶっていたときもあった。

事件の多くは解決されたので、いま、そのころの事件のことはあまり考えない。ただ、冬場のドアのように開いたままの未解決事件もあって、そこから隙間風が吹いてくる気がする。

たとえば、こんな事件があった。二十歳のフレディ・クルシアクは、パブの広間で開かれていた親友のパーティに参加した。建物の三階。パブの監視カメラはパーティ会場へのぼる階段に設置されていて、フレディが知人ふたりと一緒に誕生日プレゼントを持ってあがっていく姿をとらえていた。夜が明けて、日が差してくると、友人たちはフレディを探したが、見つからなかった。けれども、別に問題にはならなかった。酔ったか疲れたかで、先に帰ったのだろうとだれもが考えたからだ。その二日後、フレディのガールフレンドが心配して騒ぎだした。パーティ以降、だれもフレディの姿を見ていなかった。監視カメラの映像が、待ちわびた招待状のごとく、グレッグ・ジェームソンの机に届けられた。捜査チーム全員がジェームソンを取り囲み、くわしく見ようとのぞきこんだ。ジェームソンは、パーティ当日に階段をのぼった者すべてと、おりた者すべてについて、七十二時間をかけて調べたが、フレディ・クルシアクは映っていなかった。

　ジェームソンがいちばん引っかかったのは、誕生日プレゼントだった。プレゼントも犯行現場から消えていたのだ。自分でもばかげていると思いながら、フレディの父親には、息子さんは包みを抱えて窓から出ていったにちがいありませんと説明したが、実はもうパブの広間の壁を残らず掘り返し、家主にうんざりされていた。

　こんな例もある。五歳の子供が四階の部屋の窓台によじのぼって、そこから跳んだ。ジョージ・キャスパーは読み書きができず、ほとんど口も利けなかった。担任の教師の説明によれば、本については、ページのめくり方もわからず、動かない平らな物と認識しているようだったという。少年は鳥が好きだった。母親はそう証言した。説明はこんなふうだった。鳥に近寄ろうとして、ジョージが自分で窓のほうへ椅子を押していったんです。それで窓台から転げ落ちた。汚れたイカロスみたいに、半裸で、叫ぶことばも持たず。「どの椅子ですか」ジェームソンが尋ねると、母親は落ちた遺体を見るために、椅子を動かしたからわからないという。ジェームソンはフラットにあった三脚の椅子をすべて持ってみたが、栄養状態の悪い子供に動かせたとは思えなかった。どの部屋にも、ＤＮＡ鑑定の不快な余韻が響いていた。ジョージはどの椅子の上にも立ったことがあった。家じゅうのベッドに家族全員の痕跡があり、なぜか犬の糞が鑑識にまわされた。ジェームソンにはどういういきさつで子供がコンクリートの地面に落ちることになったのかわからなかったが、ジョージの親を見て、愚かなうえに冷酷な人間に思えた。

当時まだ、ジェームソンはプロに徹しきれていなかった。警察官としてまだ未熟だった。勤務を終えたあと、シャツにジーンズというういでたちでそのフラットの前を歩いて、家族の声に耳を澄ました。継父を尾行してパブへ行き、情報が耳にはいらないかとラストオーダーまで粘り、ウィスキーを六杯――六杯も――飲んだ。「どうする気なの？」アリスは夫が煙草のにおいをさせて帰ってきて、暗闇で制服とはちがう普段着の衣擦れの音をさせて着替えていたとき、そうつぶやいた。

ある夜、事件のあった建物のそばを歩いていると、前庭にいたジョージの母親に気づいた。大きな買い物袋を抱え、おなかがぽっこりふくらんでいた。気づいたのが遅くて、方向転換するわけにもいかなかったので、ジェームソンが微笑みかけたら、相手はいったん目をそらしたものの、視線を返してきた。

「あんた、警官でしょ？」ジョージの母親は制服かバッジを探して視線をさまよわせながら言った。

「ええ、そうです。私服でパトロール中で。元気ですか」

ジェームソンは彼女の買い物袋を持って階段をあがった。またママになることが楽しみだ、と彼女は言った。生まれてきたとき、子犬みたいにかわいいの、と。

「お子さんは？」彼女に尋ねられて、いないとジェームソンは答えた。いつかは子供を持ちたいと思っていた。相手の幸運を祈り、ジェームソンはその場を辞した。その夜、ジェームソンは服を着たままベッドに横になった。アリスは夫が泣いているのに気づいて目を覚ました。マットに伝わる体の震え。夫妻が子供を望んで、もう五年が経っていた。ジェームソンは妻を胸に抱き寄せ――妻のほうが夫を抱きしめたのかもしれない――妻の髪で涙をぬぐった。人生が不公平であることを考えても仕方がないから、そんなことはすまいとふたりで決めていた。でも、割り切れないときもある――

ふたりには、ほかにできることがあった。身内に子供がいた。アリスの弟に娘が三人いて、ジェームソンとアリスはよくその子たちの面倒を見た。ジェームソンと三姉妹の長女は誕生日が同じなので、その子が十歳のときに、ジェームソンは、家族が集まるパーティ用に小型のトランポリンをまる一日かけて組み立て、支柱に風船をくくりつけた。思いのほか骨の折れる作業で、完成させると、トランポリンのスプリングマットに倒れこんだ。アリスはキッチンのドアのそばに立ち、お茶のはいったカップを手に持って笑っていた。

「組立家具より大変だった、楽だった?」

アリスは玄関の階段にマグカップを置いて、倒れているジェームソンの脇を通ってトランポリンによじのぼった。そこで脅かすように左右の足を順に動かして体をはずませた。

「ばかげたまねはやめてくれ」ジェームソンは言った。

「ほら、立って!」

ふたりは互いにしがみつきながら笑い声をあげ、すぐにへとへとになった。子供たちはトランポリンを喜び、しばらくはジェームソン家を訪問したときの目玉になった。その後、姉妹がティーンエージャーになると、大人のお伴をすることに関心がなくなり、トランポリンは錆びついて、降り積もる落ち葉の下に埋もれていった。

グレイシー事件の担当になったのは、ジェームソンが五十歳のときだった。一月。ジェームソンが制帽をかぶらなくなって、もう何年も経っていた。ジェームソンとアリスは仕事から帰宅して、クリスマスの飾りを片づけ終えたところだった。片づけながら、ジェームソンはとまどった。十二月中は楽しんでいたのに。ツリーから飾りをはずして、入念に配置されたオーナメントをそれぞれの箱へもどす。いったいだれのためにこんなことをしているんだろう。夫婦でキッチンにすわって夕食をとっていたとき――アリスは病院内の力関係や、姪の新しいボーイフレンド、その日いちばんぞっとした外傷対応コールについて話していた――電話が鳴りはじめた。

ジェームソンは緊急の捜査会議のために警察署へ呼びもどされた。

法科学捜査班が事件現場の家から写真を送ってきていて、警視正がひと部屋ずつ説明していった。ここに父親の遺体があった。少年Dがここ、すなわちベビーベッドで発見された。少女Bと少年Bが二階の第一の部屋で、拘束されていた。法考古学者たちが庭と家の土台をすでに掘りはじめていたものの、時間がかかりそうだった。子供たちは必要に応じて、ばらばらに病院に収容されている。全員、栄養状態が悪く、男子ふたりを除いて重篤《じゅうとく》な状態だった。

七人の子供。ジェームソンは画面に表示された写真をじっと見た。写真は変わっていくが、どれも同じだ。同じように汚れた絨毯、同じように湿ったマットレス、同じように腐った袋。ジェームソンは、ソファで体を丸めてテレビを観るために眼鏡をかけているアリスを思い浮かべた。「大変そうね」家を出てくるとき、アリスにそう声をかけられた。「起きて待ってる」

「寝てていい」

「わたしがそうしたいだけ」

優先事項はふたつ、と警視正は言った。ひとつ目は証拠の保全。ふたつ目は聞きこみの開始。事件の経緯は？　子供たちが最後に目撃されたのはいつなのか。友達は？　親戚は？　あす、医学報告書が届く。母親は拘留中。叔母がひとりいることが判明し、話をしたがっているらしい。

「まだ子供たちとは話せない」警視正が言い、ジェームソンはおそらくそこが争点で、警視正は争いに敗れたのだと悟った。

ジェームソンはペギー・グレンジャーに事情を聞くよう指示された。「それが終わったら」警視正は言った。「少女Aから話を聞いてくれ。児童心理学者がすでに調査をはじめている。ドクター・ケイだ。知ってるだろ？　若手で、非常に有能だ——前に一緒に捜査したことがあってね。革新的な人だと言う者もいる」

「少女A」ジェームソンは言った。「逃げた子ですね？」

ジェームソンは深夜に帰宅した。アリスはランプの明かりの下で、ソファに横になっていた。そばの絨毯の上に、お茶のはいったカップがふたつ置いてあった。

「警察官と結婚するもんじゃないって、みんなに言われたけど」アリスは言った。「ほんとだったわ」

帰ってきた夫を笑顔にするのにどういうことばをかけるべきかを考えに考えたすえ、発した台詞にちがいない。妻の両脚を持ちあげて、自分もソファに腰をおろすと、抱えていた妻の脚を自分の膝の上に乗せた。

「百歳になった気分だよ」ジェームソンは言った。

「少なく見積もっても二百七歳に見えるけど。どうだった？」

「ひどい事件だ」ジェームソンは言った。アリスが床へ手を伸ばして、マグカップをひとつ手渡す。「犯人はすでに死亡してる」

「そうだったの」

「覚えてるかい」ジェームソンは言った。「ずいぶん若いころの話だが、夜になると、泣いてたことがあっただろう？　あれは、現場で見てきたひどいことのせいだとばかり思ってた。人間のあらゆる悪い部分を見てきたせいだ、と」

「しーっ」アリスは言った。「話さなくても――」

「でも、そうじゃなかった」ジェームソンは言った。「感謝の念だったんだと思う。たぶん、とにかくほっとしたんだ。わかるかい。きみとの、この生活を思ったんだ」

それから数カ月のあいだに、ジェームソンはドクター・ケイをよく知るようになった。ふたりは病院で多くの時間を過ごし、傷を負った痩せた子供の話に耳を傾けた。その子を見るのがつらくて、自分の手帳や、理解できもしないのに病院の機器のデジタル表示に意識を集中させていたこともあった。少女はどんどん体力をつけていった。たまに、ジェームソンがドクター・ケイに治療の進め方や、何を言うべきで何をだまっているべきかの選び方について異議を唱えると、こんなふうに返された。「少女Aは、日に日に改善してる。あの家からどんどん遠く離れていってるの――ほかのだれより速く。それはわかるでしょう？」

「たしかに」

「だったら、わたしに自分の仕事をさせて」

事情聴取が済んで、証拠を集め終わると、ジェームソンはほかの事件にまわされたが、たびたびグレイシー家の子供たちのことを尋ね、事件を見守りつづけた。

ある夜、ジェームソンが仕事を終えようとしていたとき、ドクター・ケイが遅くに訪ねてきた。春の淡い夕日がブラインドから斜めに差しこんでいた。ジェームソンは荷物をバッグに詰めながら、自分のベッドとそのにおい、いい感じにくたびれているシーツのことを考えていた。そして、ムア・ウッズ・ロードのベッドのことも考えた。

ドクター・ケイは安物のプラスチックの椅子にすわって待っていたが、彼女のすべてが場ちがいだった。

やわらかそうなセーターも、猫の目型《キャッツアイ》の眼鏡も、だれかの塗ったネイルが目を引く、膝に置かれた両手も。

「こんにちは、グレッグ」ドクター・ケイが言い、立ちあがって抱擁した。

「コーヒーは？」ジェームソンが訊くと、ドクター・ケイはうなずいた。いつもは飲まないことをお互い承知しているのに。ジェームソンはドクター・ケイを奥へ通し、取調室へ向かった。テーブルに対しておかしな角度に椅子が放置されているさまは、まるであわてて人が出ていったかのようだった。「どうぞ楽にしてください」ジェームソンは言った。コーヒーメーカーの前で、不安を覚えている自分に気づいた。デボラ・グレイシーの公判まで、ドクター・ケイに会うことはないと思いこんでいた。コーヒーがまだ出ているのに途中でカップを引いて、手に熱湯がかかった。

「みんな、だいじょうぶなのかい」ジェームソンはもどってきて言った。テーブルにふたつコーヒーを置くと、ドクター・ケイがぬくもりを求めて、コーヒーをひとつ手にとった。

「ええ、問題ないわ。もちろん、こういう報道発表を目にすることになるでしょうけど。〝子供たちが現在どこにいるかは明らかにされていない〟」

「つまり——子供たちの面倒を見る家族についても」ジェームソンは言った。「それ以上、情報を公表する必要はない」プラスチックのカップを掲げて乾杯する。「あの子たちがみんな末永く幸せに暮らせることを祈るよ」

「ひとつ例外があるの」ドクター・ケイが言った。それから両手で目元を覆って、息を吐き出す。ジェームソンはドクター・ケイのほうへ手を伸ばした。

「こうして会いにきたのはひとえに、以前からあなたに言われてたから。一部の人たちにはあたりまえなこと、あなたと奥さまが望んでることについて話をするためよ」

ドクター・ケイはジェームソンを見なくて済むよう、目元を覆っていた。手のひらで隠したのは、疲れて険しい表情だった。ドクター・ケイは自分がしようしているこことをわかっていた。

いま、六十五歳になって、また電話が鳴っている。ジェームソンは庭にいて、新聞の日曜版に取り組んでいる。アリスは芝生に寝っ転がって、旅行のページを読んでいる。「あなたのほうが近いでしょ」アリスが言う。ジェームソンは愚痴をこぼすと、デッキチェアから体を引きはがすようにして立ちあがった。何回鳴ったかを数えていたら、前より時間がかかっているのに気づいた。たどり着くまでに呼出音が鳴る回数が、年々増えていく気がする。

「もしもし」

「もしもし、お父さん」わたしは言う。

「レックス。ずっと心配してたんだぞ」

一週間ずっとデライラはわたしのメッセージを無視し、しまいには留守番電話の応答メッセージが、奥歯にものがはさまったような言い方になって、さらには疎《うと》ましさを表に出すようになった。ロンドンではまだ日曜の午後が延々と残っているのに、わたしにはやるべきことがたいしてない。陽光の下に出されたテーブルごとに、早くも飲みはじめた者たちが数人ずつ集まっているものの、通りはしんとしている。スモークガラスの窓の向こうで、店員たちはテーブルや床を拭いていて、なかなか外へ出てこない。飲み残されたビールや放置されたテイクアウトの料理が腐りはじめている。この街は暑熱のなかで腹のうちを隠しきれないのか、下水溝の蓋から熱くじめついたにおいが立ちのぼる。わたしはコーヒーを買って、ソーホー・スクエアで腰をおろし、家に電話をかけた。

せめて二、三日泊まっていけ、と父は言った。「今回もそうだが、家族と接触するってことがおまえにとっていいことなのか、わたしにはわからないんだよ」

うんざりするほど話し合ったことなのに、何かあるたびに蒸し返される。父はわたしがイーサンの結婚式に出席することに、去年一年、反対しつづけた。父と母はわたしを養子として引きとったとき、できるだけホローフィールドから離れた場所に引っ越した。海のそばに住みたいと前々から思ってたの、と母は言ったが、わたしをあの地方から引き離したい気持ちもあったと思う。両親にとって、過去というのは、わたしのきょうだいからいまも伝染する病であり、話をするだけで感染しかねない病なのだ。

「そのうち会いに行くから」わたしは言った。サセックスにいる両親には無限の時間があり、ときどきインターネットにアクセスする。ニューヨークのこと、イーサンとの週末のことをなんでも知りたがり、ゲノムを扱う企業が何をするのかを具体的に聞きたがった。

「まだ話せないの」

わたしは刑務所や教戒師の話について父に語った。

「教戒師にお父さんのこと、話せばよかった。お父さんはわたしの共犯者なんだから。手紙を燃やしたこと、覚えてる？」

「もちろん、覚えてるさ。すべておまえの一存だったってことも。だからほら、刑務所へ行くのだって、一緒に行ってやれたのに」

「ひとりで平気だったよ」

「おまえがひとりでそんなところへ行くって考えるのもいやなんだ」

「言ったでしょ、平気だったって。それに、ついてきてくれる人なら、ほかにもいるから」

「ちゃんと助けになってくれるのか」

「まあ、ものすごく有能そうには見えないけど」

「またイヴと話してるのか、レックス」

ほら来た。きょうだいからわたしを守ろうとする、昔からの固い意志。「もしそうだったら、なんなの?」わたしは父が返事をしないことを知りながら言った。いつも会話はこういう流れになり、父は電話を切る前にかならずとりなそうとする。

「いいかい、まだ家へは帰れないとしても、せめてドクターKに診てもらいなさい」

「その必要があるとは思わない」

「そうかもしれん。だが、診てもらうってのは、悪くない考えなんじゃないかな」

わたしは受け入れるつもりのない提案を突きつけられたときにデヴリンがこう言っていたのを思い出した。貴重なご意見をありがとうございます。異議を唱えたり言い争ったりするには、どうしたって多少の努力が必要なことを思えば、そういうふうに慇懃《いんぎん》にとり合わないというのは、何より残酷だ。父の湿った手が受話器にべったり跡を残している様子が目に浮かび、なぜ娘は電話をかけてこないのかと先週ずっと悩みながら、こわがることを自分に許さないようにしていた父の様子が想像できた。

「考えてみる」わたしは言った。「約束するわ」

ロミリー・タウンハウスの部屋から、わたしはオリヴィアに電話をかけた。「いま職場」オリヴィアは言った。「ちなみに、機嫌は最悪」

「うわっ」

「週末は空調を切られてるの。だれがこんなこと思いついたのかしら」

「わたしが泊まってるホテルに来れば? 勘定はわたし持ちだし」

「エアコンある?」

「もちろん」

オリヴィアとはじめて会ったのは、大学に到着したその日だった。バスルームを貸したのがはじまりだ。オリヴィアは、バーの反対側でだれかと話をしていても、そこにいるとすぐにわかるタイプの人間だ。わたしはオリヴィアより先に寮に着いていて、父に手伝ってもらいながら部屋に持ち物を運んでいた。父は保護者のなかでいちばん歳上に見えた。「わたしが車からここまで荷物を持ってくるから」父が提案した。「おまえはそれを部屋まで運びなさい」これと思う布団カバーを探すのに、半日を費やした。母の勧めてくるものを、それは子供っぽすぎる、これは歳寄りくさい、花柄はいや、ぶりぶりしすぎ、とにかくぞっとする、などと言って退けた。そしていま、星座の刺繍《ししゅう》が施されたダークブルーのカバーにわたしは腰をおろした。枕には月があしらわれている。それを目にして、取り返しがつかないくらい、心の底から恥ずかしかった。父とふたりでベッドを整え、自分の手でカバーをきれいに撫でつけた。両手が震えはじめる。ベッドを置いたのは部屋の隅だから、目が覚めたときに、頭の上に窓がある恰好になる。

「ベッドをあっちの壁に移動してもいい?」わたしは言った。「かまわない?」

ふたりで配置をやりなおした。父は机の前の椅子に腰かけて、背中を伸ばし、ポケットからリストを取り出した。

「お母さんが気にしてな」そう言って、首を横に振る。「どれどれ。膝のサポーターは?」

「ある」

「食料は揃ってる?」

「うん」

「正装用の服一式は?」

はじめの数週間は、いろいろなイベントがあって、それ用の衣装が必要だと連絡を受けていた。「荷物に詰めてきた」

「ここでやっていけそうかい?」

「様子を見てみるよ、お父さん。もう帰っていいから」

「わかった」父は言った。そしてわたしを抱き寄せて、額にキスをした。「歓迎会《ウェルカムドリンク》に参加すると約束してくれ、レックス」

「いいよ」

ウェルカムドリンクとして出されたのはティースカッシュで、別に歓迎されている感じはなかった。ひとつ学年が上の先輩がひとり、緊張がほぐれるようにと新入生たちについていて、わたしにいくつか儀礼的な質問をしてきた。出身はどこなのか、何を学ぶのか、この夏をどんなふうに過ごしたのか。その男子学生の後ろにいたデニムのジャケットを着た女子学生がたったいま何かを言って、取り巻きの集団を笑わせた。

わたしはその場から離れた。シャワーを浴びて、一週目の受講の準備をしたかった。講義がはじまるまでに丸五日あった。慣れない新しい部屋がしんと静まり返るなか、歓迎会のざわめきが庭にまでひろがっていて、その時間が延々とつづくように思えた。

机にすわって、旧法について読んでいたとき、だれかがドアを叩いた。そっと鍵穴をのぞくと、そこにいたのはさっきのデニムジャケット姿の女子学生で、壁にもたれて腕を組んでいた。その学生はひと呼吸ぶん——いや、ふた呼吸ぶん——待ったあと、とまどった様子で背を向けた。

わたしはドアをあけた。

「こんにちは」彼女は言った。「最高の自己紹介とは言えないんだけど、バスルームを使わせてもらえないかと思って」そして骨ばった手を差し出した。吸血鬼のような犬歯とゆがんだえくぼが目立ち、きれいな子だと思うたびに、新たな驚きに打たれる。

「あの歓迎会」彼女は言った。「ちょっと居心地悪いよね」

オリヴィアは経済学を学んでいた。去年はオーストラリアの石油会社の重役の家で、その家の子供たちのオペア（住みこみの子守り兼留学生）として過ごしたおかげで、お金で幸せを買うことはできない、と嘘偽りなく、ほんとうに、心の底から実感した。滞在先の娘のひとりが、初日にオリヴィアを脅し、どうせ一週間ももたずに出ていく羽目になると言った。「一年後」オリヴィアは言った。「あたしが出ていくときに、その子が泣いたの。つまり、それこそが真の勝利よね」すでにオリヴィアは、わたしたちの下の部屋に住んでいるクリストファーという、建築を学ぶ学生に会っていた。クリストファーの母親は息子を送り出すにあたり、階段室を埋めつくすほどのブラウニーを持たせたので、クリストファーは恥ずかしくてたまらず、それをベッドの下に溜めこんでいるのだという。オリヴィアはわたしの背後を見やり、部屋の真ん中に、数が多ければ安心といわんばかりに荷物がまとめて置かれ、小さな山になっているのに目を止めた。

「ねえ」オリヴィアは言った。「素敵な布団ね」

待ち合わせたロミリー・タウンハウスのシャンパン・バーで、オリヴィアはわたしをそっと抱きしめた。スーツ姿に、金属フレームのサングラスをかけて、蟻《あり》を象った刺繍が施された上品な絹のスカーフをつけている。

イタリアと結婚式と、新婚夫婦が夜中に出してくれた平焼きパン、トルタ・アル・テストの話をした。「ほんとに」オリヴィアは言った。「いままで口に入れたもののなかで、いっちばんすばらしいものだったんだから」わたしたちは系図とゲノムについて一般的な話をした。デヴリンの契約は極秘であり、オリヴィアは精力的な投資会社で働いていたからだ。「父も試してみたんだ」オリヴィアが言った。「引退生活がはじまったのを機に。うちの家系がウェールズの出だって――そこに祖父母が住んでる――ってわかったみたい」ほかには、天気の話をした。それからニューヨークでの買い物とロンドンでの買い物のどちらがいいか、意見を交わした。「だけど」オリヴィアは言った。

「そっちの店員のおべっかは耳障りなだけだって、気づきはじめてるんでしょ？」

「あんたのお母さんの件だけど」お互いに四杯目の飲み物が届くと、オリヴィアは言った。「ねえ、レックス、何を言うべきか自分にはわかってる、なんてふりをする気はないの。ただ、お母さんがあんたをこの世界にもたらしたんだよ」オリヴィアがグラスを掲げる。

「まあ、そういうこと。その事実に乾杯」

はじめは、オリヴィアとクリストファーに話そうと思って、ずっと機会をうかがっていた。大学のバーまで歩いたときや、錆色の十月の午後に庭でお酒を飲んだとき、ことばが喉元までせりあがって、胆汁の味がしたものだ。

養子であることと、同学年のみんなより歳上なことは、ふたりに話してあった。いま思えば、変だと疑問に思うはずなのに、ふたりが訊かなかったことがいくつもあった。ベッドサイドのテーブルに置かれていたわたしとイーヴィの写真、タイミングが悪くてもシャワーを浴びようとするところ、二週間ごとにロンドンへ行くこと。ロンドンでは、いかめしく建ち並ぶタウンハウスを横目に、猫の七色の鳴き声を聞きながらフィッツロヴィアを歩いて、ドクターKのもとにかよっていた。わたしに説明を求めるべきかどうか、ふたりは悩んだのだろうか。なるべく成果をあげるために、どんな質問からはじめようか、とふたりで相談したんだろうか。

もし話し合ったなら、訊くのはよそうとふたりで決めたわけだ。学期が過ぎていくにつれ、わたしの過去は、さながら知人の名前のようになっていた。つまり、ある時期を過ぎてしまうと、教えてくれと訊くわけにはいかないものに。父親と母親のことは最終学年まで話さず、ようやく打ち明けたのも、ただやむをえなくなったからだった。

それは、十月下旬のことだった。その週は、ハロウィーンのパーティと夕食会がつづいていた。毎晩、秋いちばんの隠し芸さながら、沼沢地《フェンランド》から滲《にじ》み出す霧があたりを覆っていた。オリヴィアとわたしは前年に披露してすこぶる評判がよかった衣装を使いまわしていた。「シャイニング」の双子の亡霊をまね、薄い水色のワンピースを着て、新学期のセールで見つけた、きっちり膝丈のハイソックスを履いたのだ。しかつめらしい顔をして、ふたりで手をつないで大学のバーまで歩いていたら、クリストファーが振り返ってこっちを見た。その頭には、プラスチックのナイフが一本突き刺さっていた。

　気の置けない仲間たちがそこに集まっていて、「スリラー」がジュークボックスから流れていた。オリヴィアの新しいボーイフレンドが、大学の友達と自転車旅行に行ったらしく、その友達というのが、わたしも大学のランニングクラブで知り合って、好感を持っていた人物だった。夕方の薄暗がりが、わたしたちを驚かせた。夜が過ぎゆくのが早すぎる気がしたのだ。まもなく春学期がはじまって試験が近づいたら、こんな夜を過ごせる機会はなくなるだろう。しばらくして、わたしたちはバーから出た。思いのほか酔っていて、プラスチックのコップを持ったまま、大学の門を目指して中庭を歩きはじめた。淀んだ霧が芝生を覆っていた。霧のなかで目を凝らすと、中庭の向こうに並ぶ建物の明かりがゆがんで見えたが、窓から人がのぞいているかどうかはわからなかった。

　門へ向かう途中、すぐ後ろで——ぶつかりそうなくらい近くで——足音が響き、霧のなかから怪奇な集団が現れた。ひとりはイアン・ブレイディ。スーツを着て髪をそれらしく整え、隣に相棒のマイラを連れている（イアン・ブレイディと恋人のマイラ・ヒンドリーは連続殺人犯）。O・J・シンプソンもいて、ほっそりした白人の若者が、変装用の覆面をかぶって、片手に——サイズの合わない——黒い手袋をぶらさげていた。シップマンもいた。顎につけひげを生やして、本物の医者の白衣を着ている（ハロルド・シップマン。医師で連続殺人犯）。そして、その後ろにわたしの母親と父親がいた。

若者の頭に斜めに鬘《かつら》を載せて、母親の真っ白な髪を再現し、逮捕されたときの灰色の奇妙なワンピースを着ている。顔写真では、ワンピースが肩から落ちて鎖骨に影がはいっているのに、そこまでは再現できていない。父親のほうはさらに似ていなかった。グループのなかでいちばん長身の若者が父親の仮装をしているようだが、それでも背丈が足りない。きれいに散髪されすぎているし、目もやさしすぎる。でも、それはこの人のせいじゃない、とわたしは思った。

「なかなか凝ってるね」一行が通り過ぎたときに、オリヴィアが言った。

プラスチックのコップがわたしの手から落ちた。濃くなってきた霧がオリヴィアとクリストファーの姿を隠し、自分の手さえ見えなくなった。「リヴ」わたしは声をかけた。ほかの人に気づかれる前にこっそり呼んだつもりだったが、もう膝が地面についていて、指にふれる芝生がやわらかく湿っているのがわかった。

テッド・バンディの扮装をしていた、法学研究会の顔見知りの学生が、オリヴィアを手伝ってわたしを部屋まで運んでくれた。オリヴィアはボーイフレンドをすでに帰していた。水をグラスに二杯汲んできて、わたしと並んで布団の夜空の上に寝っ転がった。

「危険な晩餐って感じだったね。〝いたずらかお菓子《トリック・オア・トリート》〟じゃなくて〝ゲスとクズ《ファックアップ・アンド・フェロン》〟だったけど。でも、めちゃくちゃぞっとしたな」

オリヴィアが寝返りを打ってこちらを向いたが、わたしは仰向けのまま、天井のひびを目で追って、壁から壁へ視線を移した。

「ねえ」オリヴィアが言った。「何があったの？」

「さあ」わたしは言った。「飲みすぎたのかも」

オリヴィアは鼻を鳴らした。「いい加減にしなよ、レックス。でしょ？　まだ宵《よい》の口だったのに」

「じゃあ――わかんない」

「レックス」オリヴィアが言う。「一度もこっちから訊いたことないんだよ――訊きたくないことがたくさんあった。それはたぶん、心の準備ができたら、自分から話してくれると思ってたから。絶対に話さないって思ってんのかもしれない――あたしにはわからないよ。それでも全然かまわないんだ。だけど、あんたがだいじょうぶなら、話したほうがいい」

はじめて会ったときと同じように、喉からことばが噴き出してくるのを感じた。

「話すとしたら」わたしは言った。「約束してくれる？　どんな疑問を持っても――何を考えたとしても――二度とそのことについて話さなくていいって」

「ああもう、レックス」オリヴィアは言った。「もちろん、約束するよ」

「覚えてる？　〝恐怖の館〟のこと――たぶん当時リヴは十三歳ぐらい――」

ロミリー・タウンハウスを出ると、一気に夜が更けた。オリヴィアが、近所にバーのあるウィスキー愛好会《ソサエティ》の会員だったので、そこでクリストファーと待ち合わせた。クリストファーの新しいボーイフレンドがスタンダップコメディに挑戦しているが、クリストファーとしては見るのが苦痛で、だから夜の興行を見ない格好の理由ができて助かったという。「下手なわけじゃないんだ」クリストファーが言う。「聞いてて落ち着かないんだよ。だれかがヤジるのを待ち構えて、もしヤジったやつがいたら、そいつに飛びかかって床に押し倒さなきゃならない」

「口で言い返せばいいんじゃない？」わたしは言った。

「そのほうが確実かも」

「そうしようと思ってるんだけどさ」クリストファー

が言って、ため息をついた。「彼がまだ、知り合いのなかでいちばんおもしろい会計士だったころは、ぼくだってそうしてた」

「そんなにおもしろくないよ」オリヴィアは言った。

「この人、機嫌が最悪なんだって」わたしは言った。

「エアコンのこと、訊いてみて」

「機嫌はましになったけど。ステージ上の彼、見るに堪《た》えないいんだよね」

「きみらふたりは、ぼくより四十杯ほど飲んでるな」クリストファーが言って、全員ぶんのお代わりを注文した。「ウィスキーが好きだって知らなかったよ、リヴ」

「夢中ってわけじゃないよ。ただ、どこか人を連れていける場所が欲しくて。いつでも連れてける場所がないと困るからさ」

「しかも、雰囲気のいいところ」わたしは言った。わたしたちのほかには、バーに客はただひとり、千鳥格子のスーツを着た老人だけだった。「あの人、生きてる？」店に着いたとき、オリヴィアはそう尋ねた。

「まあ、いつでも席を確保できるってわかってる店がないと困るよね」

「ニューヨークの話をしてよ、レックス」

「引っ越したんだ」わたしは言った。「いまのロフトに。広いよ。川沿いで、ブルックリンにあるの。ただし、ほかの人とシェアしてる」

「あたし、シェアは無理だな」オリヴィアが言った。

「わたしとおばあさんで。ロフトの所有者がそのおばあさんなんだ。お互いのスペースのあいだにパーテーションがあるんだけど、そのパーテーションがたまに落っこっちゃって。おばあさんは部屋で寝てるか、ドキュメンタリー番組を観てる。エドナっていうの」

「エドナにカモにされてんだよ」クリストファーが言った。

「そうよ。もっと住むとこにお金をかけなよ、レックス」

「別にかまわない。慣れてきたし。すごく静かな人でさ。こっちもずっと留守にしてるから」

「エドナのとこから出て、ロンドンにもどってくればいいよ」

「まあまあ、いまここにいるじゃない」

「あたしの誕生日はこっちで祝って」オリヴィアは言った。「一大事でしょ、二十八歳って。くたびれちゃう二年前に、パーティを開くから」

「くたびれるどころか、わたしはもうぐったり」

「ニューヨークにいたからしょうがないけど、こんどはその手は使えないからね」

　バーテンダーがグラスを片づけた。「どれがお好みでしたか」バーテンダーに訊かれた。ティスティングノートがあったのに、わたしたちは読んでいなかった。

「どれもおいしかったけど」オリヴィアが言った。

「これがいちばんかな」

「JPのことは？」クリストファーが訊いてきた。

「どうだっていいでしょ」

　クリストファーはオリヴィアを見た。酔ってデリカシーがなくなっている。

「会うつもり？」

「時間がとれないんじゃないかな」わたしは言った。

「いま、上司がサイコパスだから」

「どうしても会わなくちゃいけないとき、JPったら、いつもあんたのことを訊いてくるんだよ」オリヴィアは言った。

「それは何より」

「あんたは立派にやってるって答えてる。いまも美人でお金持ちだよ、って」

「ありがと、リヴ。正直言うと、彼のことはあまり考えないの。ごくたまに、ね。もう平気だから」

「知りたいことがあるんだったら、あたしが調べてあげる」

「でも、その話はあまりしたくないんだ」

わたしたちは遅い時間のショーを観ようと〈ロニー・スコッツ〉にはいろうとしたが、日曜日には演奏がないうえ、このジャズクラブも閉店時刻が迫っていた。

「うちへ帰りな」ドアマンに提案された。クリストファーはボーイフレンドを迎えにいかなくてはならなかった。スタンダップがうまくいかなかったらしい。わたしは最後に一杯だけ付き合ってほしい、とオリヴィアに頼んだ。

「十二時十五分」オリヴィアは腕時計を見てぎょっとした。「引きあげるよ、レックス。帰る」

タクシーが来ると、オリヴィアは後部座席に乗りこんでシートに横になり、あいているドアから仰向けのままでわたしを見た。

「こういうことをするには暑すぎるね」オリヴィアはそう言ったあと、笑いながらつづけた。「きょうって、ほんとは日曜日なんじゃない？」

「木曜日になったとこ」

「さらば。さらば、友よ」

運転手がわたしたちのやりとりにうんざりして、タクシーを発車させた。オリヴィアは体を起こして手を振った。「ロンドン！」オリヴィアが声を張りあげる。

「いいとこじゃない？」わたしはうなずいた。たしかに、そうだ。この街の居心地は悪くない。タクシーは、夜の車の流れのなかへ走り去った。わたしは数分間、歩道の縁石にたたずみ、JPと別れたあとにメリルボーンでデートをした相手のことを考えた。ここからなら歩いてすぐだ。その彼の指示を受けてオンライン上で会ったのだった。ニューヨークでぼんやりしているときに、よくその人のことを考えた。ろくでもないことを思いついたものだ。もう結婚しているかもしれないということしか、いまはその人のことを知らないのに。

軒を連ねる薄暗いレストランと家々の玄関の前を歩

いて、ホテルの裏口に着いた。部屋の真ん中に独立した浴槽があるのだが、平日は面倒で湯を張らなかった。きょうは格子柄の床にすわって、浴槽にお湯が溜まっていくのをながめている。お湯に体をくるまれると、わたしは携帯電話に手を伸ばした。イーサンからメッセージが届いていた。ウェスリー校がクリケットの試合に勝った。またおまえに会えてよかった、と。別々の時間に送信されていた。わたしは携帯電話の画面に目を凝らした。最高のニュースだね、と返信する。それから、酔って気分がよくなっていたせいだろう、〝ホンジュラスの首都は？〟と打ちこんで送った。

きょう最後の仕事が、まだひとつ残っていた。捜していた番号を見つけてかけると、また息が荒く、まるで泣いているところか、寝ているところを邪魔されたかのような声の応答メッセージが流れた。「デライラ」わたしはメッセージを吹きこんだ。「なんで電話をかけなおしてこないのよ」


母親はイーサンの出産後、一週間以上経ってようやく検査を受けた。最初の二、三日は、赤ちゃんといられるのがうれしくて、痛みを覚えるたびに、何かをなし遂げたような気分になった。七日目、熱に脅《おびやか》された彼女は、夫を見つめ、懇願しながら祈りのことばを唱えた。イーサンの生後十日目、父親が態度を軟化させた。母親は震えがひどくて、イーサンを抱くことができなかった。母親の祈りが足りなかったのだ。

感染症の治療を受け、傷口が縫われたあと、医師は両親にこう告げた。さらにお子さんをもうけるおつもりなら、合併症のリスクが大きいため、病院のベッドでなければ分娩は危険です。父親にとってその医師は容認できる人物だったにちがいない。要するに、実力も自信もあって、反論しにくい相手。当時わたしはまだ物心つく前で、デライラが生まれたときのことは覚えていないけれど、イーヴィが一月一日の夜遅く生まれたときは、病院までみんなで会いにいった記憶がある。

父親はわたしたちを、グラマースクールの学生と結婚した、母親の妹のペギーに預けていた。ペギーは結婚式のときに妊娠していたが、腹まわりにシフォン地の大きなリボンを巻いて式を挙げ、ふたりが新婚旅行からもどるまで、妊娠のことは何人《なんぴと》たりとも口にすることは許されなかった。イーヴィが生まれたころには、ペギーにはやかましくて愚かな息子がふたりいた。ひとりはイーサンと同い歳、もうひとりはその子より少しだけ歳上で、ペギーは夫が購入した新居の掃除に明け暮れていた。夫のトニー・グレンジャーはマンチェスターで不動産業者をしていて、めったに見かけることがなかった。イーサンはトニーのことを〝顔なし男〟と呼んでいた。紺色のスーツか、磨きあげられた靴がちらっと見えたと思ったときにはもう、広大な白い家のどこかの部屋に消えているからだ。

イーサンは、子供が家で飼っているペットをいじめて喜ぶのと同じように、いとこたちをいじめて喜んだ。イーサンはいとこのふたりにこんな作り話をした。一分間、水のなかで息を止められたら、おまえらもぼくの所属してる秘密結社に入れてもらえるかもしれない、とか。小さな男の子が眠っているところを襲う連続殺人犯が街に出没していて、それを避ける唯一の確実な方法は、夜寝ないで三日間ずっと起きていることだ、とか。イーサンはいとこのベンジャミンが大事にしている物を、もうひとりのいとこマイケルのベッドの下に置いて、ベンジャミンが癇癪《かんしゃく》を起こすのを待ったり、大人たちが別の部屋にいるときに、いとこのグラスをひとつ、素知らぬ顔でテーブルから落としたりした。「だめだなあ、ベンジャミンは」イーサンが食事をつづけながらそう言うと、大人たちはたいていイーサンのほうを――ふたりより華奢《きゃしゃ》なうえ歳下で、わたしの確固たる支持を得ていたイーサンを――信じたものだった。

　父親が病院からわたしたちを迎えにきたのは、就寝時刻だった。イーサンとわたしは寝る前の読み聞かせをだれがするかで喧嘩をした。ペギーは歳の順に交代すればいいと考えた。最初はマイケル、次はベンジャミン、その次がイーサンで、最後にわたしの順で。デライラは三歳だったので、すぐに飽きてしまって、部屋から部屋へ走りまわり、うれしくて目が冴えてしまった。海賊にまつわる本は、寝る前に父親が語ってくれるどんな物語とも比べ物にならないくらいわくわくした。たとえマイケルの読み方が堅苦しい一本調子で、イーサンが自分の番になるまで目玉をまわしていたとしても（「アレグザンドラのほうがまだうまく読めるよ」と言いながら）。

　わたしは人前で朗読するのが不安な一方、楽しみでもあり、イーサンの読むぶんが終わりに近づいてくると、鼓動がばくばくと速くなった。実際のところ、ベンジャミンより読むのがうまいので――ということは、たぶんマイケルよりはるかにうまいだろう――それを証明するチャンスだった。わたしが咳払いをして、イーサンの手から本をもぎとったとき、父親がドアをノックした。

「また女の子だ」父親はペギーに告げたのち、わたしたちを大声で呼んだ。

「もう時間も遅いわ」ペギーが言った。「八時なのよ、チャールズ。パジャマに着替えちゃってるし。子供たちは泊まっていけばいい」

　イーサンとデライラはすでに玄関の父親のもとにいたが、わたしはソファにとどまって本を握りしめていた。「わたしの番なの。わたしが読む番だから」

「こっちへ来るんだ、アレグザンドラ」

「どっちにしても、面会時間は終わってる」ペギーは言った。「この子たちと妹の対面は、あしたでいいじゃない」

「いつこの子たちが妹と対面するかは、おれが決める。さあ、アレグザンドラ」

「あと二ページだけだから」

イーサンが父親を見あげた。「行こう、アレグザンドラ」イーサンは言った。

「だけど、わたしの番なのに」

父親が片手を伸ばして、ペギーを払いのけた。そのまま靴も脱がずに居間にはいってきて、わたしを抱きあげる。わたしはまだ本を握っていたが、父親は造作もなくそれをとりあげて、壁に投げつけた。父親の肩の上から、クリーム色の絨毯にうっすら残る泥の足跡と、煌々と明るい廊下に立つペギーと子供たちの姿が、夜のなかでだんだんと小さくなっていくのが見えた。

母さんは救急車のなかで切開されたんだ、と父親は言った。ずっと逆子のままだった。それでおなかを切って赤ちゃんを取り出したのだという。わたしは説明を求めてイーサンを見たが、イーサンもわけがわからないようだった。デライラが泣きだした。

病院に着いても、わたしは車から降りたくなかった。冷たい銀色の台の上に、母親が手足をだらりと広げて寝かされている姿が頭に浮かんだ。臓器がひとつひとつ働いている様子が、まるで高級時計の文字盤でよく見る歯車のようで、内臓から這い出てきた赤ん坊は、血まみれでぬるぬるだ。駐車場で、わたしはイーサンのほうへ手を伸ばしたものの、ばかにされるだけだと思っていた。イーサンはもう八歳だから、そういうまねはしないだろう、と。ところが、イーサンはわたしの手をとって、ぎゅっと握った。

言うまでもなく、そんな想像とはまったくちがっていた。わたしたちは広くて明るい廊下を進みながら、病棟の名前を口に出してみようとした。産科病棟で、ひとりの看護師がわたしたちに向かって、まるで手負いの獰猛《どうもう》な動物でも相手にしているかのようにこわごわと話しかけたのち、母親のところまで連れていってくれた。母親はベッドに横になって眠っていて、皮膚も肉も無傷だった。そのかたわらに、小さなプラスチックのベビーベッドがあって、そのなかに赤ちゃんがいた。

父親はその子を見なかった。母親の髪と顔に手をふれて眠りから起こすと、母親は父親を見て微笑んだ。イーサンとデライラとわたしはベビーベッドのまわりに集まった。

「赤ちゃん、要らない」デライラが言った。

「あんたはちっちゃすぎて、まだよくわからないんだよ」わたしは言った。赤ちゃんはすやすや眠っていた。わたしは自分の指に赤ちゃんの清らかな小さい手を乗せた。

「アレグザンドラとそっくりね」母親が言うと、根拠のない奇妙な誇らしい気持ちがわたしの胸にひろがった。順番が来たのに本を読めなかったけれど、それでも会いにきてよかった。目の前に生まれたばかりの妹がいて、その妹はわたしにそっくりなのだから。いつか本を読んであげたい。

「この子はイヴと呼ぼう」父親が言った。

デライラはイーヴィについての考えを変えなかった。四年近くのあいだ、デライラが末っ子だったので、赤ちゃんのイーヴィのことを強奪者、つまり自分の王国にもたらされた、子供を装った悪意あるスパイとみなした。イーヴィはデライラの部屋で寝る計画だったが、どうも無理そうだった。デライラは赤ちゃんの毛布をとりあげて自分用にしたり、赤ちゃんにちょっとした罠を仕掛けたりした。ベビーベッドのなかに、フォークや、わたしが学校で使っている鉛筆、母親の鏡台にあったピンセットをしのばせたのだ。「赤ちゃんに、プレゼントしただけ」デライラはそう言い張った。

きょうだいの部屋割りが変わった。わたしは赤ちゃんの部屋でイーヴィと眠り、デライラはイーサンの部屋へ移った。

デライラがそういうことをしても罰を与えられずに済んだのは、イーサンのように狡猾《こうかつ》だったからではない。デライラが咎《とが》められなかったのは、かつて母親がそうだったように、きれいだったからだ。それはミスター・グレッグスが生徒たちに発表するよう求めたのと同じ、紛れもない事実であり、わたし自身はあきらめつつあったものだった。学校では毎年、家族で撮るものも含めて、写真を撮影するために全員が呼び集められた。デライラがはじめてきょうだいの輪に加わったとき、写真家はカメラを落とすまねをした。「なんてかわいいお嬢ちゃんなんだ。さあ、こっちへ」——機嫌の悪い生徒たちをなだめるのにいつも使っている、太っちょのテディベアをデライラに手渡す——「先に、お嬢ちゃんひとりの写真を何枚か撮るね」

近づいたり離れたりして、いろいろな角度からひと通りデライラの写真を撮ったあと、わたしとイーサンも加わるよう写真家が合図を送ってきた。デライラがテディベアをほうり出したので、わたしは講堂の汚れた床からそれを拾いあげた。ところが写真家は首を横に振って言った。「だめだめ。それはかわいいお嬢ちゃん用だから。それに、きみはもうそんなものを持つ歳じゃないだろ」

両親はグループ写真を注文した。イーサンは関心を示さず、デライラは得意げな声をあげ、わたしは赤い顔で天井を仰いで必死に涙をこらえた。

母親はその写真をスーパーマーケットで買った安物の額に入れて、居間のどうやっても目にはいるところに掛けた。勢いづいたデライラは、母親の子供のころの写真を見せてもらいたいと頼んだ。「そっくり!」デライラは大きな声をあげて、写真のはいったアルバムのふちの上からわたしを見た。「でも、レックスとは全然似てないね」

「髪は似てるよ」わたしは言った。

「うん、でも顔がちがうし、目がちがうし、手も脚もちがうよ」

子供のころ、わたしはデライラのことを、ばかだと思っていた。デライラの通知表はひどいものだった。〝デライラには集中力が必要です〟あるいはこんなふうに書かれていた。〝この教科に関して、デライラは大いに才能に恵まれているわけではありません、もっと努力が必要です〟。昼食の時間に、教師ふたりがデライラの話をしているのを耳にしたこともある。「たしかに、イーサンとはちがいますね」ひとりが言い、もうひとりが言った。「アレグザンドラともちがうんですよね」宿題をやっていたとき、デライラがテーブルに置いた両手の上に顔を乗せて、向かい側にいる父親のほうへ手を伸ばしてこう言ったことがある。「お父さんのお話をひとつ知ってればいいんじゃないかな」父親が話すときにデライラが慎重に顔色をうかがっていたこと、また不幸のパレードがはじまるずっと前、子供のころにはデライラは母親への憧れを顔に出していたことを思うと、実はデライラは、わたしやイーサンより——わたしたちのなかでいちばん——利口だったのではないかという気がする。

わたしはイーヴィと同じ部屋で眠ることについて、しばらく文句を言った。デライラを恨み、寝る前にイーサンに話しかける機会がなくなってがっかりしていた——イーサンがワイルドウェストについての知識を披露して以来——学校での日々についてふたりでいろいろ話をするようになっていたのだ。ベビールームには、父親がかつて仕事で使っていたあれこれがごちゃごちゃ詰まっていた。ベッドサイドのテーブルでコンピューターが光る内臓をさらけ出して頽《くずお》れていて、そこから出ている何本ものケーブルがベッドの下でとぐろを巻いていた。ところが、イーヴィはまじめで静かな赤ちゃんだったので、わたしはイーヴィのことを好きになりはじめた。母親が前に言っていたとおり、わたしにそっくりだった。赤ちゃんと協力関係を結ぶのは簡単だったし、とにかくだれかを自分のチームに引き入れたかった。

その日一日のことをイーサンに話す代わりに、わたしは部屋の反対側にいるイーヴィに声を落として話した。父親の道具を入れたいくつもの箱のなかから、わたしは懐中電灯を見つけた。学校から本を借りて帰っていいと教師から許可が出ると、わたしは家じゅうが夜の闇に沈むのを待って、本を読み聞かせはじめた。

「何を言ってるのか、その子にはわかってないんだよ」デライラはそう言ったが、わたしは無視した。朗読はイーヴィだけのためではなく、自分のためでもあった。ときには、イーヴィがぐずっていることに——本格的に泣きはじめる直前に——気づいて、ベビーベッドから抱きあげ、気づいたらひとりでイーヴィをあやしていた。イーヴィのもとに真っ先に駆けつけるのは、たいていわたしだった。母親と父親はますますほかの用事で忙しくなっていたからだ。

日曜と月曜のあいだのどこかで、わたしの電話が鳴りはじめた。深い眠りからこんなふうに目覚めて何がなんだかわからないときは、一瞬、自分はムア・ウッズ・ロードにいるんだと思う。何年も前に、ドクターKがこういう目覚めに対処する方法を三つ教えてくれた。天井に向かって伸びをすること、室内の様子がはっきり見えるようになるのを待つこと、前日の出来事をできるだけ具体的にくわしく思い出すこと。ソーホーがオレンジ色の電灯の光をカーテン越しに投げ、暗闇が浴槽と机の形に固まっていた。きのう着ていたドレスが、床の靴の上に、まるで着ていた人間だけが消えてしまったみたいに落ちている。タクシーのなかにオリヴィアがいて、車が走りだすと同時に、窓からスカーフを振っていた姿が頭に浮かび、わたしは微笑みながら電話に出た。まだ四時をまわったところだ。向こうが話しだすのを待った。

「レックス。久しぶりね」

「デライラ」わたしは言った。こんな時間に電話をかけてくるのだから、デライラに決まっている。

「ロンドンにいるから会いに行けるけど。どこに泊まってるの？」

「ロミリー・ストリートの」わたしは言った。「ロミリー・タウンハウス。いつがいい？」

「あまり時間がないの。一時間で着く。そんなにかからないかも」

「え？」

「会いにいく。これから行くから」

「いま、夜中だけど」

「じゃああとでね」

常夜灯をつけようとしたのに、まちがって頭上の電灯がつくスイッチを押してしまった。ベッドカバーを足で払いのけて、マットレスに横になったまま茫然とする。デライラのせいで頭に血がのぼる。ホテルの照明、頭のなかでリハーサルしている未熟な打楽器バンド、ウィスキー愛好会、地球の傾き、暑熱のロンドン、ベッドからシャワーまでの距離。清潔な冷たい水の下で、わたしは嘔吐し、タイルにおでこをあててもたれかかった。デライラ。

震えが止まってから、窓をあけて、机の前に腰をおろし、ムア・ウッズ・ロードの家についてと、イーヴィとわたしが思い描いていたコミュニティセンター設立に必要な資金についての一般的な短い同意書を書いた。署名欄は空白にしておく。わたしはいまのデライラの名前さえ知らない。朝いちばんの日差しが無数の粒となって、部屋いっぱいに散らばった。フロントにコーヒーを二杯注文し、二杯とも飲んだ。デライラのことだ、どうせ待たされるだろう。

到着したのは、電話が来てから二時間後だった。部屋番号を確認するためにもう一度電話をしてきて、それから少しして、ドアの外で足音が止まった。デライラが二、三秒待ってからドアをノックし、わたしはドアのこちら側に立ち、デライラががらんとした廊下で表情を繕《つくろ》っている姿を思い浮かべた。

　父親はベッドサイドのテーブルに聖書を置いていて、夜のお話がひらめかないときには、子供たちのひとりに命じて聖書をとってこさせた。両親の人生にまつわる話のときと同じで、わたしたちは自分の好きな書を聞くために争った。わたしはクジラの話があるから、ヨナ書が好きだった。イーサンはサムエル記が好きで、列王記はきらいだった。イーサンという名前は列王記からとられたのだが、イーサンよりソロモンのほうがはるかに利口だとされているためらしい（列王記上五章十一節「彼はエズラ人エタン、マホルの子らであるヘマン、カルコル、ダルダをしのぐ、最も知恵ある者であり、その名は周りのすべての国々に知れ渡った」。なお、冒頭の彼はソロモンを指し、エタン ethan はイーサンとも読む）。デライラは父親が選んだものを聞ければなんだって幸せで、父親が語るのは、たいてい道徳を説く話だった。ただしそれは、どの書がどういう話なのかを覚えていないことを隠すデライラの方便だ、とわたしはにらんでいた。

　日曜日になると、襟が高くて白く、ウエストを締めつける服を――わたしに言わせれば着心地の悪い服を――着て、父親のあとについて街なかを歩いた。途切れることなく信徒が列をなしている古い教会をいくつか通り過ぎると――街の中心部に近づくと、わたしたちが洗礼を受けた石造りの質素な教会があった――やがて工場の手前に建つ、ベージュ色で四角い箱のような建物にたどり着いた。玄関ドアに白い天蓋《てんがい》の庇《ひさし》が張り出していて、そこにだれかが手書きでこう記していた。

　〝ようこそ〟

　ホローフィールド・ゲートハウスの参加者は少なかった。長すぎるスーツを着た似たような男たちの一団が、ギターを弾いていた。あちこちに散らばって、ビスケットとスカッシュを味わっていた母親たちは、わたしが父親とともに到着すると、父親に向かって手を振った。赤ん坊が何人も通路を転げまわっていた。後ろのほうの席に数人の後家がだまってすわり、音楽に耳を傾けている。そのうちのひとりがミセス・ハーストで、目が見えない人だった。その目はいつもどこか遠い過去に向けられていて、位置としては四フィート五インチの高さ、つまりわたしの右肩のすぐ上だった。礼拝のあとだれがミセス・ハーストを食堂へ案内する役を引き受けるかについて、わたしたちは言い争った。みんなミセス・ハーストのことをこわいと言っていたが、それは子供が残酷なおこないに及ぶ言いわけに〝こわい〟と言うのと同じだった。

両親はゲートハウスでちょっとした有名人の地位を得ていた。わたしたち家族は会衆席をまる一列占領していて、わたしたちが通りかかると、おばあさんたちが頭を撫でてくれた。若い母親のなかのひとりがイーサンに、あなたたちは先天性色素欠乏症《アルビノ》なの、と尋ねたが、イーサンは返事をするのも穢《けが》らわしいといった態度だった。わたしたちの父親が特別に日曜の説教をすることもあり、デイヴィッド牧師の説教に劣らず人気があった。デイヴィッド牧師がインフルエンザに罹《り》患《かん》したとき、父親が木曜夕べの祈りの会のリーダーをつとめたことがあり、それがそのままつづいていた。

CGコンサルタント業は、イーヴィが生まれてすぐに閉めた。実のところ、コンピューターを持っている者が街にひとりもいなかったのだ――この地方にほんの数人しかいかなかった。「真っ先に乗りこんだ者たちが虐殺され、その隙に全員が移住を終えるものなんだ」父親はつねに宗教家だったが、実業家でも教師でもあり、女たちの注目を集める男だった。学校で円グラフについて習ったとき、頭のなかで、父親の生活が円グラフに分割されて見えた。ほかの部分が小さくなるにつれ、そのぶん宗教の割合が増えていった。

芝居がかった出来事が次々に起こった。突然だれかが通路の床にひざまずいて――たぶん、聖霊が降りたのだろう――イーサンがわたしと目を合わせたのち、できるだけすばやくまた顔をそむけた。イーサンの背中が震えて信徒席にあたっているのを感じた。次の人のときも、その次の人のときも、はじめほどおもしろいとは思えず、父親が部屋の前方でひざまずき、両腕を十字架のほうへ差し出して、抱擁を待つような姿勢になったときにも、さしておかしくなかった。デライラはどうするべきかを心得ていた。薄い板の天井を見あげて小さな拳《こぶし》を握りしめながら、円を描いて踊ったのだ。ときおりその頬に神聖な涙が転がり落ちて、髪のなかへ消えた。

わたしたちがはじめてトマス・ジョリーに会ったのは、ゲートハウスだった。ある日曜日、わたしたちがゲートハウスのなかで並んでいたとき、母親が父親の腕をつかんで、後方にいた一風変わった禿頭の男にうなずいてみせた。礼拝のあいだ、わたしはその男を観察していた。ギターを持った男たちやわたしたちの父親ほど熱心に歌っているわけではなかったが、聖書のことばはすべて覚えているらしく、デイヴィッド牧師が話しているあいだ、男は前のめりになって目を閉じ、小さくて不揃いな歯を見せて微笑んでいた。説教が終わると、男が瞬《まばた》きをして、わたしと目を合わせた。わたしは顔をそむけたが、男の笑みが大きくなった気がした。

礼拝が終わると、父親は会衆席からわたしたちをあわてて追い立てた。「ジョリー！」そしてさっきの男に向かって、昔からの親しい友人にするような挨拶をした。それからそのジョリーと呼ばれた男に何やら耳打ちすると、ジョリーが大笑いした。母親はわたしたちを自分の後ろに、きちんと一列に並ばせた。「このご家族ときたら！」ジョリーは父親に言った。「この子たちだね！　いろいろと評判は聞いてますよ」ジョリーはかぶりを振って、わたしの頭に手を置いた。痩せた人だったが、両腕には筋肉の繊維が巻かれ、ぐっと力をこめると全身が震えた。

「それに、ここにも？」ジョリーはそう尋ね、両手を軽く丸めて母親のおなかにふれた。母親はまず夫の顔を立てるべく父親のほうに目をやったのち、微笑んだ。

歩いて帰宅する途中、父親はご機嫌だった。「ジョリーはすごいことをしてるんだぞ、ノースウェストじゅうで。その彼がわざわざ会いに来たのが、おれたちなんだ」父親は笑い、デライラを頭の上へ抱きあげた。小雨がぱらつきはじめたものの、だれも傘を持っていなかったため、雨の冷たさが服の下まで滲みた。湿原を渡る秋。わたしが歩を速めると、イーサンが走ってきて追いついた。父親はデライラを抱えたまま、ベビーカーを持つ母親の手をとり、自分の腋の下にはさんだ。「わたしの美しい子供たち」父親は言った。「わが家族よ」

ジョリーはブラックプールの牧師で、教会はセントラル・ドライヴのすぐそばにあり、父親が働いていたホテルからも近かった。父親はジョリーが教会に新たな技術を設置する手伝いをした。動画や静止画、それに最先端のスピーカーにも対応する最新の映写幕は、父がホテルから持ってきたものだった。「あそこの雰囲気は」父親は言った。「どこの教会ともちがう。電子化されてるからな。教会の未来を見たければ、あそこへ行くといい」

赤ちゃんの出産日直前、二月末に祭日があった。ジョリーが長時間にわたる週末の説教とイベントを主催するので、父親は技術面のみならず、教会のあれこれを手伝うことになっていた。イーサンとデライラとわたしは、月曜日に学校を休むことになった。「これだよ」父親は言った。「これこそが学びだ」

ホテルで二部屋に泊まる、と父親は言った。海を望む最高の部屋だ、と。

家族で休暇に出かけたことなど一度もなかったが、決まるやいなや、それだけが楽しみだとでもいうように、父親は一気に若返った。毎晩いつもの場所から酒をとってこさせて、ブラックプールの街についてくわしく説明した。遊園地があるぞ、でっかい観覧車もな、と父親は言った。わたしたちは帰り道をすっかり頭に思い描くことができた。母親は夫が話しているのを見て微笑み、それから目を閉じると、約束の地にいる夫の仲間に加わった。

妊娠中の母親は大変そうだった。帝王切開の傷から合併症を起こし、その傷が癒《い》える間もなく皮膚がまた伸ばされた（イーヴィの出産後——どのくらい待ってから、父親は妻を求めたのだろう。母親は中にはいられる前に、わたしたちを起こさないよう音を立てず、手足を使って少しは抵抗したのだろうか）。以前、母親はイーヴィをおなかから取り出したときの、慎重につけられた細い線を、わたしたちに見せてくれたことがあった。それはまるでウエストバンドの柄のように、おなかの下のほうに刻まれていた。いま、その瘢痕《はんこん》組織は新たに圧迫されてよじれていて、母親は寝室のドアを閉ざして、そこで多くの時間を過ごしていた。

「母さんには休息が必要なんだ」父親は言った。「海辺の空気にあたれば、きっと具合もよくなるさ」

出発の数日前に、父親は茶色の紙袋をひとつ持って帰宅した。「家族への贈り物だ」父親は言った。デライラがその包みを破りあけ、赤色の薄いTシャツを持ちあげると、そこにエフェソの信徒への手紙の一節がプリントされていた。〝恵みと平和が、あなたがたにあるように（エフェソの信徒への手紙一章二節より）〟同じTシャツが一式、床に落ちた。全部で六枚、きょうだいと両親に一枚ずつ。Tシャツの背中側に、それぞれ名前がはいっていた。

「うわあ」デライラが言った。そして、一枚ずつ両手で捧げ持って、恭《うやうや》しくみんなに配った。

ブラックプールへ出発したのは金曜日の夜で、もうあたりは暗くなっていた。母親はむずかるイーヴィを抱っこしていた。イーヴィはいつもなら寝ているか、わたしの腕に抱かれている時間だった。「どうしてもっと早く出発しなかったの？」わたしは訊いたが、車内は静まり返っていて、父親はその質問を無視した。午後から雨が降りつづいていたせいで、オレンジ色のライトが道路に反射してきらめいた。デライラは指を真新しいTシャツの上でぼんやりと漂わせて、ポリエステルの生地を撫でていた。イーサンは教科書を街灯にかざし、目を細くして暗闇を見つめていた。自分も教科書を持ってくればよかった、とわたしは思った。

「静かにしなきゃだめだぞ、到着したら」父親は言った。

わたしはすわったまま背筋を伸ばして尋ねた。「着いたの？」

海岸通りに車を乗り入れた。冷たい海が、空からひろがっていた。車の反対側は、光の大洪水だった。きらきら輝くアーケード、ダンスホールの外に列を作る男女、回転木馬から逃げ出して、夜空に高く浮かんでいるネオンの馬。イーサンが車のウィンドウをおろした。スロットマシンのにぎやかな音が聞こえる。サーカスの団長の服を着た太った男が、わたしたちを手招きして、赤いビロード敷きの玄関へ誘った。そこには人の列ができていない。「ローラーコースター、見えたか」よく見えるように、イーサンはシートの向こうからわたしを引っ張りながら言った。「ぼくはあれに乗る」ホテルに着く前に、父親は海岸から離れて脇道にはいり、窓が割れたアイスクリームの移動販売車の後ろに停車した。

「静かに、だぞ」父親は言った。「忘れるな」

わたしたちはバッグとベビーカーを持って、その重さに足をふらつかせながら、父親について暗闇のなかにはいっていった。海からの風が路地を軽やかに吹き抜ける。このあたりの街灯は割れていて、足元が見えなかった。何か柔らかいものを踏んで、それが靴の下でぐにゃりとつぶれたので、わたしは急いで歩を進めた。父親はわたしたちを小さな木の門まで連れていって、錠に合う鍵を探した。そうしてその門を抜けると、ホテルの庭に出た。

父親はブラックプールのドーチェスターホテルで働いていた。そのホテルはいまなおそこに、海に面して建っている。十三年後、オリヴィアの両親に連れられてロンドンのパークレーンにあるドーチェスターホテルでお茶を飲んだが、わたしは法廷の巨大な鏡に映った自分の姿――シャンパン、ビロードのドレス、補充されたばかりのスコーン――を見て、世界一すばらしい場所だと思っていたもうひとつのドーチェスターホテルを思い出した。イーヴィと一緒にまた来たいと思ったこともあった。言うなれば、生まれてはじめての休暇を過ごした場所だった。わたしはプレジャー・ビーチじゅうを走って、次から次へとアトラクションに乗り、景品の大きなぬいぐるみを獲得しようと思っていた。夜はビーチでフィッシュ・アンド・チップスを食べながら、自分たちも塩をまぶされてぐったりして、酔いしれるのだ。仕事で出張するときや、JPと週末を過ごすためにサイトを調べて、ドーチェスターホテルを見つけた。でも、書きこまれている口コミはひどいもの（"このむかつくホテルだけはやめとけ" "最悪" などのほか、よくてもせいぜい "まあまあだったけど、大幅なアップデートが必要" といった具合だった）で、画像をスクロールしていくうちに、わたしの記憶にあるあのホテルはもうないのだと気づいた。もしイーヴィと再訪しても、そんなものはないと思い知るだけのことだろう。

庭からは、だれもいない舞踏場がのぞけた。板張りのダンスフロアに、布のかかったテーブルがぐるりと配置されていた。床板に映っているのは、夜空に溶けるガラスの天蓋だ。夜は澄みわたり、月に乗って踊ることもできそうだった。舞踏場の上方に、まだ起きている人たちが灯す客室の小さな四角い明かりがいくつか見えた。父親もその明かりに目をやっていた。

「肝腎なのは、静かにすること」父親は言った。「わかるな?」

父親は防火扉をあけて、わたしたちをせまい階段へ導いた。

部屋はホテルの最上階にあり、塗料のにおいがした。ラジエーターが高温に設定されていた。「ほら、改装したてで、ぴかぴかだ」父親は言った。イーサンとデライラとわたしは、ガラスに鼻を押しあてた。父親は約束を守ったのだ。窓の向こうに埠頭が見え、大きな観覧車が夜のなかをゆっくりと回転しているのが目にはいった。

「あたしはもう寝なくちゃ」母親は言った。ベビーカーからイーヴィを抱きあげると、つづき部屋を仕切っているドアを抜けて、向こうの部屋へ行った。歩くとき、前によろめくような足どりになっていたので、見ている人は一歩ごとに手を差し伸べたくなった。もっとも、だれも手は出さなかったけれど。父親は母親についていった。わたしたちは新しいTシャツを着たまま、シーツの下にもぐりこみ、ベッドでまだひそひそおしゃべりをしていた。デライラは夜になるとおとなしくなって、わたしに髪を撫でて、と言ってきた。わたしはイーサンに、お願いだからカーテンは閉めないで、と頼んだ。この部屋の窓までのぼってくる海岸通りの明かりとともに、眠りに落ちたかった。

ムア・ウッズ・ロードの写真を見たことがあるなら、ブラックプールの埠頭で撮った写真も見ているはずだ。土曜の朝、まだ早い時間だった。みんな興奮して、ゆっくり寝てなどいられなかったのだ。両親は最初の礼拝がはじまる前に、しようがないなという顔をしながらそれでも機嫌よく、わたしたちをビーチへ連れていってくれた。子供たちは湿った冷たい砂を踏みしめながら走って両親を追い抜き、カモメが海上を飛び交っていた。淡い青色の空に、飛行機が彫った雲の軌跡が浮かびあがっていた。わたしたちは波をからかい、つかまりそうな距離まで走って近づいては、波が押し寄せると歓声をあげた。イーヴィはためらいながらわたしからイーサンのほうへ数歩進み、またこっちにもどってきた。

埠頭に着くと、デライラが見知らぬ人に、写真を撮ってくださいと声をかけた。「Tシャツ」父親が注文を出した。「Tシャツが見えるように！」氷点下近くまで気温が下がっていたのに、全員がコートとスウェットシャツを脱ぐと、じかに風が体にあたって、だれもが思わず悲鳴をあげた。声をあげて笑ってもいた。写真でも、それがわかる。みんなが互いにしがみつく様子や、父親と母親の表情から。その写真は、最後の良き日の遺物であり、だからこそよけいに見るのがつらかった。

父親が言ったとおりだった。ジョリーの教会には、ゲートハウスにはない活力があった。それは技術や、混み合った会衆席や、礼拝者たちがそこで身をよじる赤く分厚い絨毯のせいではなかった。それはジョリーという強いカリスマ性を持つ人物のせいだった。ジョリーは説教壇や通路にいながら、同時に信徒の手を握っているかのように感じさせる人物であり、おなかがぽっこりふくらんだ顔色の悪い子供たちを、わが子を抱くようにあやす人物だった。ジョリーは人々に静粛を促し、汗をかき、唾を吐きながら語った。だれもが歓迎され、だれもが足を運んだ。ジョリーの気のいい支持者たちには、たとえば渋る親の財布を奪ってきた者、ヒールの高い靴を履いて脚をがくがくさせている頬のこけた女たち、数えきれないほどの子供を引き連れている薄汚い家族がいた。ここには地を受け継がんとする柔和な人々がいた。（マタイによる福音書五章五節「柔和な人々は、幸いである、その人たちは地を受け継ぐ」より）

礼拝の合間に、ジョリーはグループごとの集会を準備していた。父親と母親は祈禱《きとう》の集いと計画会議と、聖書分析に参加し、イーサンとデライラとわたしは子供のための勉強会に行かされた。教会とつながっているじめじめした温室で開催されていたその会には、よちよち歩きの幼児がいっぱいいて、洟《はな》を垂らしたまま、なんでもないのに拍手をしていた。初日の勉強会が終わったあと、イーサンは抗議した。「すごくちっちゃい子ばっかりなんだ。まだ話すこともできないくらい」

みんなで歩いてドーチェスターホテルまでもどった。父親がすばやく二歩前へ進み、後ろから足を引っかけて、イーサンを転ばせた。わたしはジャスパー・ストリートで歳上の男の子たちがやるいたずらだと気づいて、よけようとした。

「そういうのがおまえとアレグザンドラの悪いところなんだよなあ」父親は言った。「おまえらはいつだって、自分はほかの人より上等だと思ってる」

イーサンは立ちあがったものの、何も言わなかった。歩道からは、プレジャー・ビーチのローラーコースターが見えて、その骸骨を思わせるレールが空の下腹部へ突き出していた。わたしは日曜日のスケジュールを思い浮かべて、心配になりはじめた。父親がさんざん話していたローラーコースターや観覧車に乗る時間はあるんだろうか。部屋にもどってから、イーサンに何か方法はあるのかと尋ねた。ひょっとして、月曜日の朝にでも行くつもりなのか――いい子にしていたら、あした連れていってもらえるのか、と。イーサンがいつもクラスメートやデライラに向ける軽蔑のまなざしでこっちを見たので、わたしは完全に望みはないのだと悟った。

「ばかだな」イーサンは言った。「そんなとこへ連れてってくれる気なんて、端からなかったんだ。ぼくらはジョリーと退屈な教会のためだけにここに来たんだよ」

わたしは泣きそうになって、目をそらした。

「ついでに言うと、ぼくはそもそも信じてない。ジョリーのことも、父さんも、神も。何ひとつ。言うことを聞く人間もいるかもしれないけど、あの人たちの言ってることは全部おかしい」

「そんなこと言わないでよ」

「だって、ほんとだから」

「それでも、父さんの前では言わないで、イーサン。お願い」

日曜の夜、第二礼拝のあと、ジョリーが信者との抱擁を終えると、父親はジョリーを夕食に誘った。「ダスティンの店へ行ってみましょうか」父親は言った。

「それはいい。最高の夜の過ごし方だ」ジョリーは言った。父親の背中を叩くと、汗の手形が父親のシャツに残った。ジョリーが指をからめるようにしてデライラの手をとり、紳士さながら、お先にどうぞ、とでも言うように片手を伸ばした。デライラはその手を払いのけて顔を隠した。

「じゃあ、行こう」父親は言った。

ダスティンの店というのは、〈ダスティンのバー&グリル〉のことで、ドーチェスターホテルの先の、さらに立派なホテルにはいっていた。広々とした店内を、ふたつのシャンデリアがぼんやりと照らしている。ワイングラスにピンクのナプキンが立てられ、席ごとにあらかじめ丸パンが並べられていたが、客はまだほとんどいなかった。家族連れがほかにひと組いて夕食をとっているだけで、その一家の十代の子供ふたりは、わたしたちがお揃いの服を着ているのを見て、小声で何か言いながらにやにや笑った。イーヴィは絨毯の上にすわって不可解な模様を指でなぞっていて、あとは全員テーブルに着席した。母親がメニューを見ておろおろしたが、父親はそんな母親にはかまわず、ワインを二本注文し、ここはステーキがうまいんだと言った。この店の常連なのだ。

「なんでも頼んでいいの?」わたしが訊くと、父親は鼻息を荒くして言った。

「いいとも。特別な夜だからな」

母親の誕生日に一度レストランで食事をしたことがあるだけだったので、メニューの品数が多くて、わたしはやっぱりうろたえてしまった。ひょっとして、にらんでいたら秘訣が見えてくるんじゃないかと、メニューを凝視した。ソーセージ&チップス。それともダスティンバーガー? ラミネート加工されたメニューに、困ったような自分の顔が映っていた。

「ときどき会衆の様子を見るんだよ。あなたは人々をうなずかせ、涙を流させ、没頭させている。しかしその実、わかってもいる——心の底で気づいてるんだ——大半の者は臆病だということに。人々はおそらく、音楽のために来ている。ともに団結《コムユニティ》するために。しかし人々は、世に言う、あるべき姿になろうとするだろう」

ジョリーは頭をさげ、それからグラスを掲げた。

「でも、あなたはちがう」ジョリーは言った。「それはわかってる。わたしにはわかる。あなたは世界から距離を置くことを選んでいる。こんな家族がいるんだから——あなたなら自分自身の王国を築けるよ」

ほかのテーブルを片づけていたウェイトレスが、こっちを見やったのち、去っていった。

父親とジョリーは互いに目を合わせ、手ぶりをつけながら話していた。ふたりとも歯にワインの染みがついていた。母親は会話に注意を払い、首を傾けて断片だけでも聞きとろうとしていた。わたしはよそのテーブルの下からイーヴィを連れもどして、自分の膝の上に抱きあげ、ナプキンを使って、いないいないばあをしているうちに、料理が運ばれてきた。デライラのハンバーガーがキッチンから席に運ばれてくるのを見て、わたしは自分の皿に置かれている青白い二本のソーセージを、暗い気持ちで見つめた。

夕方になり、料理がすっかりなくなっても、父親とジョリーはまだ飲んでいて、もうだれも話を聞いていなかった。ウェイトレスが伝票を持ってくると、父親はそれをジョリーの手から奪って、現金で支払いをした。紙幣一枚ぶん足りなかったので、母親が財布を取り出した。「負けてもらえるだろ」父親はウェイトレスに言った。「なあ？　きっとそうだ」

ウェイトレスはにっこり笑って、母親から紙幣を受け取った。「お釣りをお持ちしますね」ウェイトレスはそう言った。そしてお釣りとともに、飴《あめ》のはいった小さな壺を持ってきて、テーブルのデライラとわたしのあいだに置いた。「どうぞ召しあがれ。なかなかいけるわよ」

「飲み物を頼みたいんだ」父親は言った。「お代わりはどうかとは訊かれなかったが」

「もう閉店なんです。隣にバーがあって――そっちは遅くまであいていますから」

「ああうん、なるほど。まあ、言いたいことはわかる」

外へ出て、わたしたちは海岸通りに立った。父親はワイングラスを手に持ったまま、唐突に夜が終わったことをぼやいていた。今宵、この遊歩道はひっそりとして、観覧車は闇に包まれて、動いていなかった。少し前から雨が降りはじめていた。わたしたちのかたわらをあわてて通り過ぎたカップルは、ふたりで協力して一本の傘を開こうとしていた。わたしはジョリーにさよならの挨拶をしようと思っていたが、ジョリーは一緒にドーチェスターホテルまでもどり、せまい階段をのぼって、最上階のつなぎ部屋までやってきた。母親も父親も、ジョリーに帰れと迫ったりはしなかった。まるで前々からリハーサルを繰り返したおかげで、今夜は計画どおりに進んでいる、とでもいわんばかりだった。「おやすみ、ちびっ子たち」ジョリーは言った。

「あっちの部屋へ行きなさい」父親はそう言いながら、わたしたちの部屋のドアをあけた。「あっちへ行って、静かにしてるんだ」

「アレグザンドラ」母親が言った。「イーヴィを連れてって」

「どうして?」わたしは訊いた。

「今晩はあなたが一緒に寝てね。ベビーベッドに寝かせればいいから――朝までぐっすりのはず。お願いだから、今夜は騒ぎを起こさないで」

「どうしてあの人、そっちの部屋にいるの?」イーサンは言った。母親は微笑んで、片手でイーサンの頬を包んだ。

「そういうことを言わないのよ、イーサン」母親は言った。「さあ、もう寝る時間でしょ」

ドアが閉まったとたん、デライラが一方のベッドによじのぼり、もうひとつのベッドに跳び移った。「あたし、疲れてないもん。みんなで赤ちゃんと遊ぼうよ」

「だめだよ、デライラ」わたしは言った。

「なあ」イーサンが言った。「いまもローラーコースターに乗りたいか」

みんなでローラーコースターを作った。まずふたつのベッドのあいだに、机で橋を架けた。それから、急勾配を作るために、スタンドミラーを伏せて置いて、イーサンのベッドから壁まで傾斜を作り、部屋にあったコーヒートレーに乗ってそこを滑りおりるのだ。壁にぶつかる直前にトレーをはずさなくてはならず、それがまたよけいにドキドキした。ひとりずつ何度か滑ったあと、三人いっぺんにトレーに乗った。すさまじい音を立てながら鏡を押し砕いて進み、絨毯の上に転げ落ちたわたしたちは、鏡の破片のなかでうめき、くすくす笑い、シーッと言い合った。隣の部屋は静まり返っていて、だれも出てこなかった。

それで、わたしたちはさっきより大胆になった。イーサンがベッドの上に立った。「これからありがたい話をいたしましょう」宣言する。「そしてこうつづく。〝わたしは主である〟」

「静かに、イーサン」わたしは言った。

「あたしが主である」デライラが声を張りあげて、イーサンにつかみかかろうとした。イーサンは机の上を走ってこっちのベッドに来て、足を踏みかえながら跳ねた。

「あいにくだな」イーサンは言った。「汝《なんじ》は主の忠実な僕《しもべ》にならん」

イーヴィがベビーベッドのなかで体をよじり、泣きはじめた。

「やめて、イーサン」わたしは言った。

「さもなくば重い皮膚病を得ん。いずれを選ぶかは汝次第」

デライラが笑い声とも泣き声ともつかない悲鳴をあげて、イーサンに飛びかかった。デライラが同じベッドに来ると、イーサンはすかさず組みついた。ふたりそろってマットレスに倒れこみ、ベッドの脚が曲がった。フレームが床にあたってすさまじい音を立てる。

しんと静まり返ったまま時が過ぎて、咎められずに済んだのかと思った。そのとき、足音が二方向から聞こえた。階段をのぼってくる音と、隣の部屋からの音。父親が隣の部屋へつながるドアの前に上半身裸で現れると同時に、知らない人が廊下に面したドアをあけた。黒いスーツ姿で、胸ポケットにはホテルの名が刺繍されている。名札にはこうあった。ナイジェル・コネル。ブラックプールへようこそ。

「チャーリー？」ナイジェルが言った。「あんた、ここで何してるんだ？」

ナイジェルは父親を見て、それからわたしたちを見た。その視線が壊れたベッドで止まり、割れた鏡へもどる。

「嘘だろ」ナイジェルは言った。「一家、勢揃いかよ」

「使ってない部屋だったんだ」父親は言った。「わたしはただ――」

「だとしても、あんたがここに泊まることは許されない。こっそりやってきて、だれにも言わずに泊まるなんてことはな。金をまったく払わずに済ますなんて」

「ところが、できる」父親は言った。「実際、やったんだ」

わたしはまだ泣いているイーヴィのところへ行って、ベビーベッドのかたわらにひざまずいた。「だいじょうぶだよ」小声で言う。

「上に報告するしかない」ナイジェルは言った。「スピーカーの件があったばかりだが」

「なんなりと好きにすればいいさ」父親は言った。「あんたは規則に従うしか能のない、つまらん男だよ、ナイジェル。そうだろ。このうすのろ」

父親はわたしたちのほうを向いて言った。

「荷物を詰めるんだ、すぐに」

外は、本格的に雨が降っていた。コートを着る間もなかった。デライラは靴を片方なくし、体を傾けて歩く母親の様子は、そのまま意地悪な風刺画になりそうだった。そして、ジョリーは――ジョリーはどこだろう。赤いTシャツがみんなの体にへばりついて、まるで骨の髄《ずい》にふれる冷たい手のようだった。わたしが車までたどり着いたのは、父親が車のドアをあけた直後だったが、父親はわたしを夜のなかへ引きもどした。イーサンとデライラも歩道で待たされている。攻撃の的が出揃ったわけだ。

「だれかひとりに責任をとってもらおう」父親は言った。「ただし、あくまで公平に。寛大に進めよう。決めるのはおまえだ、イーサン。だれがベッドを壊した？」

イーサンはまっすぐ前を見据えて言った。「デライラ」

「デライラだな、よしわかった。で、デライラの言いぶんは？」

「イーサンだよ」デライラは言った。べそをかいている。「誓ってもいい」

「ほう。なるほど。アレグザンドラ。どうやら決定権を持つのはおまえのようだ」

時差ぼけの夜や、ひとりで過ごす冬の日曜に、いまもこの一瞬を思い出すことがある。まわりが暗くなるにつれ、年老いたイカがぴくりと目を覚まし、触手触腕を伸ばしてわたしの手足にからみつき、喉へ這いのぼったのち、子宮へとおりていく。羞恥心《しゅうち》だ。「デライラだった」わたしは言った。「デライラが壊したの」

それを聞くやいなや、父親はデライラの腕をつかんだ。

「ふたりは、車に乗りなさい」

父親はポテトチップスの袋が散乱している砂利にひざまずき、膝にデライラの上半身を乗せた。デライラの紫色の小さなズボンをおろしてパンツもさげ、思いきり五回打ちすえる。立ちあがるまでに、デライラは落ち着きを取りもどしていた。目にかかる濡れ髪を払い、服を整えると、車のウィンドウを流れ落ちる雨の隙間からわたしをにらみ、その視線をわれわれのいる、外よりあたたかくて明るい場所へ向けた。そのときのデライラの表情が、いまも脳裏に焼きついている。デライラがどこにいようと――別のベッドにいても、日曜の午後を過ごしている最中でも――わたしがデライラを思うとき、デライラもきっとあの瞬間のことを考えているにちがいない。

「どうぞはいって」わたしは言った。

脱出後、デライラのことはいろいろと話に聞いていた。わたしが気に入ったのは、こんな話だ。デライラを担当した臨床心理士は、どんな集まりでも自分を場の中心に据えるタイプのエクルズという横柄な若い男で、担当患者がいかに満足のいく治療経過をたどっているかを嬉々としてドクターKに語った。被害者の意識に関するチャートによれば、デライラは生存の段階を過ぎて、超越の段階に達したところだった。「わたし個人としては」ドクターKは言った。「その手の分類は許容できません」デライラは母親の裁判のとき、被害者による意見陳述をおこなった。エクルズはそれを基に、これまでの論考を締めくくる研究報告を作成している最中であり、それが《心理学年報》に載れば、ほぼまちがいなく世界じゅうに知れ渡ると踏んでいた。ところが発表まであと一週間という段になって、デライラが自分に言及した箇所をすべて削除するよう求めた。デライラは信仰を取りもどし、今後はエクルズとではなく神とともにつとめたい、とのことだった。

「いい部屋ね」いま、デライラが言う。「頭がいいと、そのぶんいい目を見られるってわけか」

わたしの想像が及ぶかぎりで言えば、どこであれ、その場でいちばんきれいなのはデライラだ。白いワンピースを着て、口紅をひと塗りし、だれの目にも留まる十字架を着けている。デライラは上着をするっと脱いで床へほうり、ベッドの隣にあるソファに体を投げ出した。長く優美な脚がゆったりと絨毯におろされる。

「さて」デライラは言った。「元気?」

「ええ。会うのはもっとあとのほうがよかったけど」

「ボランティア活動をしてるとこだったの」デライラが言う。「電話をもらったとき」

〝ボランティア〟と言ったとき、くわしく訊いてほしそうな口ぶりだったが、わたしはただこう返した。

「へえ」

「さっきの電話、なんだか要領を得なかったけど」デライラが言った。

「友人から情報を集めてる最中だったから。あなたから話を聞けるとは思ってなくて」

「ねえ」デライラが言う。「たまたま近かったし、都合がついただけで、いつも楽に抜けだせるわけじゃないの。それに、電話の声が切羽詰まってる感じだったし」

デライラは室内を見まわし――問題を探ったのち――当惑してまたこっちへ向きなおった。

「母さんのこと」わたしは言った。「たぶん、お悔みを言うべきだよね。デライラのほうがあの人と親しかったから」

デライラは笑った。笑うと、歯と歯のあいだに隙間があるのが見える。左の、奥歯の少し手前。脱出後、わたしたちは大がかりな歯科治療を受けなくてはならなかった。昔から歯に隙間があったかどうか、もう思い出せない。

「それはご親切に、どうも」

「刑務所の敷地内に埋葬されるの。それがいちばんいいと思ったから」

「それに、じゅうぶん話し合った結果でしょ」

デライラは目を閉じ、息を吐き出した。

「レックスは面会にさえ行かなかった。そうよね？」

「週末はほかに大事な用があったから」

「ええ、そうでしょうとも。出なくちゃいけない講義が、きっとどの週末にもあったんだよね。それとも――

――何？　晩餐会？」

デライラは天井に話しかけていたので、表情が見えなかった。

「よくレックスのことを訊かれたわ。母さんはたどたどしい足どりで現れて、部屋をぐるっと見まわしてた。まだ妊娠してるみたいに、おなかを抱えてね。会うたびに、あたしが来てることが信じられないようだった。

ああいう活動が好きだったみたい。たぶん話をすることより。母の日やクリスマスやなんかに刑務所で特別な行事があって、あたしたちに来てもらいたがってた──よくわかんないけど。小さい子たちがおおぜい来て、みんなで花輪やグリーティングカードを作ったり。ほら。手芸ってやつ」

「手芸？」

「そう、手芸。みんなでひとつずつ作って、終わったあと、もうひとつ、イーヴィやダニエル、ほかのきょうだいのぶんを作りたいって言う日もあったの。でも、たいていレックスのぶんだった」

「デライラ──」

「わかってる。そういうの、きっとレックスの趣味じゃなかったよね。ほかにも──レックスがどんなことをしてるのか知りたい、って言い張る日もあってさ。会社のウェブサイトに載ってるレックスのページに接続したがったり。まあ、そんな感じ。携帯電話の持ちこみが禁止されてててね。URLをまるごと手で書き写すしかなかったのよ」

「どうしていま、そんな話を？」わたしは言った。

長々とため息をついて、デライラは背筋を伸ばした。「いい加減、疲れない？」ことばをつづける。「あの人たちを憎むことに」

「いいえ。全然」わたしは言った。

デライラの意見陳述は、母親の裁判に意外な展開をもたらすものだった。イーサンは簡潔なことばで非難の陳述をおこない、母親の目を見なかった。わたしの証言は、学校に行っているあいだに、父に代読してもらった。ゲイブリエルの証言は、使い古しのハンカチを持った養母が伝えた。そして、デライラ。デライラは世の人々に望みどおりのものを与えた。警官ふたりに両側からはさまれて、デライラは実際より小さく見えた。原稿をあらかじめラミネート加工してもらっていたので、それが震える音が法廷じゅうに響いた。自分は父と母を愛している、とデライラは言った。両親はわが子を守りたかったのだ——神の仕事をつとめるために。恐ろしい過ちを犯したのはたしかだけれど、両親の思いは理解できるし、自分はふたりを赦した、と。被告席の母親は、うなだれて髪と涙にまみれていた。新聞はデライラを悲しみに暮れる同情的な娘と書き立て、それを見たわたしは当時でさえ苦笑した。

デライラは眉間《みけん》の皺でかすかな軽蔑をあらわにしながら、わたしを観察した。「そんなの、レックスのためにならない。健全じゃないよ」

デライラの首がかすかに横に振られた。

「ねえ」デライラが言う。「コーヒー飲みたいんだけど」

夜勤のフロント係は、電話を受けて当惑した。「まだ届いてませんか」

「さっきのぶんは届いたの」わたしは言った。「追加でふたつ、お願い」

「今夜は大変そうですね、ミス・グレイシー」

「ええ、ほんとに。じゃあよろしく」

デライラは室内を値踏みしていた。ワードローブをあけて、並んだドレスとスーツの列に人差し指を走らせる。浴槽の横から無料のボディローションをとって、手のひらに中身を絞り出す。それから机の前で同意書に目を通したあと、わたしが電話を切るのを待っていた。

「コミュニティセンター」デライラは言った。

「ふたつ遺産があって」わたしは言った。「ひとつはムア・ウッズ・ロードの家、もうひとつは二万ポンドの——」

「アレグザンドラ・グレイシー、博愛主義者」

「計画には賛成、それとも反対？」

「あれはあたしたちの家だった」デライラが言う。「そんな立派な目的に使われると知ってうれしいわ」

デライラはいつもの得意げな微笑を崩さない。

「それより気になってるのはお金のこと」デライラが言う。「せめて――どういうお金なのかは知りたい」

なかなかおもしろい経緯があった。けさビルからメールで資料が送られてきて、直後に電話もかかってきた。それは技術系企業の少額の株を売却した金であり、株は父親が何十年も前に買ったものだった。「もし二百株ほど買ってたら」ビルは言った。「いまごろあなたがたは億万長者でしたね」

遅ればせながらの幸運。父親ならたぶん、最後の大予言者とみずからを称したことだろう。「真っ先に乗りこんだ者は虐殺される、ってことね」わたしはビルに言った。

「え?」

「別に、なんでもない」

「お金のほうは」デライラは言った。「あたしたちにも分与されるべきよ」

「思うに、あの家はお金をかけて改築しないかぎり、ほとんど価値がない。地方議会は、わたしたちが積極的にかかわるつもりかどうかを――つまり、お金を出す気があるのかどうかを――知りたがるでしょうね」

「あたしには関係ないわ」デライラは言った。「でも、レックスが期待しているのがそういうことだっていうのはわかる。あたしは結婚してるんだよ、レックス。夫は善人で――立派な人。でも、彼なりの目的にこだわってる。これは――あたしとレックスにとっては重要な目的だけど、夫にとってはそうじゃないの」

《デイリー・テレグラフ》紙のウェブサイトで、デライラの結婚通知を見つけたのは、イーサンだった。デライラの夫は〈ピッツァ・セラータ〉という、メイデンヘッドから北へ進出しつつあるピザチェーンの跡取りだ。結婚式は金曜日の午後に、ひそやかにとりおこなわれた。〈ピッツァ・セラータ〉についてわたしが知っているのは、大西洋沿岸で活動する中絶反対派の慈善団体に寄付していた事実が発覚したことと、店で出しているピザがたいしておいしくないことだけだった。

デライラはベッドに横たわって、片方の腕で目元を覆っていた。

「どう説明すればいいかな」デライラは言った。「あたしたちは家族だった。だよね？　ムア・ウッズ・ロードの家で。父さんと母さんは――ふたりはあたしたちを守ろうとした。大変なことなのよ――ちがう？――家族がばらばらになるのって。親に守られなくなるのって。順応してやっていける子もいれば、そうでない子もいる」

コーヒーが届いた。運んできたのは、清潔でぱりっとした制服を着た、さっきとは別のウェイターだ。生ける者の地からの訪問者。デライラはウェイターに笑みを投げて言った。「おかげで命拾いしたわ！」

コーヒーは熱すぎて飲めなかった。わたしたちはしばらく、皿ごとカップを持って揺すっていた。デライラの髪が垂れて顔にかかった。

「あたしでさえ」デライラが言う。「はじめは苦労した。生まれてはじめてひとりぼっちで、知らないところにほうりこまれて、家族もいなかった。母さんがいなくなったことも、父さんの身に起こったことも。疑問に感じたことだっていくつもあった。だけど、神はあたしを待っておられた」

デライラのことばには説得力があった。時間をかけて話を聞けば、デライラがいかに自分のことばを信じているかがわかっただろう。

「なるほど」わたしは言った。「何のために必要なの――そのお金は」

「ゲイブリエルのためよ」デライラが答えた。「具合がよくないの」

「いま、ゲイブリエルはどこ？」

「それほど遠くないとこ。別にいまさら心配しはじめなくてもいいって」

これは渡さないとでもいうように、デライラは自分のコーヒーを胸の前で抱えた。

「入院してるんだ。民間の病院に。切羽詰まって、あたしのところへ来たんだと思う。あたしなら手を貸すってわかってたんだろうね。とりあえず、いまはだいじょうぶ。はじめのひと月かそこらぶんは、面倒を見るだけのお金があったんだけど。わかるでしょ、無心してるわけじゃないんだよ、レックス。ただ、あたしがゲイブリエルの世話をしてることを知っててもらわないと。で、レックスは責任を負わなくちゃいけない――レックスがもたらした変化に対する責任を」

ゆうべ錆びついてから重くよどんでいた頭が、ようやく少しずつまわりはじめた。

「きょうまで遺産があることも知らなかったのに」わたしは言った。「治療費はどうするつもりだったの?」

デライラは髪を後ろへ払った。いままで髪に隠れていたが、顔には笑みが浮かんでいる。「〝喜んで与える人を神は愛してくださる（コリントの信徒への手紙二 九章七節）〟もの」

「お金の話をするつもりで来たわけね」わたしは言った。「でしょ?」

「ほかに来る理由がある? 実はレックスに貸しがあるなんていうのは、まあ、ちょっとしたおまけ」

ゲイブリエルに頼られても、イーサンなら助けなかっただろう。イーサンがウェスリー・スクールの校長になって二週間後、取材がおこなわれて記事が出たあと、オックスフォードのイーサンの自宅に、何者かが侵入した。真っ昼間で、イーサンとアナは寄付金集めのための昼食会に出ていて留守だった。目撃者の話によれば、男がひとり、レコードプレーヤーとテレビを玄関から運び出していたという。「通報しませんでしたよ」目撃者は言った。「運んでたのが、そこの住人だったから」

「だれの仕業だっておかしくなかった」わたしは言っ

た。

「やめてよ、レックス。だれがやったか、はっきりわかってるでしょ」

わたしはうなずいてみせた。

「わたしが治療費を出す」わたしは言った。「遺産を使う必要はないから。そこにある同意書に署名してくれたら、必要とされる期間ぶんの治療費をわたしが払う。でも、病院名を教えて。ゲイブリエルと直接話をしたいから」

デライラが口の端をさげて額に皺を寄せ、わたしの不安な顔を大袈裟《おおげさ》にまねてみせた。そう言えば昔、子供のころにもデライラはよくそういう顔をした。その物まね程度にしか、わたしたちは似ていない。だからこそ傷ついた。「ほんとまじめだよね、レックス。昔からそうだったけど。まあ、なんでもいいや。どこに署名すればいいの」

デライラは文書のいちばん下に、学期のはじめに新品のノートをおろす子供のようにていねいに名前を記し、わたしはそれを受け取って確認した。

「名前は変えてないんだ。でも、レックスも同じだっていうのが前々から意外でさ」

「ねえデライラ、病院は？」

わたしがホテルのメモ帳を渡すと、デライラはロンドンから一時間ほどの距離にある、有名な精神科病院の名を書き留めた。なるほど、と思う。これなら高くてあたりまえだ。

「あたしがレックスなら、早めに会いにいくけどね」

「どうして？」

「ゲイブリエルが付き合ってる仲間——分け前を狙ってるのはレックスだけじゃないと思う」

デライラは室内を見まわして、ジャケットを拾い、出口へ向かった。

「でも、そんなのレックスには関係ないか」

デライラは昔、歩くときに足が内股《うちまた》になっていた。

子供のころは、恥ずかしがっているように見えてかわいらしかったが、やがて父親はデライラが足先を内側へ向けはじめるのを目にするたびに、機嫌が悪くなり、デライラを叱るようになった。いま歩いているのを見てもほとんどわからないくらいなので、きっと努力してなおしたにちがいない。

「イーサンの結婚式で会えるよね」デライラは言った。

「じゃあ、そのときを楽しみに」

「待って、まだ――」

デライラはすでに廊下の暗がりにいたが、引き返してきて、早朝の光のなかに立った。

「ほんとは信じてない」わたしは言った。「そうなんでしょ？　親がわたしたちを愛してたなんて。わたしたちを守ろうとしてたなんて。あれだけのことがあったのよ？　デライラ、あなたも脱出を試みたことがあった。実は、音を聞いたの。あなたとゲイブリエル。あの夜、廊下でゲイブリエルの身に起こった出来事を、わたしは音で聞いてた。わたしたちに加えられた数々の仕打ちは――」

デライラの表情が変わりはじめる。

「人はだれでも、自分が信じたいことを信じるものでしょ」デライラが言う。「ちがう？　だれよりレックスがそうなんじゃない」

そのとき、デライラの顔に決意のようなものがひろがった。それは、プールでいちばん高い飛びこみ板に立った子供が、跳ぼうと決めた瞬間に浮かべる表情だった。

「そう」デライラが言う。「レックスは自分がいちばんよくわかってるふりをしたがる。でも、あたしに言わせれば、きょうだいのなかでレックスがいちばん始末に負えないんじゃないかな。子供のころ、あたしたちみんなに……監視つきの訪問があった。両親はだれからあたしたちを守っていたの？　少女Aよ。きょうだいのなかでいちばん変わった子」

「治療費の件は、わたしが手配するわ」わたしは言った。「いつまで負担できそうか、また連絡する」

「最後に話したとき、レックスがあたしになんて言ったか覚えてる？」デライラが訊く。「どうしてこんなことになったの、って言ったの。きっと覚えてもいないだろうけど」

「じゃあね、デライラ」

「レックスのために祈るわ。いつも祈ってる」

「そう。ありがとう」

デライラがホテルを去ったと確信できるまで待ってから、わたしはロビーを抜け、ハーレー街へ向かった。通りから奥まったところに、ひょろ長い梨《なし》の木の枝に隠れるようにしてドクターKの診療所がある。ドアの上のほうに貼られている、貝の化石をあしらった青い《ブルー・》銘板《プラーク》が目印だ。そこに〝カール・ガッタスが住んでいた場所。哲学者、外科医、画家、詩人〟と記されている。「あの銘板、はずしたほうがいいですよ」はじめて訪れたときに、ドクターKにそう言った。「あれを見たら、みんな自信をなくしちゃう」通りはなお闇に埋もれていたので、わたしは建物の階段で足を休め、ひと息ついた。ドクターKの診療所の窓に目をやると、カーテンが閉まっていた。ドクターKが来るのは何時間もあとだし、出張とか休暇で来ない可能性もある。それに、きょうは月曜日だ。そろそろわたしも仕事に行かなくては。

　話をもとにもどそう。母親は満員の法廷で、懲役二十五年の刑を言い渡された。判決を告げるとき、裁判長は被害者のひとりから特別に申し入れがあったことを明らかにした。被告が法廷から連れ出される前にそばに寄ることを許可してもらいたい、というのだ。そこにいたのは、両手を広げたデライラだった。イーサンは裁判所の表階段からわたしに電話をしてきて、芝居がかった裁判の進行をきびしく批判した。翌日、わたしは養父母から反対されたにもかかわらず、新聞を全紙買って、記事に目を通した。法廷画家が切りとっていたのは、抱擁の場面だった。裁判長は厳粛な面持ちだ。母親の顔には苦悩がにじんでいて、すばやいタッチの鉛筆画で描かれていた。ただし、デライラは後頭部が見えるだけだった。両親を赦し、恋しくて泣いているようにも見えるし、母なき貴《とうと》い未来に微笑みかけているようにも見えた。

ブルー・プラークの上に位置する窓辺で、その法廷画を置いたテーブルをはさんで、わたしたちは何度も話し合った。ドクターKはうんざりしていたようだった。「正解はない。ただ、現実を認めるヒントにはなるかもしれない、それだけ」けれども、わたしはしばらくその画にとりつかれた。裏返したらデライラの顔が見えるんじゃないかというように、その紙をめくってはもとにもどした。

4 ゲイブリエル（少年B）

スズメバチの季節になっていた。虫が一匹、タクシーのなかであっちの窓からこっちの窓へと飛びまわっていたが、デヴリンがわたしの前に身を乗り出して、自分の携帯電話と窓ガラスのあいだにはさんで押しつぶした。

「問題は」デヴリンは言った。「受ける気があるかどうか」

後部座席にすわったデヴリンとわたしとのあいだに、きょうの説明会の最後に渡された遺伝子検査キットがふたつ置いてあった。

「考えてみて」デヴリンが言う。「心臓に問題があると前もってわかっていたら、わたしの働き方もちがっていたんじゃない？　たとえば、ヨガのインストラクターになるとか。はたまた庭師とか」

「何も変えなかったんじゃないかと思いますけど。それにしても、斬新な話でしたね」

「斬新すぎるくらいよ」

プレゼンの指揮をとったのは、〈クロモクリック〉の創設者にして最高経営責任者《CEO》のジェイクで、みずからの経験をこんなふうに語っていた。六年前、マサチューセッツ工科大学《MIT》で博士課程の学生としてメディアラボで働いていたとき、生物学部の先輩に呼ばれた。丸一日かかる酵母菌株の観察をはじめてから二時間が経過し、起こりうる突然変異に備えて待機していたところだったので、ジェイクは気が進まなかったものの、研究室から出ていった。先輩がジェイクの肩に手を置いて、「これはネタバレなんだけどね。変異は絶対に起こらない。酵母株はほうっておくことだよ、きみ」と言ったとき、ジェイクは違和感に気づいた。

ジェイクが半ば予期していたのは、兄が頭を撃って自殺したという知らせであり、そう予期していたのは、前に父が銃で自殺していたからであって、その前に父の父親もそういう末路をたどっていたからだ。ジェイクだけが例外だった。つまりジェイク自身が、あらゆる予想を覆《くつがえ》してついに起こった突然変異だったのだ。ジェイクは研究室へもどった。

〈クロモクリック〉はいまや、ヨーロッパ有数の成長著しい遺伝子関連企業だった。健康や家系に関する広範な分析を個人顧客に提供するとともに、ジェイクの言う〝重要な問い〟を研究する機関に資金を提供している。その問いとは、たとえば家系の根源的な瑕《きず》をいかに消滅させるかとか、消滅させてもいいのはどの程度の根源的な瑕なのかというものだった。

「人は自分自身について知りたいとあたりまえに望むものであり」ジェイクは言った。「当社は人助けについて知りたいとあたりまえに望んでいるのです」

「なかなかの話でしたね」わたしは言った。

「値段もなかなかだけどね」

ほの暗い窓の向こうに、高速道路が走っていた。風のない暑い日で、こんな日は何もかもが実際より醜く見える。デヴリンは検査キットのひとつを光にかざし、パッケージに自分の顔でも映っているかのようにしげしげと見つめた。

「認知症と」デヴリンが言う。「二度の冠状動脈バイパス手術」

わたしは自分自身の検査結果を思い浮かべた。

「いまさらわざわざ唾液を採る必要もないかな、って」デヴリンは言った。「DNAに何か重要な問題がひそんでいるとしても、遠からずおのずと明らかになるわけだしね」

上空は、雑然としたビルやクレーンで混み合っていた。「試案について話しておかないと」わたしは言った。た。「ロンドンに着く前に」

デヴリンは聞いていなかった。なおも検査キットをにらんでいる。

「でも、あなたはちがう」デヴリンが言う。「いまからでもまだ庭師になれるもの」

結局、JPのほうから電話をかけてきた。夜勤のフロント係は、どんな電話にも木で鼻をくくったような態度で応対する女性で、わたしのデスクに連絡してきて、男性からお電話ですが、と言った。

「だれから?」わたしは言った。夕食を注文しようと、メニューの二ページ目をスクロールして、何がなんだかちがいがわからない寿司の盛り合わせをながめていた。「思いあたる相手がいないんだけど」

「お名前ではなく、イニシャルしかおっしゃらなかったので」

「ああ。なるほど。いいからつないで」

電話からカチッと音がして、JPの咳払いが聞こえた。

「レックス？」少ししてJPが言う。

「もしもし」

「もしもし。やっとつながった。もう少し友好的なフロントだとありがたいね」

「ここで大事なのは友好じゃないの。スタミナと勝利よ」

「まあ、そうかもな。ところで、きみが街にいるってオリヴィアから聞いてね。どうしてもひとこと挨拶しときたくて。お母さんのこと、聞いたよ」

「だいじょうぶだから」訊かれてもいないのに、わたしは言った。

「よかった。いつあっちにもどるんだ」

「状況によるかな。こっちで仕事があって、家族に関するあれこれも片づけなくちゃいけないから。二週間ほどかも」

「レックス、飲みに出かけたりする気は？　久しぶりに話せるといいんだけど」

「どうかな。今週末は——弟と会う予定なの。来週前半とかは？」

「月曜でどう？」

「じゃあ、月曜の夜で。ソーホーにいるから」

「了解。適当なとこ探しとくよ」

自分の声が昔のように穏やかになっているのがわかった。いまでもまだJPの機嫌をとりたいらしい。

「昔より望みが高くなってるから」

「ニューヨークがそうさせたってわけか。最善を尽くすよ」

「じゃあね」

「じゃあ」

さておき。話のつづきにもどろう。わたしはオリヴィアにメッセージを送って不満を伝えたのち、〝健やか＆幸せ〟の盛り合わせを注文した。

わたしたちはお金持ちだったわけでも、快適に暮らしていたわけですらないけれど、ずっと貧乏だったわけでもない。貧困は徐々に生活に忍びこんだ。まるで窓辺の蔦《つた》が、動いていることに気づかないくらいゆっくりと伸び、あっという間に外が見えなくなるほど蔓《はび》延《こ》るように。

父親は妙なこだわりを見せるようになっていった。それは熱に浮かされたように訪れ、一部はそのまま消えずに残った。水を無駄に使いすぎていると判断し、水は必要なものであって玩具ではないからと言って、シャワーは週に一度と決めて細かく計画を立てた。夕食の準備ができると、父親は好んで給仕をしたが、あくまで慎重に進められた。その日一日行儀がよくて、父親に反抗しなければ、全員の皿にきっちり同じ量の料理が盛られたが、悪さをした者は料理の量を少し減らされた。父親はコリントの信徒への手紙を読み返し、みずからの肉体をもって神を崇《あが》めるべきだと考えたので、わたしたちは笑わないように気をつけながら、日々の夕べを階段ののぼりおりに費やした。父親は暇を持てあましていた。居間を統治し、輝かしい未来へ向けて構想を立てた。たとえば、ウェブサイトを開設して、世界じゅうの子供たちに聖書の真実を伝えるとか、みずから牧師になってゲートハウスの教区をディヴィッドから奪うとか、ジョリーと一緒にアメリカへ行っておおぜいの信徒に話をするといったふうに。

父親は自宅のキッチンでジョリーと長い時間を過ごした。ふたりのあいだにはさまれたテーブルには酒が置かれていて、皿の上の肉は蒸れはじめていた。ジョリーが日曜におこなう礼拝のために、父親は車でブラックプールへ行き、夜は自宅の居間にわたしたちを集めて、聴いてきたばかりの説教を聞かせた。母親はその声の抑揚に合わせてうなずき、ひび割れた両手をすがるように差し出していた。そのかたわらで、デライラが笑みをたたえていた。いつもより長いそういう夜、わたしはイーサンと目を合わせようとしたが、イーサンは顎を噛みしめ、昨年よりも険しい目で父親を見つめていて、わたしの視線には気づかなかった。

イーサンは小学校を卒業していた。もう旅の工芸品も〝きょうの事実〟もなかった。イーサンはこの町と隣町の子がかよう中等学校に行っていて、その学校では、一学年につき八組が、五棟のコンクリートの建物に詰めこまれていた。制服を買ったとき、何か問題があったらしく、イーサンと母親は口も利かず、別々に帰ってきた。わたしは、デライラもイーヴィも自分もまだ朝食をとっている時間に、イーサンが初登校する様子をじっと見つめていた。「どうしてイーサンのブレザーには紋章がないの?」イーサンがキッチンから出るとき、デライラが訊いた。イーサンが外へ出て、玄関のドアが閉まった。

イーサンはよく物を失くした。英文学の教科書、体操着のズボン、十一月末にはブレザーまで。「ないならないなりに、どうにかするしかないな」からまった針金と琥珀色のガラスを手にしてソファに君臨していた父親が言った。

「だけど、実際にはどうしようもないんだ」イーサンが言った。「ひとつは道がなくちゃ。道がなくちゃ進めないんだから」

「失くしたのはおまえだ。親に泣きつくな」

「チャリティの回収ボックスがあるでしょ?」母親が言った。「そこから、もらってくるとかしたら?」

その夜、就寝前のことだった。ダスティンの店で夕食をとったときにこっちを見ていた十代の子供たちのことがわたしの頭に浮かび、その子たちの表情を思い出した。あの場面がたびたび脳裏によみがえり、そのたびに胃が痛くなる。わたしが見逃していただけで、あの子たちの顔には別の感情も浮かんでいたんじゃないだろうか。「学校は楽しかった?」何かほかのことを考えようと、わたしはイーヴィに尋ねた。

「うん」イーヴィは言った。ゲイブリエルの手脚が長くなってベッドの柵にぶつかるようになったため、いまはゲイブリエルがイーヴィのベッドを占拠し、あぶれたイーヴィがわたしのベッドにいる。冬は膝から下の感覚がなくなるので、こういう並びで寝るのは都合がよかった。「いろんな国の動物を描いてんだ」

「好きな動物は何？」わたしは尋ねた。イーヴィは眠りに落ちる寸前だったが、わたしはダスティンの店にもどりたくなかった。ここに、イーヴィのそばに、とどまりたかった。

「セイウチ、北極の」

「どうしてセイウチなの？」

イーヴィは返事をしない。わたしが脇腹をつつくと、イーヴィはむっとした。

「もう、レックス」

わたしのことをはじめてそう呼んだのはイーヴィだ。イーヴィは四音節のことばを話せるようになる前に、わたしにいろいろ要求する必要があり、それでその呼び方に決まった。学校の出席簿に載せるにも簡単だし、両親が階段の下から投げかけるにも、その呼び名のほうが軽い。それに、うちの家族にだって感傷的なところが何ひとつなかったわけじゃない。

「セイウチの話はあしたでいいかな」

「あした？　そうだね、そうしよう」

また胃がきりきり痛んだ。わたしは寝返りを打ってイーヴィから離れ、忍び足で廊下を歩いた。バスルームのドアに鍵がかかっていたので素通りしようとしたとき、泣き声をあげるまいと押し殺した声が、とぎれとぎれに漏れ聞こえた。

「イーサン？」小声で訊いた。

おなかをさすって、もう一度ノックした。

「イーサンなの？　ねえ、イーサン、トイレを使いたいんだけど」

イーサンがドアをあけて、片手で顔を隠しながらわたしを押しのけた。「邪魔だ、レックス」

　わたしは寒い小部屋で便器に腰かけて、あたりを観察した。浴槽を縁どる黴《かび》、くっついている棒石鹸、斜めに置かれたバスマットには、夏につけられた足形の汚れがまだ残っている。ダスティンの店で会った子供たちは正しかった。わたしたちは風変わりで不潔だ。まるで見せ物だ。わたしたちは、見るだけで人を不快にさせる存在だった。

　わたしは汚れを目立たないようにしようとした。デライラとイーヴィの数分前に家を出て、学校に着いたら、職員室の前だけを通って、ほかのバスルームから離れている身障者用トイレへ直行する。ドアに鍵をかけて、制服のセーターとポロシャツを脱ぐ。シンクに身を乗り出し、腋の下と首のまわりに冷たい水をかけたあと、鮮やかなピンクになった手を洗う。少しトイレットペーパーをとり、ペーパーのかすが肌に残らないように気をつけて水気をぬぐう。水盤の上に丸い鏡が掛かっているが、そこに映る自分と目を合わせないようにする。朝こんなふうにトイレのドアをあけているところを、五年生の担当教師のミス・グレイドに何度か見られた。ミス・グレイドはかならず最後に職員室を出て、教科書とコーヒーとヒョウ柄のハンドバッグを持って重い足どりで歩いてくる。「けさは特別に体が悪いのかしら、ミス・グレイシー」そう訊かれた。「身障者用の駐車許可証を見せてくれる？」と訊かれたこともある。それでも、ミス・グレイドはほかの人に言いつけたりはしなかった。わたしが――ほかの女子トイレがあいていなかったとか、気分が悪かったとかいう――弁解を口にすると、そのたびに笑みを浮かべ、手を振ってわたしを放免した。

　それ以上に深刻だったのは、月経の問題だった。はじまったのは十歳のときで、準備期間があと二、三年残されていると思っていた。学校でビデオを観ていたから、経血や月経痛、生理用品など、現実的な知識はあったが、不毛で些細なことだと思っていた。ところがいま、半裸で浴室に立ち、わたしは途方に暮れていた。においのことも、血の塊のことも、週に一度のシャワーでどうすればいいのかも、だれも言っていなかった。わたしは学校で観たビデオに出ていた女優の口調をまねて、きびしい声で自分を安心させようとした。問題があっても、ほかの問題と同じできっと解決策はあるものです、と。とりあえず下着にトイレットペーパーを重ね、あとは祈った。この分野に関して神を信用できるのかは、よくわからない。もっとましな手が必要だった。

わたしは人の輪のなかで大きな影響力を持つほうではなかったけれど、友達付き合いができるくらいのものはあった。体育のチーム分けでは、早いほうから四分の一以内に選ばれていた。頭がよくても、それを表には出さなかった。授業中に手をあげたり、意見を主張したりはしなかった。優等生でやっていく気なら、イーサン以上に抜け目なくやらなくてはいけない、とそのときすでに思っていた。それで、いい学校への入試に備えている勉強好きの女の子たちのグループのまわりをうろつき、蹴られても平気な犬のように、ときおり笑い者にされるのに耐えた。最後に餌をもらえるとわかっていれば、苦痛にも耐えられるものだ。

「どうしてお泊まり会に来ないの、レックス」エイミーかジェシカかキャロリンかに訊かれた（訊いてもつまらないだけだと思われるように、その問いには、両親がきびしいからと答えた）。「レックスのお兄さんが、うちのお姉ちゃんと同じクラスにいるんだけど、すごく変な人なんだってね」（うん、ほんとそうなの、と答えたが、あとでいやな気分になった。ほんとうは頭のいい兄だったから）。最悪だったのは、ばれていたせいか、こんなことを訊かれたことだ。「その髪、いつから洗ってないの」

軽蔑されればされるほど、計画を実行するにあたって気が楽になった。土曜日の午後、エイミーが十歳の誕生日を祝うパーティを開くというので、わたしはその会に参加するために街を歩いていった。どんよりとした夏の日で、蠅《はえ》がまとわりついてきた。わたしはスクールバッグを持ち、教会へ行くときのスカートと、母親のお古のブラウスを着ていた。ジーンズとTシャツはサイズが合わなくなったので、デライラが着られるようになるまで出番を待っていた。広い庭にすわって、みんなでスカッシュを飲んだ。わたしはほかの女の子たちがネイルを塗り合うのをながめていた。人数が奇数だから、ちょっと待っていてね、とエイミーのお母さんに言われた。爪を赤く塗って――ピカピカに光らせて――家へ帰ったら、父親はどんな顔をするだろうと思って、わたしは微笑んだ。「ありがとうございます。でも、アレルギーが出るといけないから遠慮しときます」

エイミーのお母さんがケーキを運んできて、みんなが歌いはじめると、わたしはそっと家のなかへ忍びこんで二階へあがり、バスルームにはいってドアに鍵をかけた。清潔な便器と浴槽まわりの入浴剤に目をやる。頭のなかで、浴槽にはいって水を満たし、あふれ出した水がドアの下から流れ出て、階段をくだり、このばかげた家が丸ごと水没するさまを思い描く。だめだ。そんなことのために来たわけじゃない。鏡の裏の戸棚と、シンクの下の棚を見てみる。絆創膏、錠剤、洗剤。庭ではみんながケーキを切っているらしく、わたしの名前が呼ばれるのが聞こえた。バスルームの隅に、こぎれいな麻の籠がひとつ置かれていて、リボンで閉じられている。リボンをほどいて蓋を持ちあげ、宝箱をあける。タンポンと生理用ナプキンが厚紙の小箱に分けて収納されていて、淡いライラック、ベビーブルー、ホットピンクの列がいくつもあった。〈ブーツ〉の店内でエイミーが母親と一緒に目当ての商品を選んでいる光景を想像したら、怒りが湧いてきて、おかげで大胆になれた。使用説明書を一枚とり、どの箱からも製品の半分を抜き出して、自分のスクールバッグに押しこんだのち、トイレの水を流して、またパーティに加わった。

土曜日の朝、できるだけ北へ行く地下鉄に乗り、トンネルをいくつも抜けて、街から遠ざかった。終点に着いたとき、その車両に残っていたのはわたしひとりで、光がまぶしくてしきりに瞬きをしていた。駅のコーヒースタンドは閉まっていた。〝また月曜日に！〟とコミック・サンズ書体で印字された札が、窓に吊りさげられていた。

ゆうべ、ビルと話をした。わたしがデヴリンから何か頼まれているときにかぎって、ビルは電話をしてくるようで、ビルと話すときはいつも物言いがそっけなくなってしまう。議会にこちらの最初の考えを伝えた、とビルは言った。わたしは〈クロモクリック〉の報告書をスクロールする手を止め、画面から顔をあげた。

「なるほど。で、どんな感触でした？」

「難色を示してました」

「難色？」

「ぼくの見たところ」ビルが言う。「あっちは取り壊しを望んでいます。ホローフィールドと聞いて、何を思い浮かべますか。だれだって、あの庭に立つあなたたち七人を思う。お母さんが亡くなるとさっそく、おこぼれに与《あずか》ろうとそこらを嗅ぎまわってる連中がいた。雑誌の特集やらなんやらのためにあの家の写真を撮ったりしてね。つい先日も、あなたのお兄さんが書いたものの話をしてたな。先方は、そういう一切合切《いっさいがっさい》にうんざりしてるんだと思います」

あれだ、と思いあたった。イーサンから論文が送られてきたのだ。〝死を忘るなかれ《メメント・モリ》——死を思い出させるもの〟というタイトルがついていて、つい最近、《Tマガジン》で発表されたものだ。添えられていたのは、イーサンがサマータウンの自宅で腰かけているところを撮った白黒写真で、イーサンは膝にホラティウスを乗せて、庭をながめている。わたしはその論文を読みもしないで、こう返信したのだった。〝素敵なキッチンね〟

「直接訴えましょう」ビルが言った。「それがぼくの考えです。そうすれば、わかってもらえますよ、レックス。あなたは、自分が何をしようとしているかわかってる。何も――何も、ひけらかそうとしてるわけじゃないって、わかってもらえるはずだ。あなたが何をしようとしているか、きっとわかってもらえる」

おでこを窓ガラスにあてた。後ろから光があたって建物が陰になっているのを見て、自分がニューヨークにもどっていて、なんの予定もない週末を待っている気分になる。

「ところで」ビルが言う。「ご家族のほうは？」

わたしはレンタカーに乗って、チルターンへ向かった。夏じゅう日差しに痛めつけられた草原は、安い金属のようにくすみ、ところどころ剝げている。目当ての病院は、ふたつの市場町《マーケットタウン》のあいだにあり、わたしは結局どちらも訪れる羽目になった。脇道へはいる分岐点をどちらの方角からも見逃したのだ。はじめの町にもどり、沿道にカフェを見つけて車を停めたときには、ひどい一日だと早くもうんざりしはじめていた。

「通り過ぎちゃったんですね」ウェイトレスは警戒したまま言った。この話を誇張して、次の客や今夜の女子会で披露するタイプに見えた。こんな調子では、わたしは夜の八時には精神に不調をきたし、また入院する羽目になる。「緑色の標識があるから、見逃さないで」

病院へとつづく木陰の道をしばらく進むと、目の前が開けてがらんとした芝生がひろがった。その向こう端に、御伽噺の終着点さながら、真っ白な宮殿が待ち構えていた。もともとはロマン派の作家ロバート・ウィンダムの田舎の別荘であり、ウィンダムがこの庭での晩年について書いたものを、わたしは金曜の夜ベッドのなかで、ネットを使って読んでいた。王族や大使のほか、詩人のバイロンも訪れた場所で、木立のふちにはニンフ（乙女の姿をした精霊。一般に、歌や踊りを好む）たちの像があって、夕暮れの光を受けていまにも動きだしそうだったという。この地で快楽主義者たちの祭典があって、食べ物とワインがふんだんに振る舞われたこともあるようだ。病院のウェブサイトはこうした皮肉な話にはふれず、いまではニンフの像は取り除かれていた。

　玄関のそばに喫煙者が群がって、花が光に向かって咲くのと対照的に、影に向かって首を伸ばしていた。額入りの説明書きによると、建物の内部は昨年一新されて、健康促進効果がある色で塗られている。それがつまり、このパステル色を添えた白地のことなのだろう、受付係はピンクのシャツを着ている。「こんにちは」わたしは言った。「弟に面会したいの、ゲイブリエルっていうんだけど」

「姓は？」

「ゲイブリエル・グレイシー」

「あいにく、ふさがっています」受付係が言った。

「ふさがってる？」

「ほかに面会のかたがいらしてるんです」

「だれ？」

「それはお教えできません」

　受付係は愛想のいい笑みを浮かべた。

「わたしも合流しちゃだめかしら。遠くから来てるの」

「当院の規則で、一度に面会できるのはひと組と決まっていますので」

「どうしても？」わたしが言うと、受付係はまた微笑んだ。

「どうぞお待ちください」

　わたしは待った。喫煙者たちが煙草のにおいを引きずりながら、のろのろと通り過ぎた。わたしは住宅と形成外科にまつわるよれよれの雑誌のページを繰った。机の向こうでまわっている古い扇風機が、受付係の髪を揺らしていた。

三十分後、ひとりの男が歩いてきた。もっと大事《だいじ》などこかへ向かうような足どりだった。受付の照明があたって、男の皮膚は青白く、生肉のようにぬらぬらしていた。服の襟と袖口が汚れている。男はそばまで来ると、あんたのことはよく知っている、とでもいうような笑みを浮かべた。まるでわたしが来るのを知っていたかのような。完璧な歯がのぞいていて、全身がぼろぼろでも、歯だけは健康に保っているらしかった。

「いつもお世話さま」男は受付係に言った。

そして外へ出ると、手で目庇《まびさし》を作って午後の日差しをさえぎった。

「では、どうぞ」受付係がわたしに言った。「いま患者さんがこちらへ来ますから」

ゲイブリエルが静かに廊下を近寄ってきた。こう言うとまるで葬儀屋の見立てのようだが、青ざめていて穢れのない、きれいな顔をしていた。綿のパンツを穿《は》いて、それと不釣り合いな靴下を履き、やけに丈の長いシャツを、首までボタンを留めて着ていた。袖がまくれては困るというように、左右の袖口をつかんでいる。わたしのそばまで来て、眼鏡をはずすと、どこに視線を据えるべきかを探して目を泳がせ、わたしの目の前の、何もない空間に微笑みかけた。

「ぼくの居場所、突き止めたんだね」ゲイブリエルが言った。

「ちょっとデライラの助けを借りたけどね」わたしは言った。「気分はどう?」

「それ、ここじゃ危ない質問だから。外へ出られる?」

「さあ。いいの?」

「何も脱走を手伝えと頼んでるわけじゃないから、心配してるのがそういうことなら」

ふたりで並んで立ち、わたしは片方の腕を差し出した。ゲイブリエルがその腕をとって、寄りかかってきたので驚いた。ひとつの不恰好な生き物と化したわたしたちは、廊下を移動し、日向へ向かった。「芝生の先へは行かないでくださいね」受付係がそう言い、ゲイブリエルが小さく笑った。

「実際に脱走する人がいるの？」わたしは訊いた。

「そうみたいだね。木立は死体だらけ──迷える悲しい魂だらけ──だっていう噂だけど、まあたいていはタクシーを呼んでるんだと思う」

「すわって話す？」

「いや。歩こう」

「ひとまわりする？」

「やってみようか」

ゲイブリエルは髪の大部分を失っていた。わずかに残ったぶんは刈ったらしい。ポケットからがっしりしたフレームのサングラスを取り出したあと、別のポケットから板ガムを一枚出して言った。「あんまりじろじろ見ないで、レックス。投薬のせいなんだ。ほんとみじめだよ」

ゲイブリエルもわたしと同じで、サングラスをかけたらまわりから見えなくなるなんていう子供じみた考えを持っているんだろうか。わたしはサングラスを車に置いてきてしまったので、だまってゲイブリエルの視線を受けるしかなかった。

「こっちへはイーサンの結婚式で？」ゲイブリエルが尋ねた。

「ううん、母さんの件。結婚式はまだ二カ月ほど先だから」

「よかった」ゲイブリエルは言った。「イーサンが幸せで」

ゲイブリエルの笑い声に棘《とげ》はなかった。彼の笑いにはいつも卑屈な響きがあって、一緒に笑う気にはなれない。

「ほかにも面会の人が来てたのね」わたしは言った。

「そう。友達が折にふれて来てくれるんだ。デライラも」

「連絡をとってるって聞いてうれしい」

「とったりとらなかったり、それが何年もつづいてる。デライラはぼくがかろうじて道からはずれないよう心を配ってくれた。ここ数週間は――特に世話になってるんだよ、レックス。ひどい状況を脱してから――デライラにはすごくよくしてもらってる。病院で――本物の病院ってこと――電話しようと思えたのは、デライラだけだったんだ。ぼくがぼろぼろでも、デライラは全然動じなかった」

「まあね。デライラはそうそう動揺しないから」

「何度か旦那さんもついてきたけど」ゲイブリエルは言った。「いつも車で待ってる。それはさておき。旦那さんがデライラをなんて呼んでると思う？　〝ゴキ〟だよ――地球上で最後まで生き残るやつ」ゲイブリエルが笑う。「デライラ本人が言ってた。それって地球上最高の誉めことばよね、って」

「ゴキ、って」

「まあ、まちがっちゃいない。デライラはだれより長生きするよ」

芝生にはいって最初のベンチの前で足を止め、ゲイブリエルは老人がするように、そこにベンチがあることをたしかめながら腰をおろした。最後に見たのはゲイブリエルがまだ十代だったころにテレビに映し出された姿で、ロンドンのビル群を背にしていた。

実際、ゲイブリエルははじめのうちは成功した。つつましい家庭に迎えられ、礼儀正しい両親と新しい妹との生活がはじまった。ゲイブリエルの幸せな結末《ハッピーエンディング》はユーチューブで公開されていて、いまでも観ることができる。たとえば、ＢＢＣニュースで報じられた中等学校入学時の姿や、〈アイ・サヴァイヴ〉というドキュメンタリー番組でカメラに向かってエピソードを語る姿、チャリティ番組〈チルドレン・イン・ニード〉で二流のサッカー選手から誕生日プレゼントを受け取っている姿。ゲイブリエルが引きつった笑みを浮かべて朝の情報番組のスタジオにはいっていく場面もあった。番組では、匿名性を無視した詳細なインタビューがおこなわれたうえ、〝児童虐待——これまでの半生を明かす〟というその日かぎりのテーマで、〈ザ・ビッグ・ディベート〉の特集のネタにされた。

「どんな気分か、そろそろ話してくれる？」わたしは訊いた。

ゲイブリエルは大きく手を動かして、ため息をついた。

「ここの問題は、自分のことを話すのに飽き飽きすることなんだ」

ゲイブリエルの新しい両親、クールソン＝ブラウン夫妻が、この子は特別だと明言していたとおり、ようやく——一対一の指導を二年近く受けて、テレビ番組に三度以上出演したあと——登校した学校は、ゲイブリエルを失望させた。担当の臨床心理士のマンディは、日々の学校生活を送るにあたってゲイブリエルにはさらなる困難や苦労があるかもしれない、と養父母に忠告していた。マンディは気を紛らわせるための数々の方法を周到にまとめて蓄えていたが、どれも手間がかかりすぎて教師には使えない手ばかりだった。「あなたにお任せすれば、あの子はだいじょうぶだと思っています」ゲイブリエルの養母は言った。

「大切なのは」学校がはじまる前の最後の診療の最中に、マンディは言った。「コミュニケーションについて学んだ内容を忘れないこと。もし〝怒りの発作〟が起きそうだと思ったら、席を立って教室から出ていくの。教師に話すか、わたしに電話をするように」

はじまったのはムア・ウッズ・ロードにいたころだ

ったが、〝怒りの発作〟という認識が与えられたのはもっとあと、ゲイブリエルがマンディの診察を受けるようになってからだった。ゲイブリエルがベッドに鎖でつながれるか、庭で運動していて、そこで些細な出来事が起こると――部屋に蠅が一匹いるとか、進もうとする先にイーヴィがふらふらと迷いこんでくるとか、そういうことがあると――頭のなかでプレッシャーがふくらみはじめた。その圧力は自分では抑えることも無視することもできず、吐き出すまで蓄積しつづけた。鎖につながれたまま激しく身もだえして、手首のまわりにじくじくした痕がついたこともあった。床に身を投げ出して、強く頭を打ちつけたりもした。引きちぎらんばかりに、父親の手に噛みついたこともあった。こっぴどいお仕置きを受けたものの、自分はまた同じことをする、とゲイブリエルにはわかっていた。

ムア・ウッズ・ロードから去れば怒りの発作もおさまると考えていたが、そうはいかなかった。発作はクールソン＝ブラウン家に移ってもときおり起こり、不運にもその家には壊れやすい物がたくさんあった。ミセス・クールソン＝ブラウンはクリスタルの動物を蒐《しゅう》集《しゅう》していたし、アンティークの戸棚の上に、結婚式の引出物の食器が飾ってあった（値打物であるかどうかをのちにゲイブリエルが調べた結果、偽物であることが判明した）。許しがたいことに、〈ブリテン・ディス・モーニング〉という番組の楽屋で、スタジオに持ちこむ前にきれいにしたほうがいいと言って、恐怖の館の遺物を使い走りのひとりがゲイブリエルからしつこく奪おうとしたことがあり、そのときにも怒りの発作が起こった。

それでも、ゲイブリエルとマンディは治療に取り組んできた。新しい寝室の隅にティピー（北米インディアンの円錐形のテント）を張り、発作が起こりそうになると、そこにこもった。ティピーのなかに、夜空を映すプロジェクターと、はじめてこの家に足を踏み入れた日にクールソン

＝ブラウン夫妻からもらった、〝生還者〟という文字のはいったTシャツを着たクマのぬいぐるみをしまった。外出先でプレッシャーが大きくなりはじめたら、どこか静かな場所を探すようにした。そしてティピーと、その布の上をゆっくりと移動する海の哺乳動物を思い浮かべた。

「簡単にはいかないでしょうね、ゲイブ」マンディは言った。「一進一退。それでも正しい方向に進めば、つまずいたって何も恥ずかしいことはないの」

とはいえ、学校は少しのつまずきでは済まなかった。初日にクラスメートたちの前でおもしろおかしい逸話を盛りこんで自己紹介をしなくてはならず、出だしは順調だった。何しろ、テレビに出たことがあったから。ゲイブリエルはまず、自分が出た特別番組を並べ立てたあと、家族にまつわるおもな背景を話しはじめた——教室じゅうの注目が集まった——が、教師にさえぎられた。「お疲れさま、ありがとう、ゲイブリエル」

そう言われたものの、教師の表情から、自分が何かまずいことを言ったのだと気づき、ゲイブリエルは狼狽《ろうばい》のあまり放心して席へもどった。

怒りの発作は頻繁に起こるようになった。学校では、ティピーとそこにしまった幼稚な小型プロジェクターのことは考えないようにして、代わりに、父親に何をされたかを思った。あるいはマンディがスコットランドの人と結婚することになって、診療をつづけられなくなるということや、ゲイブリエルの回顧録の一ページ目をミセス・クールソン＝ブラウンが読んでいなかったことを考えた。それからわれに返ると、そこには自分を取り囲む生徒たちの顔があり、ゲイブリエルはその輪をぐるっと見まわして、どの顔にも恐怖が浮かんでいるのを見て満足した。

満足というのは、怒りの発作が役に立ったからだ。発作によってゲイブリエルは一種の悪名を得た。つまり、その学年の選《え》り抜き——親のない子、厄介者、反抗者と、そういう連中にまとわりつく意志の弱い女たち——から仲間として受け入れられたのだ。グループは〝一族《ザ・クラン》〟と名乗っていた。ザ・クランのリーダーはジミー・ディレーニーといって、体の三カ所にタトゥーを入れていて、昨年、地理の野外学習のときに教育実習生を犯したという噂の持ち主だった（その噂の真偽は、ゲイブリエルはもちろん、だれも知らなかった）。週末は公園か、あるいは夜に家族が留守にするだれかの家に集まって、軽くマリファナ煙草を喫ったり、そこにいた女の子たちに交代でさわったりした。ゲイブリエルはグループの中心になるほどクールでも有能でもなかったけれど、仲間と昼食をとるのは好きで、仲間たちもゲイブリエルの話に興味を持った。ゲイブリエルは酔うと、話せることはなんでもさらけ出したが、どんな話をしても、ジミーはもっと聞かせてくれと言った。「どうして親父を殺さなかったんだ?」ジミーは訊いた。「おまえの親父が背教者だったっていうのはほんとなのか」ザ・クランの面々はクールソン＝ブラウン夫妻が毛嫌いするタイプの生徒たちであり、ゲイブリエルとしては、グループのそういうところも気に入っていた。

　家での生活は、順調にはいかなかった。ミセス・クールソン＝ブラウンは、うちの息子に会う気はないかと、出版社やテレビ局に働きかけたり、地元の名士に連絡をとったりした。脱出記念日が毎年めぐってくるたびに、世間の関心が一瞬盛りあがり、母親の裁判中もふたたび注目を集めたものの、ゲイブリエルの物語は完結したように見えた。かつて警官の腕に抱かれてムア・ウッズ・ロードから運び出される痩せこけた子供の写真が、世界報道写真大賞（ニュース速報写真部門）の年間最終候補作リストに選ばれたものだが、いまのゲイブリエルにはもはやそのときの面影はなかった。母親譲りの乾燥した肌と髪の目立つ、眼鏡をかけたひょろっとした十代の少年になったゲイブリエルは、日増しに拗《ねじ》けていった。

ゲイブリエルはクールソン＝ブラウン夫妻が自分への興味を失いつつあることを感じとっていた。きつくあたられたわけではない。ただ、子供のころの玩具に見向きもしなくなるのと同じで、徐々に関心が薄れていったのだ。引きとってからしばらくのあいだ、クールソン＝ブラウン夫妻は嬉々としてゲイブリエルをパーティに参加させた。もっとも、パーティとは名ばかりの単なる隣人の集まりで、互いの家のなかを交代で見せ合っていただけのものだった。ゲイブリエルは居間に据えられ、チーズピックとボウルいっぱいのポテトチップスを与えられて、うまく付き合いなさいと指示された。ところが、ローソン一家が夕食に訪れて以来、ゲイブリエルは自室にいるようやんわり勧められるようになった。

ローソン一家は、通り沿いに建つ、寝室が五つしかない家に住み、二・五リッターエンジンの車を一台所有していた。ゲイブリエルは余った椅子に危なっかしく腰かけて、ほかの人の倍ほど料理を食べながら、部屋のはずれで九十分間、エビのカクテル、新興団地へ向かう車の雑踏、ビーフ・ウェリントン（牛肉をパテで覆ったものを、パイで包んで焼いた料理）と、よその子供たちとともに過ごした。最後にカスタードプリン越しに聞こえてきた会話に興味を引かれた。ローソン夫妻が話していたのは愛息子《まなむすこ》のことで、向こうみずな息子がジュネーブの病院で、左の脛骨《けいこつ》に二十五センチのプレートをネジで留められたという話だった。

「息子にひとこと、なんて言ったと思います？」ミスター・ローソンは言った。「〝ピスト（滑降コース）からそれるな〟って言ったんですよ。で、その結果、どうなったか。スイスの整形外科でクリスマスを過ごす羽目になりましてね」

「そのホテル代が」ミセス・ローソンが言った。「急なことで――」

「金属のプレートなら、ぼくの体にもはいってる」ゲイブリエルが言うと、会話がぱたりと止まった。ゲイブリエルは顎を手でさわると、首を傾け、その部分を見せながら言った。「ほら、ここ」

　ゲイブリエルは、重度の不正咬合で病院へ行ったことを説明した。不正咬合などという、普通はみんなが知らないことばを知っているのがうれしかった。左顎の隆起部が傷ついて、顔の片側が変形していた。その損傷具合を調べるために、ゲイブリエルはマンディとともにレントゲンモニターの前へ通された。揃って席に着くと、顎顔面外科医――口腔外科医のこと――から自分の頭骨について説明された。骨格写真で自分を見るのは、不思議な気分だった。歯は、思っていたよりはるかに長かった。ゲイブリエルは最後に、手術後またここに来て、顎に埋めた金属がどう見えるのか、たしかめてもいいかと尋ねた。「おや、医者がひとり誕生したぞ」外科医が言い、それから一週間を経ずして、病棟ではだれもがゲイブリエルのことをドクター・グレイシーと呼ぶようになった。

「病院での祝日って、実際悪くなかったですよ」ゲイブリエルは言った。「イースターには、こんなでっかいチョコの卵を探してさ。クリスマスもなかなか楽しかったし」

　料理に手を伸ばす者は、もはやひとりもいなかった。ローソン夫妻は目を伏せていた。ミスター・クールソン＝ブラウンはちっとも楽しくなさそうな、こわばった笑い声をあげたのち、スプーンを拾いあげた。「そういうホテルが」つづけて言う。「いくらするかって話ですよね？」

　思いあまったミセス・クールソン＝ブラウンは、心当たりもないのに、ゲイブリエルに代理人《エージェント》を探してみたらどうかと提案した。「それに、どの道へ進みたいのかを考えなくてはいけないわ、ゲイブリエル。テレビなのか自伝なのか、それともマチルダと同じようなな何かなのか」

マチルダというのは、クールソン＝ブラウン夫妻の実の娘で、バレエダンサーを目指していたが、体が大きくなりすぎたため、目標をウェストエンドの主演舞台女優に変更した。ところが、音域がせまくて歌える曲がかぎられていたため、スタジアムツアーのバックダンサーに目標を変更した。結局、クルーズ船という、自宅からできるだけ離れた場所で、ダンスの振付師として働いている。マチルダはクールソン＝ブラウン家に滞在中いつも、ゲイブリエルに恐怖と憐みの混じった目を向け、部屋でふたりきりにならないよう気をつけていた。こわがられているんだろうとゲイブリエルは思っていたが、自身が当時のマチルダの年齢になったいま、ちがうとわかった。マチルダは恥ずかしがっていたのだ。

「ゲイブリエルが何をすればいいか、アドバイスはない？」クリスマス休暇でマチルダがカリブ海からもどり、みんなで夕食の卓を囲んでいたとき、ミスター・クールソン＝ブラウンが訊いた。マチルダはゲイブリエルを見て、その視線をテーブルへ向け、肩をすくめた。

「わたし、別に専門家のつもりはないんだけど」マチルダは言った。

「多少は助言できるだろ——経験に基づいてさ」

「それなら、幸せになれるようにすればいいと思う」

「ゲイブリエルの生い立ちは！」ミスター・クールソン＝ブラウンは言った。「あの経験は語られるべきだ」

「ロンドンに知り合いがいてね。有名人のエージェントをしてるの。まあ、有名人と言っても、大物じゃなくてね。聞いた話によると、ものすごく性格がいい人ってわけでもないみたいだけど」

「ほら」ミセス・クールソン＝ブラウンが言う。「とっても役に立つ情報じゃないの」

「その人の連絡先を渡しておくわ」マチルダはゲイブリエルに言った。「もしほんとうに必要なら」

〈ココクルーズ〉のメモパッドにマチルダが名前と電話番号を書き留め、ゲイブリエルは頭のなかでそれを繰り返し唱えた。オリヴァー・アルヴィン。「がんばって、ゲイブ」マチルダはそう言って、ゲイブリエルの肩をぎゅっとつかんだ。新年にマチルダがセントルシアへ発ったとき、ゲイブリエルは一瞬奇妙でばかげた衝動に駆られ、一緒に連れていってもらえないかと訊きそうになった。

怒りの発作のふりをすることをはじめてザ・クランから求められたのは、一月の模擬試験期間中だった。「いま必要なのは」集会場の出入口でみんなが待っていたとき、ジミーが言った。「酌量《しゃくりょう》すべき情状だな」笑みをたたえながら、仲間たちを見渡す。「つまり、トラウマ級の騒ぎだよ」

「だれか武器を持ってきた？」ゲイブリエルは訊いた。だれひとり笑わず、全員がゲイブリエルを見たのち、互いに顔を見合わせた。ゲイブリエルは自分が聞き逃していた話——仲間うちの冗談——に気づいた。

「気分はどうだ、ゲイブ」ジミーが訊いた。「怒りは湧いてきてるか」笑って、ゲイブリエルの肩を軽く叩く。「こんなもんがなかったら、ほんとに助かるんだがな」

廊下のドアはあいていて、学生たちが透明なプラスチックのペンケースを持って、重い足どりで会場へはいっていった。部屋の前に掛かっている時計が、大きく迫ってくるように見える。

ゲイブリエルの座席は後ろのほうだった。机に置いた両腕に顎を載せ、眼前に並ぶ頭をながめる。そのひとつひとつのなかに、ちゃんと機能する健全な脳がおさまっていて、次の指示を待っている。前のほうに着席していたジミーが振り向き、ゲイブリエルを見つけてウィンクした。問題用紙はあらかじめ机の上に置かれていた。監督官が生徒たちに開始の指示を出す。いつ実行するのがいいだろう、とゲイブリエルは思った。ほんとうにできるんだろうか――マンディとふたりで何カ月も取り組んでも抑えきれていないおかしな発作を、この場で、しかも故意に起こすなんて。

二時間の試験だった。三十分が経過するまで待った。形ばかり二、三問解いてみたものの、それ以上考える気になれなかった。時計の針が進むたびに、チャンスが減っていった。終了間際まで待つと、答案を有効にされる恐れがある。四十分経過した時点で、ゲイブリエルはすばやく立ちあがり、その拍子に椅子がひっくり返った。静寂のなか、全員の頭がいっせいに自分のほうへ向けられた瞬間、行動に移った。

ゲイブリエルが後ろの机に体を投げ出すと、そこにすわっていた生徒が悲鳴をあげて飛びのいた。ゲイブリエルは舌を垂らして机から転げ落ち、拳で床を殴りつけた。そうすれば床が割れて――しまいに――自分を呑みこんでくれるといわんばかりに。牽制《けんせい》の声をあげ、知るかぎりの口汚いことばをわめき散らしたのち、教師たちが近づいてくるのを見て、ゲイブリエルは甲板にあがった魚よろしく身をよじりながら逃げ、あえぎ、歯を鳴らし、手の届く範囲にある物をつかんだ。机の脚や、椅子の脚や、後ずさりする学生の脚を。ハロー・キティのペンケースをつかみ、追ってくる担当教師に投げつけて、色とりどりのビックのマジックペンを部屋じゅうに撒き散らした。

教師が四人がかりで取り押さえ、混乱して半狂乱のゲイブリエルを校長室へ連れていった。生徒たちが廊下に並んでその様子を見ていたが、そのなかに賞賛の瞬きを送る者がいた。「おみごと」ジミーが口の動きでそう伝え、ゲイブリエルは頬をゆるめた。

それ以来、求めに応じて発作を演じた。レジャーセンターでも、映画館でも。スーパーマーケットでは、ゲイブリエルが発作を披露しているあいだに、ザ・クランがビールの六本パックをいくつか失敬した。クールソン＝ブラウン家が特別な日に予約する高級レストランの玄関でもやってみせた。その最中に、本物の〝怒りの発作〟なのか、ただのまねなのかわからなくなる瞬間があった。どこまでが自分の病で、どこからがジミーの指示なのかも。クールソン＝ブラウン夫妻は、ゲイブリエルが都合よく怒りの発作を起こしていると学校から聞かされ、夫妻の事務弁護士のことばを借りれば〝二本柱の報復措置〟、すなわち訴訟と報道による処罰も考えられると聞いて絶句した。学校側は、ゲイブリエルが年度末で卒業予定であることを考慮し、数カ月の猶予を与えることに同意した。

本番の試験は、隔離された状態で受けた。ほとんど答えがわからなかった。卒業すると、ザ・クランは細かいことを言わずに酒を出してくれるパブに集まって、表のテーブルで飲み、そのうちにゲイブリエルにはジミーの顔だけしか見えなくなり、しかもその顔はテーブルの上座にだぶって浮かんでいる始末だった。

仕事を探すとクールソン＝ブラウン夫妻に約束していたにもかかわらず、ゲイブリエルは何カ月ものあいだ、毎朝家を出て街をぶらぶらするだけで、いっさい応募というものをしなかった。ふらっとザ・クランのメンバーのところに寄っても、たいていはもう大学にかようか職業実習をはじめていたため、めったに中へ入れてもらえなかった。ジミーは試験のために詰めこみで勉強して、なんだかんだ言ったわりにやっぱり大学へ行こうと決めた。大変な学科で、すべての時間をそのために費やしていたので、ゲイブリエルがいつ訪ねていってもジミーは留守だった。ゲイブリエルは街の大型スーパーで夜勤の仕事をするようになり、そうすると昼間は寝ていられたので、時間をつぶす方法を考えずに済んだ。

て、その目をクリスタルの動物から、だれも弾けないピアノへと移した。どれに対しても愛着を感じなかった。その夜、ゲイブリエルはマチルダからもらったメモを見つけて、ティピーのなかに腰をおろし、オリヴァー・アルヴィンに電話をかけた。

オリヴァー・アルヴィンの事務所は、ゲイブリエルの予想とはちがっていた。場所はイーストロンドン、階下には生地の卸《おろし》の店があり、事務所の待合室では、角張った黒いサングラスをかけた女が、セルフレームのサングラスの隙間からティッシュペーパーを突っこんで、涙をぬぐおうとしていた。ネイル代わりに爪に修正液を塗っているその十七歳の娘が、どうやらオリヴァーの秘書らしく、ゲイブリエルに待っているように言った。読むものがなかったため、ゲイブリエルは室内を観察した。額入りの写真はどれもオリヴァーが顧客と撮ったもので、写真のなかの人たちがじっとこ

二年後、クールソン＝ブラウン家の夕餉《ゆうげ》の席で、サーモンのパイ包みと市販のヴィクトリア・スポンジケーキを食べながら、ゲイブリエルは十九歳になった。

「今夜、こんな話をするのは、わたしだっていやなのよ」ミセス・クールソン＝ブラウンは言った。「でも、あなたの今後の計画を聞いておかないとね、ゲイブリエル」励ますように夫のほうを向き、ミスター・クールソン＝ブラウンがうなずいて言った。

「おまえも承知のとおり、わたしたちはとても寛容だった」

それは言える、とゲイブリエルは思った。まだいまの半分の年齢だったとき、週末に自己紹介のためにはじめてこの家にやってきた。ぱんぱんに張った革のソファにすわって、いかに自分が歓迎されているかを聞いた。整然としたベージュ色の部屋のすべてを、自分が使えるものと勘ちがいしていた。いま、イギリスの田園風景が描かれている木製のランチョンマットを見

ちらを見つめていた。ゲイブリエルの知らない人ばかりだった。

約束の時刻の四十分後、どうぞおはいりくださいと秘書から言われた。オリヴァーの準備ができたらしい。だれも事務所から出ていった様子はなかったのに。ゲイブリエルは腰をあげて、ネクタイのゆがみをなおし（ミスター・クールソン＝ブラウンのネクタイで、けさこれを結んだりほどいたりするのに三十分を費やした）、紙ばさみを手に持った。先週いっぱいかけて作った書類で、はじめに載せた自分の写真の上に、こんなことばを記してあった。〝はじめまして。ゲイブリエル・グレイシー、生還者です〟

オリヴァーはメロドラマの俳優や写真素材の人物のように、記憶に残らないハンサムだった。事務所には高級なオーデコロンの香りが漂っていた。「安く済ませていい物もある」数年後にベッドのなかで、オリヴァーがゲイブリエルに言ったことばだ。「ただし、スーツとアフターシェーブローションは、話が別だ」ゲイブリエルにはどれが安物なのか見分けがつかなかった。オリヴァーのまわりにあるのは高価なものばかりだったから。オリヴァーは贔屓《ひいき》にしている時計商から買ったビンテージのロレックスをはめていた。靴と財布はミラノ製、ワインはメニューで見て年代物を取り寄せていた。ゲイブリエルが室内に足を踏み入れると、オリヴァーは贅《ぜい》を凝らしたひとつづきの部屋で机の前にすわって、マックブックに何かを打ちこんでいた。顔をあげもしない。

「面会のお約束があったと思うんですが」ゲイブリエルが言うと、オリヴァーは目をぱちくりさせた。

「ゲイブリエルです。ゲイブリエル・グレイシー」

「そうそう」オリヴァーが言う。「そうだったね！ゲイブリエルだ。さて。きみ自身のことを話して」

ゲイブリエルは両手で紙ばさみを差し出した。オリヴァーは受け取り、二、三枚めくってから、ぽんと机に投げた。

「言ったよね。きみ自身のことを話して」

失う物は何もないと腹をくくり、ゲイブリエルはムア・ウッズ・ロードの話からはじめた。オリヴァーが耳を傾けている――ときおりうなずいたり、驚いたりしている――のがわかってゲイブリエルは調子づき、着席してつづけた。以前ジミーが聞きたいと言っていた細かいところ、つまり話の骨子から削ぎ落とした肉を残らず思い出して、それも洗いざらい打ち明けた。話し終えたときは興奮していたが、そのうちに無防備な気分になった。膝に目を落として、オリヴァーの裁定を待った。

「どう考えてもクールソン＝ブラウン家のあの娘より、きみのほうが興味深い」オリヴァーは言った。「それは認めよう。しかも、わが社で検討すべき案件だ。わたしは多くの被害者の――テロ行為や、危機一髪の出来事など、心に深い傷を残すあれこれの被害者の――代理をつとめ、いずれも成果をあげている」

オリヴァーは顔をしかめて、何やら問題を指で数えあげた。

「正直に言うと、仲間を逃がした子のほうなら、なおよかったんだけどね。ほら、脱出したきょうだいがいただろ。だが、あの件に関してわが社にできることはあまりない。まあ、それでも二、三、考えがないことはないんだ。何ができるか検討してみよう」

ふたりはビジネスの話をした。ゲイブリエル・グレイシー、十九歳、ビッグスモークとも呼ばれるロンドンで、エージェントと対話中。たとえば、ゲイブリエルがどのイベントに出て、どのイベントには出たくないかについて（〝スライムをかぶったりするイベントはどうかな？〟とオリヴァーは訊いた）とか、少女Aに連絡する方法があるのか（ないのか）といったことのほか、オリヴァーの取りぶんについても話した（ゲイブリエルには――当時でさえ――大金に思えた）。

ゲイブリエルはクールソン＝ブラウン夫妻にそのことを知らせて、キッシュ・ロレーヌとフランス産のシャンパンで祝った。

仕事の大半は、実録犯罪物のファンの集まるイベントがらみだった。一年目は、ステージにあがって話をしたが、そのうちに三ツ星ホテルのロビーのテーブルを割りあてられるようになり、名札を立ててその後ろにすわって、さまざまな物にサインをした。イベントの参加者たちがあまりにグレイシー家の事情にくわしいのに感心し、またとまどいもした。ある夜、女の人が薄汚れた小さなTシャツを差し出して、イーヴィのものだと言った。ゲイブリエルは思わず後ずさりしたが、さっともとにもどった。そういう神経質なところがオリヴァーの気に障ったが、そのTシャツがほんとうにイーヴィのものだったかは知る由もなかった。ゲイブリエルは、子供のころの持ち物がはいった段ボール箱がクールソン＝ブラウン家の屋根裏に封をしてしまってあるのを思い出して、ああいう物にも何かしら価値はあるのかもしれない、とふと考えた。

秋になって、人々がハロウィーンのことを考えるようになると、ゲイブリエルに対する需要が増した。そういうイベントは、やり甲斐があった。犯罪実録物のファンの集まりでは、ゲイブリエルは自分が求められている気がした。果たしてゲイブリエルが話しはじめると、部屋に静寂がおりた。ハロウィーンのライブはいつもより盛りあがり、ゲイブリエルがだれなのかを知らない者はほとんどいなかった。大学や、陰鬱な小さな町のナイトクラブをまわった。仮装してふざけている聴衆を見て、参加者の大多数が自分と同じくらいの年齢だと気づいた。ということは、ムア・ウッズ・ロードの家に警察が踏みこんだ当時、聴衆も九歳だった計算になるが、事件のことなどもうほとんど覚えていないにちがいない。五分間スピーチをしてそれから次のバンドを紹介する、というのがいつもの段どりで、割りあての時間を埋められる日は珍しかった。「もっとおどろおどろしく話したほうがいいですよ」学生の代表がゲイブリエルに言った。「ちょっと暗さが足りないから」

人生に彩りが加わるかもしれない、とゲイブリエルは期待していた。でも、たいていホテルの部屋はうらぶれていて、ビールは生ぬるく、だいたい雨に祟《たた》られた。ロンドンへ行って、あるいは海外へ渡って、ジャーナリストや会場いっぱいの聴衆の前でスピーチをして過ごすことになると思っていた。自分のスピーチがだれかを励ますこともあるはずだと信じていた。結局、たしかにロンドンには行ったが、人々を励ますためではなかった。ロンドンへ移ったのは、オリヴァーと恋に落ちたからだった。

はじまりは十二月、ゲイブリエルの仕事が尽きかけたころだった。オリヴァーから届いた本文なしのメール。件名は〝話がある〟。ふたりはロンドンで会い、ゲイブリエルが聞いたこともない有名シェフのレストランで夕食をとった。オリヴァーは体調がすぐれないようだった。こめかみのあたりの髪がじっとりと湿っていて、コロンに混じって何か饐《す》えたようなにおいがした。食事がはじまって、飲み物が運ばれてくると、すぐにオリヴァーが切りだした。「きみも多角化しないと」

「えっ?」

「第二の策が要るってことさ」オリヴァーが言い、ゲイブリエルがなおもぼんやりと不安な面持ちで見つめていると、オリヴァーはグラスを置いてため息をついた。「言い方を変えよう。いまは十二月。児童虐待の生還者をクリスマスパーティに呼びたがる者なんていないんだよ」

もっと〝普通の〟仕事も受けるべきだ、とオリヴァーは勧めた。多くのクライアントはこの一年を乗りきるために柔軟になるしかなかった、それでクライアントから追加で手付金を受けとったのだ、と。

「できると思ったんだ――人を励ませるって」ゲイブリエルが言うと、オリヴァーは鼻を鳴らした。

「きみはすごいやつだよ、ゲイブ」オリヴァーが言う。「でも、だれかを励ますタイプじゃない」

きめ細かに供されるコース料理は、永遠につづくように思えた。ようやくレストランから出たとき、ゲイブリエルはもう失礼しなくちゃいけないと告げた。終電が出るまであと三十分で、ユーストン駅までまちがわずにもどる自信がなかったからだ。食事中ずっと涙をこぼさないようこらえてきて、ようやく泣けるこの瞬間が――遠からずようやく訪れる、ひとりきりで屈辱を舐める瞬間が――待ち遠しかった。

「その必要はないよ」オリヴァーが言った。許可を求めるかのように恐る恐るゲイブリエルの人差し指をとり、それから中指と親指を握って、最後に五本すべての指をからめた。オリヴァーはふらつきながら――ワインを二本あけていた――ゲイブリエルの正面に立って上目遣いになり、近すぎて直視できない距離にまで迫った。

ゲイブリエルは学生時代に何度か、友達の家で好きでもなんでもない女の子とキスをしたことがあっただけなので、オリヴァーに迫られて仰天した。断固たる決意が、オリヴァーの舌に、オリヴァーの両手に、ゲイブリエルの頬に、ゲイブリエルのわずかに開いた唇にあった。それからオリヴァーの寝室へ――南にタワーブリッジを望む、黒いシーツやタッチ式の照明にいたるまでまさにゲイブリエルの想像どおりの部屋へ――移っても、オリヴァーの口がゲイブリエルのペニスにふれるリズムに、その決意のほどは感じられた。オリヴァーが眠ると、ゲイブリエルは窓辺に立ち――自動のブラインドを操作できなかったため、外を見るにはこじあけるしかなかった――街をながめ、大学の寮で論文を執筆しながら眠りに落ちるジミー・ディレーニーの姿を思い浮かべて、憐れに思った。

それ以降、ゲイブリエルがクールソン＝ブラウンの家にもどったのは一度だけだった。ムア・ウッズ・ロードから引き揚げてきた所持品を回収し、要る物だけを部屋から持ちだした。ティピーは置いていった。クールソン＝ブラウン夫妻はカムデンにフラットを借りる賃料を二カ月ぶん出してくれた。その代わり金輪際ここには住まわせないという意味だろう、とゲイブリエルは思った。「ようやくだな」ミスター・クールソン＝ブラウンは言った。「まさにようやくだ、ゲイブリエル」そう、ようやくだ、とゲイブリエルは誇らしさとともに思った。

いま、ゲイブリエルは疲れ果てて、病棟までもどる体力もなく、ベンチに力なく寄りかかっている。わたしは急いで受付まで行って、車椅子を借りてくると、手を貸してゲイブリエルを乗せた。芝生を覆う木立の影が、さっきより近くまで迫っている。

それきり、病室にもどるまでゲイブリエルは口を利かなかった。本人が車椅子を操り、夜は目に入れないで済むように、わたしが車椅子を廊下へ出した。「また来てくれるかな」ゲイブリエルが訊いた。

「近くに泊まることにする」わたしは言った。「あしたも来るつもりよ」

ムア・ウッズ・ロードの家の件について、どう切りだせばいいのかわからなかった。ベッドに腰かけて靴を脱ごうとしている弟に、なんであれ頼みごとができるとは思えなかった。

「デライラから遺産のことは聞いてる？」わたしは訊いた。

「言ってたよ、家と、ちょっとお金があるって」

ゲイブリエルは体を横たえ、毛布を手探りした。

「レックスの計画についても聞いたよ。コミュニティセンターの件」

「どう思う？」

「ちょっと時間が欲しい。自分にどんな選択肢があるのか考える時間が」

わたしはベッドとドアの中間で立ち止まった。昔のゲイブリエルは素直だったのに。

「面会の人」わたしは言った。「さっき来てたでしょ。その人のせいなの？」

ベッドまでもどり、わたしはゲイブリエルの手をとった。休ませてあげたいし、そのつもりなのに、起きていてほしい気持ちもある。

「あの人がオリヴァー？」わたしは言った。「ゲイブ、オリヴァーはあなたに何をしたの？」

仰向けになったゲイブリエルの両手が、毛布の上でぴくりと震えた。眠っているのか、それとも聞こえないふりをしたのだろうか。

わたしは芝生にすわって、週末の予定を立てなおした。この州のB&Bにはみな植物にちなんだ名前がついていて、どこも満室だった。教会とパブがひとつずつあるほかは何もない小村に空き部屋を見つけて、車でそこまで熱い午後を移動した。母と父が日曜日にロンドンに来る予定だったが、待ってもらうしかなさそうだった。〝思ったより難航してて〟わたしはメッセージを送った。精神科病院にもう一日費やすことになりそうだった。

宿の女主人は、自宅に隣接する部屋にわたしを案内して、皿に載せたビスケットと、手書きのWi-Fiのパスワードをくれた。責任をもって使ってほしいと言われた。「ありがとう、助かります」わたしは言った。ロミリー・タウンハウスの部屋が頭に浮かんだ。清潔で広々した部屋の快適さ、配慮の行き届いたドアマン。「ちびたちとこれから外に出るんですけど」女主人が言う。「よかったら一緒にどうですか」礼儀正しくにっこり笑ったが、わたしにその気がないことはお互いわかっていた。

わたしはノートパソコンを開いた。机はまぶしいくらい明るい庭に面していた。陽光がナラの木々の隙間を抜けて、窓ガラスで乱舞していた。わたしはビスケットを食べて仕事をしながら、庭で女主人が子供たちと遊んでいるのをながめた。女優さながら、恐竜になったかと思えば、次は王女になり、いまは橋と化して、その下を子供ふたりが這ってくぐっていた。庭には打ち捨てられた道具が散らばっている。考えようによっては、デライラの言うとおりだ。わたしはひどくまじめな子供だった。ゲームでさえ、全力を尽くさなくては気が済まなかったのだから。いま、花壇のそばにいる子供たちの仲間に加わって、割りあてられた役割を受け入れる自分を想像しようとした。とてもできそうにない。子供たちに心を見透かされ、役からおろされるだろう。

無理をすることはない。

わたしはもう少しだけその光景を見てから、ノートパソコンを閉じ、歩いてパブに向かった。

その夜は、ワインの午後と、暑くてなじみのない部屋のせいか、頭がぼんやりして、ロバート・ウィンダムの宴《うたげ》の夢を見た。並べられた白い長テーブルが、芝生の美しさを際立たせている。全員が揃っていた。デライラ、ゲイブリエル、イーヴィ、イーサン、アナ。みんな元気そうだ。隣でJPが興味深い逸話を披露していて、わたしはJPに寄りかかっている。周囲がやかましいため、苦労しながらJPの話に耳を傾ける。グラスを合わせる音が響き、後ろのテーブルで耳障りな笑い声があがる。JPの話が聞こえないため、その人たちにシーッと言うが、話に集中できず、わたしはまもなく耳を澄ますのをやめる。向かいでイーヴィが退屈してにこにこ笑っている。そのうちにイーヴィがそっとテーブルから離れて庭を突っきり、芝生と森の境目まで歩いていく。わたしも立ちあがる。わたしがテーブルから離れたときには、イーヴィはもう森へ向かっている。声をかけるが、その声は届かず、イーヴィの姿は木々のあいだに消える。

家族でホローフィールドのムア・ウッズ・ロードへ引っ越したとき、わたしは十歳で、担任教師はミス・グレイドだった。ゲイブリエルには自分のベッドが必要だったし、イーサンは以前からひとりの部屋が欲しいと訴えていた。父親はゲートハウスへの興味を失っていて、みずから信徒会を設立するための用地を探していた。父親はそれを〝ライフハウス〟と呼び、その話をするときは、両の拳を説教壇に見立てて、指で通路を描いた。

反対したのは、デライラとわたしだけだった。「友達がいるから」デライラは言った。「お別れしたくないんだよ、父さん」

「せめて夏まで待てないの？」わたしは訊いた。「学年末まで」

ジャスパー・ストリート小学校の教師のなかで、ミス・グレイドがいちばん好きだった。ミス・グレイドは授業中わたしを指して音読させたりしなかったし、人前でわたしを褒めたりもしなかった。年度のはじめ、十月にミス・グレイドからお昼休みに職員室に呼び出され、毎週の読書感想文を褒められた。退屈しないように追加で課題を出そうか、と──もちろん内緒だし、無理はしなくていいとかなんとか──訊かれた。それで毎金曜日のお昼休みに、事務室の隣の、窓のない会議室で、ミス・グレイドの選んだ本についてふたりで話をした。ミス・グレイドはたいてい軽食を作ってきて、話をするあいだ食べるのを手伝ってくれないかと言った。それはたとえば、大皿いっぱいの果物や、トレーに載せたお手製のフラップジャック（オートミール、バター、砂糖、シロップなどを混ぜて焼いた伝統菓子）などだった。いつもひとりぶんにしてはかなり多い量で、わたしはどうして先生はこれをひとりで食べきれると思ったのか、と首をひねったものだった。

問題になったのは、ミス・グレイドが母親に話したからだ。デライラとイーヴィを迎えに来た母親が、黄ばんだ白いワンピース姿でゲイブリエルを連れ、ブックバッグを持って遊び場に立っていたところに、ミス・グレイドがちょっとお時間よろしいですか、と声をかけた。ほかの人たちもその場にやってきて、ゲイブリエルは椅子とテーブルのあいだを歩きまわった。ケラケラ笑いながら、ペン立てからクレヨンを引き抜いたり、棚から本をとったりしていた。ゲイブリエルは目鼻立ちのはっきりした茶目っ気のある顔をしていて、笑うと、生え変わりで乳歯が抜けているところが目立った。知らない人のスーパーのカートから商品をとっても、ゲイブリエルなら笑って許された。

「かわいらしい息子さんですね」ミス・グレイドが言った。母親は左右の足に交互に重心を移しながらうなずいた。

「ほんと、短めにお願いしますね。早くもどらないといけないんで」

「いいお知らせですから」ミス・グレイドは言った。「すぐに済みます。今年アレグザンドラがすごくがんばってることをお伝えしたくて。おしなべて、ほんとによくやってます。英語、数学、理科――ほかのはじめての科目についても。ここまで、すばらしい成績です」

デライラは目玉をまわした。イーヴィはわたしに笑いかけた。母親はうなずいて賛辞を受け流し、このあと大変なことが明かされるはずだと身構えた。

「この地域の優秀な中等学校へ進むために、奨学制度を検討なさることをご両親にお勧めします。まだ一年半も先の話だというのは承知していますが、いまから考えても悪くありません。こういう奨学制度の多くは、ご家庭の金銭事情に左右されるもので――出すぎたまねだというのはわかっています――有望なものをリストにまとめて、それぞれについてご両親に説明することもできます。お役に立てるかと」

「そうですか」母親はそう言ったのち、知っててだまっていることがあるんだろう、とでも言いたげな目でわたしを見た。「アレグザンドラの話なんですね?」

母親はミス・グレイドに言った。

「ええ、そうです」

「わかりました。じゃあ、どうも」

「改めてお話しする機会をいただけませんか」ミス・グレイドが尋ねた。「ご都合のいいときに」

「どうかしら、ちょっとむずかしいかも」母親が言った。「二、三カ月後に引っ越す予定なので。ホローフィールドへ」

「えっ、存じませんでした」

ミス・グレイドもわたしを見た。

「まだ考えられる手がいくつかありますので、よければご参考までに――」

ミス・グレイドの机の上にあった地球儀をゲイブリエルが力任せにまわしたせいで、地球が教室の床に墜落した。ゲイブリエルは漫画に出てくる犯人みたいに固まっていて、大人たちが近寄ってくるのを見て、身をすくませた。

「どうぞお気になさらず」ミス・グレイドは言ったが、母親はもうそっちへ歩きはじめていた。ゲイブリエルの手をぴしゃりと打ってから、両手で抱きしめる。

「このとおり」母親が言う。「ほんとに時間がないので」

みんなで自宅まで歩いた。十二月のはじめなのに、早くも飾りつけをしている家が何軒もあった。デライラとイーヴィがお気に入りのクリスマスツリーを指さしながら、前を走っていく。わたしの吐いた息が、空中で母親の息と混じり合った。「知ってのとおり」母親は親は言った。「あたしはグラマースクールへ行かなかった。それでも結局はなんとかなった」わたしはベビーカーに貼られた茶色のテープを見つめた。ねじって後ろへまわした母親の髪は、街灯の下で見ると、ぱさぱさで白く、もう光を引き寄せないようだった。

「あたしがあんただったら、いまの話は絶対お父さんには話さない。お父さんにはいろいろと計画があるの。はるかに崇高な計画なのよ、アレグザンドラ」

「だけど、お金はいっさいかからないんだよ」わたしは言った。「試すだけなら」

デライラとイーヴィは通りでいちばん大きな家の前で立ち止まっていた。窓に、オーナメントの人形の家が置いてあって、模型の家のなかはもうクリスマスだった。ツリーの下のプレゼントに駆け寄るミニチュアの子供たち。肘掛け椅子でくつろぐ父親。母親の人形はどこだろうと寝室とキッチンを探したが、見あたらなかった。

「きれいだねえ」イーヴィが言った。

「帰るよ」母親が言った。いつの間にかわたしたちより前にいて、ベビーカーのハンドルを拳骨《げんこつ》で叩いている。動きだす前にわたしが追いついたので、母親はやむなくわたしを見た。

「せめて挑戦させて」わたしは言った。

母親はわたしに対してばつの悪さを感じているかのように、視線をそらした。うっすら笑みが浮かんでいたから、この件は父親に話さないつもりなのかと思った。

「だめって言ったでしょ」母親は言った。

ミス・グレイドはあきらめなかった。ただし、まず母親の協力を得るという案は捨てたようだった。金曜日ごとの会は、より熱のこもったものになった。ほかの人がどう解釈するかも考えないと、とミス・グレイドは言った。ただ好きだと言うのではなく――それでは不十分で――なぜ好きなのかを説明しなくてはいけない。ミス・グレイドの勧める本は多岐にわたり、歴史、宗教、古代ローマ人と古代ギリシア人にまつわる本を持ってきてくれた。一時間後には、ふたりで糸をたどって迷宮ラビュリントスを解いていた。あるときはヒッポカムポス（ギリシア神話に出てくる半馬半魚の海馬）の脇をすり抜け、あるときは育児嚢《いくじのう》に卵を抱いているオスのタツノオトシゴ《シーホース》のためにサンゴを磨いた。「わたしたちには、どれくらい時間があるの？」現実のせまい会議室にもどると、ミス・グレイドに訊かれた。わたしは先生の頭上にあった時計の針を読んだが、先生にはどうでもいいようだった。いま思えば、そもそもそんなことを訊きたいわけではなかったのだろう。

「アレグザンドラ」父親に呼ばれた。「おまえにお客さんだ」

　父親は階段の下に立っていた。わたしは歯を磨こうとして、『父さんギツネバンザイ』を手に持って踊り場を歩いていた。歯ブラシを口に突っこんで、どんな本であれ三ページ読むのを日課にしていたのだ。

「え？」わたしは言った。「だれ？」

「自分でたしかめたらどうだ」

　珍しい新技を披露する興行師のような手つきで、父親が片方の腕を振って居間を示した。わたしはシンクの脇に本を置き、父親のほうへと階段をおりて、階下の照明と食べたばかりのキャセロールのにおいのなかへ足を踏み入れた。

　ミス・グレイドが部屋の真ん中に、ボンボンのついた毛糸の帽子とダッフルコートという恰好で立っていて、信じられないほど爽《さわ》やかに見えた。学校の外でもミス・グレイドが存在しているというあたりまえのことに、わたしははじめて気づいた。この先生にも夜は毎日訪れ、ベッドがあって、床に就いて何かを考えるのだ。いま目の前にいるミス・グレイドは、教室にいるミス・グレイドより背が低かったが、それはわたしの父親のせいだった。相手を縮ませる人なのだ。乳首が透けて見えるほど着古したパジャマの生地が薄くなっていたため、わたしは胸の前で腕を組んだ。

「レックスが同席する必要はありません」ミス・グレイドは言った。「きょうはお父さまにお話があって来ました」

「ほう、うちはいっさい隠し事のない家族でしてね」

ミス・グレイドはわたしと父親のあいだに目を据えようとしていたが、視線は部屋のあちこちの隅へ漂い、積まれたゴミ袋を見たあと、視線はあふれ返った古着や靴から、さらにはくたびれたぬいぐるみたちへ移った。ソファには、汚れでごわごわした母親の毛布が山になっていた。

「こんばんは、レックス」ミス・グレイドは言った。

「どうも」わたしにはこっちのバージョンの先生、つまりわたしと話をしたくない、夜のバージョンの先生のことが信じられなかった。「なんのご用ですか」

ミス・グレイドが父親に目をやると、父親はすでに笑みを浮かべていた。

「奨学制度のこと、覚えてるでしょ」ミス・グレイドは言った。

「はい」

「そのことで、あなたのお父さんと話がしたかったの――ほかにも細々《こまごま》とした件があってね。別にたいしたことじゃないのよ。あなたが心配するようなことは何もないはず」

父親はソファに手足を投げ出してすわり、空いている隣のスペースを身ぶりで示した。ミス・グレイドはこの家にふれるのをいやがるかのように、ソファのふちに背筋を伸ばして浅く腰かけた。そして寒さで紫色になった、血の気のない手を揉み合わせた。

「娘に話を聞かれたくないのであれば、それでもこっちはかまいませんよ」父親が言った。

ミス・グレイドは悲しそうにわたしを見て、顔にあきらめの色を浮かべた。わたしには読めっこないとわかっていながら、メッセージのようなものを送っていた。「ごめんなさいね、レックス、お父さんとふたりだけで話がしたいの」

「はい、それじゃ」

「ええ。またあしたね、レックス」

イーヴィはもう眠っていた。わたしは明かりをつけたまま、寝具の上に横になって、警戒をゆるめず、眠りに落ちないようつとめた。ミス・グレイドはだれより頭のいい人だったが、だれより愚かでもあったと思う。父親の隣に腰をおろしつつ、こっちを見たその顔には、わたしの身を案じるような表情が浮かんでいて、自分の身を案じる様子はいっさいなかった。

ミス・グレイドと父親がどんな話をしたのか、わたしは結局知ることもなく、一週間後に家族でホローフィールドへ引っ越した。学校から帰ると、キッチンに家族が揃っていて、父親はテーブルに両手をついて立ち、そのかたわらに母親がいた。「家を買ったんだ」父親は言った。「自分たちの家を」

デライラの顔を小さな地震が通過した。それは、唇と目尻の震えからはじまった。「だいっきらい」デライラが言って、顔をくしゃくしゃにした。

「もう？」わたしは言った。

「全員が力を合わせないとな」父親は言った。

荷作りをしていると、自分たちの過ごした家と子供時代を解剖している気分になった。両親のベッドの下には、母親がイーサンを産んだときに使った毛布があった。図書館に返さずじまいだったのか、アメリカ開拓地《フロンティア》に関する本も見つかった。何本もの汚れた酒瓶に、ほっそりしたブユが何世帯も棲《す》んでいた。床にめりこんでいる家具を持ちあげると、家じゅうで最も不快な部分があらわになった。わたしのベッドの下の絨毯はもろくごわごわになって、蔓延《はびこ》った黴がマットレスに届くほど高く伸びていた。簡易ベッドの下に落ちていた、悪臭を放つロンパースは、きょうだい全員が着た物で、洗われたことがなかった。両親の部屋の壁にはいくつも穴があいていて、そこに手をあてると、隙間風がはいってくるのがわかった。

母親のワードローブの底に、日焼けして皺の寄った、いまにもばらばらになりそうなノートが一冊あった。真ん中あたりのページを開く。読みにくい筆跡だった――子供の字だ――が、見覚えがなかった。〝特報17〟と書かれている。〝土曜の午後、ミセス・ブロンプトンのコテージを訪れる。彼女は庭にいて、語りたい気分だったようだ〟。わたしは思わず頬をゆるめた。『デボラからの特報』だ。接触してきた報道機関の連絡先が裏ページに記録されていた。みんなきっともう引退しているだろう。亡くなった人もいるにちがいない。母親は連絡したことがあるんだろうか。おそらく、ないだろう。このノートは隠してあったというより、むしろ忘れ去られていたようだった。わたしはそのノートをガラクタの山に加えた。

ジャスパー・ストリートでの最終日、わたしはエイミーとジェシカとキャロリンを抱きしめた。「とってもさびしくなるわ」三人はそう言って、涙も出ていない目をこすった(わたしはいつか三人がセラピーを受けたときに使える秀逸なエピソードを――罪と無垢と恐怖の物語を――提供したわけで、後年、事情にくわしいという情報提供者が現れるたびに、三人のうちのだれかなんじゃないかと思った)。ミス・グレイドがクラス全員で食べようとケーキを作ってきてくれて――アイシングで〝がんばれ、レックス!〟の文字と、開いた本のイラストが描かれていた――わたしがナイフを入れると、色とりどりの層になったケーキの断面が現れた。わたしはミス・グレイドがこぢんまりとしたあたたかい自宅のキッチンで、パジャマ姿でオーヴン用ミトンをはめている姿を思い浮かべ、ケーキの焼けるにおいのするその家にいる自分を一瞬想像し、一生つづく金曜の会を夢想した。いきなり家にやってきたミス・グレイドを許せなかったが、ケーキを作ってきてくれたので、許すよう努力しようと決めた。

その日の最後、ミス・グレイドは、わたしが机のなかのものをそっくりビニール袋に入れるのを手伝ってくれた。わたしは持てるかぎりのノートを入れて、鞄を肩に掛けた。「それと、もうひとつ」ミス・グレイドが教室のドアのところでそう言って、新聞紙にくるんだプレゼントをくれた。

「いまあけてもいいですか」わたしが訊くと、ミス・グレイドは笑った。

「レックス、いつでも好きなときにあけて」

セロテープを剝がして、包装紙を解いた。中にあったのは、挿絵入りのギリシア神話の本で、堅い表紙のついた新品だった。

「こういうの、好きでしょ」ミス・グレイドが言った。

何を言えばいいのかわからなかった。わたしはただうなずいて、真ん中あたりのページを開いた。冥界の絵で、カロンが渡し舟にペルセポネを乗せてスティクス川をくだっている場面が描かれていた。暗い色の水彩画から、ペルセポネが読者を見返していた。

「ありがとうございます」わたしは言った。鞄のなかにできるだけ広いスペースを作って、そうっと本をおさめた。

ミス・グレイドはうなずき、それから手を伸ばして、すばやくぎゅっとわたしをハグした。体を離したとき、ミス・グレイドはこんなことをするつもりじゃなかったとでもいうような、びっくりした顔をしていた。

「元気でね」ミス・グレイドは言った。「だいじょうぶ?」

「だいじょうぶ」

「さあ行って。お母さんが待ってるわ」

わたしが学校の廊下を進み、鮮やかな展示品とクラス写真の前を過ぎ、遠足や家族や、夏休みの出来事にまつわる作文の前を通った。最後に運動場へ出るドアのすぐ前で振り返った。ミス・グレイドはまだ教室のドアのそばに立ち、両手で自分の体を抱くようにして、こっちをじっと見ていた。わたしが手を振ると、ミス・グレイドも振り返した。

ホローフィールドは三つの岩山の麓《ふもと》にあって、とても町とは言いがたく、いわば湿地の水栓のようなものだった。歓迎の看板が、オーストリアのリエンツと姉妹都市であることを告げていて、わたしはそのそばを車で通るたびに疑問に思っていた。どんなふうに取り決めたんだろうか。姉妹として迎え入れるのはどんな相手なのかを理解すべく、リエンツからだれかがやってきたんだろうか。

わたしたちは土曜日に、ジョリーの知り合いのバンで引っ越しをした。母親の体調が思わしくなかったので、父親とイーサンとわたしが荷物を車へ運んだ。「最終確認をしよう」父親からの許可を得て、イーサンとわたしは空っぽの部屋からまた次の部屋へと、ほとんど話もしないで見てまわった。残っていたのは、わたしたちが出したガラクタと汚れだけだった。このとき家主が清掃にかけた費用は、五年後、借用期間終了時の写真をメディアに売ったぶんで相殺《そうさい》された。染みだらけの陰鬱な部屋。低解像度で写された大半の空き部屋がそうであるように、そこで何か恐ろしい出来事があったことが容易に想像できた。

車は薄暮のなかをホローフィールドへ走った。丘の上に雲が垂れこめていた。いくつか通り過ぎた古い工場にはひょろ長い煙突があって、ひとつおきに窓が割れていた。飾り気のない本通りには、古本屋が一軒と、閉店したばかりのカフェが一軒あった。白髪交じりの男たちがパブの入口に集まり、襟を立てて寒さをしのいでいた。

「おうちはもう近いの？」イーヴィが訊いた。

「五分、ひょっとしたら十分かな」父親が言った。

新しい教会の建築予定地を父親が指さした。そこは荒れ果てた衣料品店で、ウィンドウのなかに何体ものマネキンが投げ出されていたが、ポーズをつけて父親のパフォーマンスの一部として活用すれば、人が多くはいっているように見せられそうだ。車が町から出かかったあたりで川を渡り、朽ちた水車場と車庫を過ぎて、ムア・ウッズ・ロードにはいった。最初の二軒のコテージは手入れが行き届いていて、隣同士が近かったが、道をのぼるにつれて、家がまばらになって、様子も変わっていった。黒っぽい納屋が一軒と、錆びた機械に覆いがかかっているバンガローが一軒あった。イーヴィがバンのウィンドウをあけて、番地をカウントダウンしていく。「次だよ！」大きな声で言った。

〝十一番地〟は、道から奥まったところにあった。薄汚いベージュ色の玄関、車庫、裏庭。それは――のちに言われるとおり――どこにでもある普通の家だった。

父親はムア・ウッズ・ロードの家を、ジョリーの教会の古参の信徒から購入した。その女性が庭を管理しきれず、階段をのぼるのに途中で一度休憩をはさまざるをえなくなったからだ。ジョリーが交渉を取り持った。家族の住まいになるとジョリーが言うと、信徒の女性は喜んで家を譲った。

前の住人の家具が家じゅうに残されていた。椅子やテーブル、ベッドに覆いがかけられていて、得体の知れぬ怪物のようだった。わたしたちは父親のあとについて部屋から部屋へ移動し、覆いの下に何があるかをあてっこしては、父親がその覆いをとっていった。ボート、死体。セイウチ。ムア・ウッズ・ロードではじめての夕食をとる前に、父親は家具の覆いを頭からかぶって、悲しげな声をあげながらよろよろキッチンへ行った。父親はその覆いを肩からかけたまま、満面の笑みをたたえて、片手を母親の太腿に置き、食前の祈りを捧げた。

夕食後、イーヴィとわたしは荷ほどきをした。引っ越しの荷箱に、ほかのきょうだいの荷物が紛れこんでいた。体に合わず締めつけられて苦しい服が何枚もあったので、みんなで順番にそれを着て、見せ合った。ゲイブリエルとデライラのふたりと、廊下でTシャツを投げて交換した。ギリシア神話の本をセーターにくるんでおいたのは、ひとつには父親から隠すためだったが――多神教の神々の話は、おおむね冒瀆《ぼうとく》的だとされていた――もうひとつ、デライラから隠すという意味もあった。デライラのことだ、どうにかしてこの本を台無しにするか、自分のものにするだろう。家じゅうが静まると、わたしはセーターから本を出して、イーサンの部屋へ向かった。

イーサンにはひとり部屋が与えられていたが、その部屋を埋めるほどの持ち物はなかった。ありふれた物ばかりが妙に目についた。キリストの弟子を模したプラスチックの人形が数体、窓台に置かれていた。壁には、六年生のときに理科の授業で配られた、人体骨格のポスターが貼られている。父親はイーサンの部屋の隅に、自分の説教用のメモを置いていた。「ぼくに読ませたいんだと思う」イーサンはそう言って、足先でそっとメモを遠ざけた。

「すごくいいもの、見せてあげる」わたしはそう言って、本を取り出した。「ミス・グレイドがわたしにくれたの。でも、いっしょに読もう」

イーサンは表紙に手をふれたものの、ページを開きはしなかった。

「子供の本じゃないか。そんなものを読みたいわけないだろ」

わたしはイーサンをじっと見つめて、頬が綻《ほころ》ぶのを待った。イーサンはぽかんとした顔で見つめ返してきた。

「こういう話、好きでしょ。もともとイーサンから教えてもらったんだよ」

「それがいったい、なんの役に立った？　ぼくならその本は処分するよ、レックス」

イーヴィはイーサンとちがって感動してくれた。追加のベッドが届くまでひと月待たなくてはならなかったので、わたしとイーヴィはふたりの部屋で過ごすはじめての夜、他人のマットレスに並んで寝転がり、ふたりの真ん中にその本を置いた。家が刻むリズムに気づいて、わたしはハッとした。壁の水道管を叩く水の音、裏庭の木々がきしむ音。新たに弾むような重みが加わって、床板が沈んだり浮いたりする。「はじめに」わたしは声に出して読んだ。「何もなかった」

ホローフィールドに来れば、いままでと変わるかもしれない、とわたしは期待していた。わたしたちのことをまだだれも知らないという事実を、自分たちが望むものになれるかもしれないという期待と取りちがえていたのだ。

ジョリーは予告もなくたびたびわが家へやってきて、工具を使ったり、キッチンのテーブルで父親と食事をとったりした。会話は内密にはじまった。子供たちがふらっと部屋にはいってくると、ふたりは目配せを交わした。けれども夜が更けるにつれて、声が大きくなってわたしたちの部屋にまで届いた。チャンスやはじまりということばが聞こえてきた。母親はもてなし役をつとめ、おいしい料理を運び、ふたりのグラスを酒で満たし、爪のあいだに詰まったペストリーをほじくっていた。ジョリーと父親のテーブルに三人目の声が加わる夜もあった。ふたりより控えめで、自信がなさそうな声。イーサンがジョリーに挨拶をして固い握手を交わし、〝サー〟と呼ぶようになっていた。

父親とジョリーがゲイブリエルに仕掛けるいたずら

に、イーサンも加わった。架空の仕事や秘密の任務を手伝ってくれと頼んで、ゲイブリエルを困らせるのだ。「この釘を支えといてくれ」ジョリーが階段を半分のぼったあたりで言った。「落とすんじゃないぞ――その釘のおかげでこの家は崩れずに済んでるんだから」

一時間後、ゲイブリエルは釘をしっかりと握ったまま同じ場所に立っていた。冬には、前の家主が埋めた宝物を探してくれと言って、イーサンがゲイブリエルを庭へ送り出した。そうしておいてイーサン、父親、ジョリーの三人は、キッチンの窓辺に集まった。「見ろよ、レックス」イーサンに手招きされたが、わたしは無視した。日が暮れて、ゲイブリエルは骨のように白い顔で、手のひらの皺に泥をこびりつかせて、しょんぼりした様子でもどってきた。ジョリーと父親が笑うと、イーサンも笑った。昔からずっとあっちの仲間だったみたいに。

わたしはできるかぎりジョリーと父親を避けた。こっちでもやはり、学校で体を洗えるよう早めに家を出て、授業後は時間をかけて帰り支度をした。デライラとイーヴィとゲイブリエルを迎えにいって、四人揃って書店や水車場で足を止めながらぶらぶらと家に帰った。ムア・ウッズ・ロードの端に、疥癬《かいせん》にかかった馬が二頭いて、帰り際に寄るわたしたちをひどく疑わしげな目で見た。母親は新しい学校には来なかった。かねてからもうひとり子供をもうける話を父親としていたらしく、体力を温存していた。

学校での生活は、そんなにひどくなかった。ホローフィールドへの転居にともなう出来事で何より意外だったのは、わたしに友達が――本物の友達が――できたことだった。数カ月前にホローフィールドに来たばかりのその子は、歯列矯正をしていて、ことばに南部の訛りがあり、わたしに劣らずおどおどしていた。本が好きで、本の話をするのも好きなカーラという子で、びくびくと神経を尖らせて集会場でみんなの前に立ち、バイオリンを弾くと、さっさとそれを片づけた。弾くときに体を揺らしていたのを、ほかの生徒たちがまねした。弾き終えたとき、カーラはたったいま目が覚めたというような顔をしていた。わたしが話しているあいだ、カーラはけっしてクスクス笑わなかったし、横目でだれかと目配せしたりもしなかった。教師から直接訊かれれば答えるものの、ふだんわたしが教室でおとなしいのも、カーラは気にしていないようだった。それでも、わたしはカーラにどこまで話すか、細心の注意を払っていた。両親は働きに出ていると伝え、ムア・ウッズ・ロードの自宅の話をするときは、ぼかしてごまかした。

「知ってる!」カーラは言った。「馬がいる、あの道の突きあたり近くの家でしょ?」

わたしはあいまいにうなずいた。カーラがため息をついて言った。「あたし、馬がこわいんだ」そう言われて、わたしは笑みを浮かべた。

ホローフィールドでは、デライラよりわたしのほうがうまくやっていた。デライラはなぜもう自分がクラスの人気者ではないのか、理由がわからないようだったが、それでもゲイブリエルよりはずっとましだった。ゲイブリエルがまぬけで、すぐに騙されるやつだと言われているという噂は、下級生のクラスからわたしの耳にも届いていた。低学年の生徒たちは単語カードのセットを使って読み方を学んでいて、ゲイブリエルのクラスではほとんどみんな〝イルカ《DOLPHIN》〟や〝ペンギン《PENGUIN》〟といった単語のはいっている六番のセットに進んでいるのに、ゲイブリエルはまだ〝ネコ《CAT》〟や〝イヌ《DOG》〟といった、身のまわりの単調なことばしかない二番のセットにとどまっていた。文字を読むとき、ゲイブリエルは顔のほんの二、三インチ先に紙を構え、少しずつ情報を拾っていく。闘牛場の牛をつつくみたいに、だれかが遠くからゲイブリエルを突っついても、それがだれの手なのかゲイブリエルには特定できない。練習問題の紙に悪口を書かれて、それを顔の前で振られても、ゲイブリエルには読むことができなかった。

「なんでだろうね」カーラが運動場の向こう側にいるゲイブリエルを見て言った。生徒にいじめられるのが心配なのか、ゲイブリエルは給食係の女の人のそばをうろうろしている。「レックスは学校でいちばんって言っていいくらい、賢い女の子なのに」

なぜならわたしが口出しできないからだ、と思った。ホローフィールド小学校でのわたしは、ひとり友達ができて、クラスメートからかろうじてまともに扱われるようになったものの、序列のなかではいまだに危なっかしい位置にいた。夜はイーヴィに読み聞かせをするか、イーサンの話を聞いて、週末はライフハウスに集まって会衆席を磨き、壁を塗り、成功を祈った。わたしには自分を普通に保つだけの時間しかなかった。

昼休みにゲイブリエルがひとりぼっちでいるところや、キッチンですわって相変わらず同じ番号の単語セットの文字を指で追っているところを見ると、そんなふうに自分を慰めた。でも、夜、慣れない寝室にいると、そんな言いわけではちっとも慰められなかった。

春学期が終わりに近づいたころ、イーヴィとわたしは学校の芝生でデライラとゲイブリエルを待っていた。帰宅時間はとっくに過ぎて、最後に残ったわずかな保護者も、通学リュックを持って小さな手を握り、四方へ散りつつあった。

「ふたりで先に帰っちゃったのかも」わたしは言った。

「なんで？」イーヴィが言った。「いつもは待ってるのに」

「じゃあ——探しにいく？」

イーヴィが芝生の上に手足を投げ出して、目を細くして太陽を見た。「レックスのほうが近いよ」

「そっちのほうが歳下でしょ」

イーヴィが芝生をむしって投げてきた。「レックスのほうが怒りっぽい」

イーヴィは目をそらし、それからわたしの肩の上を見ると、首を伸ばして言った。「レックス」

校長先生が運動場を近づいてくるところだった。ヒールが引っかかって芝生のふちで立ち止まり、手ぶりでわたしたちを呼ぶ。

「一大事よ」校長先生は言った。

一大事というのは、こういうことだった。前夜デライラが、父親の持ち物である、相互参照と注釈つきの堅表紙の欽定聖書を通学リュックに詰めた。午後の休み時間にトイレでズボンから聖書を取り出して、いちばんひどくゲイブリエルをいじめている男の子に近づいた。「これを読みな」そう言って、その子の顔面に聖書を投げつけた。本の角があたって、男の子の眼球に傷がついた。歯も何本かぐらぐらになった。うちの父親が学校に向かっている途中なのだという。

わたしとイーヴィは、校長室の外の椅子にすわって父親の到着を待った。校内でも特に素行の悪い子供たちが連れてこられる場所だ。ゲイブリエルは両手を祈るように握りしめ、洟を垂らした懇願者といった風情だった。デライラはいつも父親に言われているように、顔をあげて胸を張ってすわっていた。「あんた、なんてことしたの?」校長がドアを閉めたとたん、わたしがそう訊くと、デライラはさっとこっちを見た。

「〝不遜な者を追い出せば、いさかいも去る〟（箴言二十二章十節）」デライラは言った。まさか校長先生にも同じように言ったんだろうか、とわたしは思った。

父親の到着は、姿が見える前に、音でわかった。足音が重く、あわてる様子がなくて、一歩ごとに予想以上の距離を近づいてくる。父親がドアの前まで来ると、デライラは立ちあがって迎え、父親が道中考えたどんな罰でも受ける覚悟を示した。父親のほうも時間をかけて応じた。デライラのまわりを歩いて一周して、わたしに鍵を渡したのち、校長室のドアを叩いた。

「外へ出てなさい」父親は言った。

わたしたちは無言でバンまで一列になって歩き、だまって車に乗りこんだ。二、三分後、校舎のドアが開いた。父親が運動場を渡って、ジャングルジムや小さな児童用ベンチのそばを通過した。バンに乗ってドアを閉め、ハンドルを握ったものの、エンジンをかけない。

「次は」父親は言った。「〝復讐せず、神の怒りに任せなさい〟（ローマの信徒への手紙十二章十九節）にするんだな」

そう言って、笑いはじめた。轟くばかりの声で。ハンドルを叩き、車全体が揺れた。デライラははじめはためらいがちに微笑み、そのうちに笑みが大きくなった。デライラは一週間の停学処分を受け、謝罪の手紙を書くよう命じられたが、家では、まるで勝ち誇った幼い正義の天使よろしく、あたりを練り歩いた。復讐の天使ラグエルのミニチュア版といったところだった。休みのあいだ、デライラはライフハウスの十字架にニスを塗る作業を許され、父がそのかたわらに立って、ジョリーに娘の武勇伝を聞かせた。

子供たちが庭になだれこむ音で、ふとわれに返った。ここは早朝の病院だ。ゲイブリエルは朝食中で、来客は許可されていないため、わたしは窓辺の椅子で待っている。ゲイブリエルの病室は駐車場に面していて、いっさい飾り気がない。物を溜めこまないことで、味気ない場所になっている。角という角はすべて丸められ、家具はボルトで床に固定されていた。窓の下を、数人の子供たちの集団が看護師たちに付き添われて通り過ぎた。そのなかのひとりの少女が、片手にクマのぬいぐるみを抱いて、もう一方の手で点滴スタンドを押していた。

「小児病棟があるんだ」ゲイブリエルが言った。ドアをあけたまま、ベッドに体を横たえる。「ここはぼくらのための場所だった。最初から。そうしてたら、望みはあったのかも」

「わたしたちは、おかしくなってたわけじゃない」わたしは言った。

「ねえ、いいかい、レックス。そうとしか考えられないだろ」

「きょうオリヴァーは来る？」わたしは言った。

「わかんない。なんでそんなこと？」

「毎日来るの？」

「彼はぼくを必要としてる。レックスにはわからないよ」

「ああ、そうね。わたしにはわからない。だから説明して」

そうして、ゲイブリエルの人生でいちばん幸せな時期がはじまった。いまだに――どういう末路をたどるのかわかっていてもなお――ゲイブリエルはその数年を大切に思っている。オリヴァーはゲイブリエルを友人たちに紹介した。街の向こうの薄暗いフラットや工業団地に住む、雑多なあぶれ者たちの一団に。ブレークはソーホーに撮影スタジオを構えていた。クリスはゲイブリエルがはじめてロンドンに来たとき、オリヴァーの事務所の待合室で泣いていた娘だ。「マジで、あの日は最悪だったんだよ」改めて紹介されたとき、クリスはそう言った。ピッパはテレビのリアリティショー〈ビッグ・ブラザー〉の出演者で、本人いわく〝シーズン6〟に出たらしいが、ゲイブリエルにはどうでもいいことだった。みんなほとんど、かつてオリヴァーと仕事をしたことがあったが、いまでもつづいている者がひとりもいないことに、ゲイブリエルは気づいた。

そういう面々がぶつかり合っては、放埒《ほうらつ》な夜の伝説を作った。朝方ブレークのスタジオにたどり着いた一行が、その日の革《レザー》製品関連雑誌の撮影用に用意されていた衣装を着て、カメラの前を闊歩したこともあった。

仲間とクラブにいたのに追い出されて、ゲイブリエルがふらふらとデライラのもとを訪れ、完全に素面《しらふ》のデライラから、水のボトルを差し出されたこともあった。自分たちきょうだいの身に起こったことをデライラと話し合おうとした記憶はかすかにあったが――このときの記憶はことごとくあやふやだった――ゲイブリエルが話そうとするたびに、デライラはその口に指をあててだまらせた。「あのころのことを、いま話すのはやめよう」デライラはそう言って、ゲイブリエルの電話に自分の番号を残した。日曜の昼時まで起きていて、オリヴァーのアウディで幹線道路M40を通ってイーサンの家に侵入したこともあった。隣人が、家の外にいるゲイブリエルを――両手でイーサンのテレビを抱えて、グレイシー家に共通の白い髪を夏の日差しに輝かせている姿を――見て、手を振ると、ゲイブリエルはうなずき返した。引きあげる途中、仲間たちはそのときのことを口々に言い立てて笑った。

（「サイコパスから物を盗んでも、やっぱり窃盗《せっとう》になるの？」とゲイブリエルに訊かれ、「なるよ」とわたしは答えた。）

多角化というのは、ゲイブリエルの思っていたようなものではなかった。オリヴァーがその単語についてはじめて説明したのは、ゲイブリエルのフラットを訪れたときだった。当時、フラットにはマットレス、トースター、テレビ、肘掛け椅子がひとつずつあるだけで、ふたりは入口をはいってすぐ、床で愛し合った。待てなかったのだ。「ずっとなんとかしようとしてきたけど、簡単にはいかない部分があってね」オリヴァーはそう言った。片手をゲイブリエルの髪のなかに入れて、もう一方の手でゲイブリエルの腰の輪郭をなぞり、そのまま股間へ伸ばすと、その手を上下に動かした。「ときには威厳が損なわれることだってあるかもしれない」オリヴァーは言った。

ゲイブリエルはオリヴァーを喜ばせたくて、にっこり笑って言った。「威厳なんてそんなにたいしたもんじゃないよ」

一時的なことだから、とオリヴァーは約束した。

「それを越えたら、ほんとうの意味できみのキャリアがはじまるんだ」

でも、ちがった。ゲイブリエルが思っていたような仕事ではなかった。

仕事の大半が、待つことだった。ゲイブリエルは小柄で無口な女の子たちを車に乗せてホテルまで行ったあと、その女の子たちが出てくるまで待った。いっさい家具のない家に置き去りにされ、使いの者が何かを届けにくるのを待ったこともあった。また、クロイドンの荒れたフラットを訪れ、毛を刈った猫みたいな男にリュックサックを配達すると、男はゲイブリエルを招き入れ、ドアをロックした。「おれのために踊ってくれよ」男は言った。

「どういうこと?」

「ちょっと踊るだけだ。そしたら帰っていい」

すると、ふたり目の男が登場して、ひとり目の男に笑いかけた。ふたりが親しいことがその笑みからわかった。ふたり目の男のほうがより恐ろしく、室内を移動するさまにも貫禄《かんろく》があった。男はリュックサックを確認したあと、冷蔵庫からビールをひとつ取り出して、ソファに横になった。

「こいつが例の使いなのか」男は言った。「オリヴァーのとこの」

「ああ。おれたちのために踊ってくれるってさ」

ふたり目の男が笑いだした。「われらが友人オリヴァーに。また話ができるのを楽しみにしてるって伝えてくれ」

ゲイブリエルがその部屋から逃げて、ドアのロックをはずすと、背後で笑い声が聞こえた。派手に音を立てながら薄暗い廊下を進んで、夜のなかへ飛び出した。自分のフラットへもどって、震える手でようやく電話をかけると、オリヴァーは謝罪のことばを口にしたあと、気むずかしいときもある相手でさ、と言った。もちろん、二度とあのふたりには会わなくていい、と。電話の向こうから聞こえるオリヴァーの声はかすれてぼんやりしていて、まるでたったいま起きたばかりのようだった。ゲイブリエルは自分のなかで何かが目覚めるのを感じた。消えたと思っていたけれど、ただずっと眠っていただけの何かが。

そんな状態がつづくわけがなかった。

オリヴァーが金に困っているという噂は、ゲイブリエルも前から耳にしていた。オリヴァーはクールソン＝ブラウン夫妻からもう二、三千ポンド引き出せるんじゃないか、とたびたびゲイブリエルに尋ねた。「ふたりをうんと後ろめたい気持ちにさせればいい」オリヴァーはそう言ったが、ゲイブリエルはそれを真に受けるほど愚かではなかった。一度、ピッパとクリスの前で、カムデンの自分のフラットの惨状を――ベッドのフレームの向こうに黴が蔓延り、外からの車の騒音がひどいうえ、シャワーの水量が少なくて片脚ずつしか洗えないことを――嘆き、テムズ川に面したオリヴァーのフラットが羨《うらや》ましいと言ったら、ピッパとクリスは両眉を吊りあげて、互いに顔を見合わせた。

「ひょっとしたらさ」ピッパは言った。「オリヴァーはすっからかんだよ。全部借金じゃないかな」

「報酬はちゃんと数えなよ、ゲイブ。マジな話」クリスが言った

それでもやっぱり、朝の七時にオリヴァーが戸口の踏み段に立って、TUMIのスーツケースふたつを転がしながら、にっこり笑っているのを見て、ゲイブリエルは驚いた。

「ここに泊めてもらうのって無理かな、しばらくでいいんだ」オリヴァーは言った。

「もちろんいいよ」ゲイブリエルはそう答え、オリヴ

ァーの腕のなかに跳びこんだ。

「クソ大家め」オリヴァーは言って、予想以上の力でゲイブリエルを強く抱きしめた。ふたりはベッドに引きこもり、一カ月後にはワードローブにオリヴァーのスーツが掛けられ、窓台にずらりとオリヴァーの洗面用具が並ぶにいたって、ゲイブリエルはオリヴァーが〝しばらく〟をすぐに終わらせるつもりはなさそうだ、という幸せな結論に達した。

オリヴァーのビジネスは苦境に陥った。「ソーシャルメディアだよ」オリヴァーは言った。「世間のやつらは、自分で全部できると考えてる」オリヴァーはオールゲートの事務所を畳み、ゲイブリエルのフラットの一画で、ノートパソコン一台で仕事をするようになっていた。ゲイブリエルが通りがけに後ろからのぞくと、オリヴァーはいつもポルノ動画サイトか通販サイトを観ていたが、きっと調査中なんだろうと思った。

それにオリヴァーの窮境は、ふたりの関係におけるゲイブリエルの役割に新たな意義を与えていた。ゲイブリエルはもはや、オリヴァーの人脈やカリスマ性に恩義を感じる追従者《ついしょう》ではなかった。かつてオリヴァーに支えてもらったように、ゲイブリエルがオリヴァーを支えることができるのだ。

オリヴァーには大いに支えが必要だということが、ゲイブリエルにはわかった。オリヴァーがアルコールとコカインに依存していることは明らかであり、ゲイブリエルはもっぱらオリヴァーに依存していて、その当然の帰結として、オリヴァーが依存しているものにゲイブリエルも依存するようになった。はじめたのはオリヴァーに認められるためだったが、やがて——ありがちなことに——やめられなくなったのだった。

毎日がひどく長かった。午前十一時に吐き気を催して目覚め、目をあける前に、きょうも夜八時まで何もすることがないという不安が押し寄せた。調子の悪い朝は、体を起こしたとたん、鼻血が噴き出して膝に垂れた。ゲイブリエルとオリヴァーは一日のはじまりをスクリュードライバーとともに迎えて――「ニューヨークでみんなそうしてるように」とオリヴァーは言った――昼食はのんびり運河沿いのパブまで行くか、リージェント公園まで歩いていく途中でワインを二本ほど調達した。オリヴァーはバーンズベリーの昔の知り合いからコカインを買った。コカインが必要だと――効くのはそれだけだと――感じると、ふたりは蛇行する川に沿って進み、キングズクロスのガラスの高層ビルや広々としたまぶしい空間から目をかばいながら団地まで行った。フラットか、市民農園のそばの気に入りの場所で目を覚ますと、もう夜が迫っていた。夏のあいだは、まだ外が明るかったため気にならなかったが、冬は起きたらあたりが暗いうえに、知らないうちに時間が過ぎていて愕然とした。そんなふうで仕事を何度もすっぽかすと、相手は自分たちと二度と仕事をしないだろう、とゲイブリエルにはわかった。

フラットではつねに騒音がして、壁に響いていた。通りで叫ぶ声、サイレン、歩道にあたるヒールの音が、昼夜を問わず聞こえた。シティ行きのバスがひっきりなしに通った。通過するバスの二階席からのぞく乗客たちの顔が、グラフィティや霧によって変化するのが見えた。二日酔いのときは、ソファの肘掛けにすわって、減りゆく一日の残り時間を計算しながら、そういう景色をながめた。その日が終わるのを待ちながら。

最悪だったのは、怒りの発作が再発したことだった。最初はフラットで起こった。寝ているときにドアベルが鳴り、宅配便のドライバーが玄関の踏み段でゲイブリエルに挨拶して、こう尋ねた。「ミスター・アルヴィンですか」荷物はいくつもあって――ゲイブリエルは二階へ二往復しなくてはならなかった――オリヴァーとふたりで箱をあけると、きれいな服が詰まっていた。プリント柄のスカーフ、手ざわりのいい白シャツ、さまざまなシルクのネクタイがどれも何枚かずつあった。オリヴァーは包みから革のジャケットを取り出して、笑いだした。「そう言えば、そうだった。ラリってたときに注文したんだ」

ゲイブリエルは息ができなかった。

「考えたんだ――素面の自分にご褒美《ほうび》を贈るしかないだろ、って」

怒りの発作にあっという間にからめとられ、抑える方法を思い出す暇もなかった。このときのことでゲイブリエルが覚えているのは、自分が床に倒れて絨毯に頭を打ちつけながら、こちらをのぞきこむオリヴァーの顔を見つめていたことだけだった。ユーモアがパニックに転じて、ゲイブリエルは憤怒《ふんぬ》の奥で妙な満足感がひろがっていくのを感じた。その感情は、発作が去ったあとも長く尾を引いた。届いた荷物は返品された。

ゲイブリエルには家賃に加え、自分とオリヴァーの依存癖を満たすための金を払う余裕はなく、借金を焦げつかせていた。オリヴァーはすでに腕時計と、スーツと、使いかけのオーデコロンを売っていた。白物家電はもともと備えつけで、ふたりのものではなかったのに、それすらフラットから消えていた。金になりそうなもので唯一残っていたのは、ムア・ウッズ・ロードから回収した遺物だけだった。

ゲイブリエルとしては、そういう遺物も売ればいいというオリヴァーの提案に何週間も抵抗しつづけた、と言いたいところだったが、そういうわけにはいかなかった。アルコールはゲイブリエルを従順にさせ、言われるがまま、あっさり意思を曲げさせた。しかもゲイブリエルは四六時中飲んでいた。オリヴァーは犯罪実録物の記念品を専門とするウェブサイト上にアカウントを作っていた。遺物の出品には、地元の図書館のコンピューターを使い――オリヴァーのノートパソコンも売ってしまったため――言いまわしはふたりで考えた。

恐怖の館にあった一点もの、すべて本物です
グレイシーの恐怖の館から持ちだした実物を、ぜひお手元に。以下からお選びいただけます。
・ゲイブリエル・グレイシーの毛布（数々の大きな賞にノミネートされた、アイザック・ブレイクマンが撮ったこちらの写真にも写っています）
・ゲイブリエル・グレイシーの日記（七歳から八歳までの記録）——二十ページほど
・デライラ・グレイシーからゲイブリエル・グレイシーへの手紙　幽閉当時のもの、二枚
・未公開の家族写真、五枚
・チャールズとデボラ・グレイシー夫妻が所持していた家庭用聖書
ご入用なら、本物である証拠をご用意できます。まとめて引きとっていただける場合は、値引き交渉に応じます。


ふたりは足首をからませて一緒に眠り、朝になってオリヴァーが動けるようになると、入札の確認のためにふたりで歩いて図書館へ行った。

「嘘だろ、おい」オリヴァーが言って、ゲイブリエルに抱きついた。

どの出品にもかなりの入札があったが——たとえば、日記には二百ポンドの値がついていたが——匿名の入札者から全部まとめて二千五百ポンドの指値があった。

「〝いつもあなたのお話を非常に興味深く拝聴し〟」添えられたコメントをオリヴァーが読んだ。「〝よくあなたのことを考えます〟」嬉々として鼻を鳴らす。

「いまでもファンがいるらしいな」

六日後の締切時刻を待たずに、その入札者に三千ポンドあまりで売った。オリヴァーは図書館から代行業者のところへ行ったので、ゲイブリエルはいろいろな

大きさの封筒を持ってフラットへもどり、ベッドサイドにあるテーブルの抽斗《ひきだし》の鍵をあけた。自分が寝ているところから近くて、オリヴァーの視界にはいりにくいこの場所に、ちょっとした蒐集品をしまっていた。それが、想像すらできないだれかの家に保管されることになるわけだ。ムア・ウッズ・ロードでの日々を綴ったぎこちない自分の文章に目をやった。文字が転んで列からはずれ、ページの下のほうでは文字が重なっている。〝幸せな一日じゃなかった〟そう書いてあった。〝デライラはすごく幸せ〟とあり〝きょうはたくさん走った〟ともあった。当時もいまも、ゲイブリエルはけっして弁が立つほうではなかった。だれも教えてくれなかったのだ、きょうだいが互いに教え合ったようには。気づくと、涙がこぼれかけていたので、日記帳を封筒におさめた。水に濡れたら、数百ポンド値切られかねない。これから祝杯をあげるというのに。

その夜、ゲイブリエルはかつてないほど酔っ払った。オリヴァーに会いにいく途中、ウォッカを〇・五リットル買ったおかげで、パブに着くころには顔に笑みが浮かび、気持ちがほぐれていた。オリヴァーの姿はカウンターにもテーブル席にも見あたらず、ゲイブリエルは庭へ出た。そのとき――階段をおりて、午後の日差しのもとに出た瞬間――目の前に、その夜の一部始終が映し出された。知らない女の体にオリヴァーが腕をまわしている。早くも昂ぶっているオリヴァーの瞳。オリヴァーの笑顔。目の前に差し出されれば、オリヴァーはなんでも平らげるだろう、とゲイブリエルにはわかった。そして、ベッドの上の封筒のことを考えるのは――なんであれ考えすぎるのは――やめようと思った。

それから何時間も経って目を覚ますと、見覚えのない寝室にいた。

手探りで眼鏡を見つけようとした。右目の先の世界が、三つに割れていた。

ベッドには自分の汗のついた毛皮の上掛けがあり、部屋の入口に猫が一匹じっとしていた。「やあ」ゲイブリエルが言うと、猫は背を向けて、ゆっくり去っていった。

服が床に落ちているのに気づき、まずいと思った。もう昼だと気づいて、最悪だと思う。猫のあとを追って、がらんとした廊下へ出た。三つのドアは閉まっていたが、ひとつは少しあいていて、その先に薄汚れたせまいキッチンがあった。かたわらに食べかけの誕生日ケーキ、窓台に死にかけの蠅が二匹。両手ですくって水を飲み、ゆうべ何があったのか思い出そうとした。浮遊している記憶をいつも脳は、数日後――ときには数週間後――によみがえらせて、ゲイブリエルを悩ませる。父親からどんな仕打ちを受けたのかを、見知らぬだれかに思いつきで打ち明けたこと、バーでオリヴァーが気前のいいところを見せようとしたもののカードが使えず、気の毒に思ったゲイブリエルが代わりに払うと申し出たこと。けれども、きょうは――何も思い出せなかった。閉まっているドアの向こうから、引きずるような足音が聞こえてきて、くらくらするほど強い恐怖に駆られた。ゲイブリエルは唯一、掛け金式のドアへ急ぎ、ふらつく足で薄暗い階段をおりて通りへ出た。

自分の影が長く伸びていた。ということは、たぶん午後だ。ヴィクトリア様式の家――レースのカーテン、塗料が剝がれかけた白い玄関――が並んでいるが、あたりには人影がない。標識に〝SW2〟とあるから、ロンドンの南西部だろう。財布も携帯電話も手元にないけれど、ポケットに鍵束があったので、お守り代わりにそれをつかんで、自宅への長い道のりを歩きはじめた。

涙をこらえ、舌がからからに渇いて、喉が腫れたまま、三時間近く歩いた。暑い夏の日が暮れかけたころにフラットにたどり着くと、ゲイブリエルは泣きだして、そのうち息が苦しくなった。ドアにもたれてうずくまり、カムデンへ向かう騒がしい人々から顔をそむけて考えた。オリヴァーになんて言おう、オリヴァーはいまどんな気持ちだろう。ゆうべのぼくのことが面倒になって、怒ってるかもしれない。あるいは全然気にしてなくて、まだガウン姿で正気のままなんじゃないか。あるいはいまランベス橋を渡って、ウェストミンスターを歩いてくるあいだにぼくが考えてたとおり、びっくりするけれど、すぐに安心するんじゃないだろうか。だからきっとぼくを抱きしめてくれる。また外出する時間までふたりで昼寝をしよう。

けれども、フラットは静まり返っていた。

三つしか部屋がなかったので——寝室、バスルーム、ふた口の錆びた電気コンロがある居間——オリヴァーがいないのはすぐにわかった。寝室のハンガーラックに掛かっていた彼の服と、ふたりで使っていた洗面用具は言うに及ばず、キッチンの戸棚に残っていたなけなしの食料までなくなっていた。前日に準備しておいた、ムア・ウッズ・ロードの遺物を詰めた封筒も全部消えていた。ゲイブリエルはパニックの最初の鼓動を感じて、なんとか抑えこもうとした。このフラットのどこかにあるかもしれない。ベッドの下を探した。オーヴンのなかを見た。シャワーカーテンをあけて、黒塗りの浴槽を悲しい気持ちで見つめた。ひとり言を言い、母親が病気の子供にかけるようなことばを口にした。ソファの上に、メモがあった。〈テスコ・エクスプレス〉のレシートの裏に、こう記されていた。〝すまない。愛してる〟

怒りの発作が起こったとき、ゲイブリエルはマンディのことも、海の哺乳動物のことも、忌々しいティピーのことも考えなかった。発作を、最後に自分に残された昔からの友達のように迎え、手に届くものすべてを徹底的に壊しはじめた。カーペットを引きはがし、漆喰の壁に両の拳を打ちこんだ。ふたりで眠ったベッドをひっくり返した。通りに面したひとつきりの窓を粉々に砕いた。フラットがめちゃくちゃになると、キッチンでオリヴァーが残していった物を手にとって――ハサミと果物ナイフだけだったのは、最後の侮辱《ぶじょく》なのだろうか――自分を壊しはじめた。

「そしていま」わたしは言った。「その彼がもどってきた」

「謝りにきたんだよ、レックス。あのときは、窮地に陥ってたんだ」

「だけど、奇遇よね」わたしは言った。「だってそうでしょ？　あんたが入院して何週間も経ってるのに――いまごろ現れるなんて。母さんの噂を聞いたんじゃない？」

ゲイブリエルは寝返りを打ち、枕に載せた顔をわたしからそむけた。「レックスはオリヴァーのことをわかってない。なんにもわかってないんだ」

「新聞に出てた。ネットにも。どこからでも情報を得られたはずよ」

「こんどはうまくいくよ。彼がそう言ったんだ。努力するつもりだって。それに、ぼくらには――その金がある。その金がぼくらを助けてくれるだろ、レックス。田舎住むところも手にはいる。どこか静かなところ。田舎がいいって、彼が言ってた。ぼくたちふたりだけで暮らすんだ」

「これは――これは、あなたひとりでやるしかないと思う」

わたしはバッグから書類を取り出して、ゲイブリエルが体を起こせば見えるように、ベッドサイドのテーブルに置いた。

「ここに置いていくわね」

返事を待った。

「考えておいて」わたしは言った。

オリヴァーが車にもたれて待っていた。きのうと同じ服装に、勝利者の笑みを浮かべて。わたしとすれちがいに入口のほうへと歩いていく。わたしは列車での帰路を思い、なんの成果もなくただ引き延ばしただけの重荷を思った。運動場で聖書を投げつけたデライラのことも。

「あの」わたしは声をかけた。「ちょっと――」

オリヴァーが足を止めて、こっちへもどってきた。額も近づくと、痩せた体が服のなかで小さく見えた。日差しの髪の先も、汗で濡れている。夜行性らしく、日差しの下にしばらく立っているのが精一杯のようだ。

「わたし、レックスと言います。ゲイブリエルの姉の」

「知ってますよ」オリヴァーが言った。

そして長々と芝居がかったため息をついた。

「みんな、面差《おもざ》しに共通するものがある。いまもまだ、どこか飢えてるっていうか」

「どうしてこんなことができるの?」わたしは言った。「こんなことって? 困ってる友人を訪ねること?」

オリヴァーは一、二歩、病院のほうへ後ずさりした。

「あなたは弟を利用した」わたしは言った。「もっとはっきり言うと、あなたは弟からお金を騙しとった。しかも、いまなお騙してる」

「いいか」オリヴァーは言った。「おれがいなくても――だれかほかのやつが代わりになるだけだ。ゲイブリエルは――いつだって、だれかがそばにいないとだめなんだよ」何かを――堕落の場面をつまびらかに――思い出したのだろう、小さく笑う。「そういうとこが、あいつは普通じゃない」

「たしかに、弟は特別だわ。あれを生き延びたんだもの。自力で逃げたと言っていい」

声が震えた。怒りが涙となって噴き出そうとしている。ここではだめ。列車に乗って、揺れるバスルームのなかで、だれにも見られていない場所でなければ。

「刑務所と対して変わらないのよ」わたしは言う。「あなたは自分が特別になれると思う？――いざというときに」

オリヴァーの手首をつかんだ。こういう感触なんだ、とわたしは思った。痛いくらいに締めつける。あなたは――清潔な手ときれいな歯を持つ、気どり屋のあなたでは――あれを生き延びることはできないだろう。

「もうひとつ興味深いことがあるの」わたしは言った。「裁判の手続きについてなんだけど。些細な主張も公式の記録に残される。採用されなかった主張までね。それは人を捜すのに便利なの」

どこか自慢げに、オリヴァーがにやっと長く笑った。

「なるほど、あんたが脱出できたわけだ」オリヴァーが言って、合点がいったというようにうなずく。「おんたとおれ――ふたりで組めば、儲かったのに」

オリヴァーは内ポケットをごそごそ探り、紙切れを取り出した。人肌にあたためられて、角がすり切れていたが、オリヴァーの名前と〝エージェント〟の部分だけ、文字が盛りあがって印刷されているのが見てとれた。オリヴァーはわたしをかすめて、病院のなかへはいっていった。わたしは舗道にたたずみ、オリヴァーが歩き去るのをながめた。ゲイブリエルの病室の窓を見あげると、疲労のにじむ月のような顔がじっとこっちを見ていた。

駅までの車のなかで、ゲイブリエルはどうなるんだろうといつものように考えたあと、もしドクターKがわたしではなく――ほかのだれでもなく――ゲイブリエルの治療を担当していたら、彼の人生はどう変わっていただろうと思った。ドクターKの治療法は独特で、そのことをはじめにはっきりと伝える。わたしたちの脱出から数年後には、ドクターKはその分野で有名になっていた。最高裁判所の案件に貢献し、TEDの講演は二百万ビュー近くに達した。〝少女A〟という言い方ではあったが、ドクターKは当然ながらわたしの話をした。演題は〝真相、そしてそれをどう語るか〟だった。

ドクターKがわたしの手を放したのは六年前のことだった。七月。わたしはその前週に大学を第一級の成績で卒業し、デヴリンの会社への就職が決まっていた。日差しと暇乞いが七月を斑《まだら》に染め、晩夏が眼前にひろがっていた。帰省して母と父とともに過ごし、庭でトランポリンに寝転がって本を読んだ。それから、暑さとそれにともなう面倒を避けて、午後遅くにロンドンへ発った。数週間の自由を得る前の、最後の難関のように感じられた。わたしが予約を入れていたのは、その日の診療のいちばん最後だった。

ドクターKの診療所の待合室は、絨毯敷きの正面階段をおりたところにあって、患者は順に呼び入れられる。ドクターKは上等の靴を履いて、いつものように姿を現した。ただし今回、階段をおりてきたその手にはシャンパンのボトルがあり、もう一方の手にグラスをふたつ持って、両手を差し出していた。わたしは立ちあがって迎えた。

「おめでとう」ドクターKが言って、わたしを抱きしめた。「ああ、レックス！　おめでとう」

ドクターKはいつものように診察室へのぼっていくのではなく、先に立って防火扉を抜け、避難通路をおりて、建物の陰にある舗装されたせまい庭に出た。放置された牛乳ケースにふたりで腰をおろし、ドクターKがシャンパンの栓を抜いた。「ここでカール・ガッタスが絵を描いたんじゃないかって想像するのが好きなの」

「殺風景なところね」わたしは言った。「こういうの、新鮮だな」

ドクターKは卒業式について、友人のクリストファーとオリヴィアについて、わたしの夏の計画について尋ねた。そして顔をそむけて、ごちゃごちゃしたタウンハウスの連なりと、そのはざまの空の切れ目のほうを見あげ、笑顔で言った。

「もう診療は必要ないと思うの、レックス」

「えっ？」

「九年よ」ドクターKが言う。「正確に言えば、九年以上経つんだもの、病院ではじめて会ったあの日から。覚えてる？ ごめん、もちろん覚えてるよね。でも、わたしが緊張してたのは知らないんじゃないかな。若くてぴりぴりしてた。自分が発することばひとつひとつが不安だった。働きはじめれば、あなたにもわかるわ。はじめのうちは、なんでもかんでも心配なの。そして――いまにいたるってわけ。一種の自己弁護なのかも。お互いにとって」

「全然、緊張してるようには見えなかったけど」わたしは言った。

「よかった」

「でも、ほんとに？ これでおしまい？」

「ええ」ドクターKは言った。「そうよ。あなたはやり遂げたの、レックス。あなたも、わたしも、ジェームソン家の人々も。大変な日々がつづいて、聞くのもつらいことがいろいろあったわよね。それでもいまこうしてここにいる。これからの人生があなたを待ってる」

その午後、ドクターKはすでに飲んでいて、見たことがないくらい浮かれていた。秋になって、ロースクールがはじまったときに何かで読んで知ったのだけれど、ドクターKはハーヴァード大学に客員研究員として迎えられたらしく、それでその日に決めたんだろうと思った。だとしたら、ドクターKがわたしの役に立っただけでなく、わたしも彼女の役に立っていたわけだ。

「もちろん、あなたしだいよ」ドクターKは言った。「あなたが好きなだけ治療はつづければいい。わたしが言いたいのは、もうその必要はないっていうこと」

「頃合いなのかな」わたしは言った。「そんな気がする」

わたしたちはシャンパンがなくなったあとも、暗くなるまで話をした。父が退職を考えていると告げたところ、ドクターKは言った。「だけど、人を信じられなくなったとき、これからわたしはだれに電話すればいいの？」わたしは卒業式のときに父が泣いていた話をした。式が終わってみんなで芝生を歩いていたとき、ひとり遅れて母の後ろからついてきて、涙をぬぐう時間を稼いでいた。「そう聞いても」ドクターKは言った。「全然驚きはないわね」

わたしはなぜかドクターKに万事円満な形で終わりにしてもらいたいと思い、二週間前に大学のパーティで知り合った男性のことを話した。午前四時、朝食と朝刊が庭に準備されていて、オリヴィアとわたしはベーコンサンドイッチを求める行列に並んでいたのだが、その男性はわたしたちの後ろにいた。近づくにつれて、サンドイッチの残りが少ないのが見えてきた。自分のところまでまわるか数えようとしたが、わたしは飲みすぎていたうえに、疲れすぎていた。「まわってこないかもな」その男性が言った。

給仕係はわたしに最後のサンドイッチを手渡したあと、後ろの男性にヴィーガン用のパティを勧めた。

「分けてくれる気なんてないよね」曲がった長い鼻をした男で、飢えたようにがつがつとパティを食べていた。開襟シャツでディナージャケットを着ておらず、シャツの背中に皺が寄っていて、ぱつぱつなのが見てとれた。

「まあそうね」わたしはそう言って、ひと口かぶりついた。

「とんだもてなしだな」その男性が言う。「このためにロンドンからやってきたのに」

「光栄にもご来臨くださったってわけ？」わたしは言ったそばから後悔した。ふざけるのと邪険にするのはちがうとわかっているのに、それに気づくのはいつもことばが口から出たあとだ。相手は口いっぱいに頬張ったパティを咀嚼《そしゃく》しながら笑みを浮かべ、肩をすくめた。

「その話し方、ロンドンの人じゃないみたいね」わたしは取り繕おうとして言った。

「まだ日が浅いんだ。でも、気をつけろって言われてる。ここから出たら、ふざけるなって。ぼくはそんな必要ないと思うけど」

「その人、ジャン・ポールって名前だったの」わたしはドクターKに言った。「なのに、フランス人じゃないんだって。変わってると思わない？」

「親が変わった人だったんじゃないかな」ドクターKが言った。「きっと」

ドクターKにだまっていたこともあった。その日は別々に眠り、翌日の午後、わたしは一日じゅう朝食を出している街のカフェにジャン・ポールを連れていったのだ。ふたりがはじめてジョークを交わした、ベーコンサンドイッチにちなんで。その夜、わたしの部屋で、人と何かを分け合《シェア》うのがそんなに苦手なのかとジャン・ポールに訊かれた。「いま一緒《シェア》にベッドにいるでしょ」わたしは言った。「もうちょっと頭を使ったほうがいいんじゃない」

「あててみせよっか。きみ、ひとりっ子だろ」

思ってもみないことばだった。「あたり」わたしはそう言いながら、相手が歳上で、法廷弁護士であることを思い出した。二度と会うこともないのだから、嘘をつきつづける必要も、訂正する必要もない。その人は声をあげて笑った。

「ぼくもそうなんだ」ジャン《J》・ポール《P》は言った。「だから、サンドイッチを分けたりもしなかっただろうね」

ドクターKはわたしの打ち明け話を誘いと受けとり、お返しに何か話すべきだと感じたようだった。体を寄せてきたので、ファンデーションの下の毛穴や皺まで見えて、喉の奥ではじけた生ぬるいシャンパンのげっぷがにおった。こんなふうに乱れたドクターKを目《ま》のあたりにするとは夢にも思わなかったし、それきり二度とそんな機会もなかった。「わたしの秘密を聞いて」ドクターKは言った。「あなたが逃げた夜のこと。ああいうことがあると、警察はリストを作るの。専門家の人名録みたいなものだと思う。協力したことのある優秀な精神分析医たち。ムア・ウッズ・ロードのような事件の場合、だれもがそのリストに載りたいものでね。言うまでもなく、必要とされる専門家はほんのひと握り、わたしはきっとリストの最後のほうだったはず。警部と二、三回仕事をしたことがあるだけだったし、〝あなたはワイルドカードでした〟って警部も言ってたから。ところが、警察が連絡をとりはじめたのが深夜の一時で、電話に出たのがわたしだけだったわけ。たしか、仕事中だったんじゃないかな――よく覚えてないけど。とにかく、連絡が来たとき、わたしのほうから――きっぱりと――要望を出したの、あなたの担当にしてくれって」

「わたしの？　どうして？」

「〝少女A〟だから」ドクターKは言った。「脱出した少女だったから。だれかが成功させるとしたら、それはあなただったはずよ」

　ロンドン行きの列車は、二十分先までなかった。日曜夜の片田舎の駅は、世界で最もさびしい場所だ。わたしはプラットフォームでひとりで待つのがいやで、車のなかで待っていた。列車が着くまで、だれかと話をしたくてたまらなかった。イーヴィはいつものように、すぐに電話に出た。「レックス、元気がないね」

「うん」わたしは言った。「まあね」

「ちょっと待って」イーヴィが言って、まわりの雑音がくぐもった。

「ごめんね。ただちょっと――」

「ばか言わないで――謝らなくていいって。だいじょうぶ？」

「ゲイブリエルを見つけたの」わたしは言った。「でも、すごく具合が悪くて。書類に署名してくれるかどうかわからない」

「署名しないって？」

「どうかな。混乱してるみたい」

「ゲイブリエルを見捨てないでね、レックス。イーサンは――デライラも――つねに自分が何を望んでるかわかってる。ゲイブだって望んでることはあるんだから」

「でも、それだけじゃないの。ゲイブリエルを見るのがつらくて。考えてしまうの――ゲイブリエルを残していったときのこと――あの子が幼かったころのことを。ものすごくいい子だった。何があっても、あの子は気にしなかった」

「やめて、レックス。もうだいじょうぶだから」

「だいじょうぶかどうか、わたしにはわからない。ゲイブリエルと会うと――いろいろなことを思い出して。そうでしょ？　ふだんは考えられないいろんなこと」

「いまからそっちへ行く」イーヴィが言う。「会いにいくから、ふたりで考えよう。一緒にあの家に行ってもいいし。今月は時間が自由になるからさ。いつでもいいよ、レックスの仕事が片づいたら」

「だめ」わたしは言う。

「行くよ、レックス。久しぶりだし」

「やめて、イーヴィ。わたしはだいじょうぶ」

「いいって」イーヴィが言う。「一緒に行く。あたしもあの家に行く」

イーヴィが電話を切ったとき、わたしはミラーのなかの自分が笑っているのを見た。あの場所にいたイーヴィのことを思ったからだ。助手席で。ホローフィールドにとどまる、とイーヴィは言った。この道のりはもとの計画とはちがう。乗るつもりだった列車が到着し、停車し、出ていくのをわたしはながめていた。だれも乗車しなかった。ゲイブリエルから署名をもらえなかったら、ここまでの骨折りが無駄になる。あの家は売却されるか、廃墟になるか、まわりの荒れ地に同化してしまうだろう。わたしはエンジンをかけて、車をUターンさせた。

ライフハウスが完成したのは、わたしが中等学校に入学する前の夏のことだった。父親は二週間前から大通りを巡回し、大々的なオープンを知らせるリーフレットを手渡して、神への愛について耳を傾ける者すべてに話しかけていた。夜には、住宅街にチラシを配り歩いた。父親は、町のあちこちの教会に信徒をおおぜい潜ませてある、ほかへ移れという神からの指示にその人たちが気づけばいいのだが、と言った。オープン前夜、父親はわたしたちに、休暇でブラックプールに行ったときの赤いTシャツを着るようにと命じた。わたしのTシャツは胸がはちきれそうで恥ずかしかったし、イーサンのシャツは肩のところが破れていた。全員がキッチンに集まると、父親はあきれ顔で見まわして言った。「なんなんだ、おまえたちは」それで、白の地味な服を着ることを許された。

ジョリーがわざわざブラックプールからやってきた。イーヴィは窓に飾る手つなぎ天使の切り絵を作った。母親は寝室からおりてきて、夜遅くまでお菓子を焼いていた。久しぶりの妊娠だったので、父親が医師並みの確信をもって、妻に安静を言い渡していた。母親が現れたとき、顔色の悪いホームレスのようで、まるで寝具の一部のようだった。

わたしはベッドにはいる前に、キッチンへ行って、母親に手伝いを申し出た。母親はいくつものスポンジケーキとホイップクリームに囲まれ、ボウルのなかのスプーンをにらんでいた。「こういうことをするには、あなたは賢すぎるんじゃない？」そうは言ったものの、拒みはしなかった。キッチンの電球は明るくて、まだカバーがかかっていなかった。母親の肘と喉に乾癬《かんせん》ができているのが見えた。わたしがボウルを受けとると、母親は体をふたつに折るようにしてわたしから離れ、自分の袖をつかんだ。

「ほかにすることある？」わたしは言った。「これが終わったあと」

「あっちのケーキにアイシングをしないと」

「それはイーヴィに任せるよ。わたしがやると、きっと台無しにしちゃうから」

キッチンの窓に、表情のない親しげなわたしたちの影が映っていた。

「新しい学校は、どんな感じ？」母親が言った。

「問題ないよ。授業は、ジャスパー・ストリートでもうやったとこなんだ。それか、イーサンから教わったとこ」

「じゃあ、こっちでもやっぱりトップなの？」

わたしはさっと顔をあげた。母は目をそらして、クッキングシートを手にとった。「わかんないけど」わたしは言った。「まあ、そうかも」

「きっと、そうね」

わたしがスポンジの上にクリームを延ばすと、その上に母親がもうひとつスポンジを載せた。母親は恐る恐る両手を引っこめ、震える手で目元を覆って言った。

「神さま、お願いです、成功させてください」わたしはそれを聞いて、これまで母親がそんなふうに——まるで神がキッチンにいるかのように——祈るのを聞いたことがなかったのに気づいた。

翌朝八時、わたしたちは飾りつけや焼き菓子を持ってライフハウスにいた。わたしは週末のうちに塗装の仕上げをするために来ていて、新しい木材のにおいを楽しんでいた。説教壇に風船をくくりつけているとき、空っぽの店から、父親がシンプルで不思議なくらい美しいものを創り出したことに気づいた。古びたガラス窓から光が斜めに差しこんで、通路に落ちている。部屋の後方にすっきりした木のカウンターがあって、そこに母親が作ったお菓子が置いてあった。

式は十一時開始の予定だったが（「そのほうが、ゆっくり入場してもらえる」と父親は言った）、開始五分前になっても、だれも来ていなかった。わたしたち家族は、前から二列ぶんの座席に、わざとひろがってすわっていた。イーサンは数秒ごとに振り向いてドアをチェックし、しばらくすると立ちあがって、シャツの皺を延ばしたあと、外にいる父親のところへ行った。通りかかった人にふたりが声をかけているのが、途切れ途切れに聞こえた。礼儀正しく応答する人もいれば、あざ笑う人もいた。十代の女の子ふたりがくすくす笑いながらさっと中へはいってきて、母親の手製のフラップジャックを手に一杯つかんだ。ふたりは後ろの、出口に近い席にすわった。年金生活者もひとり加わった。向かいのパブから来た酔っ払いだ。こんなみすぼらしい聴衆なら――父親が屈辱を感じているのを見る羽目になるなら――だれもいないほうがましだった。

十一時十五分になると、父親は間に合わせの説教壇にのぼって、咳払いをした。父親はけっしてマイクを使わない。イーサンが信徒席にいたわたしの隣にさっと腰をおろしたのが気配でわかったが、わたしはそっちを見なかった。父親が目を合わせてきたときに、全員が注目していることを示すのが肝腎だとわかっていたからだ。「ライフハウスへようこそ」父親は言った。

その夜遅く、眠れずにいたら、キッチンにだれかがいる音がした。わたしはシーツを体から剝がすと、もう慣れた階段の、できるだけきしまないところを踏みつつ廊下を進んだ。イーサンならいいな、きょうのことを話し合えるから、と思った。一階まで行って、暗闇に立ったまま、キッチンテーブルの父親を見つめた。

片手にお酒を持って、もう一方の手を動かしている。唇は動いているのに、声は出ていない。その日最後のさびしい説教だった。声をかけるべきか、わたしはしばらく考えた。いまでも考えている。父を慰めるのにふさわしい聖書の一節が、いまならいくつか思い浮かぶ。けれども、わたしは寝室へもどった。その夜、十一歳だったわたしはとまどうばかりで、言うべきことばがわからなかった。

夕焼け空の下で、建物がオレンジとピンクに染まっていた。今回は、駐車場には車を停めず、受付係に話を通すこともなく、本人を連れてきてくれるのを待ちもしなかった。後ろから看護師に追われながら、わたしは息を切らしてゲイブリエルの病室に到着した。

「コミュニティセンターに、依存症患者のための何かを作ろう」わたしは言った。「それを提案の条件にする」

ゲイブリエルは病院のパジャマを着て、窓辺の椅子にもたれていた。「また来ると思ってたよ」そう言ったあと、こんどは看護師に言う。「だいじょうぶ。この人は知り合いだから」

「集会も開けばいい」わたしは言った。「予約不要のセッションも。なんだっていい――役に立つってあなたが思うことなら」

「気に入ったよ」ゲイブリエルはさらに、両手の親指と人差し指で、宙に銘板の形を描いて言った。「ゲイブリエル・グレイシーからの寄付ってやつだね」

「そういうこと」

「ぼくも参加できると思う？　みんなの前で話をしてもいいね――役に立てるなら」

「そうね。よくなって退院したら、なんでも好きなことができるわ」

「そう思う？」

「絶対そうよ」

「何をしたのか知らないけど」ゲイブリエルが言う。

「レックスの思いどおりになったよ」

「なんの話？」

「彼、来なかったんだ。レックスが帰ったあと。看護師にメッセージを託して——ただ、さよなら、とだけ。ちゃんとぼくのこと愛してくれてたんだよ、レックス。彼なりに」

そうなのかもしれない、とわたしは思った。ただし、彼なりに、ではあるけれど。

ゲイブリエルは立ちあがり、暗闇にいるかのように手で家具にふれながら、せまい部屋を進んだ。ベッドサイドのテーブルから書類をとって、手渡してくれた。見てみると、署名済みだった。

「午後のうちに、そこに出しといた」ゲイブリエルが言う。「レックスはデライラに似てるね」

「わたしはあそこまできつくないよ、ゲイブ」

「何を話したの？」

「おもしろいことは何も。もっぱら法律の話」

「デライラはデライラ自身のやり方に従う」ゲイブリエルは言った。「レックスもそうなんだろうね」

5　ノア（少年D）

その夜遅く、デヴリンからの電話を待っているあいだに、わたしはブックマークしたサイトを開いて、週末の戦績をチェックした。日曜日、クラッグフォース・アンダー・セヴンティーンズ・ジュニア・クリケットチームは、全力を尽くし、九十対七で負けた。あまりいい週末とは言えない。

〝結果〟の横の、〝チームにアクセス〟のタブの上にカーソルを漂わせる。

「しっかり」自分に向けてそう言ったあと、キッチンへおりた。一種のありふれた魔法の効果で、前方の廊下の明かりが点滅していた。時刻は深夜三時半。わたしはボウルに入れたシリアルとブラックコーヒーを持って、自分のデスクへもどった。デヴリンから連絡は来ていない。カーソルはまだ〝チームにアクセス〟のタブの上にあった。

クラッグフォースの噂は、何年も前に一度だけ耳にしていた。わたしは当時二十歳、大学にはいったばかりだった。両親と一緒に夕食をとって帰宅したあと、母は二階でベッドを整えていた。父とわたしはソファの端と端にすわり、真ん中で互いの足をふれ合わせて、ひとつの新聞の別の記事を読んでいた。父は胸の上にウィスキーのグラスを載せていた。

わたしは読むふりをしていただけで、ここしばらくずっと考えつづけてきた問題についてどう切りだせばいいか、頭を働かせていた。切りだすまでのルートを考え、ああでもないこうでもないと悩み、時機をうかがってきた。そして、きょうこそそのときだ、と心を決めた。

「ほかの子たちも大学に行くのかな」わたしは新聞から顔をあげずに言った。「イーサンのほかに、ってことだけど」

「どうかな」父は言った。「みんな進学を望むだろうね。だが、大学にやるのは――簡単じゃない。おまえたちには、とりもどさなくてはならないことが山ほどあったからな」

わたしは新聞のページをめくった。「デライラは、たしかにそうかも。でも、ほかのきょうだいは小さかったから。ノアは行けると思う？」

「ノアだけは別だろう。いっさい覚えてないんじゃないかな。それに、ほかの子たちほど大変な目に遭わなかった。とりあえず――あの家のなかでは――ノアは幸運なほうだったから」

「いま、どこにいるの？」わたしが訊くと、父は新聞を読むのをやめて、こっちをじっと見た。

「レックス。わかってるだろ――」

「ただ、ノアのことを考えられたらいいなと思ったの。それだけ」

二階でトイレの水が流れる音がしたから、母はまもなく〝お休み〟ともう一度〝おめでとう〟を言いにおりてくるだろう。母は正真正銘のプロだ――患者の個人情報を国家機密並みに守り――この手の質問にはけっして答えない。

「わたしもよく知らんのだ」父が言う。「ただ、元気にやってるってことくらいしか。ノアを養子にした家族は小さな町に住んでる――クラッグフォースだったかな、たしか」

わたしは新聞に目をもどした。父はなぜか身動きせず、新聞を読んでもいなかった。

「どうしたの？」わたしは言った。

父は首を横に振った。

「なんでもない」

それから数週間、明らかに父は、口を滑らせたことを深く後悔していた。次の朝、父はドレッシングガウン姿で、ティーケーキを持ってわたしの部屋にやってきた。「それで買収する気？」わたしはそう言って、ベッドの上で体を起こした。

「ゆうべはなかなか眠れなかった」父は言った。「レックス、あれはおまえに教えるべきじゃなかった。どんな理由があろうと、あの情報を絶対に利用しないと約束してくれ」

父はノアの名前を口に出せなかった。皿をこっちに手渡したのち、ベッドの端に腰をおろす。

「おまえじゃなければ」父は言った。「忘れてくれるんじゃないかと期待するところなんだが」

「どうにもしないから」わたしは言った。「ほんとに。ただ、ノアがどこにいるか知りたかっただけなの」

「メールもメッセージも送らないね？」

父に言わせれば、インターネットとわたしの知性《インテレクト》は全能だった。実際、その日の午後にはノアとビデオ通話をしていたっておかしくなかった。

「送らない」

父の顔に笑みが浮かびはじめた。「伝書鳩も？」

「何も送らないよ、お父さん」

しばらくは、嘘ではなかった。わたしは大学で、ノアとクラッグフォースについてたびたびネットで検索したが、惰性に陥っていて、天気や法律の更新情報をチェックするのと同じような気持ちだった。何度検索してももどってくるのは、次の三つの結果だった。創世記の綿密な分析（かなりすぐれた分析だと思った）を含む、ウィスコンシン州立大学のブラッドリー・クラッグフォースによる神学の評論。クラッグフォースが小学校の一年生のシラバスに含まれる、〝聖書とその他の宗教の逸話（ノアの箱舟など）に耳を傾け、話し合う〟という講義。二〇〇四年夏にクラッグフォース・パークで催された『怒りの葡萄』のアマチュア演劇の宣伝。劇中でノア・ジョードを演じたのは、ゲイリー・ハリソンという人物らしい。

さまざまな可能性を考えた。ノアの家族は別の町か、海外に引っ越したのかもしれない。ノアを改名させた可能性もある。

四つ目の結果が現れる前、わたしは二十八歳で、ニューヨークにいた。あれは真夜中すぎ、ロサンゼルス支局から資料が送られてくるのを待っていたときのことだった。廊下にはほとんど人がいなかった。わたしはいつもの組み合わせを検索バーに入力して、エンターキーを押した。ページの上のほうに、目新しいリンクがひとつ加わっていた。クラッグフォース・アンダー・フィフティーンズ・ジュニア・クリケットチームのリスト。副キャプテンの名前が、ノア・カービー。

オフィスの椅子に背を預けて、腕を組んだ。クラッグフォースのノア・カービー。ここまでのシーズン成績をざっと見てみる。何週間も更新されていなかったが、七月半ばまでの成績は二勝五敗、一試合が雨で中止になっていた。きびしいシーズンだ。オフィスの入口にだれかが現れて、なぜ泣いているのかと訊かれても、わたしは答えられなかっただろう。なぜなのか、自分でもわからなかったから。

わたしが中等学校にあがる前の夏、一家は父親の統治下にあった。夏休み初日、わたしたちがわれ先に朝食のためにキッチンにおりていくと、テーブルにきらめく金色の包みが置かれていた。

「何がはいってるの？」デライラが訊いた。包みにはリボンがかけられていた。小型テレビか、本をひと山積んだくらいの大きさだった。

「これから六週間、いい子にしているんだ」父親が言った。

「そしたらあけてもいい？」

「そいつは欲張りすぎってもんじゃないか？」父親が言った。

時間の進みが遅い、じめじめした夏だった。ライフハウスの前で、父親はだれもいない信徒席に向かって汗をかいていた。窓に溜まっている弱った蠅の信徒団は、出口を見つけられなかったのだろう。ムア・ウッズ・ロードの庭は雨でぬかるみ、わたしたちが遊ぶときは、だいたい湿原を通り抜けなくてはならなかった。父親がそばにいないとき、わたしたちはフェンスを乗り越えて湿原に散らばり、羊の骨やヒメアシナシトカゲ（トカゲの仲間。脚がなくて、蛇に似ている）を探した。いつもより大胆になって、ムア・ウッズ・ロードの端にある川まで行く作戦を立てた日もあった。一列縦隊で壁に沿って移動し、指名された見張り役が――たいていはゲイブリエルが――曲がり角のたびに〝異状なし〟とみんなに告げる。水車場の陰で、岸辺に近い紅茶色の水で体を洗って家にもどると、キッチンのテーブルから例の包みがわたしたちを見ていた。

母親の子宮は、まだ空っぽだった。父親はそういう言い方をした。わたしは母親を見て、服の下の暗くてひんやりした洞穴を思った。母親はすでに、まれにしか見ない珍しい光景と化していた。つまり、かすかに開いたドアの前をかすめ通る白いナイトドレスや、ベッドへ引きあげようとして階段をのぼっていくひび割れた踵《かかと》に。毎晩わたしたちはぞろぞろと両親の部屋にはいっていって、父親が見守る前で、母親におやすみのキスをした。母親は、引き潮になると出てくる岩のように、浮かびあがってきた骨の形を手でなぞった。「またへこんでるの」母親は言った。「あなたたちが赤ちゃんだったときと同じね」

もうひとり子供を迎えよう、と父親は言った。けれども、そのためにはわたしたちも準備しなくてはならなかった。ふさわしい人間にならなくては。週を追うごとに、父親は、本人以外のだれにも聞こえていない声に従って、家のルールを整えた。わたしたちが洗えるのは手だけ、それも手首までになった。ライフハウスでは、日曜の礼拝が二度ではなく、三度おこなわれるようになった。そしてだれもが自制心を示すようになった。

赤ちゃんがやってくるのだから。

腕には、汚れているところだけが黒く、日焼けとちょうど逆向きに境目が浮かびあがっていた。背中の上のほうには、信徒席のへりにあたるところに痣《あざ》ができた。一回の食事の量が減ったうえ、ジョリーと食事をする日は、父親は料理をしなかった。同級生のなかでとりわけ小柄なわたしが、汗と汚れにまみれて、秋からファイヴ・フィールズ・アカデミーにかようことになると思うと、胃が痛くなった。推薦図書リストの半分しか揃わず、制服すらまだ調達できていなかった。以前、小学校から帰る途中、ホローフィールドで学生たちを見たことがあった。女の子は顔をきれいに手入れし、制服を着ていて、その下はどうしているんだろうと思った。それぞれがまったく別の種《しゅ》同士のように、女の子たちは数人ずつが固まって艶々《つやつや》した群れで移動していた。

九月には、わたしたちはハイエナになっていた。食べ物のにおいがすることを期待して、例の包みをくんくん嗅いだ。戸棚という戸棚をのぞき、残り物を求めて冷蔵庫の後ろをあさった。父親は物を捨てない人だったので、たいていキッチンには黴が生えたり、なんなのかわからなくなったりした何かがあった。問題は、それを食べてみようと思うほど飢えているかどうかだった。

わたしたちはそれをゲームとして楽しむようになり、〝謎のスープ〟と呼んだ。そう呼ぶようになったのは、最初の発見にちなんでのことだ。冷蔵庫の一番下の抽斗から、ラップにくるまれた濁った物体を見つけたのだ。イーヴィは指につけて舐めたあと、うなずいた。

「ほんとに、まあまあおいしい」イーヴィは言った。

「でも、それ何？」わたしは訊いた。イーヴィは肩をすくめ、スプーンをとってきた。

「謎のスープ」イーヴィは言った。

謎のスープはなんだってありだった。カウンターの上でしなびていた、エメラルド色の薄皮に覆われたチーズ。父親がキッチンテーブルに打ち捨てた、本通りのテイクアウト専門店の包み紙にくるまれたフライドチキンの食べ残し、引っ越ししてきたときから開封していない一年物のシリアル。ムア・ウッズ・ロードでの食事については、いまでもつぶさに覚えている。とてつもなく貴重だったから、もう一度味わうために記憶にしまいこんだせいだ。

学校がはじまる一週間前、父親はブラックプールにいたので、みんなで手分けしてキッチンの戸棚を調べた。ゲイブリエルは母親が以前、野菜をしまっていた抽斗をあさっていたが、いきなり甲高い声をあげ、ぐにゃっとした塊をひとつかみ抱えて現れた。それを調べるために、ぽとりとテーブルに落とす。

「それは謎のスープじゃないよ」デライラが言った。

「気持ち悪い」

ゲイブリエルはデライラの顔の前で手をひらひらさせ、デライラは不満げな声をあげながら引っこんだ。

見たところ、かつてはジャガイモだったもののようだ。握り拳に似た形だが、ところどころがぐちょっとなって黒く変色し、皮から緑のふさふさした芽が出ていた。

「捨てなよ」わたしは言った。

「レックスが捨てなよ」デライラが言った。五人がテーブルのまわりに集まったその瞬間、父親がキッチンのドアをあけた。

「これは何事だ？」父親が言った。

ありえないほど早い帰宅だった。決断力にまつわる聖書の句を、寝室でまとめるよう子供たちは指示を受けていた。父親はテーブルにすわって、ブーツの紐をゆるめはじめた。

「だれが見つけたんだ？」父親が言うと、ゲイブリエルが恐怖と矜持《きょうじ》のあいだで表情をぐらつかせながら言った。「ぼくが」

「どこで見つけた？」

「どこでもない。野菜の戸棚」

「野菜の戸棚で何をしてたんだ？」

「ぼくら――ぼくらはただ――チェックしてたんだ」

するとと父親は立ちあがってシャツを脱ぎ、肩とおなかのあたりがきつい白いベスト姿になって、ふたたび椅子に背を預けた。両手を椅子の後ろへ垂らして、まだこれからだというように、目の前の光景を見つめた。

「そんなに腹が減ってるなら、なぜそれを食わない？」

テーブルを囲む面々の背骨と顎がこわばった。ゲイブリエルは小さく笑ったのち、ほかのだれも笑っていないのを見た。はっと息を呑み、笑いが断ち切られた。

父親は訴えるように目を見開き、視線をひとりひとりに移していく。わたしは足元を凝視し、デライラの様子をうかがうと、デライラも自分の足元を見ていた。

「食べたくない」ゲイブリエルは言った。

「だったら――腹が減ってないんだな」

「それは――わかんない」

「飢え死にしたくなければ」父親が言う。「それを食うんだ」

父親は着席したまま待っていた。

ゲイブリエルは片手を伸ばし、ぐにゃっとした塊をつかんだ。握られて、塊がつぶれる。それをテーブルから持ちあげて、しばらく視線を注いだ。それからゲイブリエルの眉に力がはいり、わたしたち四人が息を呑んで、ゲイブリエルはその塊を口元へ運んだ。

父親が椅子から立ちあがり、テーブルをまわりこんで、ゲイブリエルの背中を叩いた。謎のスープが手から離れ、キッチンの床に落ちた。

「本気で食わせると思ったか。そんなわけないよな」

父親は言った。

父親はテーブルから金色の包みをとって、部屋から出ていった。

新学期の前夜、寝室のドアの前にだれかがいる気配で目が覚めた。はじめの数秒、まだ視界がぼやけているうちは、父親が立っているのだと思った。かがんで、入口に何かを置いている。でも、その人影が後ろへさがって、廊下の明かりのなかにはいったとき、イーサンだとわかった。

ホローフィールドに来て以来、夜イーサンが泣くのを聞いていなかった。イーサンは髪を剃りあげ、身長も父と変わらなくなっていた。持ち物を失くすことも、もうないようだった。イーサンが夜、キッチンで父親とジョリーの仲間に加わるときは、新たに不自然な高笑いが床をのぼってくるのが聞こえた。イーサンは家族しかいないときにかぎって、ライフハウスでの説教を許された。子供としての義務に関する、心のこもった情熱的な説教を聞いて、わたしは五年前ブラックプールで、何も信じていないと言った少年のことを思った。

わたしは寝室のドアまで行って、イーサンが何を置いていったのかを確認した。中等学校の制服だった。標準仕様のセーターとスカート。色褪せてはいたが、清潔だった。サイズも合いそうだ。

翌朝、イーサンの寝室の前で立ち止まって言った。

「ありがとう」イーサンはポケットミラーにかがみこむようにして、自分の首のあたりを見ていて、こっちに目を向けもしなかった。

「どこで手に入れたの？」わたしは言った。

ようやくあげたイーサンの顔に、妙に人を見くだすような表情が浮かんでいた。いろんな人のそんな表情を見てきたけれど、イーサンの顔にあったのは、残忍なまでの侮蔑《ぶべつ》の色だった。

「なんの話をしてるんだか、さっぱりわからないな」

イーサンは言った。

ファイヴ・フィールズ・アカデミーは、ホローフィールドとそのまわりの四つの町の生徒を受け入れていた。四つのうちの三つが、語尾に〝フィールド〟とつく町で、残りの〝ドッド・ブリッジ〟は校名をつける際に投票で破れた。学校には広々としたコンクリートの校庭があり、三辺に教室が、残る一辺に木造の講堂が建っていた。講堂の設立者は、あまり有名ではない王族で、かつては自慢の種だったにちがいないが、いまでは湿地の雨のせいで黒ずみ、おしっこのにおいがした。中等学校生活の初日、カーラの隣にすわっていたおかげで――そこに集まっていた二百人の十一歳のうちひとりが、わたしに人生最高の七年を約束してくれた――髪のことも、靴に穴があいていることも心配しなくて済んだのだと思う。でも、気の置けないその場所も、やがて消えてしまうことになる。

「うわあ」歓迎の挨拶が終わると、すぐにカーラが言った。わたしの両手をとり、腕を左右にひろげさせる。

「痩せたね」

カーラは少しぎょっとしたものの、おおむね感心しているようだった。

「そっちは」わたしは言った。「すごく焼けたね！フランスはどうだった？」

ふたりで時間割を見せ合った。一緒に受ける授業が三つあって、それだけでカーラをつなぎとめられればいいのだけれど、とわたしは思った。秋にはいると、やはりそれが問題になった。休憩時間とランチの時間はいつも講堂の外の決まった場所で会い、木の塀に囲まれた場所でサンドイッチを食べた。ランチは一時間だから楽しむ暇なんてなかったのに、カーラは読んでいる最中の本や、わたしに貸してくれる本を家から持ってきた。

カーラがページの上からわたしのランチボックスを見やって、片方の眉をぴくっとさせたのに気づいたことが何度かあった。パンに薄くジャムを塗ったものをふた切れか、またはゆうべの残りの冷えたスープで、だれが一日を乗りきれるだろう。お返しに、わたしはカーラのランチを観察した。いろいろな食材が使われていて、サラダかスタッフド・サンドイッチ、それとは別に果物か野菜が、それぞれ明るい色のタッパーウェアに入れられていた。それと、チョコレートクッキーがいっぱい詰まった筒型の容れ物。お願いしていいかを考える前に、口が動いていた。「ひとつ、もらっていい?」

カーラははじめのうち寛大だったが、回を追うごとにそうではなくなっていった。学期がはじまって二週間ほどしたころ、ジャファケーキ（マクビティ社のお菓子。ビスケットにオレンジゼリーを載せて、チョコレートをコーティングしたもの）が三つはいった容器の蓋をあけるとき——ダークチョコレートにオレンジが混じったあの香り——カーラはわたしのほうを向いて目つきを険しくして、容器を自分の胸に引き寄せた。

「あたしの食べ物を見るの、やめてくんないかな」カーラが言った。「こわいんだよね」

その翌週、講堂に近づいていったとき、カーラがアニー・マラーという女の子とすわっているのが見えた。カーラがそばの空いている地面を叩いたので、わたしはふたりの近くに腰をおろしたが、早くも胃が沈みはじめていた。わたしが合流したとき、アニーは長広舌の最中で、手は振ってくれたものの、わざわざ話を中断して挨拶したりはしなかった。アニーのランチはピーナッツバター・サンドイッチと、ドリトス（クール・ブルー）と、バナナ形の容器に入れたバナナ一本だった。

「親って基本的にわかってないんだよね」アニーが話を締めくくった。「全然わかってない」

「アニーが耳にピアスをあけるのを、親がよく思ってないんだって」カーラが言った。

「あなたもまだあけてないんでしょ？」アニーがわたしに言った。食べ物をもぐもぐ咀嚼《そしゃく》しながら、カーラの前に身を乗り出す。「ってことは、あなたの親も、うちと同じくらい変なの？」

わたしはパンふた切れ――きょうはマーガリンだけ――のラップをはずしたあと、まずパンの耳をはがした。「たぶん、そう」わたしは言った。

アニーはベルが鳴る直前にわたしたちと離れた。アニーがロッカーへ走っていくと、わたしは説明を求めてカーラを見た。カーラはバッグを引っ掻きまわして午後の教科書を探し、ゆっくり二秒かけて、わたしと目を合わせた。

「なんなの？」カーラは言った。「そっちがほかの子たちをきらってるからって、あたしも同じようにしなきゃいけないわけじゃないでしょ」

首のあたりから鈍い熱が湧きあがって、頬全体にひろがるのを感じ、わたしは思わずむきになって言った。

「わたし、歴史のクラスがアニーと同じだけど、あの子、バカだよ」

「ちょっとはね」カーラは言った。「だけど、少なくともアニーはあたしを家に招待してくれるもの」

夏に規律を守ったことが報われた。晩秋には、母親は妊娠していた。父親はまた母親の体にふれはじめた。夕食の卓でふたりは並んですわり、詩編の百二十七編を朗読し、家族の会話を聞いて微笑んでいた。いちいちカトラリーを置いては、手をつないだ。わたしはテーブルを囲んでいる、以前より痩せたきょうだいを見て、両親がそれぞれから少しずつ肉を削って、新しい子供を作ったようだと思った。

ＪＰはホテルから二ブロック離れた〈グラーヴ《Graves》〉と

いうワインバーを選んだ。「〝墓所《グレーヴス》〟なんて、ちょっと気味の悪い名前ね」その店を提案されて、わたしは言った。

「グラーヴというのは、ボルドーにある一地域なんだよ、レックス」

「行ったことがあるような口ぶりね」

「ウェブサイトを訪れたからね――もちろん」

わたしのほうが先に店に着いた。それまでの時間は、ロミリー・タウンハウスの浴室で、カラフの赤ワインを楽しみながら、計画の申請に向けたビルからの指示を読んで過ごした。こういうときのために、バスタブの上に木のトレーが挿しこめるようになっていた。

休みの夜。〈グラーヴ〉は黒い金属の階段をおりた地下にあった。テーブルごとにバンカーズランプが置かれている。ほの暗い緑色の明かりにメニューをかざし、コニャックとシャンパンのカクテルを注文した。グラスの半分あたりまで飲んだところで、JPがやってきた。まず、前かがみの歩き方でJPだとわかって、そのあと彼のトレンチコートに気づいた。シークレットエージェントみたいに見えるという理由で買ったものだ。

わたしはあらゆる意味でJPを愛していたので、ほかの人を愛するのが愚かなことに思えた。薪《たきぎ》の火に身を投じた女王ディードーや、クレオパトラと恋に落ちたアレクサンドリアのアントニーのごとく。あるいは、発情した雌犬《ビッチ》のごとく。大学を卒業する前に、母はわたしのベッドに腰かけて、足元のベッドカバーを片手で撫でながら、愛情の大切さを説こうとした。性行為については当然知っているものと思っていたようだった。愛情は別の問題だ、と母は決めてかかっていた。わたしは布団の下で体がほてっていたが、上掛けをのけたら、恥ずかしがっていると思われると気づいていた。

「重要なのは」母は言った。「絶対に自尊心を失わないこと」

考えてみれば、思いやりのあるこのことばは、しばらく役に立った。中等学校ではあまりに人とちがいすぎて注目されなかったものの——外見は問題なかったけれど、頭のなかがあまりにめちゃくちゃだった——大学にはいると、わたしは人から興味を持たれるようになった。人前で文学について語り、ミスター・グレッグスのおかげで、行ったことのない国々についても話ができるようになった。オリヴィアのユーモアと、クリストファーの楽観的なところを観察し、〈サルトリアリスト（世界各地のストリートスナップを紹介する写真家スコット・シューマンのブログ）〉を研究した。わたしはタイトな黒っぽい服を着て、練習済みの微笑みを顔に張りつけた。シャワーを浴びてCK1の香りをまとう代わりに、助けが必要な人間のにおいを発していて、男たちは何よりそのにおいが好きだった。

わたしを助けようとした男たちの奇妙な行列を、いまでもたまに思い出す。男たちはセックスやディナー、堅苦しい究極のデートや、ビルド・ア・ベアのぬいぐるみでわたしを救おうとした。名門の学校を出て、将来、偉大なこと（少なくとも、よいこと）をなし遂げるべく運命づけられた有能な男たち。わたしの頭のなかを練り歩くのは、遠慮がちな手と、不安げな渋面のそういう男たちだ。男たちは、なぜ家族のことを話したがらないのか、とわたしに尋ねる。気にしていないということを誇示すべく、わたしの手術痕《あと》に慎重に手をふれる。手書きの恋文や、ファーつきの——ほんとうにふわふわのファーがついている——手錠を持ってくる。男たちはわたしが感じないところに舌を這わせ、体温を計るような手つきで指を挿《い》れる。男たちはわたしを変えようとする。仰向けでじっとしてて、と男たちは言うが、わたしにはしっくりこない。いつも何かがちがう。結局、男たちは怒り、失望する。つまるところ、わたしは男たちが期待したようには謎めいていないない。どうしてそんな変なことをしなくちゃならないんだ？　なぜいたぶってほしいなんて言うんだよ。きみに起こったことを、なぜ話してくれない？　たぶん、わたしがビッチだからだ。

そんなとき、ＪＰが現れた。わたしは自尊心を調理して、丁重に皿に盛り、ＪＰに差し出した。

卒業後の夏は、ほぼずっとロンドンで過ごした。毎週金曜日の午後には父に駅まで送ってもらって、いつも同じ座席にすわり――一時間十七分のあいだ――おなかのあたりで蝶の群れが羽ばたくのを感じていた。蝶には鉤爪があり、歯まであった。暑さのなかを進む列車、やがてプラットフォームの影。ＪＰはロンドン・ブリッジ駅の改札の向こうで待っていて、最初に降りてきた一団をやり過ごす。わたしに気づく直前、彼が通り過ぎる人たちの顔に目を走らせながらわたしの姿を探しているのを見るのが好きだった。会うたびに、改めて一からやりなおすみたいに、二十分間はお互いなんとなく照れくさく、言いたいことが多すぎたり少なすぎたりして、同時にことばを発したりした。地下鉄でドゥ・ボーヴォワールにある彼のフラットへ行った。エンジェルから手をつないで歩き、ＪＰがその週の出来事や友人のこと、週末の予定について話すにつれ、わたしのおなかの蝶は動きが鈍くなり、眠りに落ちる。ＪＰのフラットには、西側に長い窓がいくつかあって、差しこんだ夕日が床板や本棚やベッドに整然と縞模様を描いていた。ＪＰはあらゆる装飾を拒み、床にはいっさい物が置かれていなかった。

わたしはロンドンに到着する直前に、列車でトイレを済ませておくようにしていた。フラットに着いたらすぐ、ＪＰが好きなところにわたしを据えられるように。ソファか、机か、あるいは寝室にはいって移動できるように。こういうときは服もろくに脱がない性急なセックスで、ムードも何もなく、すぐに終わった。

「きみのなかに、はいりたい」ＪＰにそう言われると、わたしの意思など関係なくなって、JPにとってどうしても必要なことみたいで、自分が必要とされているのがうれしかった。JPがイくとすぐ、まだ身に着けているもの――はぐれた靴下や、胸の上に押しあげたブラジャー――を残らず剝ぎとって、ベッドか絨毯の上に裸で寝転がった。JPはほとんど開いていない目に笑い皺をたたえて片肘をつき、わたしのほうへ手を伸ばした。

「教えて」付き合いだして間もない週末のある日、JPはそう言ってわたしの体にふれはじめた。「どうして欲しいか教えて」

わたしは腹這いになって、両腕の上に顔を乗せた。

「いたぶってほしい」わたしは言った。

「もう一度言ってごらん」

わたしは素直に従った。JPの顔にゆっくりと笑みがひろがった。「好みが合うね」

大学時代終盤の週にJPと出会ったとき、きっと家族も付き合いやすくて、彼と同様、きちんとした人たちなんだろうと思った。故郷に家があって、お母さんとお父さんがいる。きっとJPはスキーもできるし、楽器も演奏できるのだろう、と。JPの口調は穏やかで、どこのものだかわからないアクセントがあり、どこまでも気前がよかった。贅沢な酒や夕食の席ではかならず奢ってくれたし、わたしの帰りの電車賃まで出すと言って譲らなかった。ことわっても、靴のなかにぴったりその金額がはいっていたり、本を開いたらひらひらお金が落ちてきたりしたものだった。

数カ月後、それが勝手な思いこみだったことに気づいたが、わたしのそんな憶測をJPが喜んでいるのはわかった。それはつまり、JPが人生を懸けてそう思わせようとしてきたからだった。お母さんはリーズに住んでいて、JPは一年に三度そこを訪れ、そのたびに無口で不機嫌になってもどってきた。お母さんの家には、ごてごてした装飾品やキッチン道具が散らかっていて、JPにはそれが耐えがたかった。あちらでは、なんであれ次にテレビに映し出されるものを、ただながめて過ごすしかなかった。脳を働かせることがなかった。でも、JPをなだめるのは簡単だった。ソファかデスクで、ときには彼の希望する姿勢で、ときには彼を驚かせるつもりで、わたしはJPを待った。フラットに足を踏み入れたJPは、微笑み、バッグをきっぱり床に落として、ベルトをはずしてこう言うのだ。

「わが家に勝るものはない」

JPから視線を向けられているのに気づき——地元のパブでカウンターからJPのいるテーブル席へもどるときや、デスクでJPが振り返って笑うとき——わたしのことを誤解しているんじゃないかと何度も思った。母と父のことはすべて話してあった。ふたりが住んでいるコテージの間取りから、父の武勇伝、わたしの反抗期のころのことまで、JPは知っていた。普通に考えれば、思い出が十五歳からはじまるのはおかしいはずなのに、JP自身が子供のころのことを話したくなかったおかげで、こっちもうまくごまかせた。しかも、JPの仕事は立てこんでいたし、オリヴィアは歳上の同僚とついたり離れたりの関係がつづいていたし、わたしはじきに仕事をはじめるところだったし、どの本をクロアチアに持っていけば、ふたりとも満足できるかを考えなくてはならなかったし、クリストファーの新しいボーイフレンドの問題もあった。その恋人はすごく情熱的だけれど、考えうるかぎり最低だというのでわたしたちの意見は一致していた。過去とはつまり、わたしもJPも訪れることを望まない異国のひとつだったのだ。いつだって、話すことならほかにたっぷりあった。

JPがわたしの両親にどうしても会うつもりだと気づいたとき、わたしの嘘は底をついていた。付き合って一年以上が経ち、わたしたちはそれぞれのフラットを出て、一緒に住もうと計画していた。頼めば、父と母はわたしのために嘘をついてくれるはずだとわかっていたけれど、サセックスの自宅の庭で、互いにつつき合いながら建前の作り話を覚えようとする両親の姿を想像したら、そんなことを強いるのはとても耐えられなかった。

「やるなら」オリヴィアが言う。「ちゃんとやんなよ。あんたがおかしくなっちゃう前に」

「でも、ここぞってタイミングじゃないとだめでしょ？」

「ねえ、レックス。こういうことに、ここぞってタイミングなんてないんだよ」

心が決まると、打ち明けたいという思いは、デスクで仕事をしているわたしの頭上にのしかかり、帰宅するタクシーにまで乗りこんできて、隣にすわった。さらに夜には、わたしが寝ているベッドのかたわらに立ち、腕時計に目をやって催促してくる始末だった。

わたしは夏の公休日（八月の最終月曜日）まで待った。湖水地方へ行く金曜夜の列車に、ジントニックの缶を数本携えて、ふたりで乗りこんだのだ。B&Bに着いたのは真夜中すぎで、朝には、黒いシルエットから織りあげられた晴れやかな景色が、まるで一夜のうちに仕上がったかのように出現していた。

一マイルほど待ってから最初の遊歩道にはいると、車道をはずれて坂をのぼりはじめた。相手と目を合わせないほうが、言いにくいことも言いやすくなる、という昔ドクターKから教わった助言を思い出したので、縦に一列にならないと通れない、ワラビの茂みのあいだのせまい小径まで待った。

「たぶん、あなたに話しといたほうがいいことがあって」

「なかなか幸先のいい週末のようだね」

「わたし、養子なんだ」

「そう。サセックスのご両親の?」

「そう」

「いくつのとき?」

「あなたが考えてるより最近。十五のとき」

「驚いたな。ってことは――生みの親を知ってるってこと?」

「ええ」そう言ったあと、ふたりの心地いい関係に変化が兆したのを感じた。わたしたちは瀬戸際に立っていた。

JPに話したのは、当時、新聞記事で報じられた情報だけだった。わたしが説明を終えたとき、JPは少しのあいだだまりこんだ。わたしは、顔が見えるようにこっちを向いて、と頭のなかで懇願していた。「ああ、レックス、すまなかった」まだ午前十時だったし、JPはいつまでも深刻なままでいることに耐えられなかった。「あとで言ってくれればよかったのに。すぐふたりで飲みにいける時間にさ」

JPはこっちを向くと、わたしの体を自分のほうに向けさせて言った。「この件について、きみが話したくなったら、いつでも話そう。でも、いやなら話さなくてもかまわない」

しばらく小径をふらふらと進むと、ふたり並んで歩くには道がせまくなったので、またJPが前に出た。空を背景に、身軽な支度で、体を前傾させてわたしを置いてどんどん歩いていくところが、いかにもJPらしかった。わたしが何カ月も打ち明けかねていたことを、JPは果物の皮か種みたいに道端に捨てることができたのだ。頂《いただき》に着いたときには、JPは昼食について話していた。

その夜、セックスのあと、わたしたちはホテルのシーツの上に、できるだけ離れて横たわった。ぎりぎりお互いの手がふれるくらいの距離をあけて。静寂があらゆる方向にひろがって、わたしたちが立てるわずかな物音――トイレの水を流す音や、JPの携帯電話の音楽――が、やけに大きく耳障りに響いた。目を閉じると、何かが足りない気がして目が冴えてきた。「これ」わたしはそう言って、床からベッドカバーを拾った。JPはその下にもぐりこんで、こっちを向いた。

「前より気が引けるな」JPが言う。「きみにこんなことをすると。お互いに。あんな話を聞いたら」

「どうして？ わたしが望んでることなのに」

「そりゃそうだけど。でも、やっぱりさ」

「ねえ――こんなこと言ってもどうかと思うけど――それとこれとは関係ないでしょ。それに、たとえ――」

「何？」

「やっぱり無理？」

「どうだろう」JPは言った。

部屋が暗くて、表情が読めなかった。わたしはJPの顔のほうへ手を伸ばし、彼の髪を探りあてて、耳朶《みみたぶ》のへこみにふれた。JPが体を寄せてきた。

「ひとりになると、何かを考えないと気が済まない。わかるだろ。出会ったころのきみのことを考えてる。ふたりでぼくのフラットにいた。きみはぼくを見て――自分の望みを口にした。あのときのきみの言い方。願ってもなかった。でも、びびってもいたんだよ、もちろん」

「そう」わたしは言った。

ふたりとも、あと数秒で眠りに落ちそうだった。

「恥ずかしく思ってることはたくさんある」わたしは言った。「でも、これはそうじゃない」

JPは本心からそんなことを言ったわけではなく、そのうちに好奇心に負けて質問してくるだろう、とわたしは思っていた。でも、まちがいだった。JPのように倫理や法律の問題に心身を捧げる人は、過去の悲劇にほとんど関心がないようだった。JPがいっさいの動揺も批判もなく、告白を受け入れてくれたおかげで、愛しているというJPのことばを信じられたし、ドクターKが約束してくれていたとおり、過去をすっかり乗り越えられると心の底から信じることができた。わたしも幸せになっていいんだ、と思えたのだ。

ふたりでの暮らしは、わたしがひそかに望んでいたとおりのものだった。平日は仕事をして、十時か十一時か真夜中に帰宅すると、ベッドで話をしながら、その日最後の貴重な数分を過ごし、ときにはそれが翌日までずれこんだ。睡眠時間が減るのは――そのぶん翌朝、頭にかかる霧が濃くなるのは――補って余りある代償に思えた。週末は友人に会ったり、金曜日の夜からヨーロッパへ旅して、到着時には疲れ果てていたけれど、それでもポルトやグラナダ、オスロで楽しんだ。イーヴィに送ろうと絵葉書を買い、帰国してから自分のデスクでその葉書を書いた。たいていは、イーヴィを笑わせようとして選んだ退屈なものか、悪趣味なものだった。ノルウェーのハイウェーとか、ポートワインを飲むラマとか。感傷が勝《まさ》ったこともあった。そのときは、夕暮れどきのアルハンブラ宮殿の、壁がライトアップされた瞬間を撮った一枚を手にとり、こう記した。地図で見たのを覚えてる？

ばかだった。永遠にそんなふうにふたりで暮らせると思うなんて。二年後、JPのお母さんがロンドンにわたしたちを訪ねてきた。玄関先に現れたJPの過去は、コーラル系の口紅を塗って、ミッドヒールを履いていた。JPはメイフェアの小ぎれいな地下のバーに三人ぶんのディナーの予約を入れた。日本酒のリストがあって、小皿料理が出てきた。JPのお母さんに会ってすぐ、選んだ店が悪かったと気づいた。お母さんはそのレストランで、椅子のすわり心地と、メニューのわかりにくさ、テーブルの照明について文句を言った。「これじゃ、何を食べたいのか、見にくいじゃないの」お母さんはウェイターに言った。ウェイターはメニューに留められる小型の懐中電灯を持ってもどってきて、JPは眉をひそめた。

料理が運ばれてくると、お母さんはすべての皿からいらいらと少しずつ料理をスプーンにすくって、自分の皿の上に移した。JPは味わうことなく、無言で食べ物を口に運んだ。「これ、すごくおいしい」わたしはそう言って、もうひと口食べた。

「食欲旺盛ね」お母さんが言い、わたしは肩をすくめた。

お母さんはユーストン駅のそばのB&Bに泊まっていたので、タクシーを呼んで、ふたりで送っていった。JPとわたしはいったんタクシーから降りて、別れの挨拶をした。食事をしているあいだに、雨が降りはじめていた。街灯の下にできた光の輪。B&Bの建物は薄汚れたクリーム色で、エントランスの両側に萎《しお》れた花籠が置かれていた。「完璧だったわ」お母さんは言った。「店内が少し暑かったけれど」

「お誕生日、おめでとうございます」わたしは言った。お母さんがせかせかと通りを渡るのをふたりで見守った。すると、ホテルのドアの前で、お母さんがゆるんだ敷石に足を乗せ、地面に溜まっていた水が片方の靴の上にかかった。

ふたたびタクシーに乗りこむと、JPは後部座席に寝転んで、わたしの膝に頭を乗せて言った。「まったく勘弁してくれよ」

「でも」わたしは言った。「そんなに悪い人じゃないわ」

「いや、ひどいね」JPは言った。「そう言ってるのは、何もぼくがはじめてじゃない」

「お母さんはたいした人よ」わたしは言う。「だって、メニューを見て注文するのが考えられないくらい面倒だって、わたしだって一瞬思ったもの」

「でも、一瞬だろ」

「ええ、まあね」

JPが上半身を起こした。「だからこそ、きみのことがますます愛しい」片手を伸ばしてわたしを引き寄せる。「だから――いつか」つづけて言う。「一緒に――ふたりにふさわしい家族を持とう」

それは、まさに鳩尾《みぞおち》への一撃だった。これまでのわたしのどんな要求より強烈な一発。そのことばは、わたしの肌に滲みてひろがって、細胞に溶けこんでしまい、驚いたことに、そのあとわたしの裸を見ても、JPの目にはその痕跡すら見えなかった。JPにとって、わたしはどこも変わっていなかったのだ。

古い法律の格言がある。〝買い手危険負担《ケイヴィエット・エンプター》〟。買い手のほうが注意せよ。あなたは不動産を売却しようとしている。壁は頑丈で、屋根は新しく、土台もしっかりしている。ほかにも、家を建てる人は、こういうことを踏まえている必要がある。

春になるたびに、庭に太い根っこが蔓延る。その成長は速い。茎が現れ、太くなって紫色になる。葉は心臓の形をしている。夏には、茎が日に十センチ伸びる。茎のところでその草を刈る。でも、一日でもとにもどる。そこで根っこから刈ると、一週間でもとにもどる。もう専門家を探すしかない。

これはイタドリという植物の話だ。いまごろはもう、根が家の土台にはいりこんでいるだろう。その深さは三メートルにも及ぶ。やがては、家を破壊する。地下茎が一本でも残っていたら、ふたたび増殖する。駆除するには、法外な費用がかかる。

この侵食について、売り手のあなたは買い手に明らかにすべきだろうか。買い手から尋ねられた場合は、むろん説明すべきだ。だが、どうして買い手がわざわざそんなことを尋ねるだろう。たとえば、環境的な問題や汚染物質について訊かれたらどうするのか。買い手のほうが、もっとはっきり質問するべきではなかったのか。売り手はどう答えればいいのか。空っぽになったあなたの家の下では、実はイタドリが蔓延っているのに、買い手がそこで暮らしはじめることについて、あなたはどう思うだろう。

一瞬、JPが見知らぬ人を見るような目でわたしを見た。わたしがあいまいに手を振ると、JPの表情が和らいだ。

わたしはじゅうぶん注意を払ってきょうの服を選んだあと、さらにクリストファーに二度相談した（「ぼくと会うときは、こんなこと絶対に気にしない、と約束してくれ」とクリストファーには言われた）。金色のシルクのベスト（スーツケースにあったなかで、たしかJPが気に入っていた唯一の服）に、ずっしりしたバックルのついたレザーのスカートを合わせ（ふれたときの金属の感触や、ベルトをはずすのがもどかしくてスカートをまくりあげたときの手応えを、JPは思い出すだろうか）、シャネルのキルティング・パンプスを履いた（最後にJPと会ったときよりお金を持っていたし、概して順調だった）。

「やあ」JPは言った。「遅れてごめん。今回の依頼人ときたら――まあいいや。飲みながら話そう」

会話は予想以上に他人行儀なものになったが、驚きはなかった。お互い、深刻な打ち明け話をする気はなかったし、さいわい共通点は多々あった。純粋な質問に、愉快なゴシップをたっぷり交えた、元同僚との会話のようなものだ。JPは書類をシュレッダーにかけがちな依頼人や、国際水域での会合について話をした。律儀に、デヴリンのことも訊いてきた。がさつで、本人が思っているほど頭が切れるわけではない、とJPはつねづねデヴリンのことを評している。かつて法律を教わった教授のひとりが亡くなったので、告別式のために大学を訪れ、式のあとの食事の席で職業について尋ねられて、だれかにこう言われたという。きみは法廷に立つ弁護士っていうより、バーに立ってる用心棒っぽいって昔から思ってたんだよ。

「ごめん、退屈だよね」

「退屈って言えば」わたしは言った。「法律に関して、ひとつ訊きたいことがあって。あなたに」

「法律に関して？」

「冗談じゃないの」

「それはわかってる。相談料は払えるのかい？」

「どうかしら。ずいぶん高いらしいから」

わたしは飲み物に手を伸ばしたが、グラスはもう空《から》だった。

「あなたが遺言執行者だとして」

「きみのお母さんの遺言かな、たとえばの話」

「そう、たとえばの話。その人の存命の子供たちに、家が遺された。でも、遺言執行者を含む子供たちは――幼いころに養子に出された。もうずっと昔に。その子たちは幼かったから、何も覚えていない。厳密に言えば、生き残った子供ね。当人たちはそのことを知りさえしない」

「レックス」JPが言って、首を横に振った。

「その子たちに知らせる必要はある？」

「答えは、ぼくにはわかりかねるな」

「ねえ」わたしは言った。「あなたならどうする？」

「万全を期して処理したい？」JPは言った。「だったら答えはイエス。知らせる」

「ただし」

「ただし、なんだい？」

「ただし、わたしがそうするべきだ、とは思ってないでしょ」

JPはグラスを集め、体はカウンターへ、顔はわたしのほうへ向けて立った。「依頼料の範囲を越えた質問だ」

本人には話していないけれど、法廷でのJPを一度見たことがある。あなたが担当してる審理を傍聴したいといくら言っても、JPは頑として首を縦に振らなかった。わたしが見たのは、JPにしては規模の小さい無料弁護だった。JPは若い母親の代理人で、担当した離婚弁護士が彼女に対して基本的権利の説明を怠ったということだった。その女性の手元には何も残らなかったのに、弁護費用を払うよう求められていた。わたしは当時ほとんど仕事をしていなかったので、シティからバスに乗って、イーストロンドンにあるみすぼらしい法廷へ行った。調査しているふうに見せようとノートを買っていったのだが、その場に着いてみると、ノートがよけいに人目を引く気がした。けれども、JPは傍聴席を見もしなかった。JPは鋭く簡潔で、判事に対しても、相手方の代理人に対しても礼儀正しかった。わたしはJPのひとつひとつの言いまわしを、胸を躍らせながらこわいような気持ちで待ちうけた。ことばがつっかえないよう祈るということは、相手のことをよほど大事に思っているということだ、と気づいた。それはたぶん、たいていの人がわが子にかける愛情に似たものなのだろう。

JPが新たに飲み物を置いた。わたしたちはグラスに手をふれた。「ニューヨークのことを話して」

同僚たちのことはもちろん、オリヴィアとクリストファーについて話す準備はあった。でも、実際JPはニューヨークの話を聞きたがった。だから、バッテリー・パークで走っている話をした。やむをえず朝の早い時間に走っているのは、ニューヨークではだれもがむかつくほど早く仕事に取りかかるからだ。自分のオフィスから自由の女神が見えることも——「ほんと、たいしたもんだね」とJPは言った——お気に入りのコーヒー店やラーメン店、書店、タコスの店、パストラミの店についても話した。ニューヨークの司法試験は、予想より簡単だった。わたしはデヴリンの家があるロングアイランドで何度も週末を過ごした。夏の夜には、水平線から差す深いブロンズ色の光が、海と空にひろがって、わたしたちが仕事をしているデヴリンのキッチンの、金属の長テーブルに落ちていた。「シャンパンの輝きね」デヴリンはそう言って、ボトルをとりに地下へ歩いていった。長い一週間で、シャンパンの輝きが弱くなると、もうそろそろだとデヴリンが判断して、早めに地下室へおりることもあった。

「そっちに友達は多いのかい」

「多くはないかな」わたしは言った。「事務所の人たちが何人かってとこ」

ニューヨークに移った当初の週末が、脳裏によみがえった。二日間声を出さずに過ごすと、月曜日の朝は声が喉に引っかかった。そのあと、最近の週末を考えた。ミッドタウンのブティックホテルが頭に浮かんだ。わたしには、そこの敷物のにおいがわかる。鏡で自分たちの姿を見たいとき、どこにひざまずけばいいのかも。わたしはそこで何人もの相手と逢った。

「デヴリンとは飲み仲間なの」わたしは言った。「フラットの同居人が、歳上のエドナって人でね」

「エドナ?」

「付き合いやすい人よ」

「なんだよ、レックス」JPはにっと笑ったものの、すぐもとにもどった。「ふたりで行くはずだったのに。そうだろ? 実際――」

「ホテルも予約してた。でも、たしか手付金は取り返したのよね」

同居していたフラットでテーブルの前にすわり、ふたりでノートパソコンを立ちあげて〈ロンリー・プラネット〉を見ていた光景がよみがえった。JPは旅のルートを几帳面に練っていた。ハドソン川に沿ってウィリアムズバーグ、ハーレム、ビーコンをめぐる。一緒に見ようと計画していたのに、結局わたしはひとりでいることを選んだ。

「いつかみんなできみに会いにいくよ」JPは言った。

〝みんなで〟というのが引っかかった。

JPは咳払いして言った。

「話があるんだ。実は――」

JPは首のネクタイをさらにゆるめた。わたしはJPと目を合わせようと、ちょっと頭をさげたが、JPはカウンターのほうを見ていた。どのテーブルにも客の姿はなく、まわりの明かりはいつの間にかすべて消えていたので、室内はかなり暗かった。

「きみに報告があるんだ。でも、電話で話したくなくて。きみはすぐニューヨークにもどるんだろうし、たぶん――またしばらく会う機会もないかと思って」

酔ってはいても、わたしは冷静だった。視線を据えて、話のつづきを待った。

「エレノアとぼくの子供が生まれる。正直言うと、計画してたわけじゃないんだ――たぶんお互い、結婚してからのつもりだった――でも、彼女が喜んでてね。わさいわいどうにかやっていけそうかなって思って。わかってもらえないかもしれないけど、こうなるまでには――」

以前、議会での議事妨害を映したビデオを観たことがあり――意地の悪さが、かえっておもしろかった――JPがやろうとしていることも、それと同じではないかと思った。酔いとみずからの不安をもって、朝まで切り抜けるつもりなのだろう。

「だから」JPが話を締めくくる。「理解してもらえたら、と思って」

「ああ、そう。わかるわ、もちろん」

わたしは笑みを繕った。

「すばらしい知らせよ」わたしは言った。「ただ、最初に話してくれたらよかったのに。いまさら乾杯するのもおかしいもの」

JPが困ったような顔をした。気落ちした様子だった。

「それで」わたしは言った。「いつ生まれるの?」

「二カ月後」

「やだ。だったら、家にいて準備しないと。ここで調達できるのは、ワインと論争くらいのものよ」

JPはテーブルの真ん中でわたしの手をとり、自分の手とからませた。わたしは、皺の刻まれたJPの手のひら、盛りあがった血管、指の産毛を見て、さまざまな場面で、自分が何度もこの手を握ってきたことを思った。飛行機のなかで、夕食のあとで、出会った翌日にわたしの大学の部屋で、レストランやパーティに臨む前に、たまに相乗りした帰りのタクシーのなかで。夜、暑すぎて抱き合えないときに彼の手を握り、正しい場所に——股間のまさにその場所に——導いた。冬の戸外で、JPがわたしの握り拳を手のひらで包んで、あたためてくれた。きっとJPの子供の手は、信じられないくらいちっちゃくて、指をつかめないくらいの大きさなのだろう。

「どうしてそんなに悲しそうなの、JP」わたしは言った。「欲しかったものをすべて手に入れたのに、どうして?」

飲み終えて、JPはわたしとともに通りを二本渡ってロミリー・ストリートまで歩いた。話すことが何も残っていなかったので、ふたりして仕事用の携帯電話を取り出して、未確認のメッセージをスクロールしはじめた。デヴリンから連絡が来ていた。依頼人は〈クロモクリック〉取得の取引条件に満足し、二週間以内に買収の運びとなりそうだという内容だった。〝全速前進!〟とデヴリンは書いていた。一緒にお酒を飲む間柄になって久しいけれど、デヴリンのメッセージが求める速さで応答できる自信はなかった。

ホテルの入口で、JPは両手を差し伸べた。「会えてほんとによかった」JPが言い、同時にわたしが言った。「改めておめでとう」

そんなふうに抱擁されて、唇が彼の顎にあたると、ワインのせいもあって、最悪な考えが浮かんできた。

「マスターベーションのときは、いまもあなたとのことを思い浮かべてるの、それだけは知っておいて」

ＪＰに両肩を持って体を引き離され、わたしはばかみたいに笑みを浮かべた。ＪＰに頭が三つあって、ひとつひとつが揺れている。不満な面持ちのケルベロス。「きみに起こった出来事は気の毒に思ってる、その気持ちは変わらない」ＪＰは言った。「でも、これは無理だよ、レックス。それはだめだ」

二度目にＪＰのお母さんに会ったのはクリスマスシーズンで、その翌週、ＪＰがわたしのもとを去った。クリスマスは、ＪＰが子供時代に過ごした家を侵略していた。お母さんは、普通はもっと大きな家に飾るような本物のクリスマスツリーを置いていて、キッチンへ行くには、松葉をたっぷり浴びることになった。ツリーには、キラキラ光るモールや、ボールのオーナメントがふんだんに飾られていた。センサーで作動して《ファーザー・クリスマス》がキッチンに流れるようになっていて、通るたびにいちいち驚かされた。お母さんは小妖精《エルフ》のぬいぐるみまで買っていた。子供が眠っているあいだに、親がそっと置き場所を移すというあれだ。「そこにあるのは、棚のエルフ」お母さんは言った。「でも、エルフはあちこち移動してるの。オーヴンのなか。洗濯機のなか。テレビの上」

わたしは、寝る前にエルフを持って家じゅうの部屋を行き来するお母さんを思い浮かべた。

「なんとも言えないわ」お母さんは言った。「今晩エルフがどこへ行くのかは」

「ああ、なんとも言えない」ＪＰは言った。来る途中、ガソリンスタンドで《フィナンシャル・タイムズ》紙を買ってきて、それを一語一語読んでいた。

「だれもこの子にクリスマスを信じさせることはできなかったの」ＪＰのお母さんはわたしに言った。「あたしだって試してみたのよ。この子が五つ――四つか五つ――のとき、理屈を尋ねてくるようになってね。〝だけど、ひとりで世界じゅうの家を全部まわることなんてできないよね〞って。いくつか作り話をしてみたけど、どれもこの子を説得することはできなかった。で、一年後、靴下に入れる物のリストを受けとったわけ」

「もっと説得力のある話をしてほしかったよ」JPは言った。

「どんなクリスマスを過ごしてきたか教えて、レックス」お母さんが言った。

その夜、花柄模様のせまい客用ベッドで、JPがわたしの背中に膝を押しあて、わたしは息ができなくなった。それが、五秒――いや十秒――以上つづいた。わたしたちの下の部屋、キッチンにはまだお母さんが居残っていて、翌日の料理の仕込みをしていた。忌々しいエルフをあちこちへ移動させながら。暗闇のなか、JPの顔にいつもとちがう何か、無気力で、喜びのない何かがあるのがわかって、わたしはやめてくれと合図した。

「でも、こうして欲しいんだろ」

「ええ。でも、いまみたいなのは、いや」

「いまみたいなのって？」

「怒りに任せたようなのは」

それがクリスマスイブのことだった。クリスマスの日、JPが目を覚ます前に、わたしは寒いなか、街を長い時間走り、その疲労がほかのすべてを消し去ってくれる瞬間を待った。ほとんどの家は暗かったが、寝室に明かりが灯っている家が二、三あった。豆電球が家々の窓やドアを縁どっていた。

みんなでマグカップに入れた紅茶を飲みながら、プレゼントを開封した。JPのお母さんはドレッシングガウン姿だった。お母さんはわたしに、クリスマス柄のセーターと、瞑想についての本をくれた。「人生を変えてくれた本よ」お母さんは言った。

「大人のための塗り絵帳みたいに？」JPが言った。

「それとも、ズンバみたいに？」

ふたりの言い争いは、ディナーのあいだもつづいた。三人でクリスマスクラッカー（筒型のクラッカーのなかに、プレゼントや紙の王冠、クイズを書いた紙などがはいっている。火薬は使われていない）を引っ張り合って、中から出てきた薄いクラッカーハットを頭に載せた。食事中、わたしは黙々と自分の料理をにらみ、隣の皿の減り具合を観察した。窓がますます曇って、わたしたちをその場に閉じこめた。JPは家族――ふたりで作ろうとする家族――について話していた。

「生まれてからずっとロンドンに暮らしてる連中を見ればわかるよ」JPは言った。「レックスとぼくの知り合いを見れば。それがこの――この自信なんだと思う。文化やスポーツ、繁華街に囲まれて育ってるんだ。当然さ。ぼくらが子供を持つのは、あそこじゃないと、と思ってる」

「都会のど真ん中？　いまあんたたちが住んでるとこ？」

「ああ、ど真ん中で」

「なんでそんなことをするのか、さっぱりわからないね。とんでもない話だよ。あんたたちふたりだけで、そばに家族もいないとこなんて。排煙と、そんな人間ばかりの場所なのに」

「ここは正反対に？　こんな肥溜めと？」

「やめて、JP」わたしは言った。

「子供を持つのはやめたほうがいいんじゃない」JPのお母さんが言った。「これがあんたたちの考える、感謝の表し方だっていうなら」

「ええ、それはたしかですね」わたしは言った。

JPがグラスを置いて、わたしと視線を合わせた。いきなり立ちあがったので、椅子がぐらついて倒れる。

「失礼する」JPはわたしと目を合わせたまま言った。お母さんは笑いを押し殺している。

「あの子のことは心配要らないから」お母さんは言った。「昔から、すぐかっとなるの」

「ごちそうさまでした」わたしは言った。「すばらしい夕食でした」

お母さんはにっこり笑って言った。「覚えとくといいわよ」パーティクラッカーのなかから出てきたキーホルダーを、指にぶらさげていじっている。きっと捨てずにとっておくのだろう。

「様子を見てきます」わたしは言った。

引き戸をあけて、庭のJPのところへ行った。湿った芝生に囲まれた、コンクリートの小さな島。敷石の上に立っていると、ふたりとも薄着で寒かった。わたしは頭からクラッカーハットをとった。白濁した空は、一日経った雪のようだった。一時間もすれば、あたりは暗くなる。日曜日の夕方とか、休暇の旅を終えて空港から家にもどるときの気分だった。終わりが近づいている予感。

「なんであんなことを?」JPが言った。「どういうつもりなんだ、レックス?」

「どうしてかな」わたしは言った。「ただ、お母さんは——お母さんに、あなたがきつくあたっていたから」

「あの人がばかなことばっかり言うからだ。そうだろ?」

「どうかな」

「きみはぼくに恥をかかせたんだ。わかってる? ここでは——きみはぼくの味方でいてくれないと」

「いつだってあなたの味方よ」

「でも、さっきはちがっただろ? たしかに、つねにきみのように——客観的であるべきだ。それでも——客観的であることを長時間求められる人間として言わせてもらえば——どんなときでもそれでいいわけじゃない。きみはこっちのチームにいてくれないと」

「子供みたいな言い草ね」わたしは言った。「チームって?」

「きみにはわかりっこないさ。この家で育つのがどういうことかなんて。そりゃあひどかったんだよ、レックス」

「そう？　ほんとうにクソひどかったの？」

JPはたじろいだ。たかが知れてるわ、JP。そう考えたあと、そんな思いが自分にあることに気づいた。なるほど。まあつまり、そういうことだ。

「子供のことだけど、どういう意味？　〝たしかですね〟て言っただろ」

「ほんとうのことを知りたい？」わたしは言った。「話しておかなきゃいけないことがあるの。ふたりの未来の家族について」

むろん、それで終わりではなかった。ボクシングデーにロンドンへもどる道中、JPが途中を飛ばしてクリスマスのプレイリストを流す車のなかでは、お互い気まずいままだった。仕事がはじまると、職場では平然とした顔をして、気の滅入る恨みがましいメッセージをやりとりした。それでもまだ体は重ねていて、そのたびに少しずつ相手への嫌悪が募《つの》った。最後は、嫌悪が快楽を上まわり、こんなやりとりをした。JPが言った――そのままを引用する――「話してくれるべきだったんだ、きみが――」

「なんなの。言ってみて」

「きみが――もういい。おしまいだ」

わたしは何年かぶりにドクターKに診てもらうことを考えた。ドクターKは、JPとのはじまりを喜んでくれていたから、終わりを慰めてもらおうと思ったのだ。あの夜、診療所の庭で、ドクターKがほっとした表情を浮かべたのに気づいていた。普通であること、望みをいだくこと、忘れることをもたらしてくれる人が見つかったのかもしれない、と思ったのだろう。ドクターKはJPがわたしを引っ張っていってくれることを期待し、わたし自身もそうだといいと思っていた。けれども、わたしの過去は、小径や、遠くの街の散らかった家に置いて帰れるものではなかった。過去の事実はわたしのなかに息づいていて、JPがわたしを連れ合いにする気なら、ともにそれを背負うしかなかったのだ。

ドクターKのところへ行かなくても、イーヴィが泊まりにきてくれた。イーヴィはガトウィック空港から列車に乗り、日の出前に到着した。わが家のドアの前に、薄いジャケットを着て身を縮め、体温を求めてジャケットの下に両手を突っこんでいるイーヴィの姿があった。「驚いたでしょ」わたしが起きているか確認するために、空港から電話をくれていたのに、イーヴィは言った。「来てくれなくても、だいじょうぶだったのに」わたしは言った。嘘ではなかった。泣いてもいなかったし、シャワーを浴びて、仕事用の服を着ていた。「知ってるよ」イーヴィは言った。

イーヴィは夕食を作り、おぞましいテレビを持ちこんだ。わたしのセーターを着て、そのうちどれも全部イーヴィのにおいになった。一度だけ話をしたら、あとはJPの話はしなかった。「よく聞いて」わたしが語り終えると、イーヴィが言った。「そんな男、クソくらえ」週末は、ふたりでおしゃれをしてバーへ繰り出し、がらんとしたダンスフロアで、人目もはばからず、遮二無二《しゃにむに》踊った。霧雨がそぼ降るなか、ふたりで歩いて家へ向かい、川を渡る途中で揃って足を止め、テムズ川に嘔吐した。土曜日の午後まで、互いの手足をからませて眠った。苦痛の下で、わたしの気持ちは楽になっていた。デヴリンの評判が大西洋を越えて伝わっていて、わたしはすでに電話をかける予定でいた。そしてJPのニューヨーク行きの座席をキャンセルして、自分の座席をアップグレードした。また逃げたのだ。

ソーホーで、別れの記憶に胸を衝かれたのか、夜中に突然、目が覚めた。別にひどい再会ではなかった。わたしはずっと真実を語っていた。少なくとも、ほとんどは真実だった。それに、言おうと思えば、向こうが困るようなことはまだまだ言えたのだ。さびしいということだって。JPのくだらないおしゃべり——恐ろしく憂鬱な話ばかりだった——を聞いても、落ち着き払っていた。ただ、いつまでも我慢はつづかなかっただろう。

照明のスイッチに手を伸ばして、バスルームへ向かった。中にはいっても、シャワーを浴びる気になれないほど疲れていて、それでも自分が汚れている気もしたし、吐き気もした。宵の口には、JPの顔に欲望の色があったように思えたが、夜が更けて酔いが醒め、ひとりになると、あれはたぶん憐れみだったのだと思った。シャワーのお湯をできるだけ熱くして、中に足を踏み入れた。髪が顔にかかって、湯があたったところだけ肌が熱く、豚のようなピンクになった。わたしは他人の体を扱うようにていねいに、皺や古傷まで洗ったあと、子宮の上の皮膚をつかんで、中に赤ちゃんがいて肌が突っ張るさまを想像しようとした。鮮明な日常の理想として、ときおりその光景を夢みたが、われに返ってみると、意味のないことだった。想像することさえ、わたしにはできなかった。

ファイヴ・フィールズ・アカデミーでのわたしの時間の終わりを告げる出来事が、ふたつあった。ひとつは、父親がいなくなったこと。もうひとつは、ホローフィールドにコンピューターショップが開店したことだったが、当時のわたしは、その出来事の持つ意味が理解できなかった。わかったのは何年も経ってから、しかもドクターKの力添えがあってのことだった。

わたしのファイヴ・フィールズでの最後の日に、父親が行方不明になった。わたしはカーラと一緒に出席できる数少ない授業のひとつ、英語を終えたところだった。宿題が返却され——『テラビシアにかける橋』に関するはじめての評論だった——カーラは機嫌が悪くて、態度が冷たかった。わたしはAをもらったのに、カーラはB＋だったからだ。「なんでよ」カーラは言った。「あたしはあんたが読む本を持ってきてあげなきゃいけないのに、そっちはあたしに勝つ方法を見つけてるなんて」わたしには返すことばがなかった。ふたりして無言で歩き、その日の最後の授業に向かった。わたしたちの学年全員が、木曜の午後最後の授業を待って、数学科の廊下にひしめき合っていた。カーラはわたしの次の組だったから、わたしはほっとしていた。今夜はAをとったことをイーヴィが喜んでくれるだろうし、金曜日の休憩時間をはさめば、週末も近いことだし、カーラだって機嫌をなおしてくれるだろう。

はじめ、廊下のその人は、青いセーターを着た学生たちに紛れて、白いものがちらっと垣間見えたにすぎなかった。まわりの学生たちより頭ひとつ高いその女の人が、わたしたちのほうへ歩いてきた。距離が近づくと、カーラは立ち止まって、わたしの腕をつかんだ。

その人は首と腋のあたりが黄ばんだ、床まで届く長さの白いガウンを着ていて、皺の具合からして、何日も着替えをしていないように見えた。髪は背中に垂らされ、膝に届くほどの長さだった。廊下であっちを向いたりこっちを向いたりびくびくしていて、一度、学生がひとり近づきすぎたときにはぎくりと怯えた様子を見せた。その人が通り過ぎた瞬間に、学生たちは声をひそめ、その声がくぐもったざわめきに変わった。聞こえよがしの私語とか、こわがっているふりをするときのような口調に。下顎に肉がついているだけで、あとは全身ひょろっとした人で、おなかと胸が垂れていた。

「うわっ」カーラは言った。「あの人、だいじょうぶかな」

わたしは廊下にいるその人が自分の母親だと気づき、恥ずかしくなって徐々に体がほてってった。

「心配しないで。知ってる人だから」

カーラはまさかという目で、わたしを見た。

「わたしのお母さんなの。何かあったんだ、きっと」わたしは苦労してやっと目立たない存在になってきたことを思った。透明になるためのマントが脱げはじめていたから、数ヵ月後にはマントは床に落ちているだろう。

「聞いてこなくちゃ」わたしは言った。「でも、あしたの休憩時間はどうする?」

カーラは廊下の壁に背中をつけて、じりじりと後ずさっていた。わたしに気づかれないと思っているかのように、通学用の靴を履いた足を、こわごわ小さく動かしている。新しい親友をだれにしようか、早くも考えているのだとわかった。

「ごめんね、レックス。ほんとにごめん」

ひとりきりになったわたしは、母親に近づいていった。母親は震えていた。「イーヴィ?」わたしが訊くと、母親は首を横に振った。もう長いこと家のなか以外で母親を見ていなかったので、外に出ると落ち着きがなくなる人だというのを忘れていた。そばに父親がいないと、追い詰められて、逃げようと身もだえしている羊のような動きになる。母親がわたしの手首に手を乗せたので、わたしはほかの学生たちと同じような目で、母親の爪を見てみた。そこにあったのは、わたしたちがおやすみを言いにいったときに羽毛布団にかけられていた平凡な手ではなく、伸びすぎた爪のなかに泥がはいって黒ずんだ、黄疸《おうだん》の出ている手だった。

「どこか、ほかのとこへ行けない?」母親が言った。「事務室は役に立たなくて――どこに行けばおまえに会えるのか、わからなかったの」

「いいよ」

母親が片腕をわたしの肘にからめると、わたしたちが通れるように、学生たちの波がふたつに割れた。カーラはきっとこの一件をうまく利用するのだろう。わたしが人目を避けていたこと、いろいろとおかしな習慣があったことをみんなにしゃべればいい。カーラの証言は人気を博すはずだ。運動場に出るドアが閉まる直前、背後でどっと声があがるのが、わたしの耳にはいった。

ＪＰとロンドンで暮らしていたとき、一度カーラから連絡が来た。ＳＮＳのリンクトインでわたしを見つけたから、つながれないかという話だった。彼女はファイヴ・フィールズ・アカデミーのことにはふれなかったし、ムア・ウッズ・ロードの事件についても何も言わなかった。自分も事務弁護士をしている、と彼女は書いていた。その会社の名前を聞いたこともなく、カーラに返事も送らなかったが、それは別に恨んでいたからではない。同級生のなかでほんの少しだけ頭がいいという点以外、カーラとはほとんど共通点もなかった。それに、あれからおおぜいの利口な人たちと会ってわかったのだ。友情は、そんなものの上に築けるわけではない、と。わたしがもっと親切なら、あの日、廊下でカーラのことを恨んでいなかったことを伝えたかもしれない。人は十代を生き抜くために、もっとはるかにひどいことをするものだ。

母親とわたしは、闇に包まれはじめた運動場に立っていた。湿原はすでに、空を背景に黒く沈んでいた。あちこちの教室の窓から、授業をしている様子がわかった。道路をはさんだサッカー場で、ナイター照明のオレンジ色の光を浴びて、上級生の少年たちが走っていた。「何があったの？」わたしは訊いた。

「お父さんが」母親は言った。「あの人が帰ってこないの」

その朝、父親は日の出前に車でジョリーの説教に出かけていった。父親は寝ぼけ眼《まなこ》の母親にキスをして、おまじないのように母親のおなかをさすった。昼食をとりにもどってくるはずだった。子供たちが学校にいって、あやすものがなくなった母親の一日がどれほど長いのかは考えないようにした。午前中は、もどってくる父親のために、指をペストリー生地や肉まみれにして準備にいそしんだ。それからそのパイを冷やすために放置し、自分はソファで毛布にくるまって眠りに落ちた。昼さがりに目を覚まして、家が空っぽなことに、母親はショックを受けた。

「あの人はどこ?」母親は言った。

ライフハウスのそばを通ってここまで来たが、どの窓も真っ暗だったという。

「ほかの子たちも連れてこよう」わたしは言った。「みんなを連れて家に帰ろう」

事務室はクリスマスの飾りつけが施されていた。秘書の机には、ぐるりとピンクのモールが吊るされ、校長室のドアの前に、プラスチックのツリーが出されていた。どこに行けばイーサンがいるかをわたしが尋ねたら、けさは欠席と記録されている、今週はずっと休みだ、と秘書が答えた。「お兄さんのことよね?」秘書に訊かれた。

「何かのまちがいだと思います」わたしは言った。「兄は、けさここに来ました。だって――ここまで歩いてきたんです。一緒に」

「でも、出席簿にはそう記録されていないの」

机の下にヒーターがあって、秘書は裸足を格子のあいだに乗せていた。立ち去るのを待っているかのように、わたしをじっと見る。窓の向こうに、母親が運動場の端で身を縮めて風をしのいでいる姿が見えた。下校時間になっても、だれも迎えにきてくれない子供のようだった。

「そうですか、ありがとうございました」わたしは言った。

自宅にもどると、イーサンがいらいらと困惑した様子で待っていた。「ベッドにいなくちゃだめだろ?」イーサンは母親に言った。そして父親がいなくなったという話を、目を見開いて聞き、母親の話が終わると、キッチンのテーブルにすわって電話をかけた。ブラックプールの教会にはだれもいなかった。ジョリーの電話も応答がなかった。母親は喉に手をあてて、震えながらイーサンのそばに立っていた。デライラがカウチから母親にハグしてほしいと声をかけ、母親がキッチンから出ていくと、イーサンはすぐに病院に電話をかけはじめた。

父親がいなくて、静かで奇妙な夜だった。わたしがパイをきっちり六等分して、居間で母親の足元に集まってみんなで食べた。イーヴィはわたしの膝の上で、満ち足りた猫のように体を丸くしていた。全員がおなかを満たされ、頭を垂れて夜に祈った。自分の顔に神経質な笑みが浮かぶのがわかった。何を祈ればいいのかわからなかった。頭のなかに、地獄行きまちがいなしの考えがいくつも浮かんでいた。父親のバンが湿原でひっくり返って、フロントガラスに父親の形をした穴があいている。父親がワラビの茂みにぶらさがっている。このあとずっと、わたしたちはじゅうぶんに食事がとれるようになる。

アーメン。

真夜中を過ぎてからしばらくして、車のヘッドライトが窓の向こうで揺れた。

父親が血にまみれた十字軍の最後の生き残りさながら、苦しそうに息を切らしてドアからはいってきた。父親が呼ぶと、母親が駆けつけてきた。ふたりしてふらつきながらキッチンへ行って、母親は明るい電灯の下で、やさしく父親にお茶とポテトチップスを出した。父親が話すのをみんなで待っているあいだ、わたしは空っぽのパイ皿をすばやくおろして、戸棚にもどした。

「いままでずっと、警察にいた」父親は言った。

警察は、ダスティンの店で朝食中の父親とジョリーを連行した。料理が運ばれてきた直後だった。ブラック・プディング（ブラッド・ソーセージ）を添えたフル・イングリッシュ・ブレックファースト。警官たちがテーブルに近づいてくると、ジョリーはナイフとフォークを置いて、ため息をついた。父親はふだん旧約聖書の神のためにとっておく畏怖を感じさせる押し殺した声で、このくだりを語った。「せめて」ジョリーはそう言った。

「朝飯を最後まで食わせてくれ」

尋問は警察署でおこなわれた。警察はジョリーに資金洗浄と詐欺の疑いをかけていた。ブラックプールの住民から集めた教会への寄付を、ジョリーが着服したという話で、むろん、完全に言いがかりだという。わたしは、威光を浴びようとジョリーを仰ぐ信徒たちのことを思った。自分にどれくらい余裕があるかを計算して、ジョリーのあたたかく湿った手に紙幣を押しつけていたにちがいない。警察はジョリーが何に金を使っていたのか、どこに記録を保管しているのか、そんなに親しい友人なのにジョリーが利益を分けてくれないのはなぜなのか、を父親に尋ねた。かつて警官たちのために祈ったことがあった父親は、答え方を正確に知っていた。「ノーコメント」午後はそれで押し通した。

警察は、深夜に父親を解放した。所持品を返すとき、警官が薄い硬貨数枚をさっと床にはじき、父親は体をかがめて拾わざるをえなかった。

「いっぺんに使うなよ」警官は言った。

その後、父親はわたしたちをそばに集めた。「われわれのような暮らしを望む者は、世間に迫害される」わたしは母親とふたりで学校から出ていったとき、廊下に響いていた笑い声を思い出した。父親はわたしの首に片手を置いた。まだ冷たかったその手を、わたしは自分の手のぬくもりであたためた。

その夜、何ヵ月かぶりにイーサンがわたしと話をしたがった。寝ようと思ったときに、イーサンの部屋から呼ばれて、その声があまりに低かったので、気のせいかと思った。もう一度呼ばれたので、イーサンの部屋のドアをノックして、中へはいっていった。イーサンは制服のズボンを穿いてベッドに寝転び、聖書を頭上に掲げていた。わたしが足を踏み入れたとたん、イーサンがそれを投げつけてきた。速すぎて手で受け止められず、聖書が胸にあたって痛かった。「つまり」イーサンはそう言って笑った。「〝盗んではならない〟ってことさ（出エジプト記二十章十五節）」

「まだ何もわからないでしょ」わたしが言うと、イーサンはまた笑った。

「何に金を使ったと思う？　絶対、後ろ暗いことにちがいないさ。ジョリーのやつ。もともといかれてたけど、これは予想してなかった」

「父さんもかかわってると思う？」

「それはないんじゃないかな。ジョリーは儲けを分け合おうとする人間じゃないと思う。ただ――こう言ったらなんだけど――今回のことで、父さんの精神状態がよくなるとは思えない」

「どういう意味？」わたしは我慢できずに訊いた。

「父さんの大親友みたいな言い方だね」

「少なくとも、ぼくはテーブルに席を用意されてるからな」

イーサンは立ちあがった。以前からわたしより背が高かったが――わたしはデライラよりも低い――この一年、イーサンはさらに体力をつけてきた。腕や胸に筋肉がついているのがわかる。夜、トレーニングしている音がした。妙な動きが何度も繰り返される音と、激しい息遣い。自分を鍛えはじめていたのだ。イーサンはわたしの一フィート先で足を止めた。わたしは父から言われていたとおりに胸を張り、不安を顔に出すまいとした。

「父さんは自制心を失いかけてると思う」イーサンは言った。声を抑えているので、こっちから近寄る。

「自分に対して世界が陰謀をめぐらしてる、って父さんはいつも思ってる。この家のなかに、自分の王国を造るとも言ってるしさ。今回の警察との一件は——父さんのそういう疑いを裏づけるだけだ」

イーサンは知識を伝えることを大いに楽しんでいた。大事なのは、感謝を示されることであり、それを求めるのは、自分がだれより利口なことを確認するためなのだ。わたしはそのことばの処理に時間がかかるとでもいうようにうなずき、訊く価値がありそうな唯一の質問をぶつけた。「それで、わたしたちはどうするの？」

「自分の面倒は自分で見るんだ、レックス。これからは、おまえたちのことまで気にする余裕がなくなる」

イーサンはそれが言いたくて、わたしをここに呼んだのだと思った。わたしたちの破滅を覚悟し、協力し合う気はない、と伝えるために。わたしは出ていこうとしたときに、自分だけが知っていて、イーサンが知らないことがひとつあるのを思い出した。

「なんで、きょう学校に来なかったの？」

「行ったさ」

「嘘。母さんがみんなを迎えにきたのに、イーサンはどこにもいなかった。今週ずっと休んでるんだよね」

「たぶん、学ぶべきことは残ってない」

「ばかなこと言わないで」

「いいんだ、もう。ぼくはもう少し価値のあることに時間を使う。たまに図書館に行ってるし。おまえたちは、わざわざ行かないだろ。それに、たまに——」

「何？」

「たまに金を恵んでもらう」

「どういうこと？」

イーサンは顔をゆがめ、憂いを帯びた笑みを浮かべた。「一ポンドでもよぶんに金が手元にあることってないだろ？　母さんがぼくにサンドイッチを持たせるのを忘れてさ」笑みが震え、ひび割れて笑い声になる。数秒後、わたしが笑っていないのを見ると、イーサンは目元をぬぐって、またベッドに転がった。

「もう学校はあまり大事じゃなくなると思う」イーサンは言った。「ムア・ウッズ・ロードの教区では」

認めたくなかったけれど、イーサンが学校について言ったことは正しかった。つまり、わたしがファイヴ・フィールズ・アカデミーにもどることはなかったのだ。ジョリーが逮捕された翌日、父親が早朝、家のなかをうろうろしている音がした。外はまだ暗くて、わたしはぬくぬくと心地よく過ごしていた。おなかもすいていなかった。目を閉じて、布団をかぶり、次に目を覚ましたときには、あたりが明るくなっていた。床のいつも置いてあるところに、目覚まし時計がなかった。「寝坊しちゃった?」イーヴィが亀みたいに布団から首だけ出して言った。

「わかんない」

わたしはベッドのなかで、パジャマの上から制服のセーターを着て、寒さに備えた。キッチンへ行くと、両親が手をとり合ってすわっていて、母親が父親のこめかみあたりの髪を撫でていた。ふたりの前のテーブルには、目覚まし時計がずらりと並んでいる。子供たちの部屋に置いてあったものだけではなく、廊下や居間の時計や、デライラが九歳の誕生日にもらったピンクのプラスチックの腕時計まであった。わたしがキッチンへはいっていくと、母親と父親がごそごそ体を動かした。父親はわたしが選んだ服装を見て、粗相をした子供を見るように微笑んだ。「それはもう必要ないな」

キッチンの時計が掛かっていた場所に、父親の手でライフハウスの十字架が掲げられていた。レンジの上のほうに吊るされていて、妙な感じだった。

「ほかの子たちを起こしてきたら?」母親が言った。

「そしたら、みんなに知らせるから」

全員がキッチンに集合すると、父親が話しはじめた。ジョリーの身に起こったのは、ひどいことだ、と父親は言い、さらにつづけた。のどかな集まりかもしれないのに、宗教団体に対する当局の態度には首をひねらざるをえない。おまえたちの落胆や自意識、おまえたちの罪や――そこで、わたしに視線を向けた――おまえたちの冷笑主義のなかにも、そういうものが影響しているのが見てとれる。だから学校教育の枷《かせ》をはずし、もっと自由で、もっと焦点を絞った生き方をはじめるべきだと心を決めた。子供たちをみずから教育するつもりだ、という。

この知らせに喜んだのは、ゲイブリエルだけだった。

「ってことは、ぼくたち学校に行かなくていいの？」ゲイブリエルが尋ねると、父親がうなずき、ゲイブリエルは息を呑んで、握った両手を胸にあてた。

子供たちが毎日をどう組み立てたらいいか、父親には考えがあった。時刻は気を散らす無用なものだから、父親が管理することにする。つまり、始業ベルや下校時間の指示がない世界だ。これまで学校で使っていた本は捨てなければならない、その日のうちに回収する、という。いままでそうした本から得た知識を捨てるかどうかを決めるのは、おまえたちだ、と。

「忘れなくちゃならんこともある」父親は言った。「だが、おまえたちには学ぶべきことが山ほどある」

その朝、父親は手紙を二通書いた。一通は、ファイヴ・フィールズ・アカデミーの校長宛、もう一通は、イーヴィ、ゲイブリエル、デライラがかよっていた学校の校長宛だ。通りいっぺんの儀礼的な手紙で、こんな内容だった。わが子を自宅で教育する権利を行使することを望む。カリキュラム《curriculum》を吟味した結果（カリキ《curri》ュラ《cula》だ、とイーサンは自分を抑えきれず、わたしに口の動きで正しい複数形を伝えた）、その程度なら自分と妻で教えられると確信した。委員会の訪問は歓迎する。

「委員会の〝やることリスト〟上で、おれたちがどこにいるのかわかるか」父親が訊いた。母親が夫を見あげて、目を見開いて、かぶりを振った。

「一番下」父親は言った。「列の最後尾だよ」

父親はため息をついた。それも、これ見よがしに。

昼食のとき、わたしはトイレに行くために席を立った。わたしとイーヴィの部屋で、床に本の小さな山ができているのを見た。先週、学校の図書室から借りてきた本だった。もう全部読んでいたけれど、急にこんなことになって返却できなくなった。図書館員を失望させてしまうと思った。一度も罰を科せられたことがないとわたしを褒めてくれた人で、人間より本のほうがずっと好きだった時期があると話してくれた。わたしはひざまずいて、本の背を調べた。ファンタジー小説が何冊かと、R・L・スタインの本が一冊あったほか、ジュディ・ブルームの本もあった。こうなった以上、救うことができず、このまま処分されてしまうだろう。わたしはしまってあったギリシア神話の本を取り出すと、かぶせてあったセーターをとって、表紙と金色の前小口にふれた。いままでの自分の所有物のなかで、いちばん素敵なものだと思った。その本をマットレスの下にたくしこんだ。父親に見つからず、夜になったら自分たちが手にとれるところに。バスルームで、鏡に映った自分の姿をしばらく見つめた。「考えて」わたしはそう言って、自分の唇がそのことばを吐き出すのをながめた。そのときはじめて、リュックサックに荷物を詰めて真夜中にムア・ウッズ・ロードを出ていく自分を想像した。イーサンがやったことをわたしもやってみよう、だれかにお金を恵んでもらえばいい。マンチェスターか、ロンドンにだって行けるだろう。ミス・グレイドを捜して、そこに置いてくれと頼みこめばいい。わたしは体をまっすぐ起こした。ばかばかしい思いつきだし、イーヴィを置いていくわけにはいかない。考えすぎだと思い、口角をあげると、そのまま笑みを張りつけてキッチンへもどった。

ライフハウスが閉まる直前、二軒先にパソコンショップがオープンした。ショップの名前は〈ビット・バイ・ビット〉。「ペテン師たちめ」はじめてショップの看板を見たとき、父親は後ろにいたわたしたちをせかしつつそう言った。

　いつ通りかかっても——週末の礼拝か、夜の祈りの集会に向かう途中——ショップは混んでいた。剃りあげた頭とごちゃごちゃしたタトゥーが目を引く若い女性がレジにいた。窓には高齢者向けの無料パソコン教室を宣伝するチラシが貼られていた。学校で情報技術《IT》の授業があって、おもに学校のセキュリティを破ってポルノサイトを見つけようとする男子たちに費やされていたが、わたしはメールの送り方も、書式の体裁の整え方も知っていた。父親はイーサンにもっといろいろなことを教えていたが、イーサン以外の家族にまではその教えは及ばなかった。

　わたしはドクターKの前で、ふと〈ビット・バイ・ビット〉の話をした。ホローフィールドについて話していたときに、思い出せることがあまりないと言ったら、ドクターKは手をあげて、むずかしい顔でこう言ったのだ。「そのショップの話をしましょう。それと、あなたのお父さんにとってそのお店がどんな意味を持っていたのかも」

「気に入らなかったみたい。それははっきりしてると思う」

「なぜそう思うの？」

「自分の事業がうまくいかなかったから。嫉妬してたんじゃないかな」

「失敗を思い出させるものだったんじゃないかしら」ドクターKが言った。「忘れようとしていた——そのために引っ越しもした——ことを」

「ただのショップだったけど」

　ドクターKは興奮したときの癖で椅子から立ちあが

り、窓のほうへ歩いていった。ハーレー街に面した縦長の窓ではなかった。これはまだ、サウスロンドンの病院ではじめて出会ったころの話だ。当時ドクターKのオフィスは一階にあって、すぐそばで医師たちが喫煙していたので、つねにブラインドをおろしてあった。

「ちょっと付き合って、レックス。お父さんの頭のなかにはいりこんで――ええ、居心地が悪いところだっていうのはわかってる――彼の失敗例を考えてみて。プログラミング講座。ITサービス部門での仕事。ライフハウス。偶像として崇めていた人物の逮捕。失敗に次ぐ失敗。あなたのお父さんのような人は、風変わりで傷つきやすいの。簡単に壊れてしまう――磁器に細かいひびがはいっただけで」ドクターKはわたしに向きなおって、にっこり笑った。「汚物があふれ出してようやく、壊したことに気づくってわけ」

「失敗してる人は山ほどいる」わたしは言った。「毎日。四六時中」

「脳の配線は、人によって少しずつ異なっているの」ドクターKは肩をすくめ、また椅子にすわった。「お父さんに同情しろっていうんじゃないのよ。ただ、理解しようとしてみて」

お互いに相手が話すのを待って膠着《こうちゃく》状態に陥っていたが、こういうことはよくあった。

「それが、あなたの役に立つと思うから」ドクターKは言った。

これはわたしが学校へもどった年の話で、平日の夜のことだ。このあとまだ理学療法士の予約があって、宿題も片づけなくてはならなかった。「もういい？」わたしは訊いた。

ドクターKが最後に試みた。「ショップがオープンしたのはいつだったか覚えてる？」つづけて言う。「束縛期と関係あると思う？」わたしはすでに立ちあがって、コートに袖を通そうとしていた。

「もう行かないと」わたしは言った。「ほんとに。お父さんが待ってるから」

嘘だった。わたしは病院の受付にすわり、ドクターKがオフィスから出てきてその独特の姿がスライドドアを通っていくのを見ていた。嘘がばれるとまずいので、水飲み器の陰に隠れるようにして。父親のことを思うとき頭に浮かぶのは、脱走後、新聞各紙に載ったさまざまな写真だった。説教壇に立つ父親（〝死の説教師〟）、ブラックプールのセントラルピアという桟橋にいる父親（〝かつては普通の家族だった〟）。わたしには父親のほんとうの顔が――喜びや落胆で引きつる顔が――思い出せなかった。きっと、本人はそれで満足だろう。おれをつかまえることはできないんだ、と思うにちがいない。

当然ながら、ドクターKは正しかった。〈ビット・バイ・ビット〉がオープンして、数カ月後に束縛期がはじまったのだから。まだ外を歩いていたころ、最後にショップの前を通ったとき、窓が割れていた。穴は段ボールでふさがれていて、陽気な文言が添えられていた。〝めげずに営業中〟

二週間のあいだ、わたしの世界はオフィスとホテルだけだった。そのあいだを往復し、わたしが近づいていくと黒塗りのタクシーがライトを点灯した。満足に睡眠がとれず、一日のなかに、はっきりした終わりもなければ、はじまりもなかった。ただ、パソコンや携帯の画面下に表示される数字が、次の日付に変わっただけだ。

遺言検認書は部屋の金庫にしまってあった。帰ってきて書類がなくなっていたらどうしよう、となぜか心配でたまらなかった。ホローフィールドへの訪問予定を組みなおしてほしいとビルに頼んであったのに、さっぱり音沙汰がなかった。ビルは匙《さじ》を投げたのだ、としばらくのあいだ思っていた。タブロイド紙にこんな見出しの記事が載ったからだ。〝ホローフィールドの恐怖の館、家族はいまどこに?〟。一家のだれが情報を売ったのか、と議会のメンバーが額を寄せている光景が思い浮かんだ。見開きページの記事で、世間に出まわった例の庭の写真が真ん中に載っていた。わたしたちの姿は消されて、七つの黒いシルエットと、それぞれの仮名が記されていた。記者は余白に、わたしたちのことを短く紹介していた。イーサンは〝激励者〟。ゲイブリエルは、親しい関係者によれば〝問題をかかえている〟。少女Aは〝逃げまわっている〟。ビルはため息をついていた。そして、もう一週間待とうと言った。

十一時四十七分、締切の十三分前に、ジェイクが〈クロモクリック〉を代表して書類に署名をした。静かな会合だった。デヴリンはニューヨークにいた。〈クロモクリック〉の事務弁護士たちは各地からの参加だった。わたしが夜勤の秘書に、シャンパンのボトルを一本とグラスをふたつ用意してほしいと頼むと、彼女はため息をついてから、ゆっくりと事務所のキッチンへ歩いていった。そしてボトルを手渡しながら、顔をしかめて言った。「おめでとうございます」

ジェイクは会議室の窓辺に立っていた。振り返って、にやっと笑う。「一生のなかで、こんな瞬間もそうそうない」ジェイクは言った。「そうでしょう?」

この件でジェイクがいくら儲けたのか、わたしは正確に知っていた。「一度あれば上出来だと思います」わたしは言った。「乾杯」

「あなたも人生をやりなおせるんじゃありませんか」

わたしは笑った。「これがわたしの人生ですから」

「疲れませんか」

「ええ。でも、いいんです。考えることがつねにあって。ほかに行くべきところもある。以前はずっと退屈してました——もう、ほんとにうんざりだったんです。だから——まあ。いまはそんなに悪くないんですよ」

「あなたの上司、かなりきびしい監督のようだけど」

「彼女はこの会社につとめて三十五年ですから」わたしは言った。「それもやむをえないかと」

ふたりともまた窓のほうを見た。隣のオフィスにも、まだわずかながら人が残っていた。シティではいつも、だれかがわたし以上にひどい夜を過ごしているということに、いくらか心が慰められた。

「昔、妹とゲームをしたことがあったんですけど」わたしは言った。「百万ポンドあったらどうするかを考えるんです。あなたならどうなさるか、うかがってもいいですか」

ジェイクは笑った。「あなたも知ってのとおりですよ」

「他意はなかったんですけど」

「家を建てようかな」ジェイクは言った。「子供のころからずっと思い描いてた家がありましてね。実際に育った家とは全然ちがう家を。だれに訊いても、大なり小なり似たような答えなんじゃないですかね」

「ええまあ、子供のころのことでしょうね。わたしは書斎が欲しかった。妹はコンバーチブルを欲しがってました」

「妹さんの場合は、お釣りがくるな」しばし押しだまったあと、ジェイクは言った。「あなたもまちがいなく、自分の書斎を手に入れますよ」

わたしたちはエレベーターホールで、ジェイクが乗るくだりのエレベーターを待っているあいだに握手をした。アドレナリンが湧き出てきた。自分がちっぽけで、薄っぺらになっていく気がした。

「ところで」ジェイクが言った。「ちょっと思ったんだが――あなたは予想してたのかな。〈クロモクリック〉がこうなると」

わたしは笑って言った。「いいえ」

「ここだけの秘密だけど」ジェイクが言った。くだりのエレベーターに乗りこみ、閉まるドアのあいだからつづける。「わたしもですよ」

空っぽのオフィスの前を次々と通って、自分のデスクまで歩いた。デヴリンからのメッセージが待っていた。〝手があいたら電話して〟デヴリンからのメールも届いていて、〝留守録にメッセージを残したから〟と書いてあった。

「おめでとう」受話器をとるなり、デヴリンは言った。

「ありがとう。よかったです」

「よくやったわ。みんなも喜んでる。ニューヨークで食事会があるんだけど」

「そうこなくちゃ」

「二週間先に。ジェイクが出張でこっちに来るの。ほかのパートナーたちも。それまでに、あなたがもどってこられるといいんだけど」

「もうじき帰ります。あとひとつだけ、やることが残っていて。週末に妹が手伝いにくる予定で。彼女が来てくれたら、楽になるから」

「よかった。あと二、三日ね。進行中の案件は山積みだけど、今週はもう何もないから」

「それを聞けてよかった」

「あたしにはまだあるんだけどね。もう帰りなさいよ、レックス」

タクシーを呼ぼうとしたものの、気が変わった。これで十二日ものあいだ、日中はずっとオフィスで過ごしていて、夜もほとんどオフィスにいる。わたしはローファーを蹴るようにして脱ぎ、歩くことにした。

暗いロビーを通り抜けて、シティへ出た。いつの間にか、夜はひんやりするようになっていた。人気《ひとけ》のない歩道と、明かりの消えた巨大なビル群の隙間を、風が吹き抜けていた。わたしはイングランド銀行の塀に沿って歩き、豪華な柱や、ドアの上でつとめを果たしている彫像の前を通り過ぎた。ウェリントン公が馬上から、夜の車の流れを捌《さば》いていた。チープサイドに軒を連ねる古い貿易会館の前を通り、光り輝く灰色のドームを頂くセント・ポール大聖堂の敷地内を突っ切った。はじめてここに来たのは、ドクターKの手を離れ、恋に落ちたばかりで、かつてないほど希望に満ちあふれていたころで、そのときにシティが示してくれた約束を思い出した。当時の気持ちは、いまもさほど変わっておらず、抑えようとしても記憶があふれ出してきた。シティはいまなお、ささやかな希望を与えてくれた。どの仕事もうまくまとめられるといいと思った。デヴリンの幸せがつづけばいいと思った。お金を稼いで、朝食やタンポンを買えるか心配しなくて済めばいいと思った。ミレニアム橋を横目に過ぎて、テンプル地区の回廊に囲まれた中庭を通った。JPはまだ、暗い迷路のような建物のなかで、背を丸めて仕事をしている最中だろうか。オフィスに蛾《が》がはいりこんでいたせいで、法服や鬘に虫食いの穴がいくつもあいたことがあった。わたしはオールドウィッチで北へ曲がり、生者の地へもどっていった。ロミリー・タウンハウスのドアマンが今夜もまたわたしを迎え、おやすみなさいと挨拶をした。

木曜の朝早く、わたしはロンドンを発った。ソーホーではキツネがゴミ袋のにおいを嗅いでまわっている時刻、まだ日がのぼる前のことだった。わたしはそのままレスターへ向かい、ガソリンスタンドの土手で、車の流れが滞りはじめるのをながめながら、朝食をとった。ビルから、翌日のアポイントを確認するメッセージが届いた。大型トラックの運転手がそばで足を止めて、コーヒーを飲み終えながら、どこへ行くのかとわたしに尋ねた。「おれがあんたなら、急ぐけどね」イーヴィを空港に迎えにいって、ホローフィールドへ行くまでに七時間あったが、途中でもう一カ所寄りたいところがあった。「ありがとう」わたしが言うと、運転手は手を振った。わたしはまたポリッジを食べはじめた。

渋滞が途切れるのを待ってふたたび車を走らせ、シェフィールドを目指してピーク地区にはいった。思えば、わたしたちきょうだいは遠く離れてばらばらになってしまった。引きとり手の意思のみで、わたしたちの居場所は決まった。みんなで集まろうという話があってもほとんど実現しなかったのには、そういう理由もあった。ノアを養子にするにあたって、そういう集まりには参加させないという条件が出された。イーヴィも集まりに出るのは気が重いらしく、長距離電話でやりとりするか、わたしのところへひとりでやってくるのを好んだ。イーサンは大学での地位をたしかなものにして以来、わたしたちの現実、つまり委員会が用意した部屋に集まった風変わりな子供たちに対する興味を失った。ゲイブリエルはいつも、養父母のクールソン＝ブラウン夫妻に連れられてきた――夫妻はマスコミに提供するための貴重な恐怖のネタを探しにきているのではないか、とわたしは思っていた――デライラは最後の話し合いの直前までずっと渋々やってきて、ガムを嚙み、最新機器に気をとられていた。ドクターKからは、会わないのが一番いいし、さびしがるようなことでもない、と言われていた。

クラッグフォース・クリケット・クラブで、わたしは草地に車を停め、サングラスを押しあげた。車から降りたとたん、全身白ずくめの老人が歩いて近づいてくるのが目にはいった。片手に杖、もう一方の手にはバケツを持っていた。見つかってしまった、と一瞬わたしはありえないことを考えた。いつかわたしがやってくるのを、街をあげて待ち構えていて、適切だと思う方法でノアを守ろうとしているのだ、と。

「五十ペンスの寄付を」老人は言った。「駐車代として」

「ああ。ええ――もちろん」

木の杖の先がクリケットのボールの形になっていた。縫い目まで刻まれている。「それ、素敵ですね」わたしが言うと、老人は小さく笑った。わたしは十ポンド札を取り出して——言われた額よりずいぶん多くてむしろ気まずく感じたが、小銭がなかった——バケツに入れてから、こう言った。「お釣りは結構です」

「手元にいくらか残しとくといいよ。クラブハウスのバーは、六時前なら一杯ぶんの値段で二杯飲めるから」

「それはどうも。ありがとう」

老人はすでに次の車を探しはじめていたが、肩の上から手を振ってくれたので、こちらも振り返した。

パビリオンをまわりこんで、その先のピッチへ向かった。街はなだらかな緑色の丘陵に囲まれていて、近くの尾根を歩く人々が、空を背景に小さく見えた。建物の陰の、ちょうどスコアボードの下にベンチがいくつか置かれているが、見物している人たちは、日があたるフィールドの端に集まっていた。わたしは少人数の集団から二、三メートル離れたところに立って、スコアを見た。JPが大のクリケット好きだったので、わたしもそれなりにルールはわかっていた。夏の週末、JPが仕事をしなくてはいけないときは、BBCのラジオ〈テスト・マッチ・スペシャル〉がフラットじゅうに響き渡っていた。あたたかく心地よい音だった。父親はクリケットをゲイのスポーツと呼んだ。

クラッグフォースの攻撃中だった。三人で五十二点。次の打者《バッツマン》がたったいま打席にはいった。自信がなさそうにバットを振り、ディフェンス・ショットが大半を占めている。わたしは何を期待しているのか自分でもよくわからないまま、スタンドで待っている少年たちのほうを振り返った。集団のなかにいた男性のひとりがバウンダリーに沿ってふらりと歩いてきて、わたしのそばに来た。クラッグフォース・クリケット・クラブのキャップをかぶっている。

「こんにちは」その男性が言った。「悪くないスタートですね」

「ええ」

「保護者のかたですか」

「いいえ、ちょっと寄ってみただけなんです」

「悪くない土曜日の過ごし方だ」

「そうですね」

　わたしは早くも汗をかきはじめていた。サングラスをかけなおして、顔にかかった髪を払った。「飲み物をとってきます」わたしは言った。

「ええ。たぶん、夏の終わりの売り尽くしをしてるんじゃないかな」

「車で来てるので。残念ですが」

　クラブハウスはひんやりしていて薄暗かった。モスグリーンの絨毯が敷かれていて、壁一面にチームの写真が飾られている。さっき駐車場で会った老人がバーにすわって、満杯のパイントグラスを手に持っていた。

「人の話を聞いてなかったみたいだね」

　わたしは笑った。「ダイエット・コークをひとつだけ」そう言うと、バーカウンターの奥にいた若い女性がうなずいた。

「店のおごりだよ」つづけて老人はカウンターの女性に言った。「この人、駐車場で有り金をはたいちまって」

「ありがとう」

「遠くからお越しなんですか」カウンターの女性が、グラスがいっぱいになるのを待ちながら訊いてきた。

「ロンドンから」

「どうりでえらく憂鬱な顔してるわけだ」老人が言い、わたしはにっこり笑ってみせた。飲み物を持って、日差しの下へもどる。キャップをかぶったさっきの男性がまだひとりで立っていたので、そこへ行かないのも変な気がした。さっきの臆病なバッツマンがアウトになって、父親らしき人物ときびしいやりとりをしている。「まだたいして進んでませんよ」知り合ったばかりの男性が言った。

「毎週来てるんですか」

「ええ、なるべく。息子が昔このチームでプレーしてたんです。幸せな時間でした」

「そうですか」

　男性は微笑んだ。「いい街です。みんなが互いのことを気にかけ合って。そうどこにでもあるものじゃない」

「ええ。そうでしょうね」

　新しいバッツマンが打席に立った。強打して、苦もなくバウンダリーまでボールを飛ばす。わたしはコーラを飲み干して、氷を吸った。さっきの打者ふたりより見応えがある。こんどのふたりは大胆で攻撃的で、何やら大声で指示をピッチの端から端へ飛ばし合っている。暑くてだるくなってきて、ここで二、三オーバー（オーバーは投球単位。1オーバー［6球］ごとに投手が交代する）ごとにジントニックを注文して午後を過ごしてもいいと思えてきた。

「ルールはわかりますか」

「ええ、少し。クリケット好きのボーイフレンドがいたので。まあもう、過去の話ですが」

「少なくとも、得たものはあったわけだ」

「そうですね」

　何投かのあと、バッツマンが高く打ちあげてしまい、ボールがそのまま野手《フィールダー》の手におさまった。隣の男性は、顔をしかめたあと、真っ先に拍手をした。バッツマンは肩をすくめた。そしてひとりで、パビリオンへの長い距離を歩いてもどりはじめた。鮮やかな緑の芝生に、プレスの効いたクリーム色のユニフォームが映えている。そのとき、その少年がヘルメットを脱いだ。わたしはサングラスを押しあげた。

　ノア・グレイシー。

　わたしより頭ひとつぶん背が高い。わたしたちと同じ薄い色の髪が、日差しを受けて白く光っていた。ピッチにひとりで立っていたときはひどく幼く見えたが、クラブハウスに近づくと、打順を待っているほかの少年たちと変わらなかった。たしかに――子供のころ――

―わたしたちが老けて見えたのは事実だ。彼はバウンダリーのそばにいるふたりの女性のところへ向かった。建物の陰に、折り畳み椅子と保冷ボックスが置かれていた。三人が何を話しているのかは、遠すぎて聞こえない。女性のひとりが彼にバナナを渡し、彼はゆっくりと駆け足でチームへもどっていった。

ノア・カービー。

チームメートたちは群がって彼を迎え入れた。ひとりが彼に水を渡した。別の少年が彼の髪をくしゃくしゃにした。わたしの隣に立っている男性はまだ拍手をしている。「あの選手にとっては、いいシーズンだったね」わたしは口を利くことができずにただうなずいて、拍手を送った。バウンダリーにいる女性ふたりの様子を観察した。ひとりはビールを開けて、新聞を広げていたが、そのパートナーは椅子を畳みながら、村のほうを指さしていた。その人が駐車場に着くまで、わたしは動きを目で追っていた。


ライフハウスは長つづきせず、世間に知られないいまだった。ライフハウスの閉鎖が、新たに子供が生まれたのと同じころだったため、ムア・ウッズ・ロードの家が一気に満杯になったように感じられた。両親の寝室の隅にベビーベッドが押しこまれ、赤ん坊の泣き声が床から床へ反響した。父親は家族以外に説教する相手がいなくなって、ぶつぶつ言いながら部屋から部屋へと移動していた。母親がふたりをなだめ、シーッとやさしくささやく声が聞こえてきても、その腕のなかにいるのがどちらなのか、わたしたちにはわからなかった。

ライフハウスを訪れたのは、おもにわたしときょうだいだった。父親はホローフィールドの住民を改心させようと努力していたものの、父親の魅力がいつしか薄れていたことにわたしは気づいた。昔からのファン――救済という名の火遊びを求める、浮ついた母親や退屈している若い娘たち——は、父親が通りかかっても、上目遣いで見なくなった。父親の体はこわばっていて、落ち着きがなく、皮膚に静脈が浮き出るようになっていた。以前は魅惑的だった仏頂面も、いまはこわいと思われるようになっている。子供のいる母親たちは、わたしの父親が通る道からわが子をそっと遠ざけた。父親はおなかが出て、服に穴があいていて、とてもだれかを救えるようには見えなかった。

生まれたばかりの赤ん坊が、父親を静めてくれるかもしれないと期待していた。かつて生き生きしていたころを少しは思い出させてくれるのではないか、と。ところが、新たにやってきた弟は、気むずかしくて病弱だった。予定より一ヵ月早く生まれて、黄疸が出たため、退院できず、光線療法を受けた。母親が不在だった二週間、父親はむっつりとキッチンテーブルにすわって、わたしたちの作文や態度、姿勢の粗を探した。子供たちはほとんど食事を与えられず、赤ん坊が家に来たとき、わたしは安堵した。イーヴィは飼い葉桶で眠るイエスの絵のついたカードを母親に贈り、母親は赤ん坊の顔が見えるように毛布を少しめくった。弟は赤くて痩せていて、母親の腕から逃れようと身をよじっていた。イーヴィは送ったカードを取りもどして言った。

「もっと大きくなったら、こういう感じになるかもしれないよね」

わたしは母親が赤ん坊を父親に近づけないようにしているのに気づいた。出産から日が浅く、まだまっすぐ立っていられないにもかかわらず、母親は赤ん坊をコートにくるんで、湿原に長々と散歩に出た。わたしたちが勉強しているあいだ、ふたりは庭に出て、冬の弱い日差しの下で毛布にくるまってすわっていて、キッチンのドアの向こうから、くぐもった赤ん坊の泣き声が聞こえてきた。ある夜、水のグラスを片づけていたら、真夜中すぎにふた筋の息の雲を吐き出している、背の曲がった生き物を見つけた。それが三月のことで、地面に雪が積もっていた。

この赤ん坊には何か問題がある、と父親は信じていた。「この泣き方」父親は言った。「こんなふうに泣く子がいるか？」病院での二週間について、父親はおかしな理屈をこねた。「この子から、一時《いっとき》でも目を離さなかったか」母親に訊いた。そして泣き声が大きくなると、さらにこう言った。「おれたちの子だっていうのはたしかなのか」

まず本が消えたあと、次は贅沢品が消えた。カラフルな服、シャンプー、以前もらった誕生日プレゼント。父親は役所の人間が中をのぞきこめないように、窓を段ボールでふさいだ。わたしたちが外に出なかったのは、禁じられていたからではなく――最初はそうだった――出たくなかったからだった。わたしは三枚のTシャツを順番に着ていたが、どれも腐ったようないやなにおいがして、スウェットスーツのズボンは股のところにいくつも穴があいていた。本通りでカーラとアニーにばったり出会う場面を想像し、自分が恥をかくシーンをこんなふうに演出した。ふたりは悲鳴をあげて逃げていく。あるいは礼儀正しいふりをして、わたしが後ろを向く直前に、信じられないというように長々と顔を見合わせる。ゲイブリエルだけが父親について スーパーマーケットへ行って、帰ったときには鼻をするか、打撲の傷を作っていた。欲しいものを見つけても、ねだってはいけないということを忘れてしまうのだ。

家以外の場所は輪郭があいまいになって、そのうちにぼやけはじめた。ムア・ウッズ・ロードまでの道のりは思い出せたが――ゆるやかにはじまって、交差点へ向けて勾配が急になる――坂道をくだっても、住宅群も、ホローフィールドの細々したところも見えてこなかった。本通りのいろいろな店のあいだを歩くありふれた夢を見た。店は順序正しく現れた。書店、〈ビット・バイ・ビット〉、チャリティショップ、生協、病院。ライフハウスがあった場所のシャッター。わたしは店主に話しかけながら、ゆっくり時間をかけて紙袋いっぱいに食品を買った。どの夢も、現実と見紛うほど平凡だった。

きょうだいは、ともに学ばなくてはならなかった。わたしの知らないことを父親はほとんど教えてくれなかったので、わたしはきょうだいを観察した。デライラは大袈裟に始終ため息をつき、ときには疲れ果てて日記に顔を突っ伏した。ゲイブリエルは顔から二インチの距離に本を構え、ひとつひとつの文字に秘密を打ち明けてくれと懇願しながら、いらいらと本を凝視していた。イーヴィはまじめに勉強に取り組み、父親が口にした単語をすべて書き留めた。

週に一度か二度、イーサンが申し出て、数時間だけわたしを父親の手から引き離してくれた。イーサンは気が進まない様子で、ひどく怒ったふりをしていたが、それすら自分が何か話し合いたいことを思いついた場合にかぎられていた。だれより持ち物が手元に残っていたイーサンは、自分の部屋で壁にもたれてベッドに腰かけ、『経済学者のための数学』や『カンタベリー物語』を開いた。「こっちへ来いよ」顔もあげずに言い、わたしが隣にすわると、簡潔に早口で話しはじめて、わたしがピリオドのところまで理解するのを待ってから、また話しはじめた。

夜になるのが待ち遠しかった。長ったらしい授業のあとは、わたしたちの運動と、父親のディナータイムのゲームだった。イーヴィとわたしには本が三冊残っていた。地図帳と、図解入りの辞書と、マットレスの下に隠した神話集。家じゅうが静まると、イーヴィはさまざまなものの残骸を越えて忍び足でやってきて、わたしの布団の上に乗った。まず部屋の寒さ、そのあと入れ替わりにイーヴィの体のぬくもりを感じた。

「今夜はどれ？」わたしは尋ねた。飽きないように、少しずつ読むのが大切だと思っていた。

「どれでもいいよ」

「ほら、選んで」

「でも、ほんとだもん。どれも好きだから」

暗闇のなかでも、イーヴィが微笑んでいるのがわかった。微笑みの音が聞こえた気がした。イーヴィがスイッチを押して、ベッドサイドの照明をつけた。イーヴィの好きな単語は〝車〟で、辞書には、海沿いの道を走るマスタングの写真が添えられていた。わたしの好きな単語は〝窓からの放出《ディフェネストレーション》〟だった。ふたりの好きな国は、もちろんギリシアだ。地図の上にわたしたちのヒーローの移動ルートを見つけて、指でその道をたどり、自分たちの旅の計画を立てた。


　春が来てはじめてのあたたかい日に、わたしたちは庭で半月形にすわって、父親と向かい合っていた。その日、父親は寛大で、カリスマらしかった。母親は赤ん坊と家のなかにいて、静かな午後だった。父親が時間割を変更し、弟子の身分についてみんなで学んだ。

「指導者たちの言うことを聞き入れ、服従しなさい。この人たちは、神に申し述べる者として、あなたがたの魂のために心を配っています（ヘブライ人への手紙十三章十七節）」父親は目を閉じて、太陽を仰いだ。「わが卓にユダはいない」わたしは、聖書のなかでいちばん興味深い人物は、まちがいなくユダだと思っていた。裏切りの代価として支払われた銀貨を、哀れにも返そうとするところが好きだった。返せばどうにかなると思っていたのだろうか。イーサンとは、イエスの死に関するさまざまな説明について議論し、それこそが聖書を歴史的事実ととらえることができない証拠だとして意見が一致していた。実在の人物なら、死ぬのは一度きりのはずだ。


　授業後、遊びの時間が残ったので、みんなで鬼ごっこをして庭を駆けまわり、父親がそれをキッチンのドアから見守っていた。わたしが鬼だった。デライラに跳びかかって脛をつかみ、母親の植えた野菜が育とうとしている土の上にふたりで倒れこんだ。日が傾きつつあるなか、地面から目をあげると、きょうだいたちがおなかを抱えて笑い、息をあえがせながら、散り散りに逃げていた。だれかがわが家をまわりこみ、庭の柵を越えてこの光景を見たら、奇妙な古臭い服を着た、同じ髪色のわたしたちを、美しい家族だと思っただろう。何も心配事のない家族だ、と。

それからも、いろいろな午後が過ぎていった。

ゲイブリエルが父親の酒瓶を割った午後もあった。もう子供たちが父親の酒をとりにいく必要はなかった。キッチンテーブルの真ん中に、調味料と同じように酒瓶が置いてあったからだ。父親が昼食時に酒を飲んで、瓶をテーブルの端に移動させていた。わざとでもなければ、通りすがりにふれたわけでもなく、ゲイブリエルは立ちあがろうと思って両手をテーブルについたとき、片方の手を瓶の上に乗せてしまった。瓶は無事だったのかもしれないとほんの一瞬思ったが、それも酒だか血だかが目にはいるまでのことで、次の瞬間、瓶は粉々になって部屋じゅうに飛び散った。

父親は家のなかのどこかにいた。二階から、赤ん坊のくぐもった泣き声が聞こえた。わたしたちはゲイブリエルに目を向けず、ただ待っていた。ゲイブリエルの手首を、血が流れ落ちていた。輪の中心にひとりで立っていたゲイブリエルが泣きはじめた。

「おい、ゲイブ」イーサンが言った。「泣くのをやめろ」

父親はゆっくりと時間をかけて、キッチンにやってきた。何が起こったのか尋ねるまでもなかった。父親は濡れたテーブルを指で撫で、その指を舐めた。「おいおい、ゲイブリエル。まったくどうしようもないやつだ」

父親は手のひらを息子の頬に押しあてて、軽く揺すった。

「おまえのことは、どうすりゃいいんだ」父親が言い、揺すっている手がこわばって、はじめはやさしい手つきだったのが、寝ている人を起こすときのようにだんだん叩き方が強くなった。もはや平手打ちだ。

「いくらするか、知ってるか」父親が言い、こんどは拳に変わった。わたしはイーヴィとテーブルのあいだに体を入れて、イーヴィが目の前の光景を見ないで済むようにした。

「知らんだろ。おまえは価値のあることを何も知らん」

「やめて」デライラが言った。父親は声をあげて笑い、デライラの口調をまねた。やめて、やめて、やめて。一度打つごとに一度。デライラがみんなの輪から足を踏み出した。デライラの姿を見るのは——まともに見るのは——久しぶりだった。デライラは記憶にあった姿より、うんと痩せていた。目のまわりと頬骨の下がくぼんでいる。デライラが死人のような両手で父親の手をつかんだ。

「ねえ、わからない？」デライラは叫んだ。「ゲイブリエルは見えないんだよ！」

野生動物をなだめようとするかのように、デライラは父親の握り拳をつかんだ。顔と顔の距離は、わずか二、三センチ。息のにおいがわかるほどの近さだ。

「見えないんだって」デライラがもう一度言った。

ゲイブリエルは自分の席にもどっていた。キューピッドの弓の形の上唇に、血が溜まっていた。いつしか泣きやんでいる。

「みんなで片づけるから」デライラが言った。

「うちの子はみんな見える」父親はそう言って、部屋から出ていった。

叔母のペギーが訪ねてきた午後もあった。そのときの出来事がペギーの本からは省かれていて、その事実にものすごく驚いた。そんなことをして、なんの意味があるのだろう。ドクターKの指導のもと、その本──『姉のおこない──間近に見た悲劇』──を読み終えたとき、わたしは吐き気を催すほどの気持ちの高ぶりとともに、ページをめくってたしかめた。わたしにとってもその午後は、なんの意味もなかったのだというこどを。

大変な一日だった。夜明け前から、赤ん坊が泣きはじめた。家じゅうのすべての部屋に響き渡る、哀れなまでに頑固な声。イーサンが不満げにうめいたあと、わたしたちの部屋との壁に何かを投げつける音が聞こえた。わたしは布団を引っ張りあげて、薄い朝日をさえぎり、できるだけ長く眠りにしがみついた。イーヴィは仰向けで唇を動かして、自分でお話を作っていた。赤ん坊が泣きやんでも、家のどこかから泣き声の余韻が聞こえる気がした。

また秋が来た。日差しを約束しない季節。父親は子供たちに、日記をつけろと言った。わたしはキッチンテーブルにすわって、真っ白なページを見た。検閲がなかったら何を書くかを考えてみた。でも、実際に書いたのは、滑稽なほど退屈な内容だった。〝きょうは、イエスが同性愛の問題をとりあげなかったことについて、長い時間をかけて考察した。イエスがこれをとりあげなかったからといって、同性愛的行動を認めたと解釈することはできない、とする父さんの見解に同意する〟。わたしは横目でイーヴィのページを見た。庭の絵を描いていて、一枚一枚の葉脈を描きこんで、その下に影をつけていた。「エデンの園?」わたしは訊いた。

「わかんない。あたしの頭に浮かんだどこか」

わたしには絵は描けなかった。現実の世界から抜けられなかったから。〝夜にはみんなくたくただった〟とわたしは書いた。〝家族全員が朝早く起きた。新しくきょうだいができたのはすごくうれしいけど、もう少したくさん寝てくれるようになるといい〟

そんな毎日のなかで、わたしは暗号やメッセージについて考えた。どれほど退屈しているかを、どうしたら――人知れず――表現できるか。小さな攻撃のひとつひとつをどう記録するか。テーブルでは、ゲイブリエルが二、三センチ先まで目を近づけて、ページの上にかがみこんでいた。それに、この家に蔓延する問題。飢餓の虚しさをどう伝えるか。何かがわたしの胃壁を堪能し、内から嚙み砕いている感覚をどう書くか。

〝母さんは日に日に、強くなっている〟とわたしは感傷的に記した。

イーヴィの庭には、手をつないで歩くふたりの影法師が描かれていた。ふたりとも会話に没頭しているみたいに、頭を傾けている。「ほんとにエデンの園じゃないの？」わたしは訊いた。

「うん」イーヴィが唇をわたしの耳に寄せて言った。「あたしたちなんだ」

イーヴィは人差し指を唇にあてて、にっこり笑った。わたしも微笑みながら目をぐるりとまわした。

そのとき、ドアをノックする音がした。

わたしのペンがページの上でずれた。

デライラが立ちあがった。

「だれ？」イーヴィが尋ねた。わたしはテーブルの下で、イーヴィの手を握った。

またノックの音。

父親がそっとキッチンにはいってきた。「お客さんだ」父親は言った。説教をはじめるときのように、両手を合わせていた。

「みんな、絶対に音を立てるんじゃないぞ。くれぐれも静かに」

父親は両手をわたしの肩に乗せた。

「レックス。一緒に来るんだ」

廊下に出ると、父親はわたしの前にひざまずいた。もう長いこと父親の目をまともに見るのを避けてきたが、いま正面から見てみると、父親はくたびれていて、だらしなかった。白髪が固まって額に張りつき、唇の端が垂れさがって、顎の肉のなかに消えている。父親からいやなにおいがしたが、口臭ではなく、死にゆく何かが潜んでいるかのように皮膚の下から漂っていた。

「客の応対を頼みたいんだ、レックス」父親は言った。「だが、それだけじゃない。これはおまえに与えられたチャンスだ――家族への献身を証明してみなさい」

父親はわたしの髪に手をふれ――いまや母親の髪と同じくらいの長さだった――顔を自分のほうへ向けさせた。

「ペギー叔母さんだ」父親は言った。「あの人がうちのことに首を突っこみたがるのは知ってるだろ。ほら、わたしたちが困ってるのを見たいんだ。おまえが言うべきことは――すべきことは――ただ、母さんと父さんは留守だってこと。みんな元気だと言いなさい。叔母さんを中に入れるなよ。できると思うか、レックス」

わたしは恨めしくキッチンを振り返った。

「いいか、レックス」父親は言った。「父さんにとっても、ものすごく大事なことなんだ。われわれ全員にとってな」

その午後のことを振り返ると、その場面が頭に浮かぶ。父親はわたしの忠誠心を信じていた。服従するものと信じきっていた。

恥辱の蔓《つる》が、おなかのなかでうごめいていた。

父親が立ちあがって、わたしの額にキスをした。わたしが居間を通って、階段をおりていくのを見守る。そのまなざしのあたたかさが、廊下を行くわたしを追い立てた。わたしは早くも笑みを浮かべていた。ドアをあける。

ペギー・グレンジャーがびくっと体を動かした。ドアから二、三歩離れたところで、寝室の窓を見あげていた。記憶にある姿より、丸くなり、老けて、ブロンドの色が薄くなっていた。その向こうに、ムア・ウッズ・ロードに停めた車からトニーがこっちをながめているのが見えた。

「こんにちは」わたしは言った。

ペギーはわたしの顔から首、服、足首、足先へと視線を走らせた。昼の光の下へ出ると、思った以上に自分が汚れていて、わたしは幼虫みたいな足を少しでも隠そうと、足の甲にもう一方の足を乗せた。

「アレグザンドラ、よね？」

わたしは笑い声をあげた。「そうよ、ペギー叔母さん。あたりまえでしょ」

「元気？」

「まあ、元気」

そのあと、考えながら言った。「叔母さんは？」

「とっても元気よ、ありがと。ねえ。お父さんとお母さん、いる？　ちょうどこのあたりまで来たものだから」

「いまいないの。ふたりとも留守で」

「いつもどるのかしら」

「さあ」

「あら、残念。甥《おい》っ子が生まれたって聞いてね。どうしても会いたかったの。赤ちゃんは元気？」

「よく泣いてる」わたしが言うと、ペギーは満足そうにうなずいた。やっぱり少し、人の不幸を喜ぶたちらしい。

「でも、元気」

「そう、よかった。じゃあ帰るわ」

ペギーは手を振ろうとして片手を持ちあげたが、そこで動きを止めた。靴がどうしても引き返してくれないといわんばかりに、足元に目を向けている。

「ねえ、レックス」ペギーは言った。「あなたのことがちょっと心配なの。正直言って、あまり元気そうには見えないわ。全然元気そうじゃない」

わたしは口を開いて、また閉じた。いまこそ暗号を。

メッセージを。いくつかぼんやり頭に浮かんだが、ひどく疲れていて、ことばにならなかった。

「レックス？」

ペギーが一歩ドアに近づいた。その顔には、これもあなたのためといわんばかりの懇願の色があった。

「あなた、だいじょうぶなの、レックス」

小さな人影がわたしのそばに猛然とやってきて、ドア枠とわたしの肩のあいだに割りこんで視界をさえぎった。

「こんにちは、ペギー叔母さん」デライラが言った。

「あら、デライラじゃないの！　どうしちゃったの。モデルみたいじゃない」

デライラは膝を曲げてお辞儀をした。その表情を見て、父に言われて割りこんだのだとわかった。

「あんたたち！」ペギー叔母さんは言った。「なんて恰好なの」

「ごめんね、ペギー叔母さん」デライラが言う。「あたしたち、ゲームをしてたとこなの。レックスに全部剝ぎとられちゃって」

「あら、まだ剝ぎとれるじゃない」

ペギーは声をあげて笑った。デライラも笑う。数秒後、わたしも笑った。

デライラが腕をわたしの肘に巻きつけた。

「電話をくれ、ってお母さんたちに伝えてちょうだい」ペギーは言った。

「わかった」

「じゃあね、さよなら」

「さようなら」

わたしはドアを閉めて、薄暗いなかへ引き返した。そこで父親がじっと笑みをたたえて待っていて、こっちが近づいたら抱きしめようと片手を挙げながら、一歩前に出てきた。わたしは目を閉じた。目をあけると、父親の手はデライラの頭の上にあって、頭皮を揺すっていたが、視線はわたしに据えられていた。

「でかしたぞ、デライラ」父親は言った。長々と楽しんだランチの終わりに浮かべるような、満足げな顔をしていた。「よくやった」

父親の卓にユダはいなかった。

それから、束縛期がはじまった。


わたしはノアの母親を尾《つ》けて村落を進んだ。ひょろりと長い石造りのコテージが、道路に首を突き出すように軒を連ねている。教会で鐘が鳴ったが、あたりにはだれもいない。カフェが一軒あって、歩行者たちが列をなし、店の外で犬が何匹か、容器から水を飲んでいた。掲示板には、聖歌隊の告知や〝子猫売ります〟のビラが貼られている。戦没者記念碑のそばにたむろして、互いに手足をからませながらアイスキャンディーを食べているティーンエージャーたちのかたわらを過ぎた。丘にはマウンテンバイカーと羊が点在している。

ノアの母親は、片手で折り畳み椅子を抱え、もう一方の腕を振って、早足で歩いた。脚に下肢静脈瘤が見えるものの、そこに目をつむれば、子供のあとを尾けている気分だった。夏で流れの穏やかな、カモの群れの泳ぐ小川を渡り、新たな道をくだった。建ち並ぶ家がだんだん大きくなって、隣の家との間隔が広くなっていった。彼女は通りの三軒目の家で足を止め、持っていた椅子を壁に立てかけた。

「ミセス・カービー？」わたしが声をかけると、彼女は振り返った。屈託のない顔で、胸に〝ボンダイ・ライフガード〟の文字がはいったTシャツを着ている。

「そうですけど、もうひとりのカービー、妻は留守です」

「息子さんがいらっしゃいますよね」わたしは言った。

「ノアっていう名前の」

「いままで一緒だったんだけど」彼女は言った。「何か――」

それから、彼女はまともにわたしを見た。鍵をはずしたのに、ドアをあけなかった。

「やめて」彼女は言った。

「別に——」

「お願い」彼女は言った。口をぎゅっと引き結び、かぶりを振ると、ぴんと張っていた、日焼けした首の皮膚がたるんだ。「お願い」

「一分だけ時間をください」わたしは言った。

「あなたがだれなのか教えて。それと、何が望みなのかを」

「レックスと言います。ノアの姉です」

わたしは肩をすくめて言った。

「通称、少女A」

彼女は自分の家に背中を預けて崩れ落ちた。泣きつくべきか、強く出るべきか、わからなかったのだろう。わたしは一歩足を引いて、芝生までもどった。ずっと両手をあげていたのだが、ばかみたいだと気づいて、手をおろした。

「はじめから」彼女は言った。「こうなるって毎日思ってた。ドアが動くたび、電話が鳴るたびに——とうとう来た、って。それから少し時間が経って、だいじょうぶかもしれない、って思いはじめて。マスコミも、家族も——捜しにきたりしないいんじゃないか、って。やり過ごせたと思いはじめるの」

彼女は目を閉じた。

「いつかだれかが来る、ってセアラはいつも言ってた。でも、この数年——そんなこと、全然考えなくなってた」

「捜しにきたんじゃないんです」わたしは言った。「本人に会う必要はありません。ただ——遺産執行の件で」

「遺産執行」彼女はそう言ったのち、笑った。「署名が必要なだけなんです。母の遺産の」

「お母さんの」彼女は言った。

彼女はドアをあけて、家のなかにはいった。「ふたりがもどってきたときに、ここにいてほしくないの」廊下の鏡に、自分たちふたりが映っているのが目に留まった。わたしは目元がくぼんで、呆然とした顔をしている。別の種の生き物のようだ。彼女がスニーカーの脇を踏んで脱ごうとしたので、わたしも自分の靴に手を伸ばした。

「そのままでどうぞ」

彼女はそう言ったあと、裸足で家のなかを歩いていった。広々とした白い部屋があり、その向こうに庭があった。奥の窓と平行に、ベンチをふたつ添えた木のテーブルがひとつあって、その上に細々したものが散らばっている。鍵束、封筒、編みかけの何か。彼女がパティオのドアと格闘したすえ、暑さが部屋のなかにはいってきた。そのあとを追って、猫がやってきた。わたしは制止されるのを覚悟しながら、ゆっくりと腰をおろした。ところが、彼女はだまってわたしに水のはいったグラスを手渡し、向かいのベンチにすわった。彼女の視線がわたしの顔の上を泳ぐ。息子の面影を探しているのだろう。彼の一部を、すでにわたしが盗んだとでも思っているかのようだった。

「何かでご覧になったかもしれませんが、母が亡くなりました」

わたしは書類をテーブルの上に置いて、顧客を相手にするときの要領で説明した。ふだんより一段大きい声で、正確を期して話をした。自分の声を意識する数少ない機会だ。ここにあるのが遺言書のコピー。これが提出書類。ここに署名を。

「ちょっと待って」彼女は言った。

そしてソファのクッションのあいだから、老眼鏡を取り出した。マントルピースの上のほうに、ドリームキャッチャーと、わたしの弟の家族の写真が飾られている。わたしは努めてそっちを見ないようにした。彼女が書類に目を通しているあいだに、わたしはイーヴィの飛行機をチェックした。いま空の上にいて、わたしがマップを更新するたびに、ちょっとずつ弾むように近づいてくる。猫がテーブルに跳び乗り、大いに不満げな目でわたしをながめた。

「気にしないで」ノアの母親が言った。「だれに対しても、そういう目つきをするの」

彼女はポニーテールのゆるみをなおした。

「ほかのみなさんはお元気？」彼女が言った。

わたしは思った。あなたはあの子をいつから知ってるの？

「みんな元気です」わたしは言った。「いろいろあったわりには」

「わたしたちの居場所を、みんなが知っているの？」

彼女はフルーツを盛った鉢からペンを一本掘り出して、先端を押して芯を出した。

「いいえ、知りません」

「はじめて彼を家に連れてきたとき」彼女は言った。「セアラはビジョンを見たの。厳密に言うと、悪夢ね。ベビーベッドのなかの小型カメラ。真夜中にノースウッドから車を飛ばしてくるあなたのお母さん。セアラは特注の警報システムを買ったわ。映画に出てくるような、レーザーでバリアを張るものを。アナグマが一匹、家の横に現れてね、セアラは様子を見にいったの、懐中電灯とスタンレーナイフを持って。彼女が前みたいに眠れるようになるのに、何年もかかった」

彼女は書類に顔を近づけて、署名をした。

「あなた、おかしくなりかけてる、って彼女に言ったわ。昼間なら、笑い飛ばせるようなことだったのにね」

彼女が書類をテーブルのこちらへ滑らせた。わたしの肩の上から向こう側を、暑くて明るい通りを見やる。

「これで」彼女は言った。「お引きとり願えるかしら」

わたしはうなずいた。ふたり同時に立ちあがり、わたしがテーブルの向こうへ手を差し出した。彼女はその手をとった。会合の最後にする、これで決まりだという握手。古い慣習。

「コミュニティセンターっていうのは」彼女は言った。「いいアイデアね。素敵だと思う」

「ありがとう。ほぼ妹の発案で。家族のなかで、あの子がいちばん善良なんです」

帰りは、彼女が後ろについて家のなかをもどった。わたしは来たときよりゆっくり進んだ。ミツバチ柄のコースターや、本棚の枯れた蘭の花が目にはいった。階段の上に並ぶ結婚式の写真や、廊下に落ちている寝室の窓の明かりも。マーベルのフィギュアが並んで暖炉を守っていた。ドアのそばに、帽子や手袋、サングラスのはいった籠があった。

「外は暑いから」彼女は言った。「日焼け止めを用意しましょうか。もしよければ」

「ご心配なく。すぐ近くに車を停めてあるので」

「悪いわね」彼女は言った。書類に署名をして、わたしを玄関まで送り出してはじめて、申しわけない気持ちにもなったのだろう。

「いいんです。もうここへは来ませんから」

「何か力になれることはある？」彼女が言う。「つまり――何か知りたいことは？」

わたしは微笑んだ。教えてもらうまでもない、と思う。すでに知っているのだから。わたしが大学生のとき、彼は自転車に乗れるようになった。冬は、ビデオゲームとクロスカントリーをする。お金や神について考えたりはしない。学校の階段を軽やかに移動し、どの教室にはいっても、だれの隣にすわればいいかがわかる。彼の部屋には五段の本棚がある。わたしは毎週日曜の夜に、あなたのことを思う。一緒に夕食をとり、ときには――わたしが思うに――食事が終わってもあなたはテーブルにとどまって、クリケットクラブやその先の一週間のことを話す。わたしはもう、彼を探さない。すでに知っているから。

「ありません。だいじょうぶです」

彼女はドアを閉めかけたが、細くなっていく隙間をふさぐように頭を動かした。そういう種類の愛情を、わたしは知っている。恥も外聞もない激しい愛情。わたしが帰ったことを、たしかめずにはいられないのだ。

「でも」わたしは言った。「ありがとう」

また別の長い夜、赤ん坊の泣き声が廊下を伝って、いっそう大きく響いた。そのうちドアが開いて、母親が部屋にはいってきた。

「ねえ、手を貸して」

腕いっぱいに毛布を抱え、そのなかに赤ん坊がいて、身をよじりながら声を震わせていた。母親はテリトリーにひざまずき、赤ん坊を毛布から出して、わたしたちのあいだにはいってきて、縛《いまし》めをゆるめた。

「あなたたち」母親は言った。「泣きやませてちょうだい」

母親はわたしからイーヴィに視線を移して言った。

「お願い」

赤ん坊はだいじょうぶ、とわたしは思った。だれかがかならずそばにいたから。わたしは赤ん坊のやわらかさと、妙なものに夢中になるところが好きだった。使い古したあやし方でも、かならず笑ってくれる。わたしは弟を抱きあげて、自分の腿のあいだのくぼみに乗せた。「こんにちは」わたしは言った。「こんにちは」赤ん坊の目はわたしを素通りして、天井の先を見ていた。こんなふうに見てみると、弟には妙なところがある気がした。何かが欠けているような。そのとき、いままできちんと弟を見たことがなかったのに気づいた。この部屋以外のことは、あまり考えないようにしていた時期があったのだ。

わたしは身をかがめて、赤ん坊の鼻に自分の鼻をくっつけた。弟はこの家のにおいがした。ぼろ着と、腐りかけた食事と、うんちのにおい。

「なぜ泣きやまないの？」母親は言った。

「ほらほら」イーヴィが言い、わたしの肩の上から、いないいないばあをした。

「もう何日もつづいてるの」母親が言う。「お父さんが――」

母親はドアのほうへ目をやった。

「賢くしてなきゃ」母親が言う。「ね？ だから――なおして」

わたしは赤ん坊を抱き寄せて、頭をわたしの肩に乗っけた。まだ泣きやまない。

「あんまり賢くないわね」母親は言った。

「何かで読んだんだけど」わたしは言った。「赤ちゃんってたくさん泣けば泣くほど、頭がよくなるんだって」

わたしは弟の足の裏をくすぐった。弟が身をよじらせると、母親はわたしの腕から赤ん坊を抱きあげて、毛布の下に生き埋めにした。もうわたしたちのことは眼中になかった。母親と赤ん坊のふたりだけ。半分は神のため、半分は赤ん坊のために、神の名を小声でつぶやきながら、母親はぼそぼそと祈りのことばを唱えた。みずからを助ける者になりますように、と神に懇願していた。

生まれてから二週間、弟には名前がなかった。手首に巻かれたタグにグレイシーと書かれていたので、弟を保育器から抱きあげた保育士は、どの母親に渡せばいいのかがわかった。弟が退院してきたとき、父親は、この子はライオンの洞窟のごとき窮地をすでに二週間生き延びたと言い表した。そして、ひ弱に生まれた体とは裏腹な名前にしたいと考えた。弟の皮膚は、ティッシュペーパー並みの薄さだった。名づけることで、弟が改心し、新たに一からはじまると思っているかのようだった。両親はキッチンに全員を集め、きょうからこの子はダニエルだと宣言した。

6　イーヴィ（少女C）

　空港で、わたしは出迎えの車の行列に並んで、イーヴィを捜した。助手席に置いた携帯電話が振動する音をさっき聞いたので、たぶんイーヴィだろうと思った。夏の終わり、キャリーバッグを引いたりカートを押したりしてスライディングドアを通って家路へ向かう人の波。イーヴィは人の群れから離れて、壁にもたれて床にあぐらをかき、片手でリュックサックを体に引き寄せていた。サングラスをかけて、ストラップに大きな赤いボタンがついた、ぴったりした白いワンピースを着ている。淡黄色のターバンでざっくりと髪を頭の上にまとめていた。愛する人に手を振るときにだけそうなるように、わたしががむしゃらに手を振ると、イーヴィは顔をあげて、サングラスを少しさげ、こちらを確認した。わたしは認識されるまで待った。まちがいないとわかると、イーヴィは勢いよく立ちあがって、二列に並ぶ車のあいだを突進してきた。「コンバーチブルを用意してくれればよかったのに」そう言って、あいた窓からわたしにキスをした。

「あまり選べなかったの。どっちにしても――あしたは日差しがあるからね」

「うわ、まいったな」

　後続の車の運転手が、クラクションを派手に鳴らした。

「わかんないのかな」イーヴィが言う。「あたしたち、いま天気の話で忙しいのに」イーヴィは申しわけないというように手を振り、リュックサックをトランクに入れた。さっきの車がまたクラクションを鳴らす。

「最悪」わたしは言った。イーヴィがわたしの隣の座席にすわると同時に、運転手が窓から何やら叫んだ。

「ばーか」イーヴィが言って、わたしたちは走り去った。

「次の停車はホローフィールド？」わたしが訊くと、イーヴィはうなった。

「ねえ、ここからどこへでも行けるんだよね。香港でも、パリでも、カリフォルニアでも――」

「地図帳で見て、行こうって言ってたところばかりね」

「記憶がたしかか、自信はないんだけどね。うんと昔の話だから」イーヴィは共通の友人の話をするように、失われたその本の話をした。「でもたしか、ドイツは東西両方に行くつもりだったよね」

「ドイツに行ったことあるの？」わたしは訊いた。

「西？　東？」

イーヴィは質問に対してこういうアプローチをとる。渋滞のなかで車の隙間を軽やかにすり抜けるように、質問をかわしていく。ヨーロッパでの生活はありふれたものだけれど、毎日のなかに何気ない驚きがある、とイーヴィは言った。イーヴィの友人にはファーストネームだけがあって、経歴はなかった。イーヴィは都会やアパートメント、あるいはビーチから連絡してきた。イーヴィにはボーイフレンドもガールフレンドもいたけれど、真剣な付き合いは一度もなかった。イングランドにもどることについて尋ねると、イーヴィはかならずことば少なになる。「あたしはこれまでずっと、あの部屋から離れようとしてきたの。いまさらそれは変えられない」

あの家のことを考えて、イーヴィは身をすくめた。それが、イーヴィに来るなと言いつづけてきた理由のひとつだ。ホローフィールドは痩せた手でなお、わたしたちのだれよりイーヴィを強くとらえて離さない。

イーヴィはたまに真夜中、ニューヨークでは夜遅い時間に電話をしてきて、夜の恐怖を語った。その話は、ムア・ウッズ・ロード十一番地の玄関からはじまるが、家のなかには父親の作った奇妙な光景がひろがっている。磔《はりつけ》にされた家族、地平線に害虫が異常発生している聖書的な平原。

でも、昼間のイーヴィは機敏で、そばかすがあって、フットワークが軽く、片手をわたしの肩にまわして、助手席で明るく笑っていたので、ホローフィールドでの時間も、少なくともなんとかなりそうな気がしていた。このあとビルと地元の議会の代表者たちと会って、コミュニティセンター建設のための資金援助を求める提案をする予定だ。

「小切手がもらえるの？」イーヴィが言った。「大口の資金提供者のひとつ？」

「写真で効果アップを狙うなら、イーサンを連れてくるから」

「あたし、写真には興味ないもん」イーヴィが言う。「ただ、段どりを知りたいだけ。援助はまちがいないの？」

「おしゃべりを減らして、道案内を増やしてもらえない？」

イーヴィは笑ってラジオをつけた。「でも、すぐになくなっちゃうお金なんだよね。だったら、いまは楽しまないと」

「じゃあ、ボリュームをあげて」

七時ちょっと過ぎにホローフィールドに着いた。途中で――どこだったか正確にはわからないが――記憶にある景色だと気づいた。曲がり道に見覚えがあったし、正方形の青い標識に表示された次の街までの距離を知っていた。早くも湿原の一部には、新たな痣のように紫色のヘザーがひろがっていた。ロンドンより昼の時間が長いものの、闇が濃くて運転が大変なので、わたしたちに残された時間は少なかった。爪のような細い月が、フロントガラスに映っている。車は渓谷へおりていった。

ホローフィールドは淀んだ晩夏の日差しのなかに、

気《け》怠《だる》く延びていた。太陽は湿原の向こうに沈みかけている。庭と教会墓地の芝生が後退して、むき出しになった墓石が、まるで老人の歯のように並んでいた。うつろな顔の少女が、ずんぐりした馬の腹を両脚でしっかりはさんでムア・ウッズ・ロードのほうへ向かった。わたしは道を折れて本通りにはいった。前と変わったところと、忘れたところの区別がむずかしかった。書店はいまも同じ場所にあって、両側に私設馬券屋とチャリティショップがあった。ライフハウスは、いったん中華料理店になったものの、いまは板を打ちつけられて、また売りに出ている。窓の内側に、皺の寄ったメニューがまだ数枚残っていた。

イーヴィとわたしは角のパブにツインの部屋を予約していた。建物の陰の、ゴミ箱のそばに車を停め、わたしたちは顔を見合わせた。ウェイトレスは木箱にすわって、携帯電話に微笑んでいる。車のハンドルには、わたしの指の跡が残っていた。イーヴィはわたしの手をとった。

中にはいると、地元の住民たちがバーを守っていた。ここは父親が勧誘にきていた場所で、わたしはかつての信徒がいないかと人々の顔に目を走らせた。床には、舌のようなピンクの絨毯が敷かれていて、壁には廃墟のような古い建物の写真が飾られている。ひょっとしたら、このパブか昔のホローフィールドの写真かもしれない。店内には、ユーモアのない男たちばかりしかいなかった。ジュエリーをじゃらじゃらつけて、手に自分のグラスを持った女店主は、わたしが予約の話をすると、不思議そうな顔をした。わたしたちが住んでいたのはもうはるか昔の話だから、ここではよそ者なのだ。女店主はだまってわたしたちを部屋へ案内し、ドアを通るたびに、大きな音を立てて自然に閉まるに任せた。

「それにしても」ふたりきりになると、わたしは言った。「めちゃくちゃ愛想のいい人だったわね」

「ねえ、レクシー。ちゃんとした人だったよ」イーヴィがわたしの肋《あばら》を肘でそっと突いた。「レクシーはさ」イーヴィが言う。「極上のホテルに泊まって、ニューヨーク並みを期待してるからだよ。ねえ、そういうこと全部聞かせて。ニューヨークのこと」

「その前にシャワーを浴びよう。夕食をとりながら話すよ」

恋人同士のように、服を脱いで着替えをするあいだも話をした。わたしの体に、イーヴィが知らないところはひとつもない。部屋にはシングルベッドがふたつあって、それぞれ壁際に離して置かれていたが、わたしたちは何も言わずにベッドをくっつけた。

いつの間にかわたしは眠りに沈んでいて、二、三分後、イーヴィに起こされた。イーヴィは寝返りを打って境目を越え、わたしに体を押しつけてきた。鼻をわたしの髪にうずめ、腕を体にまわして、足首を脛にからませてくる。

「寒い」イーヴィは言った。

「うだりそうな暑さなのに。だいじょうぶ?」

「飛行機のせいかも」

「おいで」わたしはそう言って、イーヴィのほうを向いた。イーヴィの体に腕をまわすと、冷たかった。布団をふたりの目元まで引っ張りあげると、イーヴィが笑った。

「どんな家になるの?」イーヴィは小声で言った。

「つまらない家」

「それはいいね」

「いま、わたしたちにほんとうに必要なのは、ギリシア神話ね。地図よりずっと役に立ったもの」

わたしとイーヴィが生き延びるのに、ミス・グレイドからの贈り物がどんなに重要だったかを強調したかった。結局、わたしたちは自分たちの物語のために高い代償を払ったのだ。

「あたしたちがどうしてギリシア神話を好きだったか、わかる?」イーヴィが言った。「神話を読むと、自分の家族のことがマシに思えるからだよ」

「この時期のことを、あなたはほとんど話してないの」ドクターKが言った。「十四歳、それに十五歳のころのことを」

「あまり覚えてないの」

「無理もないわね。記憶は不可解なものだから」

ドクターKとはじめて会った一カ月後のことだった。わたしはまだ入院していたが、もう歩くようになっていた。担当の理学療法士は、カラムといって、ラブラドール・レトリバーに似た熱心な男性だった。ステップをひとつクリアするたびに大喜びしてくれた。けれども、わたしはそれを真に受ける気になれず、セッションのたびに、彼の顔にあざけりの色がないか注意して見ていたが、結局見あたらなかった。

ドクターKとわたしは病院の中庭ですわっていた。床洗浄機は午前の中ごろまで動かず、病棟のそばに閉じこめられている。頭上のどこかにある見えない太陽が、空の角を白く染めていた。わたしは松葉杖で体を支えながらひとりで歩いてきたため、疲れて口数が少なくなっていた。

「あなたが話してくれたいろいろなこと」ドクターKは言った。「それがヒントになる。日付も時刻もわからなくさせる。そういうのは、昔からある見当識を失わせるテクニックなの。あなたが混乱するのも当然なのよ、レックス。でも、そのうち思い出す努力が必要になる」

刑事のひとりが、開いたメモ帳を手に、わたしたちのまわりをうろついていた。「その時期が肝腎なんですよ、その二年が」刑事は言った。

「ええ、わかってます」ドクターKは言った。

ドクターKはベンチから立って、わたしの前にひざまずいた。ワンピースの裾が地面についた。

「すごく大変なことなのはわかってる」ドクターKは言った。「それに、あなたの記憶は役に立たないかもしれない。知ってのとおり——そうすることで、考えたくないことからあなたを守ってるんだから。おかげでつらい場面を和らげたり、長いあいだしまいこんだりできる。盾みたいなものね。目下の問題は、それがあなたの両親をも守ってるってこと」

「やってみたい」わたしは言った。ドクターKを喜ばせたかった。「だけど、きょうじゃないほうがいいかも」

「わかった。きょうはやめとこう」

「これまでに、本で調べたことが？」

ドクターKは背筋を伸ばして微笑んだ。「まあ、ね」

「〝まあ〟ってどういうこと？」

でも、ドクターKは別のことを考えていた。黒い革手袋に包まれた手を、まるで編みこんでいるかのように、よじったりほどいたりした。

「わたしにとって特別な関心事項なの」ドクターKは言った。「記憶というのは」

刑事はわたしたちをじっと見ていた。

「きっと記憶を利用できるようになる」ドクターKは言った。


肌にふれるだれかの髪。闇から室内が立ち現れる前に、まず気づくのがそれだった。

ムア・ウッズ・ロードの天井も白かった。

最初の数秒、動かせないことを忘れて、体を伸ばそうとする。それから、その日はじめての確認をはじめる。新たな痛み、夜のうちの分泌液、日によって浅くなる、鼓動に合わせて上下する妹の胸。

わたしは両手をあげて、現実がもどってくるのを待つ。

壁紙は花柄だ。まちがいなく父親は気に入らなかっただろう。

イーヴィは目を覚ましていた。横向きになって、わたしを見つめている。「おはよ」イーヴィが言う。ひどく老けて見える。

イーヴィは寝返りを打ってベッドとベッドの境を越えてくると、わたしの胸に頭を乗せた。同じベッドで寝るのは数年ぶりだ。その心地よさを、体じゅうで求めているように感じた日もあった。相手がいるつもりで、自分の手足をからめて眠ったものだ。その癖をなおそうと試みたこともあった——はじめてニューヨークへ移ったあとのことだ。やめられないわけではなかった。言うなればそれは、自分に許した甘えだった。そういう恥ずかしいところを知っているのは、自分だけだった。

宿代には、朝食が含まれていた。「レックスらしいね」イーヴィは言った。わたしたちは、カウンターの奥にある、駐車場の見える薄暗い部屋で、向かい合ってすわっていた。コンクリート製のほの暗い照明が、イーヴィの顔に光を投げていた。イーヴィは椅子の上に正座をして、昨夜の酒がテーブルに残したいくつもの三日月形の跡を指でなぞっている。おなかがすいていないのだという。

「ほんとに食べないの?」料理が運ばれてきたとき、わたしは言った。銀色の凝ったラックに、三角形の冷えたトーストが立てられていて、皿に溜まった脂がテーブルの傾きに合わせて動いた。イーヴィの顔に笑みがひろがった。

「うん、ほんと。でも、ありがと」

「わかった。気が変わったら言って」

イーヴィはじっとテーブルを見ている。「いつもいつもあたしのこと、心配しすぎだよ」

「だれかが心配しなきゃ」

イーヴィは顔をあげた。「エマーソンを覚えてる?」

すっかり忘れていたが、言われて思い出した。エマーソンというのは、ネズミのことだ。あれは束縛期だった。たまに姿を現して、テリトリーを走ったり、寝室のドアの下を通り抜けたりしていた。エマーソンというのは、手元にあった辞書の編集者、ダグラス・エマーソンからとった名前だった。本で埋めつくされた事務室で背を丸めている、眼鏡をかけた人物を、わたしはずっと想像していた。あのとき以降、わたしはネズミを——朝早い時間に、オフィスの入口をさっとよぎったりするのを——見かけると、そっちに書類を投げたりしていた。でも、当時はわたしもイーヴィもエマーソンをこわがってはいなかった。それどころか、やってくるのを毎日待つようになった。

「あたし、まだ野良猫を助けてるんだ」イーヴィが言った。

野良猫が一匹、イーヴィのアパートメントの前に現れたことがあった。バレンシアにある、つかの間の住まいだ。ビーチのそばの。その猫を見て、歳老いて痩せている、とイーヴィは思った。骨が浮き出ていて、胸郭の形がわかるほどに。後ろ肢はゆがんでいた。イーヴィはその猫をアパートの中庭に追いこんで、つかまえ、獣医に診せた。

「その猫が怒っててね」イーヴィは言った。「獣医さんもそう言ってた」

肢をなおすために数時間の手術を受けたのち、その猫はひと晩、獣医のもとにとどまることになった。イーヴィは五百ユーロ以上の治療費を払った。退院して二週間後、猫はイーヴィのベッドで安らかに息を引きとった。

「あたしのこと、頭がおかしいって友達は思ってるみたい」

わたしは何も言わずに、自分の皿を見つめた。

「レックス？」

わたしは声をあげて笑いはじめた。

「その猫」イーヴィは言った。「神さまよ」

イーヴィはわたしの紅茶に手を伸ばし、笑いながらそれを飲んだ。

ところが朝食後、イーヴィは疲労に襲われた。三十分バスルームにこもったのち、両手でおなかをさすりながら、冷や汗をかいてぐったりした様子で出てきた。

「この場所に」笑みを浮かべながら言う。「あたしたち、来るべきじゃなかったね」

「あなたは来るべきじゃなかった。でも、そう言ったでしょ？」

「ごめん、レックス」

「わたしは打ち合わせに行くわね。あなたはここにいなさい。よく休んで」

「だけど、そのためにここに来たのに」

「どっちにしても、退屈な打ち合わせだから。こっちはだいじょうぶ」

できるだけ改まった仕事着を持ってきていた。濃いグレーのジャケットと、シガレットパンツ。わたしが着替えるのをイーヴィがベッドで見ているうちに、その顔に笑みがひろがった。

「素敵。世界征服にいくみたい」

書類は職場から持ってきた、すっきりした革のケースにしまってあった。わたしはそれを確認して、脇に抱えた。

「ご両親も鼻が高いと思いますよ」イーヴィは言った。

「ただ、正直言うと――」

わたしはイーヴィのおでこにキスをした。

「あたしは鼻が高いよ。これでいいよね？」

「そう」わたしは言った。「そっちのほうがいいわ」

ムア・ウッズ・ロードの天井も白かった。

その下で、イーヴィとわたしは何カ月も過ごした。わたしは日記で日付をたしかめていたが、そのうちに一度、火曜日が抜け、さらに週末が抜けた。終わりのほうの日記は、なんの役にも立たなかった。同じことばかりしか書かれていなかったので、どれがどの日か見分けがつかなかったのだ。この出来事は二日前？それとも三日前のことだろうか。

わたしとイーヴィはともに、時の淀みに沈んでいた。授業は混乱していた。ソドムとゴモラについて取り組み、同性愛の罪と、それが現代社会においてますます広まっていることに注目した（「ソドムの町の男たちは、門のところにいた」と父親がきっぱりと言ったので、わたしは思わず、暴徒が押しかけてきているのではないかと、キッチンの窓から外を見た）。父親は、ロトが自分の娘たちを群衆に差し出そうとしたことについてはほとんど言及せず――「高潔な客人を守るためには、大きな犠牲が必要だ」としか言わなかった――後ろを振り向いたため塩の柱にされた、ロトの妻の死について話した。

「なぜ妻は振り返ったのか」父親が質問した。

わたしは冥界から妻を連れ帰る途中、振り返ってしまったオルフェウスのことを考えて言った。「心配だったから？」

「執心があったからだ」父親は言った。そのころには、過去への執着は、あらゆる罪のなかで最悪のものとされていた。

体育館のそばでカーラとアニーと一緒にランチをとることなど、とても不可能に思えた。学校の廊下で、教室の閉ざされたドアの向こうで、知識が分け与えられつづけていた。学校の始業ベルも、やむことはなかった。ムア・ウッズ・ロードの外で、知人たちがセックスを知り、車を運転し、試験を受けている姿を想像した。愛を知った者もいただろう。その人たちの世界はすごい速さで進んでいくのに、わたしたちはキッチンテーブルから動けず、いつまでも子供のままだった。何かを思って泣きたくなることはそうなかったが、これはそのひとつだった。でも、塩の柱に変えられたくなかったから、あまり考えないようにした。

運動は省かれた。外に出ること自体にリスクがあったし、体力の無駄使いを避けるためだった。実際、こんな出来事があった。ある日の午後、走っていたデライラが庭の真ん中で立ち止まり、キッチンのドアから監督していた父親のほうを振り返った。何か言おうとするかのように、デライラの口が動いた。頭の上に、台詞のない吹きだしが浮かんでいた。デライラは白目を剝いて、地面にドサッと倒れた。小説の登場人物みたいな気の失い方が、いかにもデライラらしかった。

父親はキッチンのテーブルに、ご馳走でも置くみたいにデライラを寝かせた。ゲイブリエルがデライラの手を握った。母親は汚れたキッチンの布巾を蛇口の下に差し出して濡らし、それでデライラの顔を拭いた。上階のどこかで、ダニエルが泣いていた。デライラが咳をして、体をくねらせた。それから、寒さのせいで目に溜まった涙をぬぐいながら、父親のほうへ手を伸ばして言った。「父さん、あたしおなかがすきすぎて――」

父親はその手が届かないところまで、いらいらと後ずさった。口を開いたものの――庭へもどれとわたしたちに言いかけたものの――思いなおした。テーブルの向かい側にいた母親が、何か言いたげな表情で、娘たちの後ろから見ていたからだ。父親はデライラの手をとった。母親の表情が父親の心を動かしたにちがいない。

デライラはその夜も、その翌日もたっぷり食事をとった。皿の上にかがみこむようにして、フォークを口に入れながら、わたしたちを見ていた。その場をやり過ごせるだけの小さな笑みを浮かべて。夜は、部屋から部屋へ自由に歩き、深夜にわたしたちの寝室のドアをあけた。照明が、染みだらけのマットレスをあらわにすると、イーヴィは体を丸めてマットレスから離れ、いっそうわたしの胸に体を寄せた。デライラは明かりを背にして入口に立っていて、どんな表情を浮かべているのかはわからなかった。

「何?」わたしは言った。

デライラは一、二分そこにたたずんでいた。

「デライラ?」

「おやすみ、レックス」デライラはそう言って、闇のなかにわたしとイーヴィを残して去った。

結局、あの寝室にもどってしまうのだった。父親がイーヴィにベッドを用意したのに、イーヴィが夜のうちに縛めから抜けて、テリトリーを越えてやってくることが何度もあった。マットレスにかかる重みはわずかで、幽霊のような軽さだ。たいていわたしは起きていて、そんなイーヴィを抱きしめたが、わたしが眠っているときにイーヴィが来ると、体がぶつかって幸せな気持ちになった。

また別の夜には、ふたりで思いきってテリトリーにはいり、そこでひとつの世界を作った。たとえば、オデュッセウスの故郷イタケや、カリフォルニアへ向かうマスタングの車内。その日の出来事はさておいて、みずから決めた役割にはいりこむのは、簡単なことだった。でも月日が経つうちに、イーヴィはさらに疲弊し、役に没頭できなくなっていった。オデュッセウスの妻ペネロペさえ演じたがらなかった。ベッドから出られないのに、どうしてエウリュディケを演じられるだろう。お皿を肩の高さで持っていられなくて膝の上に落としてしまうのに、車のハンドルを握って運転することなどできるわけがなかった。そのぶん、自分ががんばろうと思い、わたしはのめりこんでいった。五つ歳上だったから、気恥ずかしさはあったと思う。それでも、この部屋にとどまってはいけないとわかっていた。毎晩は無理だった。でも、あの寝室とは別の世界に行かなければならなかった。

ビルは議会事務局の外で待っていた。手首にスーパーマーケットの袋をさげて、片手に食べかけのサンドイッチを持って。ビルのすべてがやわらかかった。おなかも、まなざしも、顎と首の境目も。何か大切なことを考えているかのように微笑んでいた。

「こんにちは」わたしが言うと、ビルは目をしばたたいた。

「アレグザンドラ。あなただと気づきませんでしたよ」

「会えてうれしいわ」わたしは本心から言った。

ビルが片手を差し出してきて、わたしはその手を握った。

「ここに来る義理なんてなかったのに、ほんとにありがとう」

「あなたもひとりで昔なじみたちと対面したくはないかと思って」

「それは、なんとかなったと思うけど」

「ええ、あなたなら、どんな相手だろうとなんとかしたと思います」

実際、ビルがすべてを取り計らってくれた。わたしのきょうだいが署名した書類を確認する、検認弁護士を推薦してくれた。土地の鑑定士を指名して、報告書に目を通した。議会の予算を調べて、最近の支出を分析しておいてくれた。昔気質《むかしかたぎ》だけれど懐柔しやすい地方議員たちと、食事にいってくれてもいたのだ。こうして金曜の午前中に会合の段どりを整えてくれたのもビルだったが、このタイミングならみんなの機嫌がいいはずだ、と判断してのことだった。

「準備は？」ビルが訊いた。

「覚え書きは持ってきた。計画書も」

計画書はわたしの担当だった。クリストファーが口ンドン北部の大きなガラス工房で建築家として働いていたので、ホロフィールドで一日午後を費やして、割引価格で最初の図面を引いてくれると言った。

「週末は楽しく過ごせそうだな」クリストファーは列車の座席を予約しながら言った。

「わたしは無理そう」

クリストファーはシンプルな木の筒を、みずからミリー・タウンハウスへ届けてくれた。渡す手が震えていた。クリストファーが窓辺まで行って、眼下の通りをながめているあいだに、わたしは受けとった設計図をベッドの上にひろげた。図面は何枚かあって、まず、金属と木材で覆われたコミュニティセンターの外観が現れた。次は、外壁が取り払われ、内部が露出した図だった。描きこまれた人物たちが部屋から部屋へ歩いたり、テーブルや階段、キッチンのシンクに集まったりしていた。最後の図面では、建物は枠組みだけで描かれていて、裏の庭が見通せた。わたしは鉛筆で引かれた細い線を指でなぞって、その図を記憶にある家と合わせてみようとした。記憶にある図面はぼろぼろで、そこに描かれた輪郭すらムア・ウッズ・ロードとは重ならなかった。

「ちょっとないくらい気恥ずかしいもんだね」クリストファーは言った。「友達のために何かを作るっていうのは——」

「完璧よ」わたしはそう言って、笑いはじめた。「高いんでしょ?」

「まあね。普通だったら——」

事務局にいるわたしの目の前で、受付係が突然目を覚ましたかのように動きはじめた。

「みなさん、お待ちです」受付係は言った。

くすんだ色の廊下を進んだ。ロンドンではこの手の建物は見るからに立派で、夜のうちにひそかに手入れされるが、ここには使われていない電球や、安っぽいチラシの山が置かれている。行事は久しく開催されておらず、参加する者も数少ない。絨毯には泥やガムがこびりつき、去りどきは過ぎたと決心したかのように、壁から離れて丸まっている。

議員たちはわたしたちを会議室で迎えた。せまくて、暑い部屋で、分厚いカーテンがかかっていて、人数のわりに大きすぎるテーブルがひとつ置かれている。見覚えのある人がいるかもしれない――あるいは、わたしに見覚えがある人がいるのではないか――と、身構えていたものの、全員が高齢で、知らない人ばかりだった。わたしはデヴリンがかならず真っ先に会議室にはいって、両手をひろげ、口は微笑む寸前の形にしていたことを思い出した。デヴリンなら、ここにいる全員を虜《とりこ》にしただろう。

「こちら、アレグザンドラです」ビルが言った。

「はじめまして」わたしはそう言って、五人と握手をした。テーブルに空いている椅子が十脚以上あったが、わたしは立ったままでいた。自分を相手の視線にさらそうと思ったのだ。今夜、夕食のテーブルでの話のネタを提供しよう、と。好きなだけ見せてやろう。

きびしい疑いの目を注がれるものと覚悟していたのに、いざ来てみると、だれもが悲しげとさえ言える表情を浮かべていた。

「少女Aと言ったほうが、わかりやすいかもしれませんね」わたしは言った。

ここで、コミュニティセンターについて説明したい。コミュニティセンターは木とスチールの建物で、湿原のそばに建つことになる。ムア・ウッズ・ロードから板張りの長い傾斜路を進むと、ガラス張りの玄関に出る。そこからエントランスのスペースに、だれでも使えるテーブルがいくつかと、一列に並んだパソコンがあるのが見える。最初の一年くらいは、建物から木のにおいがする。かつて町でコンピューターショップを開いていた地元のＩＴコンサルタントが、プログラミング教室をそこで開催する。奥まで廊下が延びていて、その左右両側にドアがある。そのうちひとつのドアの向こうは児童図書室で、ビーズクッションや本棚があって、壁に貼られたふたりの子供のステンシルが道案内をする。その向かいのドアをはいった先はホールで、小さなステージがひとつと、踊る人が休むための長椅子がいくつか置かれる。大人たちがここに集まって輪になり、思い思いに話をする午後もあるだろう。先へと廊下を進むと、天窓が区切られたさらに奥の部屋へとつづく。わたしたちが住んでいたころは、そこがキッチンだったので、カウンターとシンクと冷蔵庫があり、イベントが開催できる。冷蔵庫はたいてい満杯だ。建物の端のガラスの引き戸からベランダに出る。夏の夕暮れ、雲が茜色に染まるころ、このテラスに腰をおろして、太陽が丘陵の陰に隠れていくのをながめる。聖歌隊の合唱やビアフェスティバルなど、ちょっとしたイベントもできる。そこには音楽がある。

わたしたちが町にどんな災いをもたらしたかは理解していた。かつてはあちこちに紡績工場があって、綿糸と金《かね》を紡ぎだしていた。運河船が係留場所を奪い合い、聞いたこともない街から投資先を探しに、声の大きな男たちがやってきていた。いまや町全体に関することではなく、個人的な事柄でこの町は有名になっている。残酷で卑小な事件のせいだ。それがどういう感じなのかはわかる。町としては、問題の家を取り壊すことも、あるいはわたしたちに売り払うよう求めることさえできるだろう。けれども、過去を消すことも、訂正することも、実際よりましな形に記憶を曲げることもできない。過去は受け入れて、利用するべきだ。善《よ》いものを救うことはまだできるはずなのだから。

「身勝手だっていうのは、わかってます」わたしは言う。

列の真ん中にいた女性議員が、わたしにすわるよう身ぶりで示した。みんなの目がその議員に注がれているのがわかった。その人が話しだすのを、だれもが待っている。

「身勝手より、たちの悪いことはほかにもあります」その議員が言う。「それはたしかです」

わたしはその人の向かいに腰をおろして、フォルダーから見積もり表と、クリストファーが作ってくれた図面、それに同僚のひとりと夜遅くまで練った計画書を取り出した。

「名前は考えてあるんですか」その人が言った。「施設名は？」

考えていなかった。でも、訊かれて、そのとき思いついた。

「ライフハウスです」わたしは言った。

部屋から出るのを許されない日々がつづき、いろいろなことがあっても——夜遅くに物音がしたり、食事が出されなかったりしても——わたしには何がどうなっているのかさっぱりわからなかった。家にまつわる物語が失われた。オックスフォードの寝室で、チルターンの病室で、ヨーロッパじゅうの賃貸アパートメントで、世界じゅうで自分だけしか目を覚ましていないように思える数多《あまた》の時間、さまざまな物語が繰り広げられていたのに。

たとえば。ある朝、母親がダニエルを連れて家を出て、ダニエルの泣き声がムア・ウッズ・ロードを遠ざかっていったこと。次の日の夜中にもどってきたらしく、階段で足音がして、両親の寝室のドアがきしんだ。それから数日間、ダニエルはいつもより静かで、母親は父親に抱き寄せられて頬にキスをされても、目を合わせなかった。

あるいは、ノアが生まれたこと。両親の部屋で淡々とお産がおこなわれ、ある日ダニエルの泣き声が分割されて、ダニエルがベビーベッドからソファか、キッチンのテーブルか、床に降格させられた。

あるいは、イーサンと父親のやりとり。父親はきょうだいのだれより多くイーサンに自由を与え、庭でふたりが話している声が聞こえることもあった。もっぱら父親がしゃべり、イーサンは相槌を打ったり、笑ったりしていた。わたしたちがまだ学校にかよっていたころから、ジョリーとの夕食の席で磨きをかけてきた笑い方で。寝室の窓から会話の断片がかすかに聞こえたが、どれも意味のないことばだった。

「――しかし、きっと考えが――」

「われわれの王国が――」

「――一番歳上だから――」

イーサンが部屋に来てくれないかと思いながら、わたしはそんな毎日を過ごした。事態が行きすぎたときには、きっとイーサンが気づいてくれるだろう。どうするべきかも、イーサンならわかるはずだ。ある午後――おそらく父親が眠っていたときに――階段でイーサンの足音が聞こえた。イーサンはデライラとゲイブリエルが縛られている部屋の前を通り過ぎて、両親の寝室も過ぎ、自分の寝室も素通りした。そして足音が止まった。イーヴィはシーツの下で手足をからませて眠っていた。「イーサン」わたしは言った。こわごわ言ったため、声がドアまで届かなかった。「イーサン」さっきより大きな声で言うと、床板が一枚きしんで応えた。足音は引き返していった。

それから、鎖の時期。

それは、朝日の向こうに見えた、縛めを解く父親の姿からはじまった。父親のシャツの下で動く筋肉の溝。朝食のパンと、いつもの何時間もの授業。そのころはずっと旧約聖書を学んでいた（「キリストは穏健派だと思うことがある」と父親は言った）。この時期に関する記憶では、ゲイブリエルとデライラはキッチンのテーブルで、頭をくっつけてすわっている。どこまでがどちらの髪か見分けるのがむずかしかった。

わたしは直近十日間のデータをもとに、昼食にありつける可能性は何パーセントかを考えていた。十日が思い出せる限界で、計算するにも楽だった。飢えというのは、ひどく退屈な苦行だった。食べ物への思いが聖書のことばを覆い、しまいに聖書を読めなくなった。飢餓はイーヴィとのゲームにまで影響を及ぼし、国道一号線を進んでいる途中、ハンバーガーを食べに寄ることを思いついて、ひき肉と玉ねぎとバンズのことで頭がいっぱいになって唾を呑みこむ羽目になり、話をつづけることも、物語を想像することもできなくなった。わたしはご馳走の夢を見た。母親から食べ物を与えられると、ちょっとずつ慎重に口に入れて、舌の隅々まで転がしてから呑みこんだ。

「アレグザンドラ？」父親が言った。

「何？」

「部屋へもどりなさい。黙想するんだ」

　すると、きょうは食事なしだ。わたしは計算をやりなおした。

　寝室へもどると、ふたりでわたしのベッドに腰かけた。イーヴィの背骨がわたしの肋骨にあたっていた。イーヴィはマットレスの下から神話の本を取り出した。ふたりでピアノを弾くみたいに、わたしが読んで、イーヴィがページをめくった。トロイア戦争のパラグラフの最後まで来たのに、ページがめくられなかった。わたしはイーヴィが目を覚まさないように、そっと手から本をとりあげたのち、テュエステスの祝宴の挿絵がはいったページを開いた。何かを焼いているにおいがキッチンから漂ってきた。ひょっとしたら、キッチンではなく本からだろうか。テュエステスと双子の兄との確執も、テュエステスが息子たちの血を口にすることになった経緯も、わたしにはどうでもよかった。ただご馳走の絵を見たかった。

　窓の外で、木々の葉が舞っていた。夜が訪れ、部屋の隅々が暗くなってきた。九月だと思ったが、十月なのかもしれない。まもなく夕食か祈禱のために呼ばれるはずだ。わたしはテリトリーを越えて、寝室のドアをそっとあけた。薄い暗がりがひろがる廊下はがらんとして、ドアは全部閉まっていた。

わたしは自分のベッドにもどった。いつの間にか眠ってしまったのだろう、物音で目が覚めた。一度、男性の大きな声がした。途中からだったので、何を言っていたのかはわからなかった。ゲイブリエルとデライラが眠る部屋がある、廊下の突きあたりで、二度ほど何かがぶつかるような大きな音がして、家じゅうに響き渡った。そのあと、やや低い音が聞こえた。何かを叩くような音だ。

わたしのベッドで寝ているイーヴィがもぞもぞ体を動かしたので、わたしは頭から布団をかぶった。

また、別の音がした。人の声らしい、湿った音。喉をゴロゴロ鳴らすような音。それに重なって、いやがる小さな子供に静かにこんこんと諭すような父親の声が聞こえた。

「どうしたの?」イーヴィが言ったので、わたしはぎくりとした。まだ眠っていてくれたらよかったのに。

「なんでもないよ」わたしは言った。

「だけど、いま何時? 夜だよね?」

「だいじょうぶ。もう一度眠りなさい」

わたしは布団の端を持ちあげて、耳を澄ました。

その夜、母親はわたしとイーヴィの部屋を訪れず、父親はわたしたちを束縛しなかった。父親は夜遅くまで、さっきと同じ低い声でゆっくりと話をしていた。わたしは両手でイーヴィの耳をふさいだ。室内が冷え冷えとして、そのうちに喉を鳴らすような音がやんだ。

その夜のことを、イーサンと一度だけ話したことがある。イーサンが大学にわたしを訪ねてきて、街の中心にある軽食堂で会った。ジェームソン家から持ってきた装飾品や友人たちの写真のある部屋を、イーサンに見られたくなかった。きっとわたしをからかうネタを見つけるだろう。それは三月の出来事で、雨が降りだしたばかりだった。旅行客たちはアノラックを取り出そうとしていた。わたしのほうが先にイーサンを見つけた。片手に新聞を持って、裏ページの何かをおもしろそうに見ながら、石畳の道をぶらぶらと歩いてくる。

「いつもこんなに陰気くさいとこなのか」声が聞こえる距離まで近づくと、イーサンが言った。気の利いた返事を思いつかなかったので、抱擁することになって助かった。

通りに面した窓際にすわった。最初の一時間は、互いに最善を尽くした。わたしの学位や、大学にいる変な人たちの話をした。それからイーサンのクラスの学生のことや、わたしたちきょうだいのだれかに似た学生が多い、という話をした。ドクターKの診察のためにロンドンを訪れていることについても話した。ドクターKの診療室の豪華さについても。「おまえのおかげで儲けたんだろ」イーサンが言って、わたしは肩をすくめた。

「これからどうするか、だれかに話をしてるのか」イーサンが訊いた。そして、これから口にすることばの仰々しさに、笑いだしながらつづけた。「自分の正体についても」映画の台詞のように大袈裟に言う。

「まだだけど」わたしは言った。「いずれ話そうと思ってる」

イーサンが片方の眉をあげた。「意外だな、おまえがそんなふうに言うなんて」

「まあ、ここには友達がいるから」

「いや、責めてるわけじゃないんだ。喜ばしい話じゃないか。なんたって、おまえは脱出した張本人なんだ」

「でも、どうかなと思ってるんだ」

わたしはあたたかい気持ちに包まれ、満足していた。こんなふうにイーサンと、親しく話ができるのがうれしかった。友人として、イーサンに打ち明け話をしたかった。

「最後の年のことでね。最後の数ヵ月。よく覚えてないんだけど。ほかにもだれか逃げようとしたんじゃないかと思うの。ゲイブリエルかな、ひょっとしたらデライラかも。歩いてる音が聞こえたの、階段で。だれかがその子たちを止めた。そのあと、恐ろしい音がして、だれかが——よくわかんないけど——だれかが痛めつけられるような音がした」

イーサンはスコーンをお代わりしていて、ひと口齧《かじ》った。

「覚えてる？」わたしは尋ねた。

スコーンを口いっぱいに頬張ったまま、イーサンは首を横に振った。

「その次の日」わたしは言った。「父さんが鎖を持って帰ってきた」

イーサンは口のなかのものを呑みこんだ。「それは覚えてる」

わたしは顔をそむけて、降る雨をながめた。窓を滑って、目の前の景色を崩したのち、歩道の敷石のあいだに落ちてゆく。「あの夜」わたしは言った。「イーサンの声を聞いた気がして。逃げようとするきょうだいを止めたのは、イーサンだったんじゃないか、って思ってた」

「何も覚えてないんだよ、レックス。あの家では、あらゆる騒ぎが起こってた。何があってもおかしくなかった」

「でも、おかしいよね？　そんな音がしたあと——その翌日に——父さんがやり方を変えるなんて」

「レックス」イーサンは言った。わたしが横を向いているあいだに、イーサンの表情が変わっていた。「もう——ちょっとは歳を重ねたんだから——作り話をするのはやめたらどうだ？」

鎖は、太さ三ミリ、長さ一・五メートルの光沢ある亜鉛メッキ仕上げのものだった。花の鉢を吊ったり、犬をつないだりする用途で売られていた。母親の裁判のとき、検察はこの点に何度もふれた。わかりやすく注目を引くからだ。

実際どんなふうに買ったのだろうか、とわたしは何日も考えた。おそらく父親はホームセンター――〈B&Q〉――の通路に立ち、目的に合う道具を選んだのだろう。ショッピングカートか買い物カゴは使ったのか。レジ係の若者と世間話でもしたのか。レジ袋をくれと言ったんだろうか。

それとは別に、手錠はネットで購入した。

鎖は決定的だった。テリトリーでの夕べの集まりも、夜のギリシア神話の読書もなくなった。謎のスープもなくなった。室内で身をくねらせてトイレ、つまりおまるを使う自由もなかった。はじめて漏らしてしまったとき、二時間か三時間母親を呼びつづけたが、そのうちに動揺が心痛に変わり、やがて苦悶になった。その先に待つのは、解放への約束だけだった。その日、ずっとノアはむずかっていた。それに、早朝から父親の足音を聞いていなかった。「父さんたちはどこだろう」わたしはイーヴィに言った。おなかが張って熱っぽかったから、動きたくなかった。両膝をおなかに押しつけた。

「だいじょうぶだからね、レックス。がんばって」

自分ではどうにもできない気がして、わたしはすすり泣きはじめていた。

「だいじょうぶじゃないよ」

そのときの気持ちが、ジャカルタでデヴリンとともに空港へ向かうタクシーのなかでよみがえった。ふたりで出張するようになって間もないころのことだ。雨が降って、道路には水と車があふれていた。左右を埋める車列。渋滞にはまって一時間以上経っていた。

「あとどれくらい?」デヴリンが質問すると、運転手は笑った。

デヴリンはわたしの腕時計を見て言った。「飛行機に乗り遅れそう」

「いいえ——きっと何か——」

「レックス」デヴリンが言い、片手をあげて、車内の四方の壁を示した。「どうにかしないと」

「航空会社に電話してみましょうか」

「飛行機を止めることはできないわ」デヴリンは言った。「いくら、わたしのためでも」

そのとき無力感を覚え、わたしは足元に生ぬるい尿のひろがるムア・ウッズ・ロードの寝室にもどっていた。わたしたちの乗る飛行機がひっくり返っているところが頭に浮かんだ。

「お金は払うから」わたしは運転手に言った。座席に置いてあったバッグを手にとって、財布を探す。運転手はさっきより激しく笑った。

「金はしまっとくんだね。なんの役にも立たないからら」

「レックス」イーヴィが言った。

夜のことだ。わたしはうとうとしていたので一瞬頭がぼんやりして、返事ができなかった。イーヴィに対して、ひどくいらいらしていた。

「レックス？」

「何？」

「ダニエルがもう泣いてない」

「えっ？」

「もう三日目だよ」

「どうしてわかるの？」

「気づかなかった？　静かなんだよ。いままでになく」

「ダニエルも成長してるんだよ」

「でも、変じゃない？」

「成長しただけだって」

「だけど、まだちっちゃいんだよ」

「何が言いたいの？」

「わかんない」

「じゃあ、また寝て」

「だけど、おかしいよ。そうでしょ？」

「だいじょうぶだって、イーヴィ」

「絶対？」

「絶対」

沈黙がつづいたので、イーヴィは眠ったのだと思った。それから三十分後――いや、もっと経っただろうか。

「でも、なんで泣いてないんだろう」

わたしは目を閉じた。両親のベッドにいる小さくてあたたかいダニエルを脳裏に浮かべた。大きくなってきて、朝まで通して眠れるようになってきた姿を。

イーヴィの目が、闇のなかでフクロネズミ並みに見開かれていた。


「わかんない」わたしは言った。「わかんないよ」

議会のあと、あの家へ。わたしたちはコーヒーと昼食を買い、車を停めてあるところまで無言で歩いた。日差しが雲間を抜け、荒れ野の日だまりがブロンズ色に輝いていた。ビルはパブの外に車を停めていたため、わたしはイーヴィの気配を求めて自分の部屋を見あげた。窓が閉まっていて、人がいる様子はなかった。

「さっきはすばらしかったですよ」ビルは言った。

「ほんとうに。ぼくの出る幕がなかった」

「出番があると思ってたの？」

「いや、そういう意味じゃなくて。ただ――あなたは実にみごとだった。それだけです」

「ありがとう」

男たちの威嚇が消え、むきだしの好奇の目がわたしに注がれた。少女Aにではなく、一年のいちばん暑い盛りにスーツ姿でやってきたよそ者に。わたしはバッグからサングラスを取り出した。昔もいまも、わたしはここの人間ではない。

「せいぜい二、三日で返事が来るでしょう」ビルは言った。「まあ、一週間ほどかかるかもしれないけど。そろそろ行きましょうか」

ビルは車を発進させ、こちらを見るまでもなく言った。「お母さんだって、きっとよくやったと褒めてくれますよ」

わたしは返事をしなかった。ビルのことばが、不機嫌な同乗者となって車内にとどまった。

あの家は、妙な形で世に知られるようになっていた。母親は投獄されると、自宅を売却するよう依頼した。別の荒地の町に拠点を置いていた〈カイリー不動産〉が、物件の仲介を請け負い、広告を出した。〝ムア・ウッズ・ロード十一番地の戸建ては、寝室四つのファミリータイプ、眺望最高、ホローフィールド本通りへのアクセスも良好です。小さなお庭もあるので、ガーデニングも楽しめます〟。その後、いくらか修正ははいったかもしれない。あの家で起こった出来事については一切ふれられておらず、数週間ほとんど問い合わせはなかった。紹介のためのスライドショーには、汚れた絨毯、剝がれた塗料、庭を囲む湿原が映し出された。その後とうとう、地元のジャーナリストが記事を出した。〝恐怖の館、家族向けの住宅として売りに出される〟。すると、〈カイリー不動産〉は大いに関心を集めた。人々は夕暮れ時の見学を求め、カメラを持ちこんだり、壁紙を剝がして持ち帰ろうとしたところを見つかったりした。仲介業者が手を引き、家は朽ちはじめた。

ムア・ウッズ・ロードにはいると、ビルはギアをシフトダウンした。

「近所に知り合いは？」

「いいえ。でも、馬はいたわ。あの荒れ野に。わたしたちきょうだいは、学校から帰る途中に立ち寄って、話しかけたものよ。向こうはわたしたちのことを、よく思っていなかったけれど」

「それで――どうしたんです？　餌をやったり？」

「餌をやる？　まさか」

わたしは笑った。ウィンドウの向こうに、あの家が静かに近づいてくるのが見えた。

「まさか」わたしは言った。「そんなこと、できっこなかったもの」

ビルは私道に車を乗り入れ、エンジンを切った。

「降りますか」ビルが尋ねた。

白い空に浮かびあがった、あの家の輪郭。窓は割れているか、まったくないかのどちらかだ。上階の寝室にぼろぼろのカーテン。卒中を起こした人の顔みたいに垂れている屋根。

「ええ」

車から降りると、ひんやりした。湿原から吹く風が、夏の終わりを告げていた。わたしは家の横手へ歩いていって庭を調べた。腰の高さまで雑草が伸びて、ガラクタがまとめて放置されている。古い包み紙と、なんなのかもよくわからない衣類らしき布切れが、草にからまっていた。若者が焚火《たきび》をした跡が、いくつも丸く地面に残っていた。ビルが玄関で何か言っているが、声が風に掻き消されて聞こえなかった。玄関に、ほっそりとしたわびしい花束がビニールに包まれたまま置かれていた。わたしは靴で花束にふれてみた。添えられたカードは読まなかった。

「まだ花を供える人がいるんですね。親切だな」ビルが言う。

「そうかしら」

「ぼくはそう思いました」

病院でもそうだった。わたしの病室は、新品の玩具や古着であふれ返っていた。死人に手向《たむ》けるような白い花束もあった。ドクターKは送られた物を三つに分類してラベルを添えてくれ、と看護師たちに頼んだ。

受け取り可、善意の品だが見当ちがい、論外。

「何に巻きこまれようとしてるか、あの人たちわかってると思う？　議会は」

「数字は把握してますね」

「ええ、そうでしょうね」

「想像どおりでした？」ビルが言い、玄関のドアを勢いよく一回だけ叩いた。わたしはこう答えてビルを脅かしたい衝動に駆られた。中に何があるのか見たい？

「いいえ」わたしは言った。「想像していなかったの」

でも、ビルはしていただろう。しばらく頭に思い浮かべていたにちがいない。

わたしは車のそばまでもどり、ドアハンドルを握って、ビルがロックをはずしてくれるのを待った。

「次に来るときには」ビルが言う。「中は空っぽになってますよ」

「次があるの？」わたしは言った。


車に乗って、ムア・ウッズの端まで来たとき、わたしは交差点の先を指さした。

「あそこで、女の人がわたしを見つけたの」わたしは言った。「わたしたちが逃げ出したあの日」

「ちょうどあの場所で？」

「だいたいあのあたり。車を運転してたその人が、取材を受けてなんて言ったかわかる？　わたしのこと、悪霊《グール》だと思ったんですって。そのままそう言ったのよ。すでに死んでると思ったわけ」

微笑む準備はできていた。取材を受けたときや、空港で搭乗手続きをするときに使う笑みだ。何か目的があるときに浮かべる表情。

「訊いてもいい？」わたしは言った。

ビルはこっちをちらっと見たあと、目をそらした。

「なぜ母はわたしを、遺言の執行者に指名したのかしら」

「ぼくにはわかりませんね」

「そんなこと言わないで、ビル。いままで手を尽くしてくれたじゃない。わたしを助けてくれた。会合を手配して。検認弁護士に話をつけて。そこまで骨を折ってくれたのは、母のことをよく知っていたからでしょ」

「それがぼくの仕事だからです。そうでしょう？」

「そうなの？」

ビルはため息をつき、頬をゆるめた。ビルに運転を任せてよかった。おかげで好きなだけ彼を観察できる。

「わかりました」ビルは言った。「ぼくらはうまくいってた。彼女を助けたかったんです。どんなに傷つきやすい人だったか、あなたは知らない。生き長らえたことで、あの人がどんな罵詈雑言を受けたか。でも、あなたが聞きたいのは、そういうことではないんでしょうね。監房のせまさ、虐待、刑務所の食堂での母親たち――」

「たしかにあまり」わたしは言った。「聞きたくないわ」

「でも、それこそがぼくの仕事なんです。ずっと、人権にかかわる仕事をしたいと考えてた。そういうふうに人を助けたい、法廷弁護士になりたい、と。でも、ぼくはそこまで優秀じゃなかったんでしょう。大学を出てすぐ、ロンドンへ行っていくつも面接を受けた。でも、だめだった――それだけの能力がなかったんです」

だとすると、書類を握って、石造りの大きな階段をのぼっているJPは、それだけの能力があったというわけだ。

「この仕事でも」ビルは言った。「ぼくはやっぱりそういうことがしたい。助ける価値があるとだれも思わない人々を救いたい」

ビルの両手がハンドルに汗の跡を残した。

「とにかく、ぼくが思うに、彼女はあなたをいちばん高く買ってました」

「高く買ってた、って」わたしは言った。「ほんとに？　そんなこと、思ってもみなかった。なんて言うか、ただ意外だとしか言いようがないわ」

わたしはおもしろくもないのに、笑おうとした。何にもまして、ビルを傷つけたかった。

「彼女も試みたと思うんです。実際、ぼくはそう思ってる。彼女、奨学金の話もしてた。あなたが学校にかよってたころ、申しこめてたはずの奨学制度の件。彼女が言うには、何週間もかけて、お父さんに話をしたとか。口をすっぱくして訴えた――本人はそう言ってました。彼女自身が息をひそめて立ちまわらなくてはならなかったし――あなたたちもずっとそうだった、と」

わたしたちは水車場を過ぎ、町へもどりはじめていた。

「母はまちがいなく、息をひそめてた。これからも母のことは、そういうふうに扱うつもり」

「お母さんがなんて言ったか、知ってますか」ビルは言った。「あなたに連絡をとりましょうか、と尋ねたときに。つまり、お母さんの死の直前に。あなたが来てくれるかもしれない、連絡してみようか、と訊いたんです。そしたら、彼女はただこう言った。とんでもない。そういうことをするには、レックスは賢すぎる、って」

耳まで薄い赤みが差して、ビルはわたしを見る気もなくなったようだった。わたしはこのあとの道中の時間を埋めようと、あたりさわりのない話を考えた。数時間後に、ビルが自宅にもどり、オーヴンで料理をあたためる様子を思い浮かべた。シャツとズボンを脱いで、静かな寝室で気持ちを落ち着けるのだろう――ひとりで穏やかに。〝あの恩知らずのクソあま〟ビルが絶対にそんなふうに思わないのはたしかだ。

ビルは別れの挨拶をするために車を降りてはこなか

った。わたしは歩道に降り立ち、開いた窓からビルを見た。自分のシャツとスーツに汗が滲みていたので、これを見たらどう思われるかが心配になって、両手を腋にはさんだ。

「あなたの力添えには感謝しているわ、ビル」わたしは言った。「でも、あとは自分でどうにかする」

ビルはわたしを見なかった。退屈な家路に視線を据えている。

「あなたのお父さんが」ビルは言った。「彼女に何をしたのか、考えなかったんですか」

「知ってのとおり」わたしは言った。「考えることがほかにたくさんあったの」

イーヴィはパブの上の部屋で、ベッドふたつの真ん中で小さくなってわたしを待っていた。顔色が悪くて、だるそうだったが、わたしが部屋にはいっていくと、笑顔で迎えてくれた。

「聞かせて。何もかも話して」

「気分はどうなの？」

「平気だよ。ねえほら、レックス！」

わたしがシャワーを浴びているあいだ、イーヴィはバスルームの隅で、痩せた背中をラジエーターに預けてすわっていた。わたしはシャワー室のなかから、その日の出来事を語った。シャワーを浴びながらジェスチャーを織り交ぜ、ときおりお湯から顔を出して、イーヴィの表情をうかがった。「上出来だったね」イーヴィは言った。「完璧だよ」

ビルのことを話すと、イーヴィは言った。「母さん、いったいなんでそんなことしたんだろう」

あの家の話になると、イーヴィの口数が減った。

「あたしも行かなきゃ。レックスはどう感じた？」

「何も」

イーヴィは微笑んだ。「レックスらしい答えだね。〝何も〟って」

「ほかになんて言えばいいかわからないよ。ありきたりな家だったんだから。調子はどうなのか、教えてくれる?」

「あんまりよくない」

「ホロフィールド・アレルギー?」

冗談で言ったのに、イーヴィは考えこんだ。「わかんない。着いたとたんにはじまったんだ。一種の――恐怖心かな。怖気づいている、っていうか」

「すぐにここから発ってもいいのよ。マンチェスターのどっかに泊まってもいいし、ロンドンにもどってもいい。ホテルを――」

「もう疲れてくたくたなんだ、レックス。あしたね」

「あすいちばんに」

わたしがバーでワインのボトルを買ってきて、窓辺の椅子にふたりですわり、嵐を待ちつつ飲み干した。湿原から吹いてくる風が、すでに水気を含んでいた。砂色の空。イーヴィの体に毛布を巻きつけ、自分の足を窓台に乗せた。眼下の大通りで、建ち並ぶ店の軒下を人々が足早に行き交い、それぞれの車にもどっていく。こうしてふたり一緒に部屋のなかにいて、一日を終わろうとしているのはいい気分だった。

「あなたのことが心配なの」わたしは言った。

「疲れただけだよ」

「痩せすぎだよ。ちゃんと食べないと」

「シーッ。お話を聞かせて。昔みたいに」

「暗い嵐の夜のことでした」

イーヴィは笑った。「おもしろい話にしてね」

「おもしろい話?　わかった、いいよ。昔々、七人のきょうだいがいました。男の子が四人、女の子が三人」

「このお話のことはよく知らないけど」イーヴィが言った。一方の眉を吊りあげて、ちらっとわたしを見る。

「結末はわかる気がする」

「海のそばに住んでるとしたら、どうかな。ビーチを見おろす立派な木造の家に」

「そっちのほうがいいね」

「両親はせっせと働いている。お父さんはこぢんまりとしたIT関係のビジネスを手がけてる。お母さんは地方紙の編集者」

「お母さんはリストラされずに残ったの？」

「ふたりはすばらしいウェブサイトを持ってた。夫のほうがデザインしたの」

「なるほど」

「子供たちは仲がいいときもあれば、そうでもないときもある。みんな、子供時代をまるまるビーチで過ごすの。本をたくさん読んで。それぞれが何かに秀でてる。いちばん年長の子供が——長男がいちばん賢くて——」

「それは嘘」

「長男がいちばん賢い。世界はどうあるべきかを知ってるから。どんなことにも確信をもって——」

「女の子たち。そっちを話して」

「ええと、ひとりはとびきりの美人。お母さん似なの。テレビ業界で働いてる。どんな人でも彼女にかかるとなんでも話しちゃう。自分は何が欲しいのか、どうすればそれが手にはいるかを、彼女はちゃんとわかってる」

「でも、あとのふたりは？」

「うん、どこにでもいるような子。ひとりは芸術家志望。もうひとりは、自分が何をしたいのかわからない。学者になるかもしれないし、コールガールになるかも。なんなら、法律家になるかも。そういうことを考える時間がふたりにはたっぷりある」

「なんでも、なりたいものになれる」

「そういうこと。心を決める前に、ふたりは木造の家から出て、世界を旅する。これまで読んできた本をもとにした、やりたいことリストを持ってる。家を出て何カ月かが経つ——何年にもなるかも」

「ふたりは夢を実現する」

「やがて、ふたりは家の近くにもどる。小さくて不思議な町へ行く。町っていうより村って感じの」

「ひょっとして、その町の名前って、ホローフィールド?」イーヴィが訊く。

「そう、ホローフィールド」

「やっぱり」

「ビーチのそばの自宅へもどる一日がかりの旅だけど、ふたりは疲れてしまう。泊まるしかない。そこでふたりは部屋をとる。でも、そこにいるべきじゃないっていう、いやな感じがする。歓迎されていないみたいな。あるいは――もしかすると――前に来たことがあるみたいな」

「それで、どうしたの?」

「何も。ふたりは不安な気持ちのまま、窓辺にすわる。そしてその不安を突き止めようとする。翌日、荷造りをして、また道を進む」

「自分たちがどれほど幸運か、ふたりはわかってるの?」

「ううん、知らないんじゃないかな」

「どんなに運がいいか、教えてあげたいくらいだよ」

「でも、ほうっておくのね」

「すごく疲れちゃった、レックス」

「わかった。もう話さなくていいよ」

イーヴィに目をやると、十二、三歳のころに退行したように見えた。

前線。嵐の音がはじめて届いた。大通りに沿って進む雨の前線。わたしは窓を閉めて、イーヴィをベッドへ運んでから、自分はベッドのヘッドボードにもたれてすわり、室内が暗くなっていくのを油断なく見つめた。

ある夜、母親がわたしのベッドの端に、背中を丸めてすわっていた。両手で頭を抱え、開いた指は腫れて、古い泥がこびりついている。

わたしは話しだす前に、イーヴィの息遣いに耳を澄ました。息が白く見えるほど寒い部屋。頭上に伸ばされた、痩せ衰えた腕の白さ。

「母さん」わたしは言った。

「ああ、レックス」

「ねえ、母さん。なんとかしなきゃいけない」

いつしかわたしは泣きだしていた。お気に入りのキャラクターたちと同じで、あまり泣かない自分を誇らしく思っていたのに。それは人が考える以上にむずかしいことだ。涙を思うことすら許されない。このときのわたしは、もはや手遅れだった。

「お願い」わたしは言った。

「一時《いっとき》のことだから」母親は言った。「ほんの一時だから」

「イーヴィは餓え死にしかけてる。こんなに咳をして――」わたしは言った。

「わからない――あたしにできることがあるのか――」

「できることはあるよ。いろいろ」

「何？　何ができるの？」

「母さんは買い物に出かける。あしたか。あさってか。それはできるでしょ。で、だれかに打ち明ける――相手はだれだっていい。とにかく話しはじめて。父さんのことを話せばいい。とにかく――説明すればいいの。もう事態が手に負えなくなってるってことを伝えて。父さんがどう変わりはじめたかを。こわいってことを伝えればいい。それと――ダニエルのことも」

喉からこみあげるきれぎれの嗚咽。わたしはそれを呑みこんで言った。

「お願い」

母親はかぶりを振っている。

「でも、わかってもらえるわけがないわ」

「とにかく、もう手に負えない。それだけだよ」

「ええ。こんなふうになるはずじゃなかったのよ、レックス。それはわかるわよね。父さんも母さんも、あんたたちを守ろうとしたの。ただそれだけを望んでた。ほかに方法が――」

「うん。わかってる。父さんには父さんの考えが――夢が――あった。それがうまくいかなくて――」

「もっと前よ、レックス。それよりはるかに前」

「何もかも話せばいい」わたしは言った。「ただし、できるだけ早く。すぐじゃなくちゃいけない」

母親はわたしの肩、それから顔をさわって、唇の下から顎のあいだに、手の形にひんやりとした感触を残した。

「できたらね」母親は言った。「できたら」

言うまでもなく、母親は何もしなかった。

イーサンが鎖をつけられずにわたしたちの部屋にいて、両手でピンクの生地を持っていた。

「これを着るように」イーサンは言った。「体も洗うんだ」

イーサンは手錠の鍵を持っていたので、体を寄せてきたときに、わたしはその手をつかんだ。イーサンは首を横に振った。「何かしようとしたら、あの人はおまえたちふたりを殺すだろう。きょうはだめだ、レックス」

「じゃあ、いつならいいの?」

「さあな」

わたしはベッドに腰をおろして、体を伸ばした。筋肉が動いて、不満の声をあげる。イーヴィは自由になったとたん、すごい勢いでテリトリーを越えてきてわたしの膝に乗り、枝の上のナマケモノみたいに、両腕をわたしの首にまわしてしがみついた。

「一時《いっとき》のことだ」イーサンは言った。「ぼくはなるべく気にしないようにする」

イーサンは古くさい奇妙な服を着ていた。肩のあたりがくすんだ、ダブルの黒いスーツに、クリップで留める蝶ネクタイを着けている。発掘した死体が着ているような服だ。

「どっちかひとり、バスルームへ。ひとりずつだ」

背後にいたイーヴィをその場に固定したのち、イーサンはわたしの肘を持って踊り場を進んだ。支えてくれているとばかり思っていたが、足を動かしはじめると、支えているのではなく、肘に手を添えているだけだとわかった。バスルームで、イーサンはブローグ（粗革製の頑丈な靴）をストッパー代わりにドアにはさんで待っていた。

「目を離すわけにはいかないんだ」イーサンは言った。「わかるだろ」

わたしはタイルの上に足を乗せて、浴槽をのぞきこんだ。長らく張られたままで、何人もの汚れで灰色になった生ぬるいお湯。わたしは振り返り、イーサンが目をそらす前に、Tシャツを頭から脱いだ。

「目を離せないんでしょ?」わたしは言った。

両膝を胸に引き寄せて浴槽のなかにすわり、干からびた石鹸を手や脚に沿って転がした。わたしのほうが浴槽より白かった。歯がカチカチ鳴りはじめたため、浴槽から出て、シンクに残されていた薄汚れたタオルで体を拭いた。イーサンは横を向いたままピンクの布を寄越したので、わたしはハイネックで脛丈のワンピースを掲げた。

「何これ? ねえ、イーサン。これは何?」

イーサンは体を半分こちらへ向けて、ささやいた。

「あの人は儀式って言ってる」

「わかった。もうこっち向いていいよ」

「ばかみたいな恰好だな」

「でも、そっちは死んだ人みたいな恰好だよ」

わたしはベッドでイーヴィを待ちながら、計画を立てようとした。バスルームからイーヴィが咳きこむ声が聞こえた。突然のチャンスにあわてふためく。わたしは窓に貼られた段ボールの隅を持ちあげてみた。その向こうにあったのは、暮れゆく薄闇の黒っぽい青色と、窓ガラスにあたる雨だけだった。

スイングドアが開いて、紫がかったピンクが目にはいった。

「気に入った？」わたしが訊くと、イーヴィは片方の眉をあげた。この眉のあげ方は、物憂い毎日を通してふたりで培《つちか》ってきたものだ。

「ううん。レックスと同じく」

わたしたちはパーティドレスに身を包んで階段をおりた。前を歩くイーヴィの肩甲骨のあいだを、濡れた髪が叩いている。居間にはあたたかくやわらかな光が灯っていたが、それ以外は家じゅうが薄暗かった。

わたしとイーヴィが最後に到着した。ふたつのソファを向かい合うように置いて、即席の通路ができていて、その先に父親がいた。父親は奇妙な説教壇を作りあげていた。カセットプレーヤーと聖書、手書きのノートの一ページと赤みがかった薄い紫色のクラッチバッグ。ゲイブリエルとデライラは、あいだにノアをはさんでひとつのソファに腰かけていた。それを見てわたしは、自分たちが末期に差しかかっているのを知った。骨が細かいところまで浮き出て、目がぎょろりと見開かれている。ゲイブリエルの顔は、まるで骨格から変わってしまったかのようにゆがんでいた。ダニエルはどこ、という思いが浮かび、何度も頭蓋のなかで繰り返された。ダニエルはどこ？

「ごきげんよう」父親が言った。「われらが聴衆よ」

父親がメモを引き寄せて目を閉じたので、わたしはその瞼《まぶた》の下にはいりこもうとした。父親はライフハウスに向けて説教をしていた。熱心な聴衆が押しかけてきて、子供たちが高々と持ちあげられる。あぶれた聴衆が大通りにあふれて、交通のさまたげになっている。

父親は目をあけた。

「わたしたちは信じがたいほど孤立している」父親は言った。「それはやむをえない。避けられていないとしたら、それは神に従って生きていないということだ。疑われず、隔てられず、迫害されていないとしたら、それは神に従って生きていないということだ。それはすなわち、わたしたちが負う重荷である。しかし、知ってのとおり、実際には——わたしはひとりでその荷を負わずともよい」

父親は再生ボタンを押した。テープがまわる音がしたあと、愁《うれ》いを帯びた美しい歌が部屋のなかに流れた。宗教歌ではなく古いラブソングで、変わらずつづいている家の外の世界をかすかに感じさせた。音楽を聴いたのがずいぶん久しぶりだったので、心地よい調べにわたしは屈した。父親がドアのほうに目をやったとき、わたしは父親が泣いているのに気づいた。

母親が廊下からゆっくりとやってきた。身につけているのがウェディングドレスだとわかったのは、黄ばんだ陽気な写真で見たことがあったからだ。ドレスも黄ばんでいて、いまやドレスの胸元に肉の塊が乗っていた。そばを通るときに、ドレスの飾りレースがわたしの足をかすめ、そのときようやく実物の母親であると実感した。母親は子供たちを見ることなく、祭壇に視線を据え、それから夫のほうを向いた。

通路の突きあたりで、父親が母親の両手をやさしく包んだ。

「結婚して二十年」父親は割れた声で言った。「はじめから、わたしはおまえを愛していた。そして、死ぬまで愛しつづける」

父親は無抵抗の母親を抱きしめた。母親は父親の体に覆い隠され、その顔が明かりの下にはいったり出たりして、金色から灰色に変わった。母親の顔にさまざまな色がよぎったが、いずれも表には浮かびあがらず、表情として現れることはなかった。

父親は同じ歌を何度も再生した。「みんな」父親は言った。「みんな立ちなさい。さあ一緒に」イーヴィとわたしは立ちあがり、指を鳴らしたり、スカートの生地を翻《ひるがえ》したりして踊った。イーヴィはひっきりなしにソファにさがって休まなくてはならなかった。デライラは両親のあいだをくるくるまわり、母親の絨毯に軌跡を描いた。わたしは踊りながらできるだけ出口へ寄っていって、それとなく玄関のドアの錠を見た。あと五歩。二歩目で掛け金をはじく。チェーンをはずすのにもう二歩。

体を揺らしながら廊下へ近づいた。あと四歩。父親は閉じた目を母親の頭に押しあてた。唇に母親の髪が張りついている。父親が片足でゆっくりと回転して、わたしから遠ざかった。猶予はあと数秒。

わたしは部屋から出て、キッチンとドアのあいだの暗がりに足を踏み入れた。よし。体に力がはいり、アドレナリンでおなかが脈打つ。錠を見た。

「レックス」母親が言った。「ねえ、レックス」

踊っていて回転したときに、わたしの姿が目にはいったのだろう。両親が体を離して、そこにできた空間を険悪なものが満たした。父親が手を伸ばして音楽を止めた。母親は手のひらを上に向けて両腕を伸ばし、わたしの手がそこにおさまるのを待った。「ここで、いままでどおりにやっていけばいいじゃない」母親は言った。「こんなふうに」

まるで絨毯に足跡を残していたかのように、父親はわたしの踊った道筋を調べていた。父親の笑みが変化しはじめている。

「そうだな」父親は言った。「そろそろ寝る時間かもしれない」

父親がうなずいてみせ、イーサンがわたしたちを集めはじめた。最初にわたし、次にソファを占領して苦しそうな息をしていたイーヴィ。

「さあ、イーヴィ」

イーサンは後ろからそれぞれわたしたちの首すじに手をあてて誘導した。ドアを通り過ぎる直前、イーヴィが片手を伸ばし、室内に体をねじこんだ。

「ダニエルはどこ？」イーヴィは言った。

「眠ってる」父親が言った。母親はまだ音楽がつづいているみたいに、うなずいた。同意もなく、繰り返される古い音楽。そう、そうだ。ダニエルは眠っている。

わたしたちはさらに眠った。日々を縮める冬のわずかな日差し。イーヴィは夜、咳きこんで目を覚まし、鎖を蹴り飛ばした。ほら、眠って。ほかに何が言えただろう。ほら、眠って。でも、心はわたしを裏切りはじめていた。水と毛布とパンを携えて、闇より救世主が現れる。それはミス・グレイドかペギー叔母さんで、わたしには理解できないやさしい響きの、聞き慣れないことばで耳打ちをしてくる。

たまに、それが母親になることもあった。わたしたちが母親の体のなかにいて、口も利けず、完全に母親のものだったころ、母親が何よりわたしたちを愛していたことを思い、わたしは世話をされることを受け入れた。母親はときおり、牛乳や食べ残しを持ってきた。そして手ずからわたしたちに食べさせた。タオルやプラスチックの容器に入れた水を持ってくることもあった。母親はわたしのベッドのかたわらにひざまずいた。小さい子に話しかけるみたいに、小声でひとりごとを言った。ずっとタオルでわたしの体を拭きながら、鎖骨から肋骨、さらには胸や尻のくぼみ、そしてなおもふくらんでいるおなかから、つねに汚物と当惑にまみれている股間へおりていく。わたしの体は人間であろうとする試みを止められない。この瞬間、母親にやさしくされて弱気になり、敗北とはどういうものかを理解した。逃げることも、イーヴィを守ることも考えず、賢くあらねばならないとも思わない。ただ心地よさだけがある。清潔なシーツにくるまれるように、わたしはそっと敗北に身を委ねる。

憂鬱で薄っぺらな夢。汗が冷えて寒くて目が覚め、ベッドの向こうへ手を伸ばして、イーヴィの体が手にふれるのを待った。もっと向こう、さらに先へと手を伸ばす。マットレスの反対側へも。体を起こして、布団の上を手探りした。整えられたまま、ひんやりしている。イーヴィがいない。

「イーヴィ？」

ベッドから出て、室内を移動し、ドアの脇にあるとわかっているスイッチを押した。暑くて小ぢんまりした部屋は、がらんとしていて無防備だ。そこかしこにバーの不愉快な酸っぱいにおい。バスルームは薄暗かったが、とにかくドアを開いて、シャワーカーテンをあけてみた。

「イーヴィ？」

わたしは服を着はじめた。

階下におりると、レジに女店主がいた。きのうの酒のむっとするにおい。

「すみません」わたしは言った。

女店主は顔をあげたが、何も言わなかった。

「妹を見ませんでしたか」

バーカウンターに沿って、積んだ小銭が並べられていた。女店主が眉をひそめた。わたしが計算の邪魔をしたからだ。

「妹です、わたしと一緒に来たんですけど。きょうもここで朝食をとって」

「え？」

女店主は自分の手に目をやった。お札のせいで手のひらが汚れていた。その様子はまるで、わたしに注意を移す前に、何かを——計算結果を——つかもうとしているかのようだった。

女店主は首を横に振って言った。「だれも来てないよ」

わたしは朝食をとった場所を確認した。トイレまで歩いていって、三つある個室のドアをあけた。それから自分たちの部屋へもどった。乱れた羽毛布団があるだけで、書き置きもない。家までの道のりを思った。湿原へ向かってのぼっていくムア・ウッズ・ロードのカーブ。わたしは靴を履いた。

人気《ひとけ》のない道に立った。屋根から水が滴り落ちていて、それが足元の排水路のどこかで小さな流れになっている。街灯がなければ真っ暗だ。午前二時、街じゅうが眠っていた。酔っ払いさえ引きあげている。

〝あたしも行かなきゃ〟イーヴィはそう言っていた。

レンタカーが駐車場に残されて、輝きを放っている。イーヴィは歩いていったにちがいない。身も心も調子が悪かったイーヴィが、あの家にこだわっていたことを思った。これから行けば、二十分で着く。いや、三十分か。イーヴィは具合が悪かった。ムア・ウッズ・ロードに着く前に追いつけるだろう。

わたしは通りの真ん中を、白線に沿って歩きはじめた。黒い窓に映った自分自身の動きに驚いてビクッとする。店が並ぶあたりを過ぎ、川と交差する道を進んだ。橋が目にはいる前に、音が聞こえてきた。河岸のあいだで流れが枝分かれし、大きな岩や散らばったショッピングカートにぶつかって水面《みなも》が波立っている。

町の端の目印である水車場を過ぎ、道をのぼりはじめた。

木々はまだ雨の雫《しずく》を滴らせていた。道路の両側は何もない荒れ地で、急速に闇に呑まれていく。長らく休んでいた何かが息を吹き返したような、大地の湿ったふくよかなにおいがあちこちから漂っていた。道を曲がるたびに、わたしはイーヴィを捜した。前のめりに夜に突っこんでいく、ほっそりとした姿を。もうイーヴィに追いついていてもおかしくないころだ。

ムア・ウッズ・ロードが目の前に現れた。わたしは最後の街灯の下を通って、その光が届かなくなる境目で足を止めた。

夜は、何もかもがいっそう薄気味悪い。

ありふれたささやかな慰めを頭に浮かべた。ポケットのなかの携帯電話。来週の早いうちにオリヴィアとクリストファーと飲みにいって、夏の最後のにわか雨にまつわる今夜の話を披露しよう。「そのあと」わたしが言うのを、ふたりが見て——あんぐりと口をあけ、善き友人にふさわしい反応を見せる——「あの家へ向かった」

わたしは眼前のロータリーを携帯電話で照らした。もうまもなくだ。脱出した日のことを思い返してみると、たしか十分以上走った。実際はあの家まで二百メートルほど。馬が飼われていた荒れ地を過ぎると、わたしは弱い光をフェンスのほうへ向けた。光はひび割れた地面の一画を浮かびあがらせたあと、暗闇に屈した。ばかげている、と思う。馬はもう何年も前に死んだに決まっている。

「イーヴィ？」わたしは荒れ地の向こうへ声をかけた。

ふたたび道路に注意を向けた。ここは昔からひどく静かだ。偶然人が通りかかることさえないほどに。コミュニティセンターができたら、大々的に宣伝しないと。そのための資金を確保する必要がある。

家は静かに待ち構え、朽ち果てた木の向こうに数々の部屋が迫ってきた。わたしは私道の端に立ち、正面から向き合った。

「イーヴィ」わたしはそう言い、それからできるだけ大きな声で繰り返した。「イーヴィ？」

玄関のドアは、ずっと前に板を打ちつけられたままだ。わたしは花束をまたいで、ドアを押した。はじめは両手で、それから体重をかけて。ペンキのかすが手についたものの、ドアはびくともしなかった。

それなら、キッチンから。

わたしは湿った草地のなかを、壁に沿って歩いた。裏口のドアと枠に南京錠が渡されていたが、錆びついて切断されていたため、両手ではずした。南京錠が草の上に落ちて、わたしはドアを引きあけた。

忘れることを体が許さないこともある。

午後遅く、父親がわたしたちの部屋へやってきた。錠に鍵が差しこまれる音。それまで外にいたため、父親は冷気のにおいがした。頰が赤らみ、楽しげだった。

「愛しい娘たち」父親はそう言って、わたしとイーヴィの頭に手でふれた。

そのころ、父親は神の話をあまりしなくなって、もっとささやかなことしか話さなかった。休暇について考えている、と父親は言った。おまえたちは飛行機に乗ったことがない。それはどうにかしておくべきだ。ブラックプールでの週末を覚えているか。朝の海がどんなふうだったかも。わたしはうなずいた。またTシャツを作ってもいい、と父親は言った。今回はちがうデザインで。七枚要るな、と父親が言い、わたしは頭のなかで答えた。六枚だよ。

「この家族はいろんなことを乗り越えてきた」父親が言った。窓辺に立ってかすかな光に顔を向けている父親を見て、本気で言っているのだとわかった。

部屋の向こう側で、イーヴィがわたしのベッドに視線を据えて、首を横に振っているのが見えた。恐怖に身をよじっている。

わたしはイーヴィの視線をたどった。あれだ。わたしのマットレスの下から、本の角がはみ出している。

わたしたちの、神話の本。

父親がこっちを向いた。そしてわたしのベッドにすわった。体重がかかったせいで、わたしの体が父親のほうへ傾いた。父親がわたしの髪に指を走らせて言った。「アレグザンドラ、みんなでどこに行ったらいいかな」

わたしは目を閉じた。

「わからない」

「だが、おまえとイーサンは地理のことならなんでも知ってる。そうだろ？」

「ヨーロッパ」イーヴィが言った。

「ほら、イヴは自分がどこへ行きたいのかわかってる。おまえも考えたほうがいいぞ、アレグザンドラ」

「それか、アメリカ」イーヴィが言った。恐怖に目を潤ませながらも、父親の視線を自分からそらすまいと勇ましく身震いしている。「ディズニーがあるから」

「そうだな。きっと楽しいぞ。そうだろ？」

「そうだね」わたしは言った。

父親はため息をついて、立ちあがった。

「愛しい娘たち」父親はまたそう言って、わたしにキスをしようとかがみこんだ。

唇がわたしの肌に押しあてられたまま、父親の動きが止まったのがわかった。

「なんだ、これは？」

父親が手を伸ばして本の角を持ち、引っ張った。美しい表紙と金色のページの本が現れる。父親はその真ん中あたりを開いて、理解できないものを見るかのように、ぽかんとした顔で凝視した。表情が変わりはじめ、驚きから勝利へと移っていく。まるで天啓を受けたみたいに、それが狂気へと定着し、わたしは説教壇の上のジョリーを思い出す。でも、ジョリーは狂気に駆られたふりをしていただけだった。父親はそうじゃない。

「わが家の不幸のすべてだ」父親は言った。「ようやく気づいた」

おしまいにしよう、とわたしは思った。一刻も早く。どんな気分になるんだろう。耐えられるだろうか。敢然と耐える——自分にそんなことができるだろうか。わたしに。ずっと人に気に入られたい一心だったのに。

父親はわたしの首に手をまわした。父親の腕の隙間から、イーヴィが全身をこわばらせて、鎖と格闘している姿が見えた。見ちゃだめ。そう言いたかった。見たら忘れられなくなる。イーヴィは幼すぎる。善良すぎる。イーヴィが見ないことが、急にものすごく重要になった――残された数少ない重要なことのひとつに。わたしは視線でそれを伝えようとしたが、うまくいかなかった。イーヴィはまだ鎖と戦っていた。

「死にたいのか」父が言った。「死んで地獄へ行きたいか」

父親はわたしをマットレスに投げつけた。もう繕う必要もないため、わたしは声をあげて笑いはじめた。

「じゃあ、ここはどこ?」わたしは言った。「ねえ。ここは地獄じゃないの?」

父親は全身を震わせながら部屋から出ていった。父親がもどってくるまでの数秒のあいだに、わたしはイーヴィを見た。「レクシー」イーヴィが言った。

「イーヴィはだいじょうぶ」わたしは言った。「だいじょうぶだからね」

「ああ、レックス」

「いいから。だけど約束して、絶対にこっちを見ないって」

「やってみる」

「それじゃだめ、イーヴィ」

「わかった、約束する」

「よし」

もどってきたとき、父親は何かを手に持っていた。木の警棒みたいなもの。十字架からとったんだろうか、とわたしは思った。キッチンの壁からか。ライフハウスからだろうか。父親は覆いかぶさるようにしてかがみ、最後の情けのつもりか、わたしの手錠をはずし、わたしはゆっくりと立ちあがって父親と向かい合った。

「神よ」父親は言った。「愛する神よ」

父親がわたしのおなかを殴り、そこにある何かがつぶれ、張り裂けて、状態が変わった。そのあとにあったのは、体が押し開かれる感覚と、口も利けないほどの脆《もろ》さと、痛みと裂け目と内側のやわらかさだった。

そういうことだ。そのあとイーヴィは話さなくなり、わたしは早く――即刻――逃げる必要があると悟った。

寒くてじめじめしていた。床がやわらかくなっていて、残ったリノリウムが足の下でずれた。わたしは雑草と草の新芽を避けて歩いた。湿原がこの家を生まれ変わらせはじめているところを。あちこちで、水の滴る音がした。暗闇のなかでわたしの懐中電灯が照らし出したのは、天井から伸びてきた黴の塊が、キッチンの最後の廃墟とも言うべき惨状を呈するコンロや横倒しになった冷蔵庫へ向かって、手を伸ばすさまだった。懐中電灯の光が届いたところにだけ、宙を舞う埃の粒子が見えるようになる。

一匹のドブネズミが廊下から飛び出してきて、わたしはびっくりして声も出せずに飛びすさった。そのとき、エマーソンはドブネズミ《ラット》だったんじゃないかと思った。ドブネズミと一緒に寝るのはぞっとするから、ハツカネズミ《マウス》と思おうとしたのではないか。

「イーヴィ？」呼びかけてみる。「イーヴィ？　ねえ、出てきて」

居間を通り過ぎて、階段の上へ光を投じた。暗すぎて、光は下から二段ほどを照らしただけで、闇に消えてしまった。かがんで、一番下の段をよく見てみた。木の表層が腐食して、やわらかい急所がむき出しになり、黄ばんで腐りはじめている。わたしは背中を壁に押しつけて体重を預けると、体をこわばらせ、一段ごとに息を吐きながら階段をのぼった。床板がきしむ音が目の前の空間に響く。

廊下が視界にはいり、戸口がひとつひとつ見えてきた。

ゲイブリエルとデライラの部屋にはいろうとして、足を止めた。水が滴る音のほかに、別のゴボゴボいう音が聞こえる。家が古い秘密を漏らす音。最初にはいった無残なせまい寝室では、隅が暗すぎて、懐中電灯の光が効かなかった。塗膜が剝がれて垂れさがっている壁。家のなかで風が動き、ドアが揺れたものの、わたしがそれを目でとらえた瞬間、ドアが閉まった。背後で音がした。廊下の反対側。頭のなかで、手のなかで、おなかのなかで心臓が脈打ち、わたしはドアを押さえて、廊下の先を見やった。

「イーヴィ？」

わたしたちの寝室のドアは閉まっていた。

何も考えずに廊下を渡った。どんな記憶であれ、呼び覚まされるのはすべて、あの夜からのはずだ。

自分が差し延べた手が、懐中電灯の光を受けて白く光った。わたしは寝室のドアをあけた。

そのとき、部屋のなかに何かがあるのがわかった。ベッドはふたつとも何年も前に証拠品として運び去られて、壁に白い遺物が残っている。テリトリーは荒れ地と化している。絨毯と壁が侵食されて、家の中身が露出している。白漆喰、足元の骨のような床板。部屋の隅の、イーヴィのベッドがあったところに、恐ろしげな形の何かが縮こまっている。小さくて、じっとしている。懐中電灯の光が届くと、それがビクッと震えた。もうこわくなかった。彼女がそこにいて、わたしを待っている。

「イーヴィ」わたしは言った。

「ああ、レックス。あたし、ほんとにこの部屋から出たと思う？」

7　全員

わたしがイングランドを発ったのは秋だった。十月のはじめ、襟を立ててソーホーを通り、ロミリー・タウンハウスで荷物を回収した。自宅から持ってきて、ホロ―フィールドへの訪問以来置きっぱなしになっていたものだ。「ご滞在はいかがでしたか」フロント係に尋ねられ、口をあけたものの、また閉じた。フロント係の女性は、心得ているというようにわたしを見た。ホテルで守られる秘密などほとんどない。「いろいろあったわ」わたしは言った。

「では、このあとは？」

「このあとは」わたしは言った。「結婚式」

朝には、病院のベッドで重ねた枕にもたれ、看護師たちのおしゃべりと機械音に囲まれていた。かつて脱出後にみんなが運びこまれた病院ではなかったが、事情のわからない最初の数分、またあの病院にちがいないと思った。甘ったるい薬品のにおいがあのときと同じで、おかげで緊張がほぐれた。自由に動かせるかどうか試したところ、自分の手が天井に届くのが見えた。ドクターKもそれを見てうなずいた。

ドクターKはわたしが目を覚ますのを待っていた。顔色が悪く、老けて見えた。きれいなクリーム色のワンピースは体に合っておらず、筋ばった首がむき出しになっている。いま目の前にいるドクターKは、わたしが子供のころに病院のベッドのかたわらにすわっていた女性と同じ人とは思えなかった。いまの彼女をたとえるなら、任期を終えようとする世界的指導者のようだ。目と目が合うと、ドクターKは笑みをたたえたが、自信満々には見えなかった。

「レックス」ドクターKは言った。

「ここはまだホローフィールド？」

「そこから遠くないところ」

「わたし、どこで発見されたの？」

「町とあの廃屋のあいだ。発見者は工場につとめてる人で、夜勤を終えたばかりだった。あなたがはじめに救助されたところから、そんなに離れてないんじゃないかな、たしか。あなたは混乱して——消耗していた」

「またしても、運がよかったみたい」

「病院から、五時に電話が来たのよ。あなたの緊急連絡先は、まだわたしのままのようね」

「深い意味はないから」わたしは言った。「ただ、ほかに頼めそうな相手がいなかっただけ」

まだわたしが話す番だというのはわかっていたけれど、何を言えばいいのかはわからなかった。

「だれも心配させたくなかった」わたしは言った。

「あそこには、ただ家を見にいったの。母親のことも、きっともう聞いてるわね。母親はわたしを遺言の執行者に指名した。わたしたちはムア・ウッズ・ロードについていくつか計画を立てていて。それで話をまとめるためにこっちへ来たの。あそこに行けば——押しつぶされるに決まってるのに」

ドクターKは膝に肘を乗せて、頬杖をついていた。ドクターKが聞きたがっていることを、わたしはまだ口にしていない。

「父と母はこっちに来てる？」

「ええ」ドクターKは言った。「グレッグもアリスも」

「ふたりに会いたい」

「すぐに会えるわ」ドクターKが言う。「その前に、わたしと話しておいたほうがいいと思う。あなたを見つけた男性の話では——あなたはその人に、妹を探してると言ったそうよ」

「ほんとに？」

「ええ」ドクターKは何かを話そうとしたものの、思いなおして、別の話をはじめた。「あなたがこっちへ来てからずっと、連絡をとろうとしてきたのに。全然つかまらなくて。心配していたの――あなたのお母さんのことを聞いてすぐに――何かが起こるんじゃないかって」

わたしは顔をそむけて言った。「覚悟ができてなかったんだと思う」わたしは言った。「その電話に出るための」

「わかるわ。それは進歩だと判断すべきでしょうね。そう思わない？　きっと――きっとあなたは、わたしが何を言うかわかってた」

喉が塊でふさがれる。

「ねえ、レックス、わたしのやり方がどう思われるかは承知してる。あれから何年も経ったわ。当時はいまとちがってた。脱出から二、三カ月のあいだは。当時はあれがあなたの役に立ってた。あなたにすべてを――一部始終を――話すまでには、そういうことを処理できる精神状態にもどってると思っていたの。回復できるくらいになってるって」

「わたしに嘘をついた」わたしは言った。「そう言いたいわけね？」

「そう。短い期間。そしてそれ以降、長い時間をかけて、あなたに真実を受け入れるよう言ってきた」

ドクターKは椅子にすわったまま胸を張り、わたしをじっと見た。

「わたしに話して」ドクターKは言った。「イーヴィの身に起こったことを話して、レックス」

「目的の達成は手段を正当化する、ってよく言ってたでしょ」わたしは言った。「ほら。いまがまさにそう」

涙が顔を転がり落ちて、耳にはいった。

「レックス」ドクターKが言う。「あなたの口から聞く必要があるの」

警察があの家に到着したのは、わたしが出てから十三分後だった。先着した者たちは、現場のあまりのにおいに、いったん外へ退却した。警察は裏口のそばで倒れていた父親を発見した。まるで、逃げようとしたものの思いなおしたかのような体勢だったという。母親は言うまでもなく、父親の亡骸に寄り添い、泣き叫んでいた。ダニエルはビニール袋に入れられて、折り曲げてキッチンの戸棚に押しこまれていたのを、あとから思いついたように発見された。屍《しかばね》になって何カ月も経っていた。ノアはベビーベッドでみずからの糞便にまみれていた。ゲイブリエルとデライラは目がぎょろりとして、骸骨のようだった。イーサンはベッドで静かに待ちつつ、どこまで話すことになるかを具体的に考えていた。イーヴィはなおもわたしたちの部屋にいて、なおも鎖につながれていた。意識不明の状態だった。イーヴィを抱きあげた警官は、自分の娘と同じくらい軽いと感じたそうだ。就学前の娘と。その警官は、定められた手順に反し、自分で鎖を切った。そして部屋からイーヴィを運び出して階段をおり、道路に出て、救急隊の到着を待った。少女C。年齢十。そのまま意識がもどらず、翌日、病院で死亡が宣告された。わたしにとって、一連の事件のなかで最悪の出来事だった。イーヴィが最後に記憶できたのは、あの部屋だったのだ。

ふた晩入院すると、家へ帰るくらいしかすることがなかった。母と父が病室に迎えにきて、一緒に車まで歩き、わたしは後部座席にすわって、子供のようにヘッドレスト越しにふたりの髪を見つめていた。目が覚めたらもうサセックスまで来ていて、家まではもうすぐだった。

コテージは街はずれの車道をはいった、日陰の小道の端に建っている。玄関の脇にベンチがひとつあり、父の新聞がそこにひろげられて、日曜版の付録にはかならず重し代わりに庭石が載せられていた。雨が降ると、記事が破れて、ベンチの溝のあいだにはいりこんだ。コテージの裏に庭があって、ミツバチと草とトランポリンがある。コテージからひとつ柵を越えると、ダウンズへつづく草原がひろがっている。空を背景に、白い風車が一基、気まぐれにまわっていた。

転居で何が犠牲になったのか、気づくのに時間がかかった。家を出る直前、わたしはマンチェスター郊外の古い家が写った何枚もの写真を見つけた。四階建てで、精巧なモザイクタイルの玄関アプローチがある。こっちの家には、寝室ふたつ半と、両親のさまざまな計画が詰まった土地だけだ。移り変わるがゆえに、廃れゆくものがある。母は救急救命科の主任看護師だったが、いまは一般診療科でワクチン接種や患者との対話を担当している。

「それほど簡単じゃないんだ」父がわたしの質問に答えて言った。「わたしにはずいぶん簡単に思えるけど」

「信じられないかもしれないが、世の中には理解できないことがあるんだよ」

コテージに着くと、父は小型車から降りて、トランクからわたしのスーツケースを出した。「持つよ」わたしは言ったが、父は首を横に振り、スーツケースを引きずってドアを抜けた。

「おかえり」母が言った。

ダウンズの稜線上でためらう太陽。わたしたちは家の陰にはいって、吊りさげた花の鉢の下で、お茶を淹れはじめた。

わたしがはじめてここに来たとき、ドクターKとジェームソン刑事が、車の前の座席にいた。わたしは後部座席に、ジェームソン刑事の妻に付き添われてすわっていた。ここまで来る車のなかで、ふれるのを恐れるかのように、彼女の手はわたしと彼女とのあいだをふらふらと動いた。ガソリンスタンドで、彼女はわたしにクウェイヴァーズ（スナック菓子）を買って、お母さんと呼んでもかまわない——もしそうしたければ——と言った。

コテージの外にはまだ〝売物件〟のプレートが出ていて、わたしはそれが気に入らなかった。ここがわたしの家になるということは、ドクターKからはっきりと告げられていた。「写真を撮ったらどう？」母が前々からそう言っていたので、両親とわたしの三人は、笑顔で写るべきか迷いつつ、戸口で身を寄せ合った。

「二、三枚撮ったから」ドクターKは言った。

撮影が終わると、わたし以外の三人は身をかがめて家のなかへはいっていった。わたしは戸口に立って、みすぼらしい吸血鬼さながら、招き入れられるのを待っていた。

九月は本を読むことと寝ることに費やした。さいわい、夢も見ないで、死んだように眠った。朝になると、日差しが布団一面にあたり、子供のころ読んだ本やポスター、額に入れた学位証書を照らした。目が覚めて、自分がどこにいるのかがはっきりわかった。

土曜日には、オリヴィアとクリストファーが列車から吐き出された。ニューヨークの同居人エドナは電話をかけてきて、わたしの居場所、そして不用な出費がないかを尋ね、使っていない部屋の代金を支払うのは、経済的ではない、と言った。デヴリンは花束とメールを送ってきた。ひどく直截な自己啓発ガイドから引用したような文面だった。

面目ないなんて思わないように。面目のせいでできなかったことがどれほどあるか考えてみること。

黴臭い連中なんてほっとけばいい。わたしはあなたを馘《くび》になんてしないから。ジェイクがあなたに用があるって。億万長者と結婚する手もありかも。

わたしが返信で秋の案件の詳細を尋ねると、デヴリンはそれも送ってきた。

わたしはビルからの知らせを期待して、耐えられるかぎり何度も受信ボックスの再読み込みボタンを押した。そのたびに、使い古したノートパソコンの前にいるビルが、わたしの謝罪を待って受信ボックスを更新している姿が浮かんだ。

わたしは読み、走り、マスターベーションをして、入浴し、食べた。それが、帰省にともなう問題だ。実家に住む自分自身に、いやでももどることになる。両親との会話は、あたりさわりのないものになった。たとえば、当然ながら天気の話。いつも夏は終わりかけている、というようなこと。母はオリヴィアとクリストファーのこと、デヴリンやニューヨークの手のかかる顧客のこと、JPのことを、軽蔑するような口調で尋ねた。たまに母のお供をしてスーパーマーケットや食料雑貨店へ行った。診療所で母のファイリングを手伝った日もあり、床に背中合わせですわり、書類に囲まれた。「働いたぶん、請求書を送るから待ってて」わたしは言った。

わたしたちはホロ—フィールドの話はしなかった。イーサンの結婚式についても話さなかった。

両親が老けたことに気づいた。幾ばくかはわたしのせいだ。返事の来ないメッセージ。夜が明けきらない早朝に、ドクターKからかかってくる電話。そういうことは、時の流れ以上に、人を老けさせるのではないだろうか。夜、ふたりが寝室で話している声に耳を澄ますと、わたしのことを話題にしているのだとわかった。父の目の下のたるみは、そこにも頬があるかのようにいっそう目立つようになり、部屋から部屋へわたしのあとをついてまわるのが、いつの間にか癖になっていた。午睡から覚めると、階段を駆けあがってきてわたしの寝室のドアを叩くか、あるいはなぜか焦ってキッチンまで来ると、朝食をとっているわたしのそばにきまり悪げに立った。「何が心配なの？」わたしが言うと、父は答えを返すことができず、かぶりを振ってただ言った。

「わからないんだ」

いつもよりあたたかい午後に、わたしは水を張ったバケツを持って庭を横切り、トランポリンをきれいにした。この家のなかで、いちばん読書に適した場所だ。わたしは落ち葉を払い落として、トランポリンを掃除しはじめた。まずマット、それからスプリングと支柱。わたしがじっとしていれば、支えられるくらいの強度はある。でももしジャンプしたら、コンクリートに打ちあたる羽目になるだろう。わたしは毛布とクッションをひとつずつ持ってきて、庭に差す陽光が陰って弱くなるまで本を読んだ。父が外へ出てきてわたしを見つけるまで、長くはかからなかった。わたしは、父が庭を渡ってやってくるのをながめていた。ゆっくりとした慎重な足どり。両手を腰にあてている。わたしのところまで来ると、家のほうへ振り向き、体を寄せてきた。

「お父さん、何してるの？」

「仲間に入れてもらおうと思って。読書は進んでるかな」

「順調よ」

「ここで一緒に何時間も過ごしたこと、覚えてるかい」

「もちろん」

「わたしを殺す気かと思ったよ」

「嘘ばっかり。お父さんも楽しんでたでしょ」

「ああ。心から。わたしたちはまちがいなく――健康だった」

わたしは本を置いて、父のほうを向いた。

「レックス」父が言った。ことばをつづけるのを待ったが、父はじっとそこにいて、動きの止まった枝を見つめていた。

「ここにいればいい」ついに、父は言った。「今年いっぱいここにとどまればいい」

「お父さん――」

「ここにいなさい、レックス。結婚式に行くのはやめておくんだ。本気で言ってるんだよ。そうしたければ、いつまでもここにいるといい」

「でも、できない。お父さんもわかってるでしょ」

でも、そうしようと思えばできるはずだ。目の前にダウンズがあって、低木の生垣と白亜《チョーク》の小径の織りなす、緑と銀のつぎはぎがひろがっている。実際には手に入れられなかった永遠の子供時代を、十年後、二十年後に自分が生きている光景が目に浮かんだ。数十年のあいだ日にさらされて色褪せた寝室のポスター。その横のベッドで、まだ熟睡している自分。

「悲しいことに」わたしは言った。「わたしは現実の世界で生きなきゃならない」

父はうなずいていた。だめだとわかっていて言ったのだろう。

「面倒な男だな。われながら」

「面倒なんかじゃないよ、お父さん」

「はじめてわたしたちのところに来たとき」父は言った。「おまえの夢を見たんだ。いつ夢を見ても、おまえはうんと小さくてね。まるで前から知ってるみたいに、わたしたちはお互いに駆け寄って、しばらく話をする。みんなでスーパーに行く夢もあれば、おまえが庭やトランポリンにいる夢もあった。おまえはとても小さい。まだ六つか、七つ。実際におまえのことを知るずっと前だ。はじめはいい夢なんだ、ほんとに。ところが、そのうちにおまえが行かなきゃいけない瞬間が、かならず訪れる。そのときが来るのをずっと覚悟してたみたいに。そしてなぜか――なぜか、おまえがまたもどってこざるをえないはずだ、とわたしにはわかっている」

父は泣いていた。わたしは横を向いた。見られたくないはずだとわかっていたから。父は両手を目に押しあてた。

「そこでいつも目が覚める」

「お父さん」

「ああ、悪かった、すまない」

「気にしないで」

「いったん目が覚めたら」父は言った。「どうがんばっても――一度目が覚めたら、その夢のなかには二度ともどれない」

ドクターKの診察を受けるというのが、わたしが自由になるにあたって呑んだ条件だった。ニューヨークでわたしを診る臨床心理士を探している最中だが、もう少し時間がかかる、とドクターKは言った。それに、適した人を選ばなくてはならない。そういう人が見つかるまでは、週に一度ドクターKと会う、ということになった。

話をすることに。

ロンドンにあるドクターKの診療所を訪ねていくのも気が進まなかったし、両親のコテージに来てもらって、家族の力関係を評価されるのは、考えることさえいやだった。ドクターKが音信不通だった友人として父に挨拶することなんて、考えたくもなかった。そこでお互いが妥協して、街なかのカフェで会う、ということになった。サービスが悪くて、アンティークの家具はよくできた紛い物だったけれど、コーヒーはおいしい店だったので、そこに決まった。

ドクターKはもう儀礼的なことばを使わなかった。たいてい彼女のほうが先に来ていて、ハンドバッグをテーブルにおろし、トレンチコートを置いて、空いている席を確保してあった。いつも、わたしが来るまえに注文を済ませていて、わたしのぶんのコーヒーも頼んでくれていた。立ちあがってわたしを迎えたりはしなかった。

テーブルの上のほうに、黒板が掲げられていて、こう書かれていた。〝生きよう。笑おう。愛そう〟

「元気？」ドクターKが言い、わたしは要求に応じて、質問に答えた。簡潔かつ事実に忠実に。元気だ。仕事の再開を待ち望んでいる。ニューヨークへもどるつもりだ。イーヴィはもう何年も前、わたしたちがあの家から脱出してすぐに亡くなった、と。

「それで、そのことをずっと受け入れられなかったのは、なぜだと思う？」ドクターKが訊いた。「これほど長期にわたって」

こういう質問を受け入れられる日もあった。肉体は痛みを忘れるものとして知られている、とわたしは言った。同じことが――少しばかり励ましてもらえば――心にもできるというのは、大いに驚きではないか。それともただ、あなたが機会を与えてくれたからなのか。当初、病院にいたころ、欠乏状態にあったとき、あなたに嘘を差し出され、わたしはふらつきながらその嘘にこもって、ドアを閉めてしまった。あなたが真実を告げたときには、わたしはもうその嘘のなかに住んでいた。荷を解かず、鍵を換えて。

話し合う意味を見いだせない日もあった。わたしは自分自身に作り話をしていた。それはたしかだ。だからなんだというのだろう。起こった出来事をそのとおりに見ようとしなかったからといって、何が悪いというのか。イーサンとデライラとゲイブリエルとノア、それぞれが虚構の話を持っている。朝、起きあがるために、自分自身に作り話をしなかった者がいるだろうか。そんなに悪いことじゃない。最近、わたしはドクターKをテーブルに残して去ることを考えるようになった。この虚構のなかにとどまらせてほしい、と言いたかった。

たかった。このままでいい、と。

わたしとドクターKが唯一口にしなかったのが結婚式の話題だったが、それは、出席する気はない、と前にドクターKに言っていたからにすぎない。ドクターKは以前から学問的探究心を装って、きょうだいひとりひとりについて尋ねてきたが、わたしが話しだすと、ドクターKの顔には、校門でよその子とわが子を比べる保護者のような表情が浮かんだ。わたしはアナのことや、イーサンの数々の成功について説明した。寝室でのひと幕は控えめに話して、主役同士のラブストーリーを強調した。

「イーサンが結婚するんですってね」ドクターKが言った。

「そう。十月に」

「家族は出席するの？」その顔に笑みはなかった。

「イーサンはスポットライトを望むと思う」わたしは言った。「きょうだいとともに光を浴びるんじゃなく。

イーサンのこと、知ってるでしょう」

ドクターKはうなずいた。「イーサンが」なんの味なのかを突き止めようとするかのように、その名を口に含んだのちつづける。「彼にふさわしい人生を送れることを祈っているわ」

わたしは法的な理屈で自分をなだめた。これは不作為というより虚偽表示であって、たいした問題じゃない、と。頭のなかでデヴリンが片方の眉をあげた。もしそうなら、世俗的な幸せについてくだくだ考えて、時間を無駄にすることはなかった。

けれども、ドクターKは去り際にテーブルで足を止め、コートのボタンをかけて紐を結びながら言った。

「結婚式についてだけど」わたしのほうを見ないで言う。そのほうが言いやすいからだ。

「えっ？」

「よかったと思ってる」ドクターKは言った。「あなたが出ないつもりでよかった」

ドクターKの精神の安定のために話をしているようなときもあった。長年の付き合いになるが、最近のセッションではドクターKの口数が多くなっていた。カフェの無遠慮な明かりに照らされて、彼女はやつれて見えた。

「わたしがはじめて真実を告げたときに、あなたの顔に浮かんだ表情は忘れられない。しょっちゅうあのときのことを考えるの。入院して三カ月目だった。あなたは何日も何日も、彼女のことを尋ねつづけた。この件に関して、あなたは手がつけられなくなったわ。新しい家族ができても、彼女のことを考えつづけた。あなたは何度も尋ねた——そうよね——どうしてみんなのところに行っちゃいけないの？　そのころにはあなたはずいぶん回復していたから、わたしは自分のやり方に疑問を持ちはじめてた。けりがつけられなかった。いいえ、けりをつける方法はひとつだけだったと言うべきね。つまり、あなたに真実を話すこと。

だから、そうした。病院にいたころ、ふたりで中庭へ行ったの。わたしが真実を告げたとき、あなたは何も言わなかった。ただ、わたしをじっと見たわ、こんなふうに——そう、憐れみの目で。わたしを気の毒に思ってるみたいに——そんなばかなことを言うなんて、とでもいうように。あなたは話題を転じた——まったく別の話題に。病院の昼食の良し悪しとか。まるでわたしの話なんて聞かなかったみたいに。

その後、毎日がやりなおしのようなものだった。あなたは、わたしがちらっと話した不可解な詩の作者や、見たことのない動物の名前を覚えていた。ところが、これだけは——かならず忘れることができた。

繰り返しやってみたわ。ほかにどうすればよかった？　あなたには新しい家族がいて、九月からは新しい学校に行く。あなたはまた歩きはじめていた。順調に回復しつつあったのよ、レックス。まさに、わたしが望んだとおりに。ジェームソン夫妻には子供ができたわけだし、わたしは自分のやり方が正しいことを証明できた。実を言えば、あなたはその状態から脱するはずだ、とお互い考えてたと思う」

「持ってると安心できる毛布みたいに？」わたしは言った。「それとも――なんだろう。指しゃぶりみたいに？」

「アリスがなんて言ってたか知ってる？　〝想像上の友達――そういう子をひとりも持っていない子供はいないでしょ？〟って」

誠実なことば。笑わないよう努めたが、頬がゆるんでしまうのがわかった。

「それでとうとう、その件について尋ねるのはやめたの。理由？　そうね、いまだにそれを考えてる。でも、明らかだった。そうでしょ？　だって、あらゆる意味で、あなたはわたしの最大の成功だったんだから」


最初はうまくいかないこともあった。たとえば、わたしに友人がいないことを心配しすぎる、といったことだ。

夏の終わりに、母に付き添われて、幅の広い並木道を歩いた。ふたりともそわそわしながら、日向から日陰へ進んだ。母の手がわたしの手とぶつかった。道の行き止まりで時計塔がわたしたちを待っていて、その下に校長先生がいて、片手を差し伸べていた。

その朝、だれもいない教室に着席して、三枚の答案用紙を埋めた。どこにあるかわからない中庭で芝刈り機が音を立てていた。退屈した若い男が、終了三十分前と、十分前に、残り時間を告げた。終わって、日あたりのいい板張りの書斎で校長と話をして、次々に質問された。最近は何を読んでいるのか（ジョン・ファウルズの『魔術師』。両親はギリシアに関する作品だということだけは知っていたけれど、性描写があるとは知らなかった）。聖書は（どこからはじめよう）？

哲学の意味するところを知っているかどうか（知っている）。いちばん行きたいところはどこか（ブラックプール）。その一週間後、六年遅れで、わたしは奨学金を受けた。国の教育課程に準じるために、実際の学年のふたつ下の授業に加わる必要がある、と校長は言った。授業については、少々退屈するだろう、とわたしは思っていた。もしほんとうにそうだったら、その旨を迷うことなく伝えなくては、と。

ところが実際は、まったく退屈しなかった。

一日に授業が七つあった。それに、ネクタイの結び方を覚えなくてはならなかった。宿題もあった。水泳の授業があり、わたしは水中をもがいて何メートルも横にはみ出して、ほかの生徒たちの邪魔をした。マイクロソフトのワードの使い方を覚えた。学校に広い図書館があって、本を八冊まで借りられたし――「八冊だって」とわたしは帰宅する途中、母に言った――エロ本や『わが闘争《マイン・カンプ》』は別として、どんな本であれ、欠けているものがあれば調達できますからね、と司書が教えてくれた。

同じクラスの女子ふたりが世話役としてあてがわれ、ランチのときも授業の合間もわたしについてきて、わたしがひとりで席にすわることがないように、鞄に必要な教科書がはいっているように、次はどこへ行けばいいのかわかるように、つねに心を配ってくれた。最初の一週間が過ぎると、お供は必要なくなって、そのうちにふたりはゆっくりと剝がれて去っていき、わたしは廊下をひとりで歩くようになった。ほかの生徒も親切だったけれど、夜送られてきて翌日の噂話のもとになる大量のテキストメッセージを、わたしはあまり見なかった。最初の学期が終わるころには、多くのパーティに招かれなくなっていた。

なお、そのころのわたしには友達ができなかった。ランチの時間や休憩時間に生徒たちをよく観察して、そういう魔法を理解しようとした。生徒たちはなんでもないことで、たやすく――ばかみたいに、心から――笑っていた。イーサンほど興味をそそる子も、イーヴィほどよく気がつく子もいなかった。

「魔法なんかじゃないわ、レックス」当時、ドクターKはいった。「必要なのよ」――肩をすくめてつづける。――「自分から外へ出ていくことが」

わたしはこんな光景を思い描いた。同級生たちのいるテーブルににじり寄って、ランチのトレーをそばに置く。「ここに来る前は、どの学校にかよってたの？」実際と同じようにだれかが尋ね、わたしは椅子にかけたまま身を乗り出す。「ええとね――」

わたしが片方の眉をあげると、ドクターKは笑いはじめた。

「こんなこと言ったたって慰めにもならないけど」ドクターKは言った。「わたしもその手のことを、特にたやすいと思ったことはないのよ」

わたしは不幸ではなかった。毎晩、夕食の席で、きょうは何があったかを両親は飽きることなく知りたがった。夜、わたしはイーヴィに話しかけた。最初のうちは、イーヴィがすぐそば、新しい清潔なベッドで自分の隣にいるかのように。やがては電話を耳にあてた。その先にイーヴィがいるとたやすく信じられるように。授業中にわたしが質問に答えたり、自分の作文を読みあげたりしても、だれも笑わなかった。わたしは変わり者で、見て見ぬふりをされていた。「わたしはひとりじゃない」そうドクターKに言った。それは、ほんとうのことだった。

クリスマスを味わった日もあった。

ジェームソン夫妻と迎えたはじめての十二月。わたしたちは家族でおこなう伝統行事をすべて実行した。恐る恐るはじめた新たな生活。事前にみんなで歩いて街まで行って調達したツリーは、冷たい空気のにおいがして、居間に飾るには明らかに丈が高すぎた。「絶対大きすぎるよ」わたしは園芸用品店で、父が会計を済ますのを母と一緒に外で待っているときに言った。「わたしは心配していないわ」母は言った。「毎年の恒例行事だから」

それでもまだわたしが眉をひそめているのを見て、母は言った。「あとで笑い話になるわよ、きっと」

新しくクリスマス用の道具一式が増えた。定番のクリスマスソングを集めたCD、アドベントカレンダー、ペンギン柄のセーター。われながら信じられないことに、靴下まで用意した。

「サンタクロースは存在しないのに」わたしは言った。

「まあな」父が言った。「でも、プレゼントは存在する」

クリスマスイブに準備の仕上げをした。わたしは氷河のように時間をかけて隅々まで目を配りつつプレゼントを包装した。「そこまでていねいに包まなくたってだいじょうぶよ、レックス」母はそう言ったが、わたしはそうしようと決めていた。キッチンから響いてくるクリスマスキャロル。母がおおわらわで料理をしていて、三十分ごとにオーヴンのアラームが新たな香りを告げる。わたしたちにはジンジャーブレッドマンの扮装をしたり、チーズを数えたりというようなクリスマス特有のおかしな任務があった。

夜には、さまざまなにおいが家じゅうに漂った。わたしはベッドに横たわって、楽しかった一日に胸を熱くし、自分たちが作ったものを残らず思い浮かべた。生地のふちに凹凸をつけたミンスパイ、ジンジャーブレッドマンのクッキー、バニラビーンズを入れた大量のカスタード。過去のひもじさが亡霊となってよみがえり、胃が痛くなった。

わたしは両手を頭の上に伸ばした。自由だ。

まず階段、そしてキッチンへ。暗闇から、食べ物がいっぱい詰まった冷蔵庫がせり出していた。ひとつだけ、と思った。ちょっとしたものを。

いちばん上の棚からチーズボードをおろして、キッチンカウンターに置いた。最初の小さな紙包みを剝がして、コンテチーズの塊を取り出す。両手が震えていた。チーズの味が舌の上にひろがった。わたしの手はすでに次の包みをあけかけていた。もうやめて、と自分自身に訴える。とんでもない思いつきだった。食べる速度があがり、渇望が新たな食べ物を求めた。ひとつ目の戸棚から食べたのは、特別に華やかな缶に密封されたクリスマスケーキだった。さて、次は。その横にジンジャーブレッドマンがあったので、それも口に入れた。

十五分間、暗闇のなかでご馳走を食べた。家族の食卓で貪《むさぼ》り食う、飢えたクリスマスの亡霊。顎にも爪のあいだにも、食べ物がついている。なすすべもないぼんやりとした恐怖心がいつの間にか手足に根をおろしていて、わたしをテーブルに押しとどめていた。両親が入口まで来たときには、わたしは次のグロテスクなコースを考えていた。丸々太ったピンクの七面鳥か、それとも冷蔵庫のドアにあるブランデーバターか。

キッチンの明かりの下で、惨状があらわになった。ケーキは果物の残骸と化し、ジンジャーブレッドマンは虐殺されていた。チーズはテーブルに出しっぱなしで、汗をかいていた。開いたままの冷蔵庫のドアが、低いうなりを響かせていた。

わたしは唾を呑んだ。

「ごめんなさい」わたしは言った。「こんな――」

「なんてこと」母が言った。「完璧に準備したのに」

一瞬その顔に、はじめて見るものが浮かんだ。口元と眉間の皺。父もそれに気づいて、母が思わず声をあげるほど強く腕を握った。

「いいから――」父が言い、母は父のほうを向いた。父が何か言ったが、声が小さくて聞きとれなかった。まだ母の腕をつかんでいる。母がこっちへ向きなおったとき、さっきの気むずかしさはすでになく、ただ信じられないような表情だった。いまにも笑いだしそうに見えた。

「プレゼントを探しにくるんじゃないかと思ってた」母はそう言い、笑うのではなく、父の胸に体を預けて、泣きはじめた。

一日一日は長かったが、一週間はあっという間に過ぎた。最後に話したとき、イーサンはそっけなくて、わたしの様子に関心を示さなかった。

「この二週間、信じられないような質問をされたよ」わたしは自宅の寝室にいて、手に持っていた本を開いた。「たとえば？」

「登場のときにどういうふうに〝紹介〟されたいか、とか。シャンパンは紙吹雪の前がいいか、後がいいか、とか」

読みかけの本のどこまで進んでいたかを見つけた。窓にいくつかきれいな雨粒が落ちていて、窓の下に、母が洗濯物を取り入れているのが見えた。どんよりした日曜日の心地いい時間。

「置き場所とかさ」イーサンが話しつづける。「忌々しいカトラリーの」

イーサンはいったん口をつぐんだのち言った。

「来る、だろ？」

「行けたらいいなと思ってる」わたしは言った。

段どりはすべてできていた。きっとこんな旅になる。列車でロンドンまで行って、そこから飛行機でアテネへ飛ぶ。そのあとさらに小型飛行機に乗って、こんどは海まで五十メートルのピンクのゲストハウスまで車で向かう。そのあと、通路の先にイーサンが立つ。そしてわたしの姿を見て喜ぶ。

「大きな意味があるんだ」イーサンが言う。「おまえが来るかどうかは」

「さっきも言ったとおりよ。行けたらいいなと思ってる」

わたしは自宅の寝室での最後の午後を、子供時代の中身を抜き出して、そのガラクタをゴミ袋に詰めて過ごした。脱出後も長らく手紙や贈り物が届いていて、わたしたちが退院したあとも送られてきた。看護師は皮肉たっぷりの、こんな添え状をつけてそれらを自宅のコテージへ転送してくれた。体長一メートルのテディベアには〝歳相応かどうかわからないけど〟。ブラックプールのビーチの写真を手描きで写したお粗末な絵には〝これを見れば、笑えるんじゃないかと思って〟。シャンパンのボトルには〝何を考えて送ってきたのか、わたしたちにはさっぱり〟。

最初の一年は、物を所有することが目新しかった。五歳か六歳の子供向けに作られた動物のぬいぐるみをベッドに並べていた。部屋の隅に贈り物を積みあげて小さな祭壇を造り、毎日隅々まで調べた。Tシャツやらフットボールやら本やらを点検して、元あったとおりに置くのだ。送られてきたカードを、ガラスからカードまでの距離をぴったり合わせて窓台に並べた。

〝少女Aさんへ……〟

ばかばかしいことだと気づいても――同級生たちは他人から寄せられた気味の悪い好奇心に頼るのではなく、自分の持ち物を自分で選んでいるということに気づいても――わたしは全部をきれいさっぱり捨て去ることができなかった。いま、残った品を整理していると、ばつが悪くて身が縮む。どれも役に立たないうえに奇妙な価値のない贈り物《クラッカーギフト》ばかりだった。絵本、駒の欠けたボードゲーム、何が失われたかをろくに知りもしないくせに、思いのたけと祈りをたっぷり書き連ねた手紙。ずっと待っていた手紙も届いた。その一通を手にしたとき、わたしは組んでいた脚をほどいて、ベッドに這いあがってゆったりとすわった。じっくり味わいたかった。

〝親愛なるレックス〟手紙にはそう書かれていた。

〝時間をかけて、あなたに伝えたいことをことばにしようとしています。わたしのことを、あなたは覚えていないかもしれません。わたしはジャスパー・ストリート小学校で、九歳と十歳のときにあなたを教えていた者です。当時、あなたのご家族の状況に深く心を痛めていました。たぶんあのときのわたしは、教育と書物があなたを助けられるかもしれないと信じていたのだと思います――自分は何もわかっていないということが理解できていない、未熟な教師の愚かな考えでした。みずからの思いに従って行動しなかったことを、何年もずっと後悔してきました。あなたとあなたのきょうだいに起こった出来事を知る前も、知ったあとも。あなたたちを助けるためにもっと働きかけなかったことを、心から申しわけなく思っています。死ぬまで考えつづけるでしょう。レックス、あなたの幸せを願っています。そして――たとえすべてのことからあなたを救う力が書物になくても――それでも本を読みつづけてくれたらうれしいです〟

にぎやかな廊下の端で片手をあげていたミス・グレイド。わたしはその手紙をもう一度読み、さらにもう一度読んでから、黒い袋に加えた。

最後の晩餐。午後、父はいったん姿を消したのち、赤ワインの同じボトルを二本持ってもどり、それを掲げて見せた。

「これ、好きだっただろう?」父は言った。

そのラベルに見覚えはなかったけれど、わたしはうなずき、抽斗からコルク抜きを取り出して言った。

「ありがとう」

「レックスに」父は言った。「いつだってもどっておいで」

三人で乾杯してから、テーブルに着席した。この家にもどってきてからはじめて、お互い気まずくなっていたため、わたしはそれをごまかすために飲みつづけた。

「野菜が足りてなかったでしょう?」母が言った。

「すばらしい食事だったわ」わたしは言った。

「片づけは進んでる?」

「あと鞄がいくつか。寝室に置いていくつもりなんだ。スペースがずいぶん空いたから——使っていいわよ」

「はじめのころ、どんどん荷物が届いて」母が言う。

「終わりがないかと思ったものよ」父をちらっと見る。

「ドクターKは捨てたほうがいいって言っていたわ。覚えてる?」

「ええ、覚えてる」

「どれも害があるようには思えなかった。まあ、ミツバチは例外だったけれど」

それは、わたしたち家族の伝説における最初の事件だった。朝食の時間に、大きな四角い箱が届いた。郵便配達員は供物《くもつ》を持つような手つきで、胸の前でまっすぐその箱を捧げ持ち、玄関前の階段に置いた。取扱注意と書かれていた。ミツバチの巣箱。「こういうものは、はじめて見るな」父が言って、後ろへさがった。三人で玄関のドアの前に立ち、その箱を観察した。爆発物処理班さながらしかつめらしく、まだドレッシングガウン姿で。ミツバチには、わたしの回復を願う、と心のこもった手書きのメモが添えられていて、こう結ばれていた。〝養蜂には、著しい治癒効果があることを見つけました〟

「治癒効果があるのか」父がなおも笑いながら言った。

地元の養蜂家が巣箱を回収してくれた。養蜂家の存在を思い出してくれてありがとう、とその男は言った。

わたしたちは、磁器と金属でできたチャイムの音に合わせて、食事をつづけた。

「ひとつ、言わなきゃならんことがある——」父が言った。

父は食後の祈りを捧げようとするかのように、手のひらを上に向けて両手をテーブルに置いた。わたしが片手を握り、母がもう一方の手をとった。

「今回の結婚式のこと、わたしたちは心配しているんだ、レックス」

そのあと、訴えがつづいた。わたしは父の手を離して、食事のつづきをした。

「きょうだいに会うことは、あなたにとってよくないことなの」母が言う。「ドクターKもそう言ってるでしょ？　わたしたちとしてはただ――ニューヨークへもどってもらいたい。仕事にもどって――安全で幸せに暮らしてほしいの。イーサンにはなんの借りもないんだから」

「家族の結婚式なの。ただの休暇よ」

母が父を見て、父がわたしを見た。

「ドクターKの意見は？」父が尋ねた。

父とドクターKとのあいだにある昔からの信頼は、病院の廊下と窓のない部屋で作りあげられたものだ。

「心配してないみたい」わたしは言った。

「だとしたら――」

両親は安堵が運ばれるのを待っているかのように、空っぽの皿に目をやった。

「知りたいなら言うけど、デートの約束があるの」

オリヴィアとわたしは、週の中ごろに早朝の便で出発した。空港で〈W・H・スミス〉から〈ブーツ〉まで、いっさい買う気のない品物を、退屈紛れに目を丸くして見ながら、ぶらぶらと移動した。サングラスをかけてみたが、どれも朝のこの時間にわたしが何歳に見えるかを隠してはくれなかった。

「シャンパン？」

「いいわね」

出発ロビーの真ん中をふさいでいる不快な白いカウンターバーのひとつで、足を止めた。死んでから時間の経った数匹のロブスターが、氷の上にだらりと置かれている。

「JPの子供が生まれたの、知ってた?」わたしは尋ねた。

JPのSNSに写真が一枚載っていて、その写真のなかでJPが白い塊を両手で抱いていた。母親も赤ちゃんも元気だということだった。子供にアティカスと命名したらしく、わたしは思わず目玉をまわした。

「いい名前だと思うけど」オリヴィアが言った。

「気むずかしい赤ん坊ならいいのに」わたしは言った。

「どこからどう見ても問題はないけど、ただ気むずかしい子」

「ついでに癇癪持ち」オリヴィアが言った。

「ほんとは、ムカつくくらい光り輝いてたけどね」わたしが言うと、オリヴィアはシャンパンのフルートグラスに向かって鼻を鳴らし、手を伸ばしてわたしの手にふれた。

オリヴィアからもっとお金を使うようになりなさいと指示されていたので、わたしは島の空港で一台のコンバーチブルを借りた。子供のころに期待していたとおり、ボタンひとつで幌《ほろ》をあけられた。それを見たとたん、オリヴィアは声をあげて笑いだし、道中ずっと、サングラスとハンドバッグと髪を押さえながら笑いつづけた。

敷石の階段が、ピンクのゲストハウスにつづいていた。ベランダと鎧戸《よろいど》のある建物で、ヤモリが次々と壁をすばやくのぼっていく。島の丘陵が遠くに浮かんでいた。太いイチジクの木の影が差す庭は、野の花と松の雑木林のなかへと消えている。その向こうに、入江と海原がひろがっている。わたしたちはスーツケースをベランダに置いて、競い合ってビーチへおりた。どちらも話をしたい気分ではなかった。あまりに静かすぎて、きっとだれかに聞かれていると思うくらいだった。波に揺れるにわか造りの桟橋、滑りやすい割れた歩み板。入江の陰に粗末な手漕ぎボートがひっくり返っていて、オールがなくなっていた。ここでは、ぽつぽつと点在するそういうありふれた物が、現実味を失っていて、まるで魔法か呪いでもかけられているかに見えた。

オリヴィアは砂利浜に腰をおろして、靴と靴下、それからジーンズを脱いだ。「行こう。あんまり素敵で、もう待てない」

わたしたちはよろけながら手をつないで海へ向かい、浅瀬にはいっていった。水中で石膏のように見える足。ムクドリのごとく、浅い海でわたしたちの足元を整然と泳ぐ半透明の魚の群れ。

最初の夜、ちぐはぐな枕の置かれた慣れないベッドで、わたしはビルからメールを受けとった。〝資金を出すそうだ〟と記されていた。

わたしは数分そこに寝そべったまま、もう一度メッセージを読んだ。うれしくて胸が高鳴り、その音がやけに大きく寝室に響く。オリヴィアはすでに眠っていたから、このことを知らせたい相手はほかにいなかった。わたしはそっとキッチンへおりていって、ワインをグラスに注ぎ、それを持ってベランダに出た。あたたかい銀色の夜、わたしはだれにともなく、グラスを掲げた。

まもなく、ムア・ウッズ・ロード十一番地のまわりに足場幕が張られて、その奥で、あの家は変貌するだろう。

どの部屋も、電動工具と水筒を携えた人々でいっぱいだ。床や庭の排水工事をする人。古い壁にかかっている二階の重みを移し、その壁を取り除く人。庭に埋もれているものについて冗談を飛ばすが、ただしそれは日中だけだ。クリストファーがカシミアの服の上に高視認性安全ベストを着てやってきた。たとえほんの少しであれ、現場での無駄を望む者はいない。作業員たちは新年に漆喰を塗ったあと、乾かすために少し放置する。窓、照明、コンセント、スイッチを取りつける。ドアをつけてから、調度品を運び入れる。そして最後に装飾を施す。図書室では、地元の画家が、手をつないでいる女の子と男の子の実物大の絵を描いている。絵のなかのふたりは走っていて、いまにも壁から出てきそうなくらいの躍動感だ。男の子は七歳か八歳、女の子は十三歳以上に見える。ふたりは昔より成長していて、意味ありげな笑みを浮かべている。

わたしたちは結婚式の前に早めに現地に赴き、三日間を過ごした。特に計画もなく、ゆっくりして、たいてい酔っていた。朝の日差しがひんやりと差しはじめた時間に、わたしはランニングをした。そして昼食の前には、ふたりで泳いだ。オリヴィアはクロールで入江を越え、やがてその体が海と陽光に溶けこんで見分けがつかなくなるくらい遠くへ泳いでいった。わたしは喉まで水に浸かるあたりで止まり、その場で体をゆるめて漂い、自分の呼吸と波の音に耳を傾けた。浜とその上のほうの岩場を見やる。島のあちこちに、秘密の入江とオリーヴ畑が点在している。ここに来れば、神話を信じられるだろう。なんだって信じることができる。わたしは歩いて岸へもどり、地面に塩水の跡を引きずりながら砂利浜を渡った。

つらい日々が訪れたときのためにとっておきたいような幸せだった。わたしは髪をブロンドにもどしていた。こっちのほうがいい、とたぶんイーサンは言うだろう。わたしたちは午後はずっとお酒を飲み、贅沢な夕食を作った。魚のコースか、肉のコース。チーズ。ベランダにすわって話をするか本を読むうちに夜になった。オリヴィアはこの夏の出来事について尋ねなかったし、わたしもそのことは話さなかった。

「あたしたちが歳をとったら」オリヴィアが言った。「タヴェルナを買ってもいいわね」

「でも、お客は入れない」わたしは言った。

「もちろんよ」

「お客が来ても追い返すの」わたしは言う。「店内にひとりもお客がいなくても」

「〝ご予約はおありですか〟ってね」

結婚式の前日、入江からの声で目が覚めた。邪魔者。夢の名残なのかもしれない。わたしはベッドからおりて、コーヒーを片手に、庭の先のほうまで歩いていった。入江の、五十メートルほど岸から離れたところに停泊していたボートが、すでに浜に揚げられている。ひとりの男が桟橋から跳び、空中で回転したのち、大きな音を立てて海に落ちた。浮きあがってくると、男はボートの上で朝食をとっているグループに何やら叫び返した。英語で。わたしはひどくがっかりした。魔法は解けた。結婚式の招待客たちがすでに到着しはじめていた。


その夜、できるだけ長くオリヴィアをベランダに引き留めた。真夜中を過ぎ、ボートから聞こえてくる音楽も消え、二本目にはいり、さらに三本目のボトルにはいったころ。「帰るわ」二時近くに、オリヴィアは弁解するように両手をあげた。「あんたも帰ることを、強く勧める」

オリヴィアは歯ブラシをくわえてもう一度もどってきた。

「わかってると思うけど、あんたには、こんなばかげた結婚式に出る義理はないのよ」

「おやすみ、オリヴィア」

「もう寝なよ、レックス」

眠れなかった。テーブルの上を片づけた。シャワーを浴びた。寝室の窓をあけて、カバーの上に寝転がり、夜を見渡した。酔っていたから、本を読んだりもできなかった。建物の静寂が四方へ延び、海に、道路に、そして宿泊している部屋にひとりきりでいるデライラやイーサンにまでひろがり、さらには街に、準備のできた式の会場にまで届いた。島じゅうの人が眠っているのだと思った。すべきことを探して、寝室のドアに結婚式用のスーツを掛けて、ぶらさがっている服を、楽しみだとでも言うようにながめた。ダブルのブレザーに、ゆったりしたワイドパンツ。フラミンゴピンクの。

みんなに見せよう。

することが何もなくなると、わたしは夜中の三時ならではの思考に陥った。ドクターKと最後に会ったとき、わたしはニューヨークに行くのを楽しみにしていると言った。キッチンテーブルで両親に切々と訴えられたこと、おそらく引き金になったマットレスでのやりとり。わたしがデライラに言ったこと。ロミリー・タウンハウスで、ではなく、その前のあのときに。

家族で何度か集まってくだらない打ち合わせをおこなった、そのいちばん最後のときの話だ。集まりは毎回、センターのようなところでおこなわれ、そこにはぱっと目を引いて人の注意をそらすオブジェがあった。促されての対話とグループ別での実践がおこなわれたあとの、自由時間だった。イーサンは片手を額にあて、耳の後ろにペンをはさんで復習していた。ゲイブリエルはプレイステーションに集中している。二足歩行のネズミが丸い大きな石から逃げているが、毎回例外なく押しつぶされる。わたしはスクラブル（ボードゲーム）でデライラをやっつけている。

「家はどんな感じ？」デライラは言った。

「何が？」

「家だよ。どこに住んでるの？」

「快適よ」わたしは言った。「ほんとに快適」わたしは自分の住んでいる家について考えた。「自分の寝室があって」

デライラは鼻を鳴らした。自分の書いた手紙に、いやそうに目を通している。

「みんな自分だけの寝室は持ってるでしょ」デライラが言う。「親は？　きびしい人たちなの？」

「どういう意味？」

「つまり、あたしは自分のやりたいことをやれる。そっちは？」

「たまに」

「たまに？」

デライラは微動だにせず、こっちを見ていた。全身を張りつめて。わたしは自分の手紙に視線をもどした。

「ふたりがレックスを送ってくるのを見たよ」デライラは言った。「レックスを引きとった人たち」

わたしは顔をあげた。

「お歳寄りっぽいね」デライラが言った。

わたしは母と父のことを考えた。あの朝、同じ新聞紙を二部と、手作りのサンドイッチを携えて、ふたりがロンドンまで列車で付き添ってくれたときのことを。わたしは母とふたりで時間をかけて選んだ新品のワンピースを着ていたが、家から出発してすぐ、そのワンピースがちくちくしはじめた。

デライラはフード付きのスウェットシャツに、ダメージ・ジーンズといういでたちだった。

「最後まで残ると、そういうことになっちゃうんだね」

わたしはスクラブルのボードの端を持って、デライラのほうへ投げた。ボードはデライラにあたらず、床に落ちてふたつ折りに閉じた。並べてあった文字のタイルも、部屋の向こうへ飛んでいった。そのいくつかがデライラの顔にあたってはずみ、勢いを失って膝に落ちた。

「どうやって生き延びたの？」わたしは言った。安っぽい作りの、やけにせまい部屋で、きまり悪いほどその声が大きく響く。「あのとき――」

あちこちでドアが開きかけて、何本もの手がわたしたちのほうへ伸びてくる。いま、デライラは傷ついている。まるで血が出ているかをたしかめるみたいに、片手で口元をぬぐった。まるで、わたしに殴られでもしたかのように。

「あそこで死んでればよかったのに」わたしは言った。

あのときだ、わたしがイーヴィを呼びはじめたのは。その部屋にイーヴィがいないことが衝撃だった。どのきょうだいにも、それぞれに味方がいて、わたしの味方はいなくなってしまった。あんなに努力したのに、わたしはひとりぼっちで、年老いた親と安っぽい服しか持てず、恥ずかしい思いをしている。入院した当初そうしていたように、わたしはイーヴィを呼んだ。まるでイーヴィが窓のすぐ向こうで待っているかのように。デライラは世話をしてくれる人から離れず、イーサンは机にしがみついた。それは夜になると、ゆっくりと訪れる。来るとわかっている相手にだけするやり方で、わたしはイーヴィを呼んだ。

教会までずっと車列がつづいていた。印刷された道案内の看板がところどころにあるため——〝結婚式まで二マイル！〟〝祝宴まで一マイル！〟——オリヴィアがさりげなくこっちへ振り返り、ほんとうにこうするのがいいと思うかと訊いてきた。いま、わたしたちの車も行列に加わり、ブガッティと埃まみれのタクシーのあいだにはさまれて、のろのろと広場へ向かっている。

教会までは花のアーチがつづき、その深紫色の花が絨毯となって、石畳の道路を覆っていた。わたしは招待客を見渡した。華やかな美しい群衆に紛れて待っている人、互いに写真を撮り合っている人。知った顔はひとつもなかったけれど、予期していたことだった。「起きて待ってるから」オリヴィアが言い、わたしは気が変わる前に車から降りた。

イーサンにどんなふうに挨拶すればいいのかを、わたしはずっと考えてきた。教会の入口は日陰になっていて、暗がりのなかで真っ先にイーサンが目にはいった。タキシードと誠意を身に帯びたイーサンの前には、歓心を買おうとする人たちが列をなしていた。イーサンに緊張の色はない。話し相手の男がうなずき、笑い、またうなずいている。わたしはイーサンたちのそばを素通りして、空いている会衆席に腰をおろし、柔和な笑みを準備した。教会の前で、キリストが両手をひろげて、疑わしげな目をわたしに注いだ。まるで〝まあ、どうぞ〟とでも言うように。

当時ドクターKと、宗教についても話した。「どう思ってる？」ドクターKは訊いた。ほかの何に関しても、全部そう訊いてきた。

「なんについて？」

「たとえば、神について」

わたしは笑い、それから言った。「うさん臭い」

「怒ってはいないの？」

「何が言いたいわけ？」

相手が口を開くのを、お互いが待った。

「厳密に言えば、あれは神のせいじゃなかった」わたしは言った。「そうでしょ？」

「訊く相手によるかも」

「ううん。そんなことないよ」

教会のドアが閉まった。イーサンは通路の先の、所定の位置についていた。司祭も来ている。

わたしは両手を重ねた。だいじょうぶ、と心のなかで思った。いつもの祈りのことばを思い浮かべる。

〝自分を責めないこと〟。静寂のなか、司祭が話しはじめる前に、わたしは顔をあげた。いくつものうつむいた頭と帽子の上から、イーサンがじっとわたしを見ていた。

紙吹雪が撒かれたあと、わたしたちは街路を埋めながらホテルまで移動していった。頭上で、ケーブルと蔦がからまっていた。不安定なバルコニーから手を振ってくる見知らぬ人たち。建物と建物のあいだから太陽がきらりと光り、影が延びはじめていた。

ホテルの庭にデライラを見つけた。庭は段々になっていて、まず夕食の準備を整えたテーブルの並ぶテラスがあり、その先の境目をなす草地には、プールがひとつと、いくつかティピーがあって、さらにくだると街壁がある。デライラは水のはいったグラスを片手に草地の端にすわっていて、背骨のくぼみがのぞく黒いドレスを着ていた。

「素敵な式だったわね」デライラが言った。

「ほんと感動した」わたしはそう言って、デライラの隣に腰をおろした。

「ねえ、思うんだけど」デライラが言う。「あのふたり、実は愛し合って結婚したのかもね」

「〝実は〟って、みんなどう思ってるわけ？」

「えっ、いろいろだよ。結婚生活がつづくと思う？」

「たぶん、イーサンの役に立つかぎりは。お酒って見かけた？」

「化粧室の隣の部屋に隠してあるみたい。あたしにも一杯持ってきてもらえる？」

途中で、ペギーとトニーのグレンジャー夫妻のそばを通った。ふたりは日除けシェードの作る日陰に置かれたテーブルに、特徴のない息子たちとともにすわっていた。ペギーは式次第で自分を扇いでいた。イーサンがこの一家を招いたのは、付き合いのためではなく――どうしても付き合わなくてならないほどの重要人物ではない――みずからの輝かしい人生を見せびらかすためだろう。そばを通ったときにペギーがちらっとこっちを見たので、あてつけがましく微笑むと、ペギーはさっと目をそらした。わたしはシャンパンのはいったグラスを四つ持って、デライラのもとにもどった。

「ペギー叔母さんが来てるの、気づいてた？」わたしがそう言うと、デライラは目玉をぐるっとまわした。

「あの人の書いた本は読んだ？」わたしは尋ねた。

「やだ、レックス。あたしが本を読まないの、知ってるでしょ。でも、こういう言い方をするわね。あたしがはじめて読んでみようとした本ってわけじゃなかった」

「あの人、わたしたちを救うためにできることはすべてやったんだって」

デライラは笑った。「何言ってんの、まじで」

「ゲイブリエルの調子はどう？」

「まだ自殺はしてない」

「よかった」

「うん。だね」

デライラが段差に飲み物を置いた。傾いた拍子にアルコールがふちからあふれてグラスを伝う。

「自分でも考えたことあるでしょ」

「いつも考えてる」

「ねえ」デライラは言った。「それを禁じる何かがあるんじゃないかと、あたしは長いこと聖書を調べてきた。ゲイブがすがれる何かを。でも、何があるんだろう。なんにもないよね」

わたしたちはしばらく無言でお酒を飲んだ。

「デライラ？」

「何？」

「あなたがゲイブのために何をしたかがわかって――あんなこと言って悪かったと思ってる。最後にみんなが集まったとき。ひどいことを言ってしまって」

「たしかに、あれはなかなか痛烈だったね」デライラが言った。「それは認める。だけど、レックスはもともとあたしのことあまり好きじゃなかったよね。いまさら無理する必要ないよ」

飲み物も残っておらず、わたしはデライラが話をつづけるのを待った。

「いいっていいって。むしろ――ひねくれた見方をすれば――赦しというものを信じられるかどうか、興味が湧くってものよ」

「どういう意味？」

デライラはお代わりした酒を飲み、新たに煙草に火をつけて、全力で悪癖に耽《ふけ》った。

「前、レックスに訊かれたよね」デライラは言った。「あたしたちが逃げようとしたかどうかを。あたしとゲイブのこと」

「音を聞いたの。ある夜――あの暮らしの終わり近くに――」

「逃げようとしたんじゃなかったんだよ、レックス。そう思いたい理由はわかる。あたしたちももう耐えられなかったから――レックスがそうだったのと同じように。だけど、あれはそういうことじゃなかったの。ゲイブとあたしは――とにかく退屈しててね。それでこんなことを思いついたの、ただのお楽しみ。ゲイブリエルがどんな子かは知ってるよね。人に指示されたら、かならず言われたとおりに任務をこなす。馬鹿正直なの。縛めから脱せよ。だれか階段のいちばん下まで行ける者は？　とか、そういうようなこと。

それであの日――あたしはあの日を自分の誕生日と決めた。どう考えても、だれにも祝ってもらえなかったけど。日記にも書けないけど。クリスマスからずっと数えようとしてて、たぶんほんとの誕生日と近かったんじゃないかな。家のなかでケーキのにおいがする日だったの。ほら、一年に何日かあったでしょ。別にあたしは食いしん坊じゃないし、あのときだってケーキが食べたかったわけじゃない――でも、あの生活が長くつづきそうだったから。それで、思いつきをゲイブに話したの、あたしにプレゼントをとってくるべきじゃないか、って。もちろん、本気で言ったわけじゃないよ。ゲイブが振り返って、どこに行ったらいいかあたしに言うと思ったんだ」

「あの子がそんなこと言うわけないじゃない」わたしは言った。

「それでいまこうしてあたしは、プレゼントのこと、蠟燭のこと、そしてこれがどんなに最悪の誕生日かって話をしてるんでしょ。あの日──縛めがゆるんでたの。ゲイブはベッドからおりて、ドアから出てった、あの笑みを──レックスも知ってるよね──自分は世界一だと言いたげな笑みを浮かべて。

あたし、ゲイブはだいじょうぶだって考えてたんだと思う。父さんは寝てた。母さんは赤ちゃんたちと子供部屋にいたから。それであたし、ゲイブが階段をおりていくのを、床に這いつくばって見てたの。いままでおりたことないところまでおりてっちゃって。いちばん下まで行って、振り返ってこっちを見たんだ、やっぱり微笑みながら──つまりさ、レックス──こう思ったのを覚えてる。ゲイブったらやってくれた、って。

で、それからゲイブはキッチンへ行って、あたしは床に伏せて見張りに徹し、ゲイブを待ってた。ふたたび視界にもどってきたゲイブは、見たことないくらい大きなレモンケーキのピースをふたつ持ってた。要するに──分厚い塊をふたつも。そのときすでに、あたしは思ってた。ゲイブ、こんなことして、ばれないわけないのに、って。だけど、あともどりもできそうになかった。ただ、無事に階段をのぼってきてほしい、そうすれば──ゲイブが部屋にもどれば──どうしたらいいかを一緒に考えられる、ただそう思ってた。ふたりで計画を立てればいいって。最後の手前の段で──もちろん、ゲイブには見えてなかったからよ──つまずいた。あっちこっちに散らばったレモンケーキ。床に伸びてたゲイブ。そのとき、だれの寝室のドアがあいてたと思う？」

デライラはイーサンのほうを振り返った。あらかじめカメラマンに指示されていたとおりに、イーサンはいかにもわざとらしい熱い視線でアナを見ている。

「助けてくれると思った」デライラは言った。「ほんの一瞬──本気でそう思ってた」

「でも、そうじゃなかったのね？」

「何言ってんの、レックス。わかってるでしょ。それが、きょうここに来ることに同意した理由のひとつ。もうイーサンを赦す準備はできてるかなと思って」

デライラはいったん話すのをやめて、残る気力を奮い起こした。この先は、茶化せない話だ。

「ゲイブはけっしてあたしの誕生日のことを言わなかった」デライラが言う。「ひと晩じゅうつづいたのに、ゲイブはただの一度も口にしなかった。父さんはあたしに、あっちを向いてろって言って――あたしを守るためだったんだと思う――だから、あたしは言うとおりにした。それでも、音は聞こえる。それ以降、ゲイブは変わったの。ひきつけを起こすようになって。ゲイブは申しぶんなく善良な少年だった。そしてあれがゲイブの命とりになった」

わたしはあの日、廊下に響き渡っていた音を思い出した。せまくて暗い部屋で、壁に顔をつけて聞いた音が、どんなふうだったかを。日差しのもとで、イーサンは写真を撮るためにアナの家族を集めている。花嫁の先導役のフラワーガールたちが、イーサンに抱っこされたくて張り合っている。イーサンはそのなかのひとりを地面から引っこ抜いて、悲鳴をあげるその女の子を、頭上に抱きあげた。

「で、そのときイーサンもそこにいたの？」わたしは尋ねた。「夜に紛れて」

「何言ってんの、レックス」デライラがそう言って、わたしはしばらくデライラを見ない。答えはすでにそこ、デライラの顔にあるとわかっていたから。「だれがゲイブを押さえつけてたと思ってんの？」

アナはわたしたちとも家族写真を撮ると言い張った。広間の向こうから、無視できないくらい一生懸命に手招きしながら呼ばれて、デライラとわたしは顔を見合わせた。

「選択の余地はないみたいね」わたしは言った。

わたしたちはグラスを持ってプールのあるほうへ向かった。そのそばのテラスと芝生の境に、花のアーチがある。わたしはさりげなくまたサングラスをおろした。アナの家族が撮影を終えるのを待つ。アナの家族はふたつのグループに分けられ、半分が前列に膝を折ってすわっている。フラワーガールたちは砂埃のなかでも幸せそうにすわっている。「じゃあ、ふざけた感じのを一枚」カメラマンが言うと、イーサンがアナを膝に抱えあげてキスをして、家族がやんやの喝采《かっさい》を送った。

そのあと、わたしたちの番が来た。デライラがアナのそばに立ち、わたしはその反対側の、イーサンの隣に立った。肩に置かれたイーサンの腕が、まるで小さな世界のように重くて、押しつぶされそうだった。

「これで全員かな」カメラマンが尋ねると、イーサンはうなずいた。ああ、これで全員だ、というように。


ディナーのとき、わたしの席はデライラと花嫁付添《ブライズメイド》人の夫のあいだだった。その人は黒い燕尾服に身を包んでいて、自分の名札を見つけると、よその卓のグラスからナプキンを一枚とって、顔の汗をぬぐった。

「ところで」男は言った。「おふたりは、だれの知り合いなんです？」

「アナです」デライラは言った。

それから手を伸ばしてきて、わたしの膝をぎゅっとつかんだ。

「昔からの友達で」デライラが言う。「画廊で知り合ったの」

「すると、芸術家さんだ」男はそう言って、大きなグラス三つにワインを注いだ。こういう人たちと、イーサンは頻繁に食事をともにしているのだろうか、と思った。内心で嘲《あざけ》りつつ耐えているのか、それともそういう付き合いを心から楽しめるようになったのか。イーサンとアナが手をつないで互いを見つめ合いながらテーブルのあいだを歩いていたとき、隣の男が秘密めかしてこっちに身を寄せてきた。

「新郎のこと、どこまで知ってるの?」拍手のあと、男は言った。「だれでも知ってること以外に」

「だれでも知ってること?」わたしは言った。

男がごくりと唾を呑む。「知らないの? 児童虐待の話」

男はいったんことばを切って、わたしたちがそこまで理解するのを待った。

「大きなニュースだったのに。特大の。もうずいぶん昔の事件でさ。親が子供を動物みたいに扱ってたんだ。檻に入れて、餓死させた。それが何年もつづいたらしい。そうそう、北のほうだったかな。で——作り話でもなんでもなく——あの新郎は、被害を受けた子供のひとりだったんだ」

「結婚式にする話としては、ちょっと暗いわね」デライラが言った。

「気分が悪いわ」わたしは言った。「考えただけで」

「そんなことを人間に対してできるなんて、信じられない」デライラが言った。

「まさにそこなんだよ、ぼくが言いたいのは。そんな人をどうすれば信用できる?」

「そのパン、とってもらえる?」わたしは言った。

「ほかの子供たちはどうなったのかしら」デライラが言った。

「さあ、どうだろう。セラピーが一生つづくんだろうね。まあ、ひとりふたり亡くなってる可能性はあると思う」

「ひとりふたり、ね」デライラがわたしに言い、肩をすくめた。

「お仕事は何を?」わたしは尋ねた。

「金融関係を」なんであれ、言ったってわかりっこないとでもいうように、男が言った。

わたしは言った。「わたしは弁護士を」

「善い弁護士？」

わたしはだまって料理を食べていた。デライラがわたしにかぶさるように身を乗り出して、「最高に善い弁護士よ」と言い、話は終わった。


ディナーの前にデライラと一緒にお酒を飲んでいた庭の奥のほうに、ダンスフロアが組みあがっていた。何世代かにわたるアナの親族が、リズムに合わせて体を動かしている。そのあいだをフラワーガールたちがすり抜け、あるいはお互いのドレスに飛びつこうとして芝生で転がっている。イーサンはプールに投げ落とされたらしく、いまは輪の中心にいるが、髪は濡れて艶やかで、蝶ネクタイははずれ、ダンスフロアに水を滴らせている。わたしは自分が思考のなかへ沈みかけているのがわかった。感傷的で悲しい気持ちが強くなる。ダンスにまつわる記憶のせいだ。


デライラがわたしの横の椅子にどさっと腰をおろして言った。

「どうしたの？」

「なんでもない」

「だれかを探してるみたいに見えたけど」

「別に。ただ見てただけ」

デライラは目を閉じた。「いつも見てるだけだね。踊らない？」

デライラはわたしの肩に頭を乗せた。

「さっきの人」デライラが言う。「ディナーのときの。似てたよね？」

件《くだん》の男は人の輪からはずれたところで、まわりのだれより安っぽいドレスを着た若い娘に話しかけていた。若い娘は首をかしげ、相手にすべきか否かを見定めようとしているようだった。

「父さんに」わたしは言った。

「ね、そこが問題なんだよ」デライラが言う。「世界がそれ一色なとこ」

デライラが立ちあがるときにふらついたので、支えようと手を差し出した。デライラは煙草に火をつけて、グラスを持ち、わたしから離れていった。歩きだすと同時に笑い声をあげ、体を反らしてわたしのほうへ手を伸ばしながら。デライラが踊り、自分の愚かさを笑う様子――デライラの進む先々で人が引いていく様子――をながめていた。その曲が終わると、デライラはこっちへ振り向いて、両手の人差し指と親指でハートの形を作った。愛してる。そういうところがデライラらしい。祝宴にふさわしい態度になんなく転じられるところが。

二時、わたしはブレザーとバッグを手にとった。ダンスフロアは静まり返っている。最後まで残った客たちは、庭で群れるか、テラスでワインをボトルから飲んでいる。アナがティピーに横たわって、マグナムボトルのワインをブライズメイドと飲んでいるのを見つけた。

「イーサンはどこ？」わたしが訊くと、アナは肩をすくめた。

「こっちへ来て」アナはそう言って、抱っこをせがむ子供のように両手をひろげた。わたしは上から手をまわして抱擁し、アナの髪に顔をうずめた。そんなふうに、秘密を打ち明けられる距離にまで近づくと、アナは言った。「きょうはいい日だったわ」

「ええ、ほんとに」

「ごめんなさいね。この前――」

「気にしないで」

「そう言えば」アナは、たったいまそのときの記憶が浮かびあがったというように言った。「ディナーのとき――デライラとふたりで別人のふりをしたんですって？」

ひとしきり笑うと、アナはわたしの両頬にキスをした。「イーサンを見つけたら、わたしのところに来るように言って」アナが言い、わたしはうなずいた。立ち去り際に、わたしはもう一度アナのほうを向いた。「次に会ったら」わたしは言った。「もちろん、今夜じゃなくて——話をしましょう」

わたしは両手をポケットに入れて、後ろ歩きでアナから遠ざかりはじめた。

「ゲイブリエルのことを。よくなってきてるの。きっとあの子のこと、気に入ってくれると思う」

イーサンは庭にもホテルの受付にもいなかった。わたしは広場までタクシーをまわしてもらえるよう頼み、まだ薄暗い通りを歩きはじめた。戸口にあてどなくうろうろしている客が数人いて、おぼつかない足どりの若い女がひとり、わたしとすれちがいにホテルのほうへ向かった。街じゅうのシャッターが閉まっていたが、テレビが光って、観ている人の顔を照らし出している窓もわずかにあった。わたしはブレザーのボタンを留めて、風のなかへ歩いていった。一週間後には、飛行機が運航を停止する。この街のシーズンが終わる。

広場にイーサンがいて、教会のドアの前に立っていた。琥珀色の液体を手に、通路に視線を走らせている。わたしはイーサンのもとへと二段ほど階段をあがった。入口に立つと、闇のなかで待つ聖像の輝きが目にはいった。

「アナが探してたよ」わたしは言った。

「レックス。ほとんど話もできなかったな」

「自分の結婚式って、そういうものらしいけど」

「そんなとこかもな」イーサンは言った。「おまえと話がしたかったんだ」

風がドアの隙間をさっと吹き抜けて、教会のなかで何かが倒れた。

「もう行くね。帰る前に挨拶しときたかっただけだから」

イーサンがわたしの肩に両手を置いた。ずっと出てこなかったことば――ふさわしいことば――を思い出そうとしているようだった。

「改めて、おめでとう」わたしは言った。「ニューヨークへもどるわ。こんど会うのは、しばらく先かな」

わたしはイーサンの手を両手で包んで、そっと押しやって言った。

「台無しにしないでよ」


オリヴィアは約束どおり、わたしを待っていた。ベランダで、白いプラスチックの椅子にすわってテーブルに両足を乗せ、本を読んでいた。頭上の明かりのまわりを、蛾が飛び交っている。テーブルの上に、赤茶けたグラスがひとつと、空っぽの赤いボトルが一本あった。「ちょっと残しといてあげようと思ってたのよ」オリヴィアが言った。「でも、思ったより帰りが遅かったから」

わたしは椅子を引き出して、腰をおろし、テーブルに乗っているオリヴィアの足の隣に自分も足を乗せた。

「どうだった？」オリヴィアが尋ねた。手を伸ばしてきたので、わたしはその手をとった。

「よかった」

「料理もワインも上等だった？」

「ええ」

「話はまたそのうちすればいいから、あんたがそうしたければ」

「そうね。そのほうがいいかも」

オリヴィアはテーブルから本をとって、読みはじめた。しばらくすると、また本を置いて、グラスのふちの上からわたしを見た。

「全部よ？」オリヴィアが言った。

「わかった、全部ね」


朝、寒くて目を覚ますと、ふたりでベランダに運び出したマットレスの上で体がねじれて、酔いが残っていた。起きて目の前に海があったらいいとかなんとか言ったのだろう。妙案だとそのときは思えたのだ。

エンジンの音が聞こえた。オリヴィアのスーツケースがドアのところに置かれている。階段をおりてきたオリヴィアは、まだ詰められていない持ち物を両手に抱え、目の下に隈を作って、そろそろと動いていた。

「理想には程遠いわね」オリヴィアはわたしを見ると言った。「もう一日泊まるべきだった」

「いっそ、もう一年」

朝早くに声をひそめるように、ひそひそ声で話した。オリヴィアは最後の荷物をスーツケースに押しこんで、力ずくでジッパーを締めたのち、にやっと笑って言った。「はあ、やだやだ」それからわたしを腕に抱き寄せ、髪にキスをしたあと、スーツケースを手にして、朝のなかへ出ていった。

わたしのフライトは午後の半ばで、やることはもうほとんどなかった。ピンクのスーツを脱ぎ、きれいな品々を手にとりながら、部屋から部屋へと歩いていった。ベッドサイドのテーブルに置かれていた古びた石のペーパーウェイト。入江に浮かぶ本物のボートと同じ色に手塗りされた模型のボート。ふたりで窓という窓をあけたため、波音が部屋のなかまで押し寄せた。最後にひとりきりになったのは、もう何週間も前だ。

シャワーを浴びながら、ニューヨークのことを考えた。〈クロモクリック〉との食事会について、テーブルの向かいにジェイクがいるならどういう服装がいいかを考える。新しく担当してくれる臨床心理士について、この先もまだつづけなくてはならないあらゆる作業について考えた。ドクターKが力になってくれるつもりだというのはわかっている。みずから助ける者になれるよう、わたしが到着したらまたすぐ話し合う予定だというのもわかっている。ほうり出すわけじゃない。ドクターKはそういう言い方をした。わたしが出発する二日ほど前、カフェの外にふたりで立ったとき、ドクターKは自分の名刺を渡そうと、ハンドバッグを探していた。ドクターKについてなら、細々したことまで全部知っていたのに。長年の付き合いから、とっくに知っていたのに。

「もしこのままずっと帰ってこなかったら?」わたしは言った。

「そしたら、このままよ」ドクターKはそう言って背筋を伸ばすと、絶えず身に帯びていたものを、かつてないくらい強くあらわにして、わたしを見た。そこにあったのは、矜持だった。

わたしは白い服を着て、スーツケースを車に積みこみ、庭へと歩いておりていった。木々の枝が微風に揺すられて、眠っている人が身じろぎするかのようだった。入江のボートは姿を消し、海は小石を映した浅瀬の向こうに、鮮やかな紺碧《こんぺき》の水をたたえ、陽光のもとで何にも邪魔されることなく凪《な》いでいる。セミの声が昼下がりに響く。

希少な別れの瞬間。ここは都会の愁いから遠ざかるために来るところだ、と思う。

片手を目元にかざした。

だれかがビーチを近づいてくる。

迷うことなく、彼女は海へ向かって歩いていく。その腱と筋肉と骨の動き。日差しにあたためられた肌。わたしがずっと想像しつづけてきたとおりの彼女だ。

わたしは木々のあいだを縫って入江までおりた。足の裏に松葉が刺さる。急ぐ必要はないとわかっている。きっと待っていてくれる。彼女がどんなふうに微笑むのか、はっきりとわかる。ほんとに来たね、と彼女は言うだろう。ようやく。

わたしは日向に足を踏み出して、彼女の名前を呼んだ。彼女はもう波打ち際にいて、海のほうを向いていた。それからこっちを振り向いて手をあげ、その手を振ってわたしを誘った。

謝辞

わたしの優秀なエージェントであり友人でもあるジュリエット・マシェンズに感謝する。あなたなしでのこの途方もない旅は想像できない。それに、ライザ・デブロックにも。あなたは実務に関してあらゆる魔法をかけてくれた。

この本を支持してくれた協力者と編集者のみなさんに謝意を表する。

鋭い眼識と才気とユーモアを持つ、フィービー・モーガンとローラ・ティスデルに、心から感謝している。あなたがたがいなければ、この本は完成しなかった。英国のハーパーフィクションと合衆国のヴァイキングのチームのみなさんの、並外れた創造力とサポートにもお礼を申しあげる。

わたしを大いに励ましてくれた、理解あるおおぜいの同僚に、付き合いの長短にかかわらず、深謝する。

書きつづけるよう促してくれた多くの教師に感謝している。特に、最も必要としているときに、果てしないやさしさを示してくれたミスター・ハウスンと英文科のみなさんに。

わたしの最高の友人と家族にもお礼を言いたい。レズリー・グリーヴとケイト・グリーヴと、トリニック家の人々に。アナ・ボンド、マリーナ・ウッド、ジェン・リアにも、本の話をして過ごした時間ゆえに。ウィル・パーカー、アナ・ピカード、エリザベスとポール・エドワーズ、ジェイムズ・ケンプ、トム・パスコー、セアラ・ローディン、ナオミ・ディーキン、ソフィーとジム・ロバーツ、レイチェル・エドマンズは、いち早く興奮を分かち合ってくれた、ありがとう。

著者本人よりずっと前からこの本のことを信じてくれた、ジジ・ウールステンクロフトに。

特に、ポール・スミス、レイチェル・カー、マシュー・ウィリアムソン、ルース・スティアには、長年にわたって笑いと愛を提供してくれたことに。

わたしの両親、ルースとリチャード・ディーンにもお礼を。家を物語で満たし、いつも、どんなときも、かならずそこにいてくれたことに。

最後に、わたしにとってだれより強力な味方であり、だれより手ごわい敵であり、信じることをけっしてやめなかったリチャード・トリニックに感謝と愛を送る。

訳者あとがき

アビゲイル・ディーンのデビュー作『レックスが囚われた過去に』をお届けする。本作の原題は*Girl A*。この場合の〝少女A《Girl》〟とは、両親が子供を監禁していた〝恐怖の館〟から逃げだしてきた長女に、警察とマスコミがつけた呼称のことだ。十五年後、大人になった少女Aは、母親が獄中で死亡したのを機に、ふたたび過去と向き合うことになる。

物語は少女Aことレックスの語りによって進むが、時系列に沿って整理して語られるのではなく、現在と幾重もの過去が混ざった形で思いつくまま綴られていく。そのため、人物の相関や話の前後がなかなか見えてこない。

それでもおぼろげにわかってくるのは、主人公のレックスが、かつてグレイシー家の両親ときょうだい（イーサン、デライラ、イーヴィ、ゲイブリエル、ダニエル、ノア）とともに、イギリスはマンチェスター、ホローフィールドの町のムア・ウッズ・ロードという通りにある家に住んでいたこと、当時ひどい虐待を受けていたこと、きょうだいはろくに食事も与えられず、最後は学校へも行かせてもらえなくなったことがわかってくる。窓から逃げだして助けを呼んだのがレックスで、マスコミはその家を〝恐怖の館〟と呼び、センセーショナルな事件は広く世間に知られるようになったのだった。

十五年後、実の母親が獄中で死亡したのを受け、レックスが刑務所を訪れる場面から、物語ははじまる。現在三十代になっているレックスは、ニューヨークで企業専門の弁護士として仕事に没頭している。亡くなった母親がレックスを遺言執行者に指定していたため、遺産と遺された自宅を処理すべく、刑務所へ赴いたのだった。

ムア・ウッズ・ロードの〝恐怖の館〟は、いったん売りに出されたものの興味本位のひやかし客ばかりで買い手がつかず、レックスはその家を地域のためのコミュニティセンターにしようと考える。しかしそのためには、きょうだいの同意を文書で得なければならなかった。きょうだいはイギリス各地にばらばらに引きとられ、なかにはいまの名前すらわからない者もいる。レックスがきょうだいに連絡をとり、居場所を突き止めて訪ねていくたびに、それぞれが〝その後〟どんな人生を歩んできたか、そして過去を消化し、あるいはひきずっているかが明らかにされる。社会的に成功した者、いまなおトラウマに苦しむ者、名前を変え、里親の意向で過去を隠して生きている者など、きょうだいの〝その後〟はさまざまだ。またレックス自身も、ひとりひとりと接触するたびに過去と向き合わざるを得なくなる。人数が多いせいか、しだいに見えてくる家族間の関係もリアルだ。家族だからこそむき出しの感情が描写されている点も、著者の非凡さがうかがえるところだろう。

〝恐怖の館〟で子供たちに加えられた仕打ちは、随所でぽつりぽつりと吐き出される。それでも、そのひとつひとつのエピソードが凄惨だ。シャワーを浴びることをごくたまにしか許されなかったこと。初潮を迎えても、生理用品を調達できなかったこと。最後のころには、家でしつけや教育をするべきだと父親が言いだして、学校へ通うのを禁じられたこと。本も処分され、食事もろくに与えられなかった。窓を覆われ、鎖で拘束された毎日。ふさがれたその窓から脱出したのがレックスだったわけだ。「そんなことを人間に対してできるなんて、信じられない」というのは、レックスの妹のひとりのデライラが皮肉まじりに言った台詞だが、作中で語られる虐待の詳細は、まさか現実にこんなことは起こるまいと思わされるほどのひどさだ。だが、この作品は実際の事件に着想を得ている、と著者自身が《ザ・ガーディアン》紙のインタビューで語っている。

著者が例としてあげているのは、英国犯罪史上に残る、一九九四年に発覚したフレッドとローズマリー・ウェスト夫妻による〝恐怖の館〟連続殺人事件や、二〇一八年カリフォルニア州、デビッドとルイーズ・ターピン夫妻による児童虐待事件などだ。前者のウェスト夫妻は、少女たちを誘拐し、拷問を加えて殺害、庭に埋めたことで知られている。一方、ターピン夫妻は、十三人の子供を監禁したことで知られている。そのなかのひとり、十七歳の少女が、窓から脱出して警察に通報したことから事件が発覚した。著者があげた例以外にも、イギリスのグラスゴーで起こった〝湿地殺人事件〟として知られる一件は、本作のムア・ウッズ・ロードという地名を連想させる。これは、一九六三年から六五年にかけてイアン・ブレイディとマイラ・ヒンドリーがサドルワース・ムアという湿地に五人を殺して埋めたという事件で、本作中にもハロウィーンの仮装の場面で名前があがっている。

このように、本作に影響を与えたのはイギリスやアメリカで起こった事件だが、現実とは思えないほど陰惨な事件は遠い異国でしか起こらないわけではない。子供が犠牲になる出来事は、国や地域を問わず、枚挙にいとまがない。この物語は、そうした事件を生き残った被害者たちの〝その後〟を描いた作品だ。

レックスのいまの暮らしもやはり、少しずつしか輪郭が見えてこないが、企業専門の弁護士として忙しい毎日を送っていることが徐々にわかってくる。職場には、きびしくも愛情をもって指導してくれるデヴリンという上司の女性がいる。また、脱出後はドクターKという女性の臨床心理士が、事件発覚当初から心のケアをしてくれていて、長年カウンセリングをつづけたすえ、レックスはもう通院の必要はないと言われている。かつて刑事としてグレイシー家の事件を担当したのち、いまは養子として心からレックスを愛する年老いた養父母もいる。レックスのために、住み慣れた家を離れてサセックスへ移り、〝普通〟の暮らしをさせてあげたいと養父母は心を砕く。それに、レックスのことを大事に思い、何かあればすぐに飛んできてくれる大学時代の信頼できる友人オリヴィアとクリストファーもいる。

何くれとなく気遣う養父母や友人たちとのシーンは、訳していてほっと息をつける箇所だった。レックスはけっして孤独ではなく、助けを求めれば、手を差し伸べてくれる人が何人もいると思えたからだ。とはいえ、そういう胸があたたまるシーンでも、レックスの語りからは、言いしれぬ寂しさが拭いきれない。彼女の人生から奪われたものの大きさと、埋めようのない空白、漠とした不安というものを描き出す著者の筆に感嘆しつつ、何度もぞっとしたことを付しておきたい。ストーリー展開や構成そのものもうまいが、〝ぞっとする〟としか言いようのない、得体の知れない不安や孤独を帯びた筆運びこそが、この著者の特徴ではないかと思う。


本作は、アビゲイル・ディーンのデビュー作となる心理スリラーだ。著者はマンチェスターに生まれ、現在はサウスロンドン在住。ケンブリッジ大学で英文学を学んだのち、作中の主人公レックスと同様、卒業後は企業専門の弁護士になった。二十四時間働きどおしの二十代を過ごしたのち、三十歳の誕生日を目前に、執筆を開始。夏の休みを利用しつつ、三カ月でこの小説の骨子を練り、さらに一年をかけて本作を書いたそうで、その間にグーグルの法務を手がけるようになったため、この作品の後半は通勤のバスや電車で携帯電話のメモを使って書いたことさえあった、と述べている。

多忙を極めた著者のそうした生活は、主人公レックスの仕事面での造形に、少なからず生かされていると言っていいだろう。本作は二〇二一年一月にイギリスで上梓され、翌月にはアメリカでも刊行されて、話題を呼んだ。三十六の地域に版権が売れて、映像化の権利をソニーが取得している。HBOのミニドラマシリーズ〈チェルノブイリ〉を手がけたヨハン・レンクに監督、制作総指揮を交渉しているとのこと。著者はグーグルでの仕事をつづけたまま、現在二冊目を執筆中らしく、二〇二三年一月に *Day One* というタイトルの本が出ることがすでにアナウンスされている。

前述のとおり、この本の原題は *Girl A* で、英米では〝ガール作品の系譜に連なる〟作品として、ギリアン・フリンの名前を出した評も多く見受けられた。《エル》誌は「『ゴーン・ガール』以来のビッグ・スリラー」と述べており、読者のなかには、エマ・ドナヒュー『部屋』や、ノンフィクションの回想録ではあるがタラ・ウェストーバー『エデュケーション』を想起した人たちもいたようだ。二作目は、イギリス北部の湖岸の町で起こった、学校での銃撃事件がテーマになるらしい。人の心の奥にはいりこみ、感情の襞を描き出して読者を揺さぶる著者の次作が、いまから待ち遠しい。

最後に、本作の訳出にあたって、早川書房のみなさんには大変お世話になりました。お礼を申しあげます。

HAYAKAWA POCKET MYSTERY BOOKS No. 1980

国《くに》 弘《ひろ》 喜《き》 美《み》 代《よ》

大阪外国語大学外国語学部卒
翻訳家
訳書
『塩の湿地に消えゆく前に』ケイトリン・マレン
『寒慄』アリー・レナルズ
『あなたを見てます大好きです』ローラ・シムズ
『要秘匿』カレン・クリーヴランド
（以上早川書房刊）他多数

この本の型は、縦18.4センチ、横10.6センチのポケット・ブック判です。

〔レックスが囚《とら》われた過《か》去《こ》に〕

2022年6月10日印刷　　2022年6月15日発行

著者	アビゲイル・ディーン
訳者	国弘喜美代
発行者	早川浩
印刷所	星野精版印刷株式会社
表紙印刷	株式会社文化カラー印刷
製本所	株式会社川島製本所

発行所 株式会社 **早川書房**
東京都千代田区神田多町2－2
電話　03-3252-3111
振替　00160-3-47799
https://www.hayakawa-online.co.jp

（乱丁・落丁本は小社制作部宛お送り下さい
送料小社負担にてお取りかえいたします）

ISBN978-4-15-001980-8 C0297
Printed and bound in Japan

ハヤカワ・ミステリ〈話題作〉

1963
マイ・シスター、シリアルキラー
オインカン・ブレイスウェイト
栗飯原文子訳
〈全英図書賞ほか四冠受賞〉次々と彼氏を殺す妹。姉は犯行の隠蔽に奔走するが……。数々の賞を受賞したナイジェリアの新星の傑作

1964
白が5なら、黒は3
ジョン・ヴァーチャー
関麻衣子訳
黒人の血が流れていることを隠し白人として生きる青年が、あるヘイトクライムに巻き込まれ――。人種問題の核に迫るクライム・ノヴェル

1965
マハラジャの葬列
アビール・ムカジー
田村義進訳
〈ウィルバー・スミス冒険小説賞受賞〉藩王国の王太子暗殺事件の真相とは？『カルカッタの殺人』に続くミステリシリーズ第二弾

1966
続・用心棒
デイヴィッド・ゴードン
青木千鶴訳
裏社会のボスたちは、異色の経歴の用心棒ジョーに新たな任務を与える。テロ組織の資金源を断て！　待望の犯罪小説シリーズ第二弾

1967
帰らざる故郷
ジョン・ハート
東野さやか訳
出所した元軍人の兄にかかる殺人の疑惑。エドガー賞受賞の巨匠が、ヴェトナム戦争時のアメリカを舞台に壊れゆく家族を描く最新作

ハヤカワ・ミステリ〈話題作〉

1968 寒《かん》慄《りつ》 アリー・レナルズ 国弘喜美代訳
アルプス山中のホステルに閉じ込められた男女。かつてこの地で起きたスノーボーダーの失踪事件との関係が？　緊迫のサスペンス！

1969 評決の代償 グレアム・ムーア 吉野弘人訳
十年前の誘拐殺人。その裁判の陪審員たちが、ドキュメンタリー番組収録のため集まるが……意外な展開に満ちたリーガル・ミステリ

1970 階上の妻 レイチェル・ホーキンズ 竹内要江訳
冴えないジェーンが惹かれた裕福な美男子には不審死した前妻の影が……南部ゴシック風サスペンス、現代版『ジェーン・エア』登場

1971 木曜殺人クラブ リチャード・オスマン 羽田詩津子訳
謎解きを楽しむ老人たちの集い〈木曜殺人クラブ〉が、施設で起きた殺人事件の真相解明に乗り出す。英国で激賞されたベストセラー

1972 女たちが死んだ街で アイヴィ・ポコーダ 高山真由美訳
未解決となった連続殺人事件から十五年後、またしても同じ手口の殺人が起こる。女たちの目線から社会の暗部を描き出すサスペンス

ハヤカワ・ミステリ〈話題作〉

1973 ゲストリスト
ルーシー・フォーリー
唐木田みゆき訳
孤島でのセレブリティの結婚式で起きた事件。一体誰が殺し、誰が殺されたのか？　巧みに構成された現代版「嵐の孤島」ミステリ。

1974 死まで139歩
ポール・アルテ
平岡　敦訳
靴に埋め尽くされた異様な屋敷。その密室に突然死体が出現した！　ツイスト博士が謎を追う異形の本格ミステリ。解説／法月綸太郎

1975 塩の湿地に消えゆく前に
ケイトリン・マレン
国弘喜美代訳
他人の思いが視える少女が視た凄惨な事件を告げるビジョン。彼女は被害者を救おうとするが、彼女自身も事件に巻き込まれてしまう。

1976 阿片窟の死
アビール・ムカジー
田村義進訳
一九二一年の独立気運高まる英領インド。阿片窟から消えた死体の謎をウィンダム警部とバネルジー部長刑事が追う！　シリーズ第三弾

1977 災厄の馬
グレッグ・ブキャナン
不二淑子訳
小さな町の農場で、十六頭の馬が惨殺されているのが見つかる。奇怪な事件はやがて町じゅうをパニックに陥れる事態へと発展し……